哦，我的可可西里

杜光辉／著

民主与建设出版社
·北京·

© 民主与建设出版社，2022

图书在版编目（CIP）数据

哦，我的可可西里 / 杜光辉著. -- 北京：民主与建设出版社，2022.7

ISBN 978-7-5139-3960-7

Ⅰ.①哦… Ⅱ.①杜… Ⅲ.①长篇小说－中国－当代 Ⅳ.①I247.5

中国版本图书馆CIP数据核字（2022）第184716号

哦，我的可可西里
O,WO DE KEKEXILI

著　　者	杜光辉
责任编辑	廖晓莹
封面设计	宋双成
出版发行	民主与建设出版社有限责任公司
电　　话	（010）59417747　59419778
社　　址	北京市海淀区西三环中路10号望海楼E座7层
邮　　编	100142
印　　刷	三河市冠宏印刷装订有限公司
版　　次	2022年7月第1版
印　　次	2023年4月第1次印刷
开　　本	880mm×1300mm　1/32
印　　张	13
字　　数	330千字
书　　号	ISBN 978-7-5139-3960-7
定　　价	65.80元

注：如有印、装质量问题，请与出版社联系。

伏地爬行，攀摘硕果（序）
——见证杜光辉的文学人生

刘元举

20世纪80年代初，我是《鸭绿江》杂志社小说组的编辑，每天从全国各地飞往编辑部的稿件有六七麻袋，统称为自然来稿。我分管西北片的稿件。陕西的重点作者有杜鹏程、王汶石、李若冰、陈忠实、李天芳、路遥、贾平凹、邹志安、京夫、王蓬、晓雷、峭石、杨争光等，根本没有杜光辉的名字。

突然有一天，自然来稿中蹦出了杜光辉这个名字。

那是一部两万多字的小说，三百字的稿纸，每一个方格都用近乎仿宋体填充。抄错的字没有随意涂抹，而是用刮胡刀片把方格刻下来，在背后补上稿纸，再把正确的字填上。这种对文学的虔诚、认真，和对编辑的尊敬，细腻入微地展现开来。就凭这种态度，我认可了这位作者，于是，给他写了回信，指出小说存在的问题和如何修改。

杜光辉接到这封手写的退稿信，对他来说是多么巨大的鼓舞。一般情况下夹在退稿中的大都是印刷的退稿签。我的这封信唤起了杜光辉更高的创作热情，也建立了我们彼此的信任。从此，他一发不可收拾地把一篇篇小说寄来，我也会立即阅读。读出了他所生活的那个环境——大巴山亘古不变的寂寞，道枕和钢轨的刚硬，深山小火车的孤零、简陋的铁路工房、不堪忍受的生活空寂。尽管他的文字还嫌粗糙，写作技巧上还有诸多不足，但他喷发的生活积淀，让我看到了杜光辉写小说的天赋，我料定，他一旦克服了技巧上的缺陷，必将成为一个出色的作家。

经过几十次通信，他的小说《流星》终于刊发，那是一九八三年的《鸭绿江》。我记得随后还编发了他另一部中篇小说《球道》。

杜光辉应该是那时候创作条件最艰苦的作者之一。他在一个叫毛坝关的小火车站当通讯工。站台都修在桥上，一间堆放扫帚的楼梯间，仅能支张桌子，开门还要把椅子搬到桌子上。困了，就倒在铺在地上的木板上睡一觉；醒了，就接着看书写作，或者上山查线。这个楼梯间住人都难，何况在里面写作。

他吃饭穿衣都不讲究，却对钢笔稿纸特别挑剔，小火车站买不到方格稿纸，他就跑到几百里外的万源市印刷厂去定制。人家说够三百元的业务量才开机，他就借了三百元钱。他每月工资四十一元，一年没有吃肉，才还完这笔借款。一次上山检查通信线路时，昏倒在山上，工友将他背到十几里外的卫生所，医生说是营养不足、劳累过度所致。

那时的文学刊物刚刚复刊，供不应求，他就到客车上买文化下乡的杂志。杂志买到了，火车开走了，他只好沿着铁道步行近二十公里回到住处，中间要经过三四个千米以上的隧洞，在隧道里遭遇火车，是多么危险的事情。

一个无论身体、文化都和大家一样，甚至还不如人家，竟异想天开地想当作家，自然被人们视为另类而嘲笑，甚至有工友说："杜光辉，你要是能当上作家，我从你裤裆下钻三圈！"

我后来在《天涯》读到他的散文《那个读书如罪的年代》："上班攀山查线、下班看书写作，成了我的主流生活。我的阅读向更深更广的范畴延伸，触及哲学、社会学，甚至绘画、建筑等方面。我读了《理想国》《论自然》《古兰经》《人性论》《存在与时间》《圣经》《逻辑学》《文化的科学》《学术的进步》，还有《神曲》《十日谈》《战争与和平》《静静的顿河》《猎人日记》《安娜·卡列尼娜》《复活》《红楼梦》等。"

杜光辉还写道："我像久旱的沙漠，遇到春雨的滋润，一滴不露地吸收；也像有生以来都处在饥饿状态，猛然遇到丰盛大餐，拼力饕餮。那些年的阅读，为我的文学创作，为我以后到大学教书，奠定了非常厚实的基础。"

1990年年初，我接到杜光辉的来信，说他写了部中篇小说《车帮》，北京一家大刊给他的退稿信中写道："杜光辉同志，你用了一个最陈旧的手法，写了个最陈旧的故事……"他把这部小说压了三个多月，不敢再投，想让我鉴定一下小说的质量。

我接到后，一口气读完三万多字的《车帮》，拍案叫好。《车帮》迅速在编辑部传阅，我很快给杜光辉回信："……你给我刊写了一部近年来难得的好小说！"我编发了他的《车帮》，被《新华文摘》转载，这部小说就是他的成名作。

随之，杜光辉的创作如山洪暴发，我又编发了他的中篇小说《黄幡》《驴道》《孤舟》，《中篇小说选刊》选载了他的《医道》，《小说月报》选载了他的短篇小说《浪滩的女人》。杜光辉这个名字也进入了我们杂志社掌握的陕西重点作家的名单中，他在强大的"陕军"中拥有了一席之地。

后来，他跟我说，《车帮》发表以前，已经收到两百多封退稿信。他离开大巴山到海南时，妻子把他写的废稿卖给收破烂的，装了两担子。他看着四筐废稿，流着眼泪说："《车帮》就是用这些废稿堆出来的！"

1991年，全国青年作家代表大会在北京召开，我和有十年以书信神交的杜光辉见面了。会议期间，我们天天在一起畅谈，他跟我聊青藏高原、可可西里、藏羚羊、汽车兵……

我当时就敏锐地意识到，他拥有这么多得天独厚的生活和创作素材，文学前途不可限量。

会议期间，几个大刊的编辑向他约稿，尽快把可可西里写出来。但是，他一直按兵未动。

时光进入1992年年底，杜光辉突然和我失去了联系。我通过多方打听，才知道他携妻带女去了海南，而且在海南流浪、困苦潦倒，几成盲流。

我深知杜光辉的创作才刚刚出现曙光，不该抛离优渥的铁路作家的创作条件，贸然去闯荡海南，这是多么重大的失误。他不适应海南，他与海南的氛围格格不入。假设他不去海南，他的可可西里系列小说早就问世了，还会有更多沉实厚重的作品。他无须再充填海南的生活，现有的素材够他写一辈子。

两年后，我接到他两万多字的纪实散文《闯荡海南，精彩与无奈的世界》。知晓了他在海南曾经流浪街头，他和妻子小郑一天只有两碗汤粉，小郑还要把稠的拨到他碗里，他夜里还要写作；知晓了他在酷热的季节，没有钱买矿泉水，跑到酒店的卫生间装成解手，喝不掏钱的自来水；知晓了他在台风暴雨里，骑着单车带着小郑跑广告，马路上的积水淹没了膝盖，稍不小心就会坠入下水道；知晓了他低三下四地求职，被老板毫不客气地驱赶，作家的斯文扫地……

那段时间，我为他的生存担忧，更关注他的创作，每期的《小说月报》《小说选刊》《中篇小说选刊》，都有全国文学刊物发表的作品目录。令我欣慰的是海南的残酷没有毁灭他，这个曾经转战青藏高原的军人，困守大巴山的铁路汉子，骨子里的刚硬、坚韧，使他坚持下来了。他的作品喷泉似的朝出冒，《中篇小说选刊》转载了他的《商道》《白柳子》《公司》《连续报道的背后》《证人》《哦，我的可可西里》等近十部中篇，《小说月报》转发了他的中篇小说《赌徒和他的婆娘》《教师节》、长篇小说《可可西里狼》，还有《小说选刊》《作品与争鸣》转载了他四五部中篇小说。这样的创作成就就是放在全国文学创作的格局中，也是位于前列的作家之一。

2000年年底，杜光辉终于在海南站稳了脚跟，有了属于自己的住房，他第一时间就邀请我到海南。

20年了，一个编辑与一位作家，同龄的我们，坐在他闯荡海南、历尽沧桑苦难才刚刚拥有的家中。

北国的沈阳已是冰天雪地，南中国的海岛还需风扇吹拂。我们彻夜长谈，竟持续了十天。交谈中我感觉到，他比十年前成熟得太多了。我仍然记得十年前在全国青年作家代表大会上，大刊的编辑向他约稿的那篇可可西里，问他是否写出来了。

杜光辉从抽屉里取出了八部没有发表的中篇小说，其中就有《哦，我的可可西里》。嚯！厚厚的七八万字。

我简直是被他的怪异行为震惊了，写了这么多作品，不拿出去发表，存在抽屉里，这与当时浮躁的文坛风气大相径庭。我只能这样解释，杜光辉身上具有作家意志品格的沉厚。

天亮了，杜光辉上班去了，我开始读那些不知存放了多长时间的小说稿。读完了《哦，我的可可西里》，我扼腕长叹，杜光辉的创作又飞跃到一个新高度，这部小说是我看到的21世纪初最好的小说之一。

我当时就给《小说界》的编辑修晓林推荐这部小说。修晓林疑惑地问我，你是《鸭绿江》的主编，这么好的小说为什么不首先考虑自己的刊物，而是推荐给我？我说，这部小说八万多字，《鸭绿江》容纳不下，我要对得起这部小说，对得起杜光辉。

十多天后，修晓林告诉我，《小说界》临时抽下了两部中篇，安排了《哦，我的可可西里》。小说发表后，先后被近十家报刊转载，获得上海长中篇小说大奖、中国首届环境文学奖、《中篇小说选刊》优秀小说奖，被选入《新世纪小说大系》。我意料中的可可西里旋风刮起来了。

著名文学评论家雷达评论杜光辉的可可西里写作时说："当年，可可西里对许多人来说，还是一个陌生、神秘的名字，杜光辉就已经写出了多篇可可西里的小说，形成以可可西里为题材的系列中篇小说《哦，我的可可西里》《可可西里狼》《金蚀可可西里》《可可西里的格桑梅朵》，长篇小说《可可西里狼》等。在他笔下，巴颜喀拉、可可西里遥远又神秘，人类最早进入这片无人区的情景雄浑悲壮。当然，若是仅仅为了满足读者的猎奇心，未必是真正意义上的好作家。杜光辉的独特在于，他并不以怪异、血腥、荒蛮诱人，也不以外在动作的紧张性吸引人，他的小说非常注重精神性内涵，张扬的多是那种勇于担荷人类苦难，仁爱利他的牺牲精神，并由人推及动物。"

我回忆起还在海口的那个初夜，杜光辉从抽屉里取出很厚一沓子当年的退稿信，差不多有两百多封，全国各地的刊物都有，其中有我给他写的三十多封。他一字一句说，在海南流浪的那些日子，他丢弃了很多从大陆带来的东西，但这些退稿信他一直带在身边，让它们时时提醒自己，不能忘记这些曾经帮过自己的编辑。他还说："我在文学道路上极为艰难地攀行时，这些编辑搀扶着我的肩膀一步一步挣扎，我一生都要感谢他们！"

我又一次被他的行为震惊了。我做了几十年编辑，不知写了多少退稿信，联系了多少作者，然而，又有谁保存了这些退稿信？并且在如此贫困艰辛的流浪途中，他丢弃的全是生活必需品呀！那一刻，我突然有种从事文学编辑的成就感！

那些个海南之夜，是我们俩的青藏高原之夜。杜光辉跟我讲他的青藏高原、可可西里，我跟他讲我闯荡黄河源的经历。1988年的春天，我孤身走向黄河源头，走向扎陵湖、鄂陵湖，走向黄河源的经历，如何与苍鹰周旋，与苍狼对峙，一步一步走近死亡，又一步一步地走出死亡的历险。正是那一次难忘的黄河源历险，和几年后的数次深入柴达木石油人生活，我写出了散文集《西部生命》。这部散文集深得杜光辉的喜爱，他给我电话说，他在多次大学讲坛上以此书为引，启发学生们对于大自然的敬畏和神性散文写作及生命体悟的思考。他在讲散文创作中特别讲道："刘元举是用生命的危机写出的《西部生命》！"

我的黄河源与柴达木游历，让我激情写出中篇报告文学《黄河悲歌》（获首届"中国潮"全国报告文学奖）、《求索黄河源》（获《青年文学》年度散文奖），以及结集成书的《西部生命》，获得首届鲁迅文学奖提名、首届中华铁人文学大奖散文奖、第二届东北文学奖、首届冰心散等多个奖项。

我与杜光辉共同的高原体验，共同的高原题材探索，共同的以生命付诸文学的写作，让我们有了更多的理解和默契。我们已经不再是编辑与作者的关系，成了心心相印的好朋友。我们还有一个共同点，就是当他离开大巴山走向海南时，我也离开沈阳城走到了岭南的东莞和深圳。直到如今，他仍然在海南居住，我仍然在深圳客居。

大概是2004年，杜光辉打来电话，告诉我他调到位于五指山区的大学，这所大学远离闹市，远离喧嚣，能静心写些东西。对于他的新变动，我喜忧参半：喜的是大学教师有充足的时间写作，他会写出更多更好的作品；忧的是他是以生活阅历为创作素材的作家，大学教授是以理论为本钱的学者，两者是平行的钢轨，很难重叠到一块。这对于他来说，无疑又是一个新的考验。

所幸的是他到了大学，又一次爆发了创作高潮，写出了著名文学评论家王达敏认为的"高原三部曲"——《可可西里狼》《大车帮》《大高原》，还有以他闯荡海南为素材的长篇小说《闯海南》及几十部中篇。他的长篇小说《大车帮》、中篇小说《陈皮理气》、短篇小说《洗车场》，先后进入中国小说排行榜，其中中篇小说《陈皮理气》选入全国本科教材《中国现当代文学》。

近年来，我和杜光辉的作品数次在《北京文学·精彩阅读》上会面，去年我的中篇纪实与他的中篇小说出现在同一期上。从《北京文学》上，我读到杜光辉的万字散文《六月的焦灼与千年的凄苦》《读书·谋善的基座》等篇章，明显感觉他的写作风格和作品内涵发生了变化，他实现了自我超越，转向了学者型写作。

两年前，我再次到海南，杜光辉给我说，他授课课程是《文艺心理学》《西方文论》，公修课《小说创作与欣赏》。他以作家创作实践的经验审读普遍使用的教材，感觉有一些空洞、错误的地方。他就在理论和实践结合的基础上，自己编写教材，很受学生欢迎，在学校多次对老师教学的评定中名列前茅，省教育厅还把他撰写的《文学创作与欣赏》评为线上精品课程。

杜光辉的转型非常成功，是一次令人惊叹的生命奇迹，他的大脑到底比我们多点什么？

杜光辉回答了我的疑问，他这些年的阅读量，每年最少一千五百万字，有时达两千万字，就是写长篇小说，阅读量都不允许降下来！

在我伏案撰写这篇文章时，查看了他的创作清单，竟然发表了八百五十万字的作品，有五部长篇小说，八十二部中篇小说，被转载了三十部，三十九部短篇小说，一百多篇散文，还有大量的时评、经济随笔等。这样的作品量和转载率，对于和杜光辉同时代写作的作家而言，又有几人能做得到呢？

杜光辉邀我写这篇文章说:"我的成名作《车帮》是您编发的,创作的二次飞跃《哦,我的可可西里》是您推荐给《小说界》发表的,第三次飞跃是您把我介绍给《北京文学》的,您见证了我四十年的创作!"

我认为,他说的这些肯定是重要因素,但最重要的是他对人的实诚,他为文的真诚,唯真心而感动天地!

2021年6月25日于北京

哦，我的可可西里

目录

哦，我的可可西里 / 1

入　伍 / 111

团长和他的树 / 164

二〇三〇年的男人女人 / 212

帽珥冢 / 258

耳　蜗 / 299

麻柳火车站的爱情 / 348

哦，我的可可西里

上部　侵入

一

　　似乎地球上所有的黑暗、冰雪、狂风，全集中在这里。它们肆无忌惮地蹂躏着喜马拉雅运动造就的这块地方，恨不得一夜之间将青藏高原挤压成齑粉。另一个世界的"文化革命"正搞得如火如荼，这里却是与世隔绝的冰雪世界。

　　元月份，凌晨五点多钟，温度是一昼夜中最低的，零下四十多度。汽车大灯的余光里有一匹冻死的野马，被雪遮埋，鹰隼们还没来得及把它饕餮掉。极度的寒冷使汽车各部件摩擦系数增大，润滑油的功能却大大降低。遇到转弯的时候，我使尽全身力气，方向盘仍像焊死了样，坐在副驾驶位置的雷南起指导员，就帮我打方向盘。然而，汽车更多的是停滞不前。我、雷指导员、助手李石柱、王勇刚就下车，铲车轮前的积雪。脚踏在积雪上，发出嘎巴嘎巴的声响。裤裆以下的部位全陷在雪里，就这样挖一尺，汽车前进一尺，有时候刚刚挖出一两尺，我爬进驾驶室准备挂挡前进，猛然一股带着啸音的狂风刮来，裹挟的冰雪又堆积在汽车的前边。我们挖了半个小时，甚至一个小时的成果全被消灭，一切从零开始，甚至从负值开始。

海拔五千多公尺，缺氧、寒冷，加上连续行车、挖雪，四五十个小时没吃没喝的饥饿，挖不了十几下就连站的力气都没有。暂时还轮不上挖雪的人就倒在雪地上歇息。雷指导员挖的次数最多、时间最长，还不停地督促我们，起来起来，不能躺下，躺下会被冻死的。还不时地叮嘱我："一班长，你不要挖雪，你上车稳住油门，别让车熄火，要是熄火了，这几十个人都得完蛋！"

我们就竖起耳朵，仔细听汽车大厢里还有没有声音。风太嚣张了，嚣张得足以压倒天地间的一切声音，我们无法听见大厢里有什么声音，很可能大厢里根本就没有声音了。连续四十多个小时在海拔四五千公尺的唐古拉山地区行车，连汽油都被冻得很难点燃，何况人的血肉之躯。

我估计大厢上的三十多名测绘兵全被冻僵了。我在青藏高原上开车四五年的经历中，每年元月执行任务，不冻死几个人是稀罕事情。

我们是中国人民解放军汽车第九团二营四连，这次执行的任务是配合总参测绘大队，对可可西里无人区进行测绘。出发前进行了一个星期的动员和车况准备，团政委给我们作动员报告说，可可西里地区从来没有人类进去过，你们是首批进入可可西里的人。测绘大队的首长给我们介绍任务时说，测绘术语把可可西里地区不叫无人区，叫无图区，意思是中国所有的地图上，都没有可可西里详尽的地理地貌，只有飞机航拍的大概地形。可可西里地区是我国最后一块无图区，也是人类极难生存的地区。测绘大队的首长还给我们介绍，可可西里无人区在青海的南部和西藏的北部，位于昆仑山南侧，面积大约八万五千平方公里，平均海拔五千公尺以上，一年的平均温度是零下四度，最冷的季节可低到零下四十多度，就是在夏天的七八月份，也常常出现暴风雪。可可西里山就在这里，它海拔六千多公尺，蒙古话称它是"绿色的山梁"，山上积雪常年不化，根本没有一片绿色。

可可西里四周的许多地区是沼泽地，人畜难以通过。据说几十年前有几个欧洲来的传教士想进入可可西里，还没有进入就失去了影踪。测绘大队的首长说他介绍的这些情况书上都没有，是飞机航拍下来的。他还介绍，飞机还拍到了数亿万只的野生动物，有野牦牛、藏羚羊、野驴、野马、雪熊、雪豹、盘羊、石羊等。地质学家还估计那里有丰富的金矿和其他矿产。入侵者绝不会放过这块风水宝地，如果不在最短的时间攻下无图区，一旦战争爆发，后果不堪设想。

我们连队五十四台解放车，拉着仪器、罐头、粮食、物资、武器，还有三百多名测绘兵，在一年四季最冷的元月份，从西宁出发。经由日月山、倒淌河、哈尔盖，绕过青海湖北岸，再经过都兰、乌兰、德令哈、察尔汗、格尔木，又继续西行，翻过昆仑山口，过不冻泉、楚玛尔河沿、五道梁、乱海子、二道沟、沱沱河沿。车队是前天早上八点从沱沱河兵站出发的，原计划当天到达温泉兵站，大雪封山使我们车队挣扎了四五十个小时，还没有到达兵站。

风雪越来越猛，气温越来越冷，我们下车挖雪，沾在大头皮鞋上的雪回到驾驶室都不能融化。雷指导员、李石柱、王勇刚都没有穿大衣，他们的大衣早在翻越日月山时，脱给汽车大厢上的测绘兵了。不管怎么说，我们在驾驶室，四面不通风，又挨着发动机。虽说汽车大厢搭篷布，仍然八面通风，又无法活动，在这海拔五千公尺以上的地方，就是能活动也没有力气活动。当时我也要脱大衣给测绘兵，雷指导员挡住我，说："你要开车，要是有个三长两短，这辆车上三十多个人的生命都保不住！"所以，一上路把我当作国宝大熊猫样地保护着。

又一股狂风带来的冻雪把刚刚挖出的车道覆盖了，王勇刚气得一把摔掉铁锹，对雷指导员说："雷指导员，这样挖什么作用都不起，不如不挖！"

雷指导员拾过铁锹，在黑暗里看了王勇刚一眼，我能感觉出目光里蕴含着不满。他一边挖一边说："挖雪是唯一的出路，不挖汽车就不能前进，再过几个小时，车上的测绘兵会全部牺牲！我们要一不怕苦，二不怕死……"

王勇刚接过话头说："雷指导员，你对一不怕苦二不怕死的理解，就是白受苦去送死……"

王勇刚是陕西兵，有点小背景，不怕复员找不着工作，也不指望解决组织问题，雷指导员就对他无可奈何了。他刚要反驳王勇刚，又一股狂风刮来，刚刚挖出的冻雪又被新的冻雪代替了，刚才的劳动又成了毫无意义的劳累，实践证明王勇刚的论断是正确的。他就干咽了一口唾沫，什么话都没说。

我们四个人又回到驾驶室里，按规定解放牌汽车驾驶室只能坐三个人，但测绘兵里有了病号，雷指导员把自己的座位让给了病号，挤到我们车上。

全连五十四台车被风雪分割在三四公里的路段上，首尾不能相顾，各自为政，只能隐约看见相邻几百公尺内的汽车灯光，偶尔有司机摁响喇叭，也被狂暴的西北风淹没。

雷指导员望着黑暗中时隐时现的几点灯光，长叹口气，透溢出无奈和焦虑。凭经验，我们知道距温泉兵站不到二十公里了，但什么时候能到兵站，谁心里也没底。

李石柱钻出驾驶室，打开发动机引擎盖，取了些什么，又钻进驾驶室。

"吃点东西！"他手里抱着几个烤热的馒头，还有一壶水。他摇了一下，能听见水在里面激荡的响声，高兴地说："里面的冰化了！"

馒头烤得很焦、很干，能闻见焦馒头的味道，但我没有一丝食欲。严重的高原缺氧、疲劳和连续驾驶汽车的精神紧张，使我头昏、眼花、耳鸣、浑身瘫软，最渴望是我们陕西老家的热炕，睡上几十年不起来。这阵，几乎全中国的人都在酣睡，我们很有理由想念被窝里的温馨，寒冷冬天的夜晚能钻进热被窝，该是多么幸福的事情。

"杜班长，你多少吃点，你要开车！"李石柱把馒头送到我面前。

我用舌头舔了下干裂的嘴唇，腥滋滋的，嘴唇上有血渗出。我摇了下头，闭上眼睛，除了睡觉我什么欲望都没有。

李石柱拿馒头的手仍然停在我面前，雷指导员看着我说："一班长，吃，这是命令。保存不住自己的生命，就无法完成战斗任务！"

我只好接过馒头，艰难地张开嘴，咬了一口，焦黄的馒头上有了嘴唇上的血渍。李石柱的脸上浮出由衷的愉悦，给雷指导员说："雷指导员，我们班长吃啦！"

驾驶室又是一片沉默，唯有发动机发出微弱的颤动，驾驶室外仍是风雪肆虐的世界。

"雷指导员，你说无人区里有没有动物？"十七岁的李石柱望着雷指导员，认真地问。

"应该有吧？"

"都有什么动物？"

"我没有进去过，不知道！"

"书上怎么说的？"

"人类从来都没有进入过无人区，写书的人更没有进过无人区，书上肯定没有这方面的记载。我想，像青藏高原的黄羊、羚羊、野牦牛、野马、狗熊、野鹿这些动物，无人区里可能都会有吧！"

"不知道无人区里的动物怕不怕人，咱们平常见到的黄羊、麝香，遇见人就跑。要是无人区的动物不怕人多好，我们可以抱黄羊，抱羚羊，我唱秦腔给它们听……"

"雷指导员，我们老这么窝在驾驶室里也不是办法，这风雪要是几天几夜不停，我们就得等死！"王勇刚望着车外的风雪，吸了下鼻子。

"你有什么办法？"

"我记得离这里五六公里的前方有个公路道班，道班上有推土机，我们派人到道班去，请道班的工人开推土机来帮我们……"

"好主意，谁去？"雷指导员望着车外的风雪之夜，忧心忡忡地自言自语。

这确实是个十分艰险的任务，五六公里路要是放在平原地带，个把小时就走到了。但这里是海拔五千公尺的高原，冰天雪地，我们已经四十多个小时没吃没喝，万一倒毙在这雪原之夜，被野兽吃了连个影踪都没有。

"雷指导员，我去！"王勇刚说着就摘下枪架上的冲锋枪。汽车制造厂在生产军用汽车时，就在驾驶室的右前方设有冲锋枪枪架。

"雷指导员，我也去！"李石柱还用力挥了下拳头。

"这个任务很危险，前边的情况一点也不清楚，万一掉进雪坑，还有野兽……"雷指导员还在犹豫。

"雷指导员，你下命令吧，这里就咱们四个人，杜班长要驾驶车辆，你要指挥车队，我不去谁去！"王勇刚说着就拉开车门。

"雷指导员，要是叫不来推土机，我们再有三天三夜都到不了兵站，大家都得牺牲在这里！"李石柱整了下皮帽子。

雷指导员沉思了一会儿，取下手枪连武装带一块交给李石柱，说："拿上，万一碰上野兽什么的，也能抵挡一阵。你们要是到了道班，让道班工人开推土机过来就行了。你们在道班搞点吃的，再睡上一觉，车队过道班时叫醒你们！"

王勇刚和李石柱钻出驾驶室，消失在茫茫雪夜中。

除了风声、雪声，雪天雪地的高原上再没有其他声音，只是在风声稍停的空隙，偶尔传出一两声狼的嗥叫，叫人头皮发瘆。

一个小时过去了，两个小时过去了。夜的黑暗渐渐地淡释了，天空有了熹微的晨光。灰黑色的雪变成了灰色、浅灰、灰白、淡白、雪白，感到雪色刺眼时，天色已大亮了。

雷指导员看了下手表，推了我一下，说："一班长，他们两个出去快三个小时了，也该回来了！"

我有声无力地回答："估计到道班了，冬天推土机不好发动，没有一个小时别想开出来。要是不出意外的话，再过一个小时推土机就会开到这里！"

雷指导员这才放心地吁了口气，推开车门钻出驾驶室，查看整个车队的情况。我也跟着钻出驾驶室。

时间从黎明转到了早晨，风小了许多，雪也小了许多，气温似乎比夜晚更寒冷。冻雪的反光刺得我不得不眯起眼睛，向公路两头眺望，全连五十多台汽车分散在二三公里的路段上。如果不是汽车，根本无法判断公路的位置，公路上的冻雪和山体上的冻雪连在一起。可以看出，早在几个小时前，全连的车辆都停止了毫无意义的挣扎，挖雪的战友都缩回驾驶室保存体力。随之，我们看到相邻几百公尺的车上下来两个人，我向他们挥了下手，他们向我挥了下手，就再也没有动作了。我们身上的力气已经消耗殆尽，保存了体力就等于保存了生命。雷指导员又操起了铁锹，开始挖汽车前的雪。

"雷指导员，等一会儿推土机就来啦！"

"万一推土机不来怎么办，挖一点儿是一点儿，前进一步就离胜利接近一步，我们不能有依赖思想！"

但是，他只挖了两三分钟，就挖不动了。

"雷指导员，我来！"我伸手去抢铁锹。

"一班长，你要保存好体力，就是一会儿推土机来了，车辆还要驾驶。现在，我最担心的就是驾驶员累倒下，驾驶员倒下了，一辆车就瘫了，现在最关键是保护驾驶员的体力……"

兀然，我的耳畔似乎捕捉到一点儿异样的声音，急忙揭开皮帽子的掩耳，支棱起耳朵仔细听了一阵，果然有种非常细微的轰鸣声。"雷指导员，你听，有什么声音？"

雷指导员也揭开帽耳朵，仔细听了一阵，惊喜地说："是推土机的声音！"

二十多分钟后，我们看见一堆红色的钢铁物件翻过一道山梁，向着我们这边蠕动过来。推土机开到我们跟前，李石柱从推土机上跳下来，一边朝我们跟前挣扎，一边解下身上的手枪，他挣扎到雷指导员二三米远的地方，立定、敬礼，双手捧着手枪递给雷指导员。

"王勇刚呢？"雷指导员焦急地问。

"他在道班等我们呢，他累坏了！"

我脑子里立即浮现出道班房间里的牛粪火、奶茶、手抓羊肉、铺着狗皮褥子的火炕。王勇刚这狗日的把全世界的幸福都享受了。

"你为什么不在道班休息？"雷指导员看李石柱的目光里全是疼爱。

"全连都在这里，我咋好意思在道班睡觉！"

雷指导员爬上推土机，对开推土机的道班工人说："咱们分两步进行，第一步先把车与车之间的积雪推开，使整个车队连在一起。第二步是推土机在前面开路，车队跟在后边……"

十二点多钟，车队才到达温泉兵站。雷指导员指挥车辆停放好，又忙着和测绘兵的领导研究下一步行动方案。

李石柱、王勇刚给汽车加过油，又检查过车辆，就围到我跟前，说："杜班长，咱们班先去食堂吃饭吧？"能看出，王勇刚经过四五个小时的睡眠，精力充沛多了。

汽车部队行车时，前面的车到兵站了，后边的车可能还在半路上抛锚。所以连队规定在一般情况下，以班为单位，一个班的车辆到齐了，班长组织全班把车辆检查完毕，把第二天的行车准备工作做好，就可以吃饭就寝。

不知为什么，总有一种不祥的兆头萦绕在我的大脑里，我反复思考哪个环节可能出问题，但没有思考出结果。

"王勇刚，你上大厢看看！"我无意识地下了命令。

"咱们拉的是人，他们早就吃过饭睡觉去了，又不是物资，有什么看头！"王勇刚显然不想去看。

"你还是上去看看，不管咱们拉的什么，按行车规定，到兵站后对车辆检查的最后一项是物资的装载情况。我们是执行规定，执行规定就不能反问执行这些规定有没有用处！"本来，我可以派李石柱上大厢检查，但李石柱连站的力气都没有了。我直直地盯着王勇刚，我知道我的眼神里饱含着不容违抗的含义，要是我发出的命令他可以不执行，这个班长当得有狗屁意思。

王勇刚不情愿地攀上后大厢板，又钻进大厢里。猛然，王勇刚在大厢里惊叫起来："杜班长，杜班长……"

我跑到后挡板跟前，双手扒住后挡板，把脑袋伸进车厢。车厢里的光线很暗，只能看见王勇刚还有两堆军大衣盖的什么东西。

"怎么啦,不要大惊小怪!"

"杜班长,这两个测绘兵,睡着了不起来!"

"你马上下来!"我立即意识到问题的严重性。他们在零下四十多度的青藏高原上,连续五十多个小时没吃没喝,绝不是简单的昏睡、冻僵。王勇刚跳下车,我钻进大厢,揭开军大衣,昏暗的光线中,我看到一张只有十七八岁的娃娃脸,像睡着了一样,穿着崭新的军装,脖子上的领章艳红得扎眼,是新兵。我用手挨了一下他的脸,比摸在冰上还凉,那股冰冷顺着指梢神经一下子腾冲到大脑,我急忙把手指放在他的鼻孔上试了,没有一丝气息。我又揭开另一件大衣,又是一张充满稚气的脸,又是穿着一身崭新的军装,脖子上的领章也是红得扎眼。我还是用手试了一下他的鼻孔,同样没有一丝气息,他们牺牲了。他们是今年才入伍的新兵,身上的军装还没有洗一水。

我爬下汽车,李石柱和王勇刚立即围上来,问:"杜班长,他们两个怎么啦?"

"你们就守在这里,对谁都不能乱说,我现在就去给首长汇报。记住,这是纪律!"

出发的时候,测绘兵部队的领导给我们通报情况时说,这次到可可西里无人区执行任务的测绘分队,只有百分之二十的技术骨干,百分之八十是今年招的新兵,集训了两个星期,才学会立正、齐步走,连枪都不会打就拉出来了。严格地说,他们只是穿着军装的工人农民学生,还不具备军人的基本素质。在如此要命的自然环境中行军,万一闹起情绪,仅靠军队的命令是很难行得通的。

在兵站人员的指引下,我走到一间有火炉的房间,对着房门喊:"报告!"听到里面有人回答"进来"的声音后,我推门进去,看见测绘部队的领导，我们的连长、雷指导员、排长都在，像是在研究什么问题，脸色十分严肃。

"报告雷指导员，我的车上有两名测绘兵战士牺牲啦！"我估计首长听后，定会十分惊讶，谁知，他们竟没有一丝惊讶的表情。

雷指导员站起来对我说："这个情况我们已经知道了，牺牲的测绘兵战士是有意暂时安放在车厢上的。我们连队拉的测绘兵一共牺牲了二十四位，为了不影响其他战士的情绪，尤其是新战士的情绪，等他们都休息后，由兵站组织人员把牺牲的战士从车厢上抬下来，集中摆放到一块，由干部和党员进行遗体告别后，车队继续前进！"

一间像内地中学教室大小的房间，大通铺上，二十四名牺牲的战士整整齐齐地摆放在那里。房间门口，两名兵站的战士站岗，测绘部队领导干部和我们连队党员班长以上干部，参加了遗体告别仪式。

房间里很静，窗户上的玻璃破了，贴的牛皮纸被风吹得一阵一阵的响，还有人们被冻得吸鼻涕的咻溜声。牺牲的战士都是头朝外躺着，全是今年才入伍的新战士。墙壁上，兵站的同志用白纸写着：征服无人区的烈士永垂不朽。

我默默地从他们身边走过，觉得心里一阵一阵的麻木，我不知道这样的牺牲有多大的价值。那个人类根本无法生存的可可西里无人区，就是把它测绘出来又有多大价值，仅仅为了战争？交战的任何一方，占领了它又有多大的军事价值和经济价值？

在没有战争的年代里，接触死亡最多的是两个兵种——工程兵和汽车兵。也许是接触了太多的死亡，面对死亡时我们内心很难泛起感情的波澜。只是在二十多年后，我看了诸多关于可可西里无人区遭受破坏的报道之后，回想当年为了征服可可西里无人区，在雪天冰地里艰难挣扎，英勇献身的烈士们，那壮举究竟对人类文明的发展有多少实际意义？

我和雷指导员带领我们班的六台车，从温泉兵站一出发就朝北拐。离开了公路，汽车行进得更加艰难，山巅、草滩、河壑、土包，全被积雪覆盖，没有地图我们根本无法知道前方是什么地形。我是班长，全班驾驶技术最高的人，我就义不容辞地担负起开路的任务。最苦累的工作仍然是挖雪，幸好是冬季，无论车轮下是沼泽、湖泊、河流，只要平坦，汽车就可以开过去。离开了公路，离开了人类的活动痕迹，冰雪就显得格外洁白，白得令我们简直不相信地球上还有这么洁净的物质。

霍然，我们发现前方有一个巨大的两层楼高的冰馒头，直径有三四十公尺，晶莹剔透，如同巨大的翡翠宝石，冰馒头上还有几道炸开的裂纹，如同真正的馒头上的裂纹。雷指导员和我们班的十几名战士，还有测绘小分队的二十几名战士，都惊奇地望着这个罕见的自然景观。李石柱还朝冰馒头上攀，刚爬上一截就滑了下来，一个劲地说："真漂亮！真漂亮！"

王勇刚从车上取下铁镐，对着冰馒头就挖了一下，挖下了一小块冻冰，如同翡翠宝石般的冰馒头上，立即出现了一个白碴，格外难看和不协调。

李石柱扑过去，抓住王勇刚还要继续挖冰馒头的铁镐，说："不要挖啦，这冰馒头是翠绿色，多好看，你这一挖，就把这绿色破坏了！"

王勇刚推开李石柱，说："我要刨开它，看看里面到底是什么东西，咋这么透绿？"对着冰馒头又挖了一下，刚才那个白碴又扩大了一点。

"不要挖啦，那里面什么都没有，除了冰还是冰！"测绘小分队里有位姓石的技术员走过来，阻止王勇刚。

我们知道这位姓石的技术员是大学毕业生，很有学问，懂得许多我们不懂的事情。那个年代，部队里的大学生就像北京动物园里的麝香牛一样，稀少、珍贵。

"冰怎么会成绿色的？"王勇刚还想挖。

"我们现在已经远离了公路，也接近可可西里无人区的边缘，人类从未到过这里。凡是人类没有涉猎过的地方，就没有人类造成的污染，这里的一切都非常洁净。形成这个冰馒头原因是泉水的作用，泉水朝外涌，外边结了冰，里面的泉水还朝外涌，这冰馒头就越来越大。这冰馒头上的裂纹就是下面的泉水造成的。由于泉水没有一丝污染，冰馒头的冰又特别厚，所以我们看它就成了晶莹剔透的碧绿色！"

就在石技术员讲冰馒头形成的原理时，王勇刚刚刚在冰馒头上挖的白碴就消失了，没有一丝一毫的痕迹，仍然是那么浑实的光滑，那么碧绿晶莹。

"我们马上就要进入无人区了，由于无人区里没有人类进入过，所以肯定有许多我们平时很难看到的自然景观和珍稀动物。目前，地球上像可可西里这样的无人区已经很少很少了，就连地球之肺的巴西亚马逊河的大森林也开始被人类破坏了。真不知道，地球上一个一个的无人区被人类强行进驻，对人类来说是福祉还是灾难？"石技术员仰着头，目光越过冰馒头，望着远方的天际，一派杞人忧天的神气。

天晴了，被风雪蔽掩了多日的太阳出来了。天也蓝得出奇，蓝得没有一丝杂色，像被风雪擦过一样，显得白云也出奇地洁白，真像地面上的雪儿浮上了天空。太阳也出奇地浑圆，阳光照在雪地上，放射出刺眼的光。我们感觉到眼睛痒痛流泪，这是雪盲的前兆，如果再发展下去，会像瞎子一样，什么也看不见，只有等到离开了雪原才能恢复视力。我们从衣袋里取出上级配发的墨镜戴上，无人区边缘的天一下子暗了许多，眼睛的刺痒和流泪也减轻了许多。

"石技术员，你说巴西亚马逊河大森林是怎么回事？"李石柱走到石技术员跟前，尊敬地询问。

"巴西是个国家,在美洲,亚马逊河是巴西的第一大河流。亚马逊河流域全是原始森林,许多地方人类也无法进入,被全世界公认为亚马逊大森林。地球也像人一样,需要新鲜的空气,亚马逊大森林就像地球的肺一样调节地球的气候,过滤人类所造成的污染。如果亚马逊大森林遭到破坏,就像人的肺受到伤害一样,地球的气候就无法调节,地球供人类生存的环境就会恶化。所以,现在全世界自然保护者,都在呼吁停止对亚马逊大森林的开发!"石技术员一边说,一边把眼镜朝上推。他的眼镜腿太松,一个劲地朝下掉。

"这有什么难办的,我们人类不去开发亚马逊大森林就行了!"李石柱从地上抓了一把雪,揉成雪团朝远方扔去。

我也抓了一把雪,我觉得青藏高原的雪比我们西安家乡的雪硬。我们家乡的雪抓在手里,冰冰的、绒绒的,给人柔软的感觉。以至于好多年以后,我从事写作生涯时,写到西安家乡的雪花是用柔软来形容,而这海拔五六千公尺的雪异常坚硬,如抓了一把冰冷的沙子,而且不在手掌上融化,揉成雪团时,这些坚硬的冰雪在手掌里发出"嘎吱、嘎吱"的碎响,响声也显得十分坚硬。

石技术员也抓了一把雪,但没有揉成雪团,而是在手掌上来回摩擦了几下,又扔回雪地。这时,他才回答李石柱的问题:"事情不像你说得那么简单,这是一个十分复杂的国际社会问题,这里面有复杂的政治关系、经济关系,还有国家与国家、地区与地区、富足与贫困、先进与落后、发展与生存等多种矛盾。21世纪以来,人类为了追求高速发展,不惜毁灭人类赖以生存的自然环境的现象越来越严重。有位自然保护专家预言,当人类以牺牲自然环境为代价而发展经济时,当经济发展到一定的程度,人类也就毁灭了自己!"石技术员说这些话时,声音很低沉,面部的表情也非常严肃,像是给牺牲的战士致悼词。

我无法看清他墨镜背后的眼睛，但能看出他的目光越过冰馒头的顶部，一直延伸到无人区的天际。

"石技术员，你讲得太空了，我们没有文化，听不懂那么高深的理论。但人总得要吃要喝要活命，就像你说的亚马逊大森林，人总不能没有房子住不去砍树盖房子，没有粮食吃不去砍树换粮食，把树砍了又说破坏了自然环境，不砍树又活不下去。我们家乡有句话，今日有酒今日醉，哪怕明天喝凉水，先把今日的命保住，明天的事情都很难说。就拿我们汽车兵来说，今天把车从车场开出来，车再返回车场时，就不一定是你开回来的。我们今年的这个时候开进无人区，明年这时候能不能开出来，还是一个问号。去思考若干年后的地球上少了亚马逊大森林，人类怎么生存这个问题太不现实。自己的娃都快饿死，还去操心别人的娃长不白……"

石技术员望着滔滔不绝的王勇刚，叹了口气，再没有说话。

雷指导员一直站在我们旁边，一直看着石技术员，一直没有说话。但从他面部表情看，他也不赞同石技术员的观点。但人家是兄弟部队的技术干部，他就没有把不同意见说出来。雷指导员只是初小文化程度，石技术员给一个只有初小文化程度的人讲亚马逊大森林，显然不切实际。就连我这个初中毕业生，也无法理解地球还要长肺，地球还要呼吸，森林和人类吃饭、睡觉、居家过日子有狗屁关系？美洲的亚马逊大森林能让中国的土地多打粮食？这些有关环境保护的知识是到20世纪80年代以后，我国加大了宣传自然保护的力度，我是在众多的宣传文章中才获得的。但到这时候，人类赖以生存的自然环境，已经遭到了惨重的破坏。

我们离开冰馒头，又前进了两三个小时，带路的藏民仁丹才旺死活再不肯往前走了。他用半生不熟的汉语告诉我们，他们祖祖辈辈的规矩，走到这里就不能再走了，里面是佛爷的禁地，侵犯了佛爷的禁地子孙万代都要遭殃。雷指导员反复给他解释，那是迷信，世界上没有佛爷，也没有佛爷的禁地。甚至还说，我们要是把可可西里无人区征服了，你们可以到无人区里放牧，到无人区里打猎，到无人区里开矿，到无人区里搭帐房盖房子，可以在无人区建设一个比玉树、比格尔木还大还漂亮的城市。

雷指导员这番美妙的前景描述，不但没有打动仁丹才旺，反而使他更加恐惧和畏惧了。他虔诚地面对无人区跪下，连着磕了许多头，还用藏语嘀嘟囔囔说了好一阵，才爬了起来，牵过他的牦牛，头也不回地走了。

我们望着那团背对着无人区的人和牦牛的影子，在茫茫无垠的雪原上越来越小，直至消逝，才转过身子面对着福祸难测的无人区。雷指导员还在为仁丹才旺不肯带路耿耿于怀，自言自语地说："愚昧！"

石技术员望着雷指导员，问："你是说仁丹才旺愚昧还是我们愚昧？"

"当然是仁丹才旺愚昧，社会都进入20世纪70年代了，还有如此迷信愚昧的人！"

石技术员笑了下，我能看出，他不赞同雷指导员的观点。

二

进入无人区了。

我们在第一个测绘点安下了营寨，这是一个比较平坦的草滩，草滩上蒙了一层薄厚不等的积雪。我们清理出一片空地架好棉帐房，又从雪地里捡回许多野牦牛粪，在用石头围成的炉灶里点燃。一个小时后，帐房里就充满温暖。在冰天雪地里挣扎了十多天的我们，差点被这温暖融化了，钻进被窝睡了整整一天，还不想起床。

　　休息过一天后，测绘兵就开始执行测绘任务了。他们先是乘坐汽车向测绘点进发，当汽车再无法前进时，他们就下车，扛着测绘仪器向测绘点步行，完成测绘任务后就返回营地。一般情况下，下午三点钟左右就回到了营地。一直到晚上十点就寝，除了吃饭，剩下那漫长的空闲时间里，我和李石柱、王勇刚就围着石技术员，让他给我们讲知识，讲书本里的道理。

　　又是一个极为难得的好天气，风极小，风极小就意味着气温不是难以忍受的寒冷。还有偏西的太阳，太阳的光辉给冰天雪地的世界送来许多温暖，洁白的雪又变得刺眼了。我们还是钻出了帐房，我们享受帐房给予我们温暖的同时，也得承受帐房里的混浊空气。只要外边的寒冷不是特别难以忍受，我们还是抽空就朝帐房外跑。我们把大衣反铺在雪地上，围成一圈坐在上边，借着太阳的辉光，又开始了每日都要进行的工作——捉虱子。常年生活在青藏高原上，一年难得洗一次澡，几个月难得洗次衣服，给这种寄生小动物营造了极好的生存条件，它们繁衍很快。我们也知道，无论我们怎样努力，想把它们彻底消灭就像拿根竹竿想跳到月球上样异想天开。甚至越抓它们，它们越子孙兴旺。这阵，我们都解开军用裤带，把棉裤、绒裤的裤腰翻开，鼻孔里立即钻入温乎乎臭烘烘的气息，谈不上好闻，也谈不上不好闻。青藏高原的虱子好抓极了，它们大概也被海拔五六千公尺的缺氧折磨得周身发软，行动迟缓。我们翻开裤腰，它们一受到冷空气的刺激，就钻进裤缝一动不动。虱子太多，我们根本不用搜索，就像在黄豆桶里捏黄豆一样，在贴身的绒裤上一捏一个，专拣大的捏，小的还顾不上。捏住了用大拇指对着一挤，随着一声清脆的细响，虱子被挤成一团污血，有的母虱子还能挤出一团白色晶亮的虮子。不大工夫，我们都捉了一百多个，两个大拇指甲沾了厚厚一层血污。

石技术员捉住虱子后不挤死,而是存放在事前用纸叠好的三角袋里,再拿回帐房,丢进牛粪火里,牛粪火里就发出一阵细微的爆响,还有一股血肉之躯燃烧时的焦臭味。

我们抓了一阵虱子,又无事可做了,就系好裤带,望着不远不近的那座被冰雪覆盖的山脉。我们知道,那座山是可可西里山。

"石技术员,给我们讲点什么吧!"王勇刚乞求地望着石技术员。

那时,我刚过二十岁,王勇刚不到二十岁,李石柱才十七岁,石技术员二十五六岁,又是大学生,我们总觉得他和我们不一样,是个非常神秘的人物。

"讲什么呢,没什么可讲的啦,这样吧,我给你们吹口琴听!"石技术员从裤兜里掏出用手绢包的口琴,吹起来。他很会吹,单奏、双重奏,还用手和舌头配合吹出节拍。于是,琴声就在这块盘古以来从未有过人类的可可西里飘逸起来。这种金属弹片振动发出的音乐实在好听,撩拨得我们心里一醉一醉。他吹了《莫斯科郊外的晚上》,又吹了《喀秋莎》,还吹了《三套马车》,连美国的黑人歌曲《老人河》都吹。这里严重缺氧,他吹不到二十几分钟,就呼吸急促,头昏脑涨,就取下口琴,喘着气说:"吹不动啦,要是在内地,我可以一口气吹两个小时!"

他不吹口琴了,我们就无事可做,又觉得空虚无聊起来。

最耐不住寂寞的王勇刚问:"石技术员,你有没有对象?"

石技术员苦笑了一下,不说有也不说没有。

"石技术员,你是大学生,天底下的姑娘娃随你挑,肯定有对象啦!"王勇刚又追问了一句。

石技术员还是不说有也不说没有。

"石技术员,你肯定有……说不定也是大学生。哎,你们亲过嘴没有?

日他先人的，和姑娘娃亲嘴到底是啥滋味，说不定能把人受活死！"王勇刚眯缝着眼睛，憧憬着和姑娘娃亲嘴的幸福。

"你说得难听死啦，肉麻兮兮的！"李石柱觉得不好意思。

"你他妈的装圣人，谁一辈子不结婚？我要是今年复员了，这阵正好搂着姑娘娃亲嘴哩。现在工厂里的姑娘娃一追大学生，二追的就是复员军人。我还要挑厂里最漂亮的姑娘亲，不漂亮的想让我亲，我还不亲她呢，浪费我的唾沫……杜班长，你讲个故事吧，最好能逗人发笑！"王勇刚又把乞求的目光瞄向了我。

我想起小时候在马号里听饲养员讲的傻女婿的故事，就讲给他们听："原来呀，有一个很俊的女子，嫁给了一个很傻的小伙子，人们都把这个很傻的小伙子叫傻女婿。一天俊女子听说母亲病了，就炸了一篮子油糕，让傻女婿给母亲送去。临走的时候，俊女子给傻女婿交代，路上走快点，让俺娘趁热吃。傻女婿接过油糕篮子，拼命朝丈母娘家里跑，跑到丈母娘家里，果然看见丈母娘蒙着被子在睡觉。房里黑糊糊看不清楚，傻女婿就不顾哪里是头哪里是尾，揭开被子就用手摸，惊讶地大声嚷嚷，丈母娘，丈母娘，看来你病得真不轻。看，脸肿得像瓢，鼻梁凹得像道壕，连出气都没有啦！急忙从篮子里取出油糕，稀里糊涂就朝丈母娘的屁窟窿里塞，丈母娘憋不住放了个屁，傻女婿赶忙说，甭吹，甭吹，一点都不热！"

大家就笑，石技术员没有笑，他正捧着一本书在看，外文的，我们没有一个人能看懂。

"雷指导员来啦！"李石柱看见雷指导员从帐房钻出来，朝我们走来。

我们立即不说话了，我们不能让雷指导员知道我们在谈论女人，谈傻女婿，他会批评我们谈的是资产阶级封资修，缺乏思想改造。

"开始政治学习啦！"雷指导员在我们中间坐下，顺手把吊在胯骨上的手枪套移往肚皮上，右手捂在上边。他曾经给我们解释这个动作，一旦有情况就能在最短的时间里完成抽枪、上膛、射击一系列动作。

这次政治学习的科目是讨论什么是共产主义，雷指导员给我们做辅导时讲，共产主义是人类最美好的社会，到共产主义就没有阶级、没有阶级斗争，也没有国家、没有战争、按需分配，到了共产主义就消灭了家庭……

王勇刚满脸狐疑地看着雷指导员，问："雷指导员，你说到了共产主义就消灭了家庭，要是没有了家庭，人们还结婚不结婚？"

"这个，这个……"雷指导员想了半响，也说不出到了共产主义，人们还结婚不结婚。

"这个问题，这本书里没有讲！"雷指导员手里拿着一本《马恩列斯论共产主义社会》。

"不过根据我个人的理解，共产主义消灭了家庭，人们就不能结婚，要是结婚了，家庭就出现了，消灭家庭就是一句空话！"

"要是共产主义不允许人结婚，男人女人咋干那事情，不把人憋死才怪？"

"你怎么净往那上头想，共产主义不是不让人干那事情，人们到了共产主义，干那事情只是为了人类繁衍的需要，与家庭没有任何关系！"

"和家庭没有关系，也就和夫妻没有关系，要是和夫妻没有关系，谁想和谁干就和谁干，男人都想和漂亮女人干，漂亮女人一天到晚闲不下来，长得丑的女人一辈子享受不上一次。同样地，女人都喜欢和漂亮男人干，把漂亮男人累死了，不漂亮的男人一辈子也别想干一次女人！"

"瞧你这思想觉悟，纯粹的资产阶级，连社会主义都达不到，根本无法理解共产主义。你别忘了，共产主义具备两个最起码的条件，第一个是物质极度丰富，绝对可以满足人类的需求。第二个是人们的思想觉悟达到相当高的境界，任何私心杂念都无法适应共产主义的需要！"

王勇刚不再说什么，但能看出，他对雷指导员的解释不满意。

雷指导员对共产主义的理解，也只能局限在他手里的那本书。霍然，他看了石技术员一眼，求救地说："石技术员，你读过大学，一定知道共产主义是怎么回事情！"

石技术员合上书本，笑着说："我上大学时，辅导员讲的共产主义理论，和雷指导员讲的差不多，我对共产主义也没有更深刻的理解。我个人理解，共产主义是个非常遥远的社会制度，我们今天的共产主义理论，也只能在宏观上进行解释。何况共产主义理论也有一个不断修正，不断完善的过程，任何一种墨守成规的思想方法，都无助于对共产主义的理解！"

我没有听明白他的话，我相信只有小学三年级文化程度的雷指导员也听不明白。

过星期天了。由于在野外执行任务，我们过的是大礼拜，两个星期休息一天。这旷无人烟的雪原上，没有可供我们玩耍的地方，所谓的星期天也就是在帐房里睡上半天，再改善一下伙食。

一大早，我从帐房里钻出来，跟随我钻出帐房的还有李石柱和王勇刚。

我们三人走到距帐房五六十公尺的地方，一齐解开裤带，一齐掏出那家伙，那家伙经过一夜的养精蓄锐，变得如了铁棍，对着冰雪就冲击起来。三股浊黄的尿流冲击在冰雪上，在洁白上打出三口浅黄色的洞，很深，臊尿味也打破了无人区绝对清纯的空气。撒过尿，那家伙变得温顺乖巧，又被塞进裤裆里，继续过暗无天日的生活。

猛然，我们发现一群土黄色的动物从远方奔过来，足足有三四百只。它们跑到我们跟前时，停住脚步，都昂起头睥视我们，是一群黄羊，无人区外边也有这种动物。一只半米来长的小黄羊，跑到我们跟前，脑袋几乎挨着我们的膝盖。这只小黄羊漂亮极了，土黄色的皮毛油润发亮，四肢修长，小巧玲珑的脑袋，耳朵灵巧地一动一动。尤其那双眼，明亮得像镶嵌的黑宝石。它试探着用舌头舔了一下我的裤管，又抬起头望着我。

"真漂亮！"李石柱轻轻地走过来，摸了一下小黄羊的脑袋。

小黄羊向后退了几步，警惕地觑视着我们，越发显得惹人怜爱。

"无人区的黄羊怎么不怕人？"李石柱问。

"人类从没有进入过无人区，无人区的黄羊也从来没有见过人，它们的天敌意识里就没有人类，所以见了人就不害怕！"石技术员也从帐房里出来，回答李石柱的问话。

"草地上盖了这么厚的冰雪，黄羊冬天吃什么，会不会饿死？"李石柱又问。

"冬天对青藏高原上的动物是最残酷的季节，尤其是食草动物，由于吃不到食物，会大批大批地死亡。就是能寻找到一点食物，老弱病残者也抵御不住寒冷、饥饿、伤病和天敌的袭击，熬不到夏季的到来！"

我们再看散落在雪地上的黄羊，俊美优雅的屁股上都竖着一块白斑，那是尾巴。它们都低着头，在积雪较薄的地方啃噬已经干枯的野草，根本不顾及我们的存在。

"这只小黄羊会不会找不到食物饿死？"李石柱又问。

"很难说，大自然是非常残酷的。"

"我们要想办法，不让它饿死！"

"我们能想什么办法，冰天雪地，所有的草滩全被冻雪覆盖啦。"

"我们每天给它喂东西，它就不会饿死了。"

"黄羊只吃草，我们拿什么喂它？"

"我们来的时候，拉了一些白菜、萝卜……"

"蔬菜从西宁运到这里比金子都贵，我们每人每天只能吃到一片白菜叶子，喂了黄羊，我们吃什么？一天两天不吃蔬菜还可以，长期不吃蔬菜身体因缺乏维生素会生出许多疾病，雷指导员不会同意你拿蔬菜喂黄羊的！"

"我去给炊事员说，我每天少吃一份蔬菜，把我的那份蔬菜给小黄羊吃！"李石柱跑到炊事班的帐房，一小会工夫，真的拿了巴掌大的一片白菜帮子，欢喜得脸上像开了牡丹花。

"咩咩……"李石柱亲切地叫着，伸着拿白菜帮子的手慢慢向前走去。

小黄羊在白菜帮子的诱惑下，慢慢地向李石柱走过去，走到李石柱跟前，嘴巴朝上一抬就咬住了白菜帮子，几口就咽下肚里。而后，又昂起脑袋，乞求地望着李石柱，越发显得惹人怜爱。

李石柱抚摸着小黄羊的脑袋，说："没有啦，明天我再到炊事班要。"

小黄羊像是听懂了李石柱的话，伸出舌头在他手掌上舔起来。

"李石柱，这是只母黄羊，黄羊的公母和俺家乡养的山羊公母一样，一眼能看出来！"我也摸了下小黄羊，小黄羊又乖顺地用脑袋朝我身上蹭。

"这只黄羊通人性，真乖，咱们给它起个名字咋样？"李石柱一边爱抚着黄羊的脑袋，一边对我们说。

"黄羊就是黄羊，再温驯的黄羊也是畜生，起啥名字！你现在给它喂了白菜，它跟你亲热，明天就不知道跑到什么地方去了！"王勇刚不以为然地说。

"李石柱说得对，这只小黄羊是咱们进入无人区交的第一个朋友，起名字也不费大力气，以后咱们也好叫它！"我天生也有喜欢小动物的嗜好，参军以前，我养了不少白兔、白鸽，还喂了一只小山羊。

"石技术员学问好，让石技术员给小黄羊起名字！"李石柱得到我的支持，兴趣更大了。

"石技术员,你开动一下思想机器!"我也附和着李石柱的意见。

"真是吃饱撑的,给黄羊起狗屁名字!"王勇刚说着就钻进帐房,他喜欢睡觉。

石技术员想了一会儿,说:"叫喀秋莎吧。"

"喀秋莎是什么意思?"李石柱搂着小黄羊的脖子问。

"喀秋莎是苏联最漂亮姑娘的名字,苏联有首民歌叫《喀秋莎》,我经常吹的那支曲子就是!"石技术员给李石柱讲解。

"杜班长,喀秋莎这名字怎么样?"

"可以,蛮不错的!"

"雷指导员会不会批评我们搞修正主义,《喀秋莎》是苏联的东西!"我猛然想起最近一系列反修防修教育,把《喀秋莎》和苏修帝国主义联系起来。

"杜班长,《喀秋莎》是苏联卫国战争时期最著名的歌曲,苏联卫国战争是斯大林领导的,卫国战争时期的苏联近卫军战士,常常是高唱着《喀秋莎》冲锋陷阵的。苏联近卫军战士把他们在第二次世界大战中,发明的威力巨大的火箭炮命名为喀秋莎,《喀秋莎》是属于全世界爱好和平的人民的。再说,这只小黄羊又没有阶级性,它不是美帝苏修,它只是一只小黄羊,是中国可可西里无人区亿万只黄羊中的一只……"

"好,听石技术员的,它就叫喀秋莎了!"我一表态,李石柱也跟着表态。

"为了纪念这只小黄羊有了名字,我吹一支《喀秋莎》给它听!"石技术员从裤子口袋里摸出口琴,用手绢在上边擦了,又用舌头把嘴唇舔了几下,就噙在嘴里吹奏起来。

青藏高原气候干燥,平常嘴唇上都裂有很多口子,稍一活动就朝出渗血。石技术员每次吹口琴时，口琴上都留有血迹。我们喜欢听他吹口琴，又不忍心让他吹口琴。

"石技术员，你嘴唇又破啦！"李石柱想阻挡他吹口琴。

"没关系，今天这只小黄羊是可可西里数以万计的动物中，第一只被人类命名的，具有划时代的意义，无论如何都应该庆贺庆贺！"

傍晚时，这些黄羊要离开这里，朝它们的栖身地走去。我们望着喀秋莎和黄羊群竖起的白尾巴，消失在茫茫荒野中，许久许久。

"喀秋莎对我们有感情了！"李石柱像是自言自语又像是给我们说。

"无人区的动物都很单纯，我们只给它喂了一小片白菜帮子，它竟陪我们玩了半天！"我也很想念刚刚离开我们的喀秋莎。

"应该说，在自然界除了天敌之间互相警惕、互相仇视、互相残杀，其他动物间都应该是和睦友好的。在可可西里无人区的黄羊，从来没有遭受过人类的袭击，所以它们对人类就没有天敌意识，就和人类亲善友好！"石技术员又给我们讲起他对自然界的认识。

开晚饭的哨音响了。

元月份的可可西里无人区，下午六点就到了初夜时分。我们迅速跑到伙房门口，列队整齐，高唱一支语录歌后，随着解散的口令，到雪地上取自己的碗筷。冬天的可可西里无人区，漫天漫地的冻雪，就是有风，刮起的也不是黄沙飞尘，而是多年的冻雪，非常干净。我们吃过饭后，按照班的编制把碗筷整齐地摆放在雪地上，下次吃饭时直接使用，一点都不脏。

我们在无人区就餐，主食不限尽管吃，副食由炊事员掌勺，每人一份。由于无人区里没有蔬菜，炊事员分菜时格外认真，肉罐头一类的东西，炊事员就格外大方，蔬菜就少得可怜。李石柱只打了一份红烧肉罐头，就躲到一边吃起来，他下午找炊事员把自己那份蔬菜预支给了喀秋莎。

"李石柱，为什么不吃蔬菜？"雷指导员端着饭碗走过来，站在李石柱面前，居高临下看着李石柱。

"我、我、我……"李石柱急忙站起，支支吾吾半天讲不出什么。

"是不是把你那份蔬菜喂了黄羊？"

"是的！"

"李石柱同志，你是革命军人，肩负着人类征服可可西里的伟大使命，你应该知道身体是革命的本钱，身体要是垮了怎么去完成上级布置的战斗任务……"雷指导员说完，把李石柱的碗要过来，顺手把自己碗里的那份蔬菜倒进李石柱碗里。

李石柱刚要说什么，雷指导员说："不要说啦，抓紧时间吃饭，饭都凉啦。"

这时，王勇刚已经吃完自己碗里的那份蔬菜，蹭到炊事员跟前，指着锅盆里的菜汁说："这菜汤不喝也倒了，那是浪费，不如让我喝啦。"

炊事员想了一下，就把锅盆里的菜汁全倒在他碗里，刚好盛满一碗。

第二天下午，天气还是出奇地好，连一丝风都没有。在青藏高原，没有风有太阳就意味着这是一个极为难得的暖和天气。视线极好，远处湖面上发青的冻冰都能看见。脱掉了军大衣，身上清爽极了，任务也完成得十分顺利，不到两点我们就返回了营地。我们立即被营地旁边雪地上的景观惊呆了，那里涌满了各种各样的食草动物。有昨天那群黄羊，又新增了牦牛、羚羊、野马，还有许多奇形怪状我们叫不上名字的动物。它们慢悠悠地寻觅着吃食；还不时抬起头朝我们觑望。喀秋莎看见我们就奔跑过来，跑到我们跟前竟高兴地站起身子。它站起身子的姿态优美极了，把全身的重量放在后腿上，前腿弯曲着搭在腹部，腹部的颜色比背部的颜色淡了许多，但细绒毛很多，脑袋越发显得俊美灵秀。

"喀秋莎！"李石柱叫了一声，扑上去抱住它。

它的两只前蹄顺势搭在李石柱的肩上，和李石柱紧紧拥抱在一起。在他们旁边，许多牦牛、黄羊、藏羚羊、野马都围过来，观看它们的同胞和人类的亲热。李石柱和喀秋莎亲热完毕，喀秋莎就又仰着头看李石柱，还用舌头舔他的手，目光里又透着乞怜。

"杜班长，我想再到炊事班给它要点白菜吃，它一定很饿啦。你看这里到处都是冰雪，连个草毛都难见到，它们到哪里找草吃？"李石柱抚摸着喀秋莎的脑袋，向我请示。

"昨天雷指导员才批评过你，你又刚刚交了入党申请书，在这个问题上连续犯错误……"

平心而论，我也十分喜欢喀秋莎，我也想把我的那份蔬菜要出来喂给它吃。但是，我不能，我是党员，又是班长，还是连续几年的学习毛主席著作积极分子。况且，雷指导员的批评十分正确，在这雪天冰地的可可西里无人区，仅有这点供我们吃的蔬菜。卫生员给我们讲卫生课时讲到，蔬菜就是维生素，有维生素才能使人健康，没有维生素就要生病，身体垮了，战斗任务肯定无法完成。

李石柱见我不同意，又朝我跟前走了几步，乞求地说："杜班长，喀秋莎对我们这么好，我们少吃一点白菜算什么。再有几个月，天气暖和了，冰雪化了，草就长出来了，喀秋莎就不会饿肚子了。"

"你把蔬菜喂了喀秋莎，你吃什么？这又不是一天两天，而是几个月，你连着几个月不吃蔬菜，肯定会生病！"我仍然没有同意。

"杜班长，我们几个共同来喂喀秋莎，轮流不吃蔬菜就不会生病。而且，就算是犯错误也好由大家共同承担。"石技术员也帮着出主意。

"你们几个是不是发了神经，这遍地都是野生动物，靠咱们能喂过来？

就是把咱们拉来的蔬菜全部喂它们吃,这么多动物平均一口都吃不上,还把咱们都搞病了,你们说划算不?要喂你们喂,我不参加!"王勇刚不友好地盯了喀秋莎一眼。

"这本来就是违反纪律的事情,必须讲究自愿。王勇刚不参加没关系,咱们几个来。昨天是李石柱喂的,今天我来喂!"石技术员跑到伙房,只几分钟工夫就拿来一小片白菜帮子,交给李石柱。

"这是你从嘴里抠下来的,该你给它喂!"李石柱又把白菜帮子还给石技术员。

"还是你喂,我看它对你感情挺深的!"石技术员又把白菜帮子给了李石柱。

"我把这片白菜帮子撕开,每人一份,大家都可以给它喂,喀秋莎是我们大家的!"李石柱就把白菜帮子撕开,给了我和石技术员一人一片,也拿着一片走到王勇刚跟前,说:"勇刚,你不参加没关系,你也可以给喀秋莎喂,你给它喂了,它就跟你亲!"

"我对这不感兴趣,你们喂吧,但我不会给雷指导员报告!"王勇刚说完,转身进了帐房。

王勇刚转身的时候,我才发现雷指导员不知什么时候站在我们跟前。

我们都畏惧地望着雷指导员,等待他的批评。谁知,雷指导员却像根本不知道我们刚才的预谋,还走到喀秋莎跟前,在喀秋莎的脑袋抚摸了一下,又抬起头来把遍地的野生动物望了一阵。半晌,才长叹口气,自言自语说:"这可可西里无人区,真是全人类的财富呀!"

我和李石柱听见这话,不啻于冬日听到惊雷般的震惊。只有初小三年级文化程度的雷指导员,怎么能说出这么高深,这么美妙动听,这么具有哲理的精明论断?

"我一会儿给炊事班交代,以后打菜过后的菜汤由你们三个人轮流喝。菜汤也有营养,咱们农村熬中药,都是光喝汤不吃渣。"雷指导员说完,到炊事班住的帐房去了。

"杜班长,雷指导员今天怎么啦?"李石柱没有挨批评,还得到了雷指导员的默许,高兴极了。

我也狐疑,凭雷指导员那点文墨,打死他也讲不出这类语言,那是大师级的语言呀。

"这几天,我借给了雷指导员一本书,书名叫《地球与人类》,是位环保主义者写的,很有预见性,知识可以改变人!"石技术员给我们解答了这个疑问。

我们果然看见,雷指导员从炊事班出来,回到帐房门口就捧着书看起来。下午的太阳照在他身上,那身草绿色的军装又涂了太阳的晖光,显得越发抢眼。在满目全是白雪的可可西里无人区,确实给人一种生命的象征。

一只纯白色的公牦牛走过来,它那巨大的身躯如同开过来一辆白色的坦克,很长的体毛一直拖到雪地上,尾巴像根很大的扫帚,也一直拖到雪地上,浑圆的眼睛亲善地看着我们。它走得很慢,试探性地一步一步向前移动,仿佛害怕自己那凶神恶煞般的样子吓着我们。我们确实有点害怕,我们知道在野生动物中,野公牦牛一旦发起凶来,连狗熊、豹子都怯它。它们那种为了报仇而奋勇向前,不顾一切的拼命精神,是任何野生动物都不具备的。但是,我们也知道,野牦牛对人类是亲善的,只要人类不主动伤害它们,它们是绝对不会主动侵害人类的。藏民放牧的牦牛就是从野牦牛驯化而来的,不但可以放牧,还可以乘骑、驮东西。野公牦牛走到离我们三四米的时候,停住了脚步,依然看着我们,那眼神仿佛在询问我们,我还可以前进吗?我可以像这只小黄羊那样接受你们的爱抚吗?

"这牦牛真大！"我们的目光齐聚在野公牦牛身上。

李石柱慢慢地向野公牦牛走去，喀秋莎走到他旁边，像他的忠诚卫士。

"李石柱，小心它顶你！"我的心一下子提了起来，这么庞大的牦牛要是用脑袋顶他一下，后果不堪设想。

李石柱没有说话，仍然慢慢地向野公牦牛走去，野公牦牛也迎着他迈了一步。终于，李石柱的手摸到了它的脑门，又摸到了它的眼睛，它就把眼睛闭起来，陶醉地承受李石柱的抚摸。受到李石柱的鼓舞，我和石技术员也走近牦牛，在牦牛的嘴上抚摸起来。受到冷落的喀秋莎不满意了，仰起头看着李石柱，"咩咩"地叫起来。李石柱对着它一笑，说："你不高兴了，来，我把你抱到牦牛背上，你尝尝骑牦牛的味道！"李石柱弯下腰，抱起喀秋莎，放到野牦牛背上。野牦牛似乎不情愿地走了几步，李石柱又抚摸起它的脑袋，说："你是老大哥，让小妹妹骑你一会儿都不愿意，太没风格了！"

野牦牛似乎听懂了他的话，乖顺地站在那里，还献殷勤地摇着尾巴。

"杜班长，咱们也给这头公牦牛起个名字吧？"

"起名字要有学问，我肚里装的那点墨水不行，还是石技术员再费点脑子吧！"

石技术员就挠着脑袋想，想了一会儿，说："这头野牦牛是白颜色的，我们就叫它雪牛吧。喀秋莎的名字起得太雅，雪牛就来个大俗。老话说，俗到极点便是雅，丑到极处便是美！"

"不错，雪牛这名字还好记！"我带头拥护。

"雪牛，你以后就有名字啦，我们以后叫你雪牛，你要赶快过来啊！"李石柱把喀秋莎从雪牛背上抱下来，又继续抚摸雪牛。

"杜班长，咱们又和雪牛交上了朋友，也得给雪牛喂点啥。要不，就显得咱们太偏心啦！"李石柱说。

"给它喂什么呢,今天的指标都喂了喀秋莎。炊事班再也不会给咱们白菜帮子啦!"我无奈地摇了下头。

"想想办法吧,人说啥也比牦牛聪明!"李石柱还在恳求我们。

于是,我们三个就开始想办法,用时髦的话说是开动思想机器。

"有办法啦!"石技术员高兴地把手在空中一挥。

"啥办法?"李石柱朝石技术员挪近了一点儿。

"现在野牦牛和黄羊、羚羊,最大的困难是雪把草都盖住了,它们很难弄开雪吃草。我们用铁锹把雪刨开,让它们吃草,比给它们一片白菜帮子实惠多了!"

"好办法,咱们说干就干!"

我们跑到汽车上取下铁锹,拣雪薄的地方刨雪。喀秋莎、雪牛,还有那些黄羊、野牦牛、藏羚羊,看见露出冻雪的枯草,都围过来,挤挤拥拥地啃噬。野生动物太多了,我们刨雪的速度远远赶不上它们的需求,它们饥饿的时间太长了,嘴都快要啃到我们的铁锹上了。海拔五千公尺的地方,空气中氧分子的含量很低,我们只刨了一会儿,就头晕、耳鸣、心跳加快、浑身发软,真想扔掉铁锹躺在地上休息。尤其是石技术员,嘴唇都发紫了,嘴角还有白沫。

"石技术员,你身体不好,坚持不住就休息一会儿。"我一边刨雪,一边劝说石技术员。

"你看它们都饿坏了,我坚持一会儿,它们就少挨点饿!"石技术员说。

一直到天黑,它们无法看见地面上的枯草,才恋恋不舍地离开我们,向它们的栖身之地返去。

炊事员给我们分完菜,早就拿着碗守着菜盆的王勇刚又要剩下的菜汁。

炊事员急忙抢过勺子，说："雷指导员交代了，以后这些菜汤给石技术员、杜班长、李石柱轮流喝，别人不能动。"

"为什么？"王勇刚小声追问。

"我也不知道为什么，只知道雷指导员是这样交代的！"炊事员还是没有把勺子给他。

雷指导员听到他们的谈话，走过来给王勇刚解释："他们三个每天都要拿出一个人的蔬菜喂黄羊，长期缺乏维生素会生病的，所以菜汤让他们三个喝，多少能补充点维生素。"

王勇刚不好再说什么，转过身子怏怏离开了。走出了几步，又不甘心地小声嘟囔："喂黄羊又不是执行任务，还能算上理由？"

雷指导员一怔，想了半天才自言自语说："站在暂时和局部的立场上，这确实算不上什么理由。但是，如果站在人类长远的立场上，这又是一个最充分的理由。"

王勇刚没有听懂、李石柱没有听懂、我也没有听懂。但石技术员听懂了，他赞赏地说："雷指导员把书看明白了，他要是有机会到正经地方深造一下，以后就不得了了！"

石技术员的话我们还是没有听懂，但我们看见雷指导员放下碗筷，又钻进帐房，点起蜡烛，看起了石技术员借给他的那本《地球与人类》。

送给养的直升飞机还没有来，食品缺少的报告通过电台送到了总部首长的手中，总部首长的命令也通过电台传达给我们，直升飞机被调往灾区，执行紧急抗洪抢险任务。要求我们利用当地的野生资源，坚持完成任务。

雷指导员把大家集中到帐房里，动员大家克服困难，坚决完成上级交给的测绘任务。

"报告！"雷指导员刚刚讲完话，王勇刚就站起来。

"讲！"

"雷指导员，我们目前面临的困难完全有办法克服，根本不需要勒紧裤带。如果解决得好，我们可能比前一段时间的伙食还好！"

"请你讲出具体办法和措施！"

"可可西里无人区里有取之不尽的野生动物，就在我们帐房附近，每天下午都有大堆的黄羊、野牦牛、藏羚羊、野马，我们想吃什么打什么，还能隔三岔五地换口味……"

雷指导员皱了下眉头，没有表态。

"报告！"李石柱站起来说："王勇刚的办法根本不行，我们现在和这些野生动物的关系很好，互不侵害。如果我们去猎杀它们，肯定造成它们对我们的仇恨，说不定会报复我们。到那时候，我们还得提防野生动物对我们的袭击！"

王勇刚说："我们连美帝苏修的原子弹都不怕，还怕野生动物？再说，我们每个人手中都有枪，又有充足的子弹，怕什么？"

李石柱嘴张了几下，再没有说出什么。

石技术员站起来，说："我的建议也许不会被采纳，但是，我还是要说出来。从我们目前的处境看，并不是非要猎杀野生动物才能坚持下去，我们还有粮食和食盐，足以维持我们的生命。可可西里无人区的野生动物的天敌中，就没有人类的概念，它们对人类十分友善，如果我们猎杀它们，它们会很快就把我们看作天敌。我们在地球上智商最高，拥有现代化的屠杀武器，完全可以把可可西里无人区的野生动物全部猎杀，不敢想象要是地球上的动物全部被人类猎杀了，只剩下人类自己，那么人类还去猎杀什么？人类会不会猎杀人类自己？所以，我的意见是我们用粮食和食盐坚持，坚决不去猎杀野生动物！"

讨论会的争执很激烈，同意石技术员和李石柱意见的人很少，甚至明确表态的只有我一个人。这也难怪，守着成千上万只野生动物不吃，饿着肚子坚持完成任务，天底下哪有这样的傻瓜。野生动物又不是人，杀了就杀了，上不犯国法，下不犯军规，何况还有总部首长的命令，为什么不杀？

会议结束时，雷指导员都没有做出最后决定。散会后，雷指导员把我、李石柱、石技术员，叫到帐房外面，我们漫无目的地在雪地上散步。

没有星光，没有月光，更没有人类制造的那些灯光。但有积雪朦胧的反光，使我们还能看清地面上的东西。离我不远不近的地方，有一些绿森森的亮点，那是野生动物的眼睛，石技术员说凡是凶猛动物的眼睛到夜里就格外发亮。偶尔从雪原深处，传来几声狼的嗥叫，令人恐惧。我不由自主地把冲锋枪移到胸前，并打开了保险。感觉中，李石柱也打开了冲锋枪的保险，耳朵警惕地搜索着四周的动静。唯有雷指导员和石技术员比较镇静，石技术员还给我们说："保持警惕可以，但没有必要太紧张。我们是可可西里出现的第一批人类，这里的猛兽还没有捕食人类的嗜好。所以，野兽一般不会袭击我们，它们的捕食对象也是它们接受父母传授的知识……"

听了石技术员的话，我和李石柱的恐惧好了一些，但仍然处在紧张状态。

可可西里无人区里的冬夜太黑暗了，我们从来没有经历过这样的黑暗。在我们二十年的人生阅历中，从来没有和人类隔离过，凡是有人类的地方就有灯光火光，就是在人口比较稀疏的青藏高原，夜间还能看到藏民帐房的灯光火光，还有他们在野外燃烧的篝火。火光灯光是人类的标志，看到它们，我们就意识到，附近有人类，一旦遭受到意外的灾难，就可以向附近的人类求救，可以获得踏实的安全感。因为人类相互帮忙、互相援助的本能是相通的，远离了人类就远离了安全。

雷指导员停住了脚步，我们也停住了脚步，等待他说什么。雷指导员朝石技术员跟前走近一步，竟说了一句令我和李石柱感到莫名其妙的话："那本《地球与人类》我看完了！"

石技术员没有说话。

"那是一本很难看到的书！"

石技术员还是没有说话。

雷指导员说："如果我不是这里的最高指挥员，刚才的讨论会上，我也会站在你们的立场，反对猎杀野生动物！"

石技术员还是没有说话。

"但是，我站在这里最高指挥员的位置上，我决定同意猎杀野生动物！"雷指导员的语气很沉重。

"我知道你会做出这个决定的，换成我处在你这样的位置，也会做出这个决定！我不会因为你做出这样的决定，对你产生什么看法。因为，中国目前的国情、国人的认识、上级首长的认识，甚至各级党组织和政府的认识，迫使你必须做出这个决定。但是，我请求您做出猎杀野生动物的限制规定，够维持日常伙食需要就行了，绝不能允许滥杀！"

"我会做出具体规定的！"雷指导员的口气非常坚决。

第二天吃早饭时，三十几名军人在伙房门口的雪地上集合。唱歌完毕，雷指导员走出队列，向我们宣布猎杀野生动物的命令和具体规定。

从此，人类迈出了在可可西里无人区猎杀野生动物的第一步。雷指导员还规定，只允许王勇刚一人猎杀野生动物，每天计划猎杀什么动物，包括具体数字必须报雷指导员同意后才可以实施。

到了三月份，可可西里无人区的雪薄了许多，挨着地面的雪开始融化，野生动物比较容易找到枯草了，它们的毛色也开始发亮。喀秋莎已经出落得十分漂亮了,站在雪地上显得亭亭玉立,仿佛我们人类的女孩子到十七八岁的年龄,浑身上下都荡漾着青春的活力。早几天的时候,我们看到几只高大雄壮的公黄羊来到了喀秋莎的身旁,用嘴在喀秋莎身上亲吻。这阵,又有两只公黄羊围着喀秋莎,喀秋莎毕竟是只处女羊,多多少少还有些羞涩和矜持,一边装着觅草,一边含情脉脉地看着它们。终于,这对情敌经不起喀秋莎目光的撩拨,脑袋抵着脑袋地决斗起来。它们各自后退几步,然后拼力向对方冲去,快要接触对方时又猛地跃起,脑袋在空中发生撞击。而后,它们又重复下一次决斗。三四个回合之后,那只个头稍矮的公黄羊转身跑去。得胜的公黄羊就昂着头,自傲自得地走向喀秋莎。喀秋莎的目光里也充满了欢愉、敬佩和渴望,还羞答答地朝公黄羊走近一步。它们的脖颈交织在一起,用嘴唇一下一下地触摸对方的嘴唇。那只公黄羊转到喀秋莎的尾部,用鼻子在尾巴下边嗅了一阵。而后,猛力一跃爬上了喀秋莎的背部,喀秋莎幸福地闭上了眼睛。

"喀秋莎要做妈妈啦!"石技术员说。

"日他妈,连野生动物都知道干那事情!"正在擦枪的王勇刚用力咽了口唾沫。

王勇刚得意极了,收车回来,就端出冲锋枪,在雪地上摆块木板,把冲锋枪的部件拆下来,一件一件地上油、擦拭,又一件一件组装完毕,再拉几下枪栓,空膛击发一下,撞针发出细微的脆响。枪的性能好极了,这支五六式冲锋枪是去年才换装的,打过一次靶,只用了三发子弹,可以说还是十成新的枪支。

王勇刚试过枪,又从裤子口袋里摸出几发子弹,在军大衣上擦了擦。黄铜色的子弹在军绿色大衣的相映下格外刺眼,我甚至还看见弹尾凹槽里的那道红线,表示这颗子弹是杀伤弹。王勇刚又拿过一个空弹匣,把子弹一颗一颗压进去，"咔嚓"一声，他把弹匣装上枪身。下一步，他只要把子弹推上膛、瞄准、击发，这三个动作完成，肯定有一个野生动物倒在血泊里。

"王勇刚，你最好不要打黄羊、牦牛、羚羊这些动物，找只狼打？"我用比较温和的口气对他说。他执行的是雷指导员的命令，我这个班长比雷指导员要低好几个级别，他完全可以不理睬我。

"杜班长，放着眼皮底下这么多黄羊、野牦牛、藏羚羊不打，却去翻山越岭找狼打，我又没有犯傻。再说，狼肉是酸的，又粗又不好吃，黄羊肉又嫩又细，好吃！雷指导员的命令，我要是完成不好，怎么给雷指导员交代！"他果然抬出雷指导员压我。而后，掂着枪大步向黄羊群走去。

黄羊们还在吃草，就是看见提着枪的王勇刚，也绝不会把冲锋枪和死亡联系在一起，在黄羊祖传的历史上，还没有一只被人类用冲锋枪打死，它们也不知道冲锋枪是什么东西。

砰——一声枪响，可可西里无人区响起了开天辟地以来第一声枪响，人类制造的子弹从枪膛里呼啸而出，钻进了可可西里无人区的雪地里，没有一只黄羊倒下，我太了解王勇刚的枪法了。所有的黄羊和野生动物都停止吃草，都震惊地仰起头，望着王勇刚和那支冲锋枪，它们不知发生了什么事情。

砰——又是一声枪响。这一次，王勇刚没有朝远处的黄羊开枪，他也太了解自己的射击技术了。他对着距他最近的喀秋莎开了枪。子弹穿透了喀秋莎的肚子，又钻进洁白的雪地里。喀秋莎的血融化了一片雪地，也染红了一片雪地。喀秋莎痛苦地抽动四肢，秀美的眼睛哀怨地望着我们，发出绝望的叫声。

所有的黄羊和野生动物，看见倒在雪地上的喀秋莎，听到喀秋莎的哀嚎，又愣呆了一会儿，终于明白刚刚发生了什么事情。在同一瞬间，所有的野生动物朝着一个方向逃跑了，空荡荡的雪地上剩下密密麻麻的蹄印。雷指导员怕王勇刚滥杀野生动物，规定他每天只能用两发子弹，所以当王勇刚第一枪打空后，就向跟前的喀秋莎开了枪。

"王勇刚，我日你妈，你为什么要对喀秋莎开枪！"李石柱冲过去抱起喀秋莎，喀秋莎对着李石柱，缠缠绵绵地哀叫了一声，闭上了秀丽的眼睛。

王勇刚提着冲锋枪，枪口还冒着带有硝药味的青烟。

我走到王勇刚跟前，压着火气说："王勇刚，你明明知道李石柱和我们都喜欢喀秋莎，为什么还要打死它？"

"杜班长，我的枪法臭，你也知道雷指导员规定我一天只能打两发子弹，我要是打不到一只野生动物，晚饭让大家吃什么？"他说得振振有词，我无言以对。

石技术员走过来，看着王勇刚，没有说话。

"石技术员，我知道你不高兴我打死喀秋莎，可你有啥话就说，别老这么看我，我就害怕你这样看我！"王勇刚的狂是全连有名的，但他怵石技术员。

石技术员长叹口气，声音很低地说："王勇刚，人类有你们这些人是地球的悲哀！"

我知道石技术员这话绝不是表扬王勇刚，但我不理解这话的含义。我相信，王勇刚同样不理解这话的含义，李石柱也同样不理解这话的含义。

突然，李石柱丢下喀秋莎，冲到王勇刚跟前，吼了一句："王勇刚，我日你妈！"对着他的鼻子就是一拳。毫无防备的王勇刚被打得连着退了四五步，倒在雪地上，鼻孔里的血流出来了。他用巴掌顺势在脸上抹了几下，弄得满脸都是血渍，恶狠狠地对李石柱说："狗日的，你敢打我！你和野黄羊好，有本事就别吃我打的黄羊肉，饿死你驴日的！"又看见雷指导员从帐房走出来,就装着怎样挣扎也爬不起来的样子。雷指导员看见他满脸的血迹,吓得不轻,冲着远处的帐房喊:"卫生员、卫生员!"

王勇刚把喀秋莎的皮扒下来,肉交给了炊事员。

李石柱抱着喀秋莎沾满血渍的皮毛,呆呆地望着不远处的可可西里山,山上的白雪在暮色中变成灰色。他已经不哭了,但脸颊上的泪痕仍在。

炊事员在帐房门口喊:"开饭啦,开饭啦!"

石技术员没有动,我也没有动,我们难过,也替李石柱难过。

炊事员端着一大碗黄羊肉钻出帐房,对李石柱喊:"小李子,我把肉给你端来了,趁热吃吧。"

雷指导员伸出胳膊挡住炊事员,小声说:"这顿饭他不会吃的,端回去吧。"

这天晚饭,我没有吃,石技术员没有吃。雷指导员没有吃黄羊肉,只吃了一个小馒头。吃过晚饭后,他拿出那本《地球与人类》,还给了石技术员,说:"我不配读这本书!"

石技术员握着雷指导员的手,没有说话。

我没有听懂雷指导员的话,李石柱也没有听懂雷指导员的话,王勇刚根本没有去听雷指导员的话,正捧着喀秋莎的大腿,满嘴冒油地啃着。

他打黄羊有功,炊事员专门把羊大腿犒劳他。

入夜时分,李石柱、石技术员,还有雷指导员和我,在帐房旁边挖了个墓坑,把喀秋莎的皮毛埋葬在里面,还修了个墓冢。

三

我们营地前的雪地上空寂了,过去成群的野生动物销声匿迹了。夜里刮了场很大的风,雪地上那些密密匝匝的野生动物的蹄印被风雪抹平了,这里像是从来没有发生过任何事件一样。收车回来,我们坐在帐房外边,望着空荡荡的雪地,怀念喀秋莎、怀念雪牛,还有成群结队的黄羊、野牦牛、藏羚羊、麝香、野马。每到这个时候,石技术员就自言自语说:"要是地球上的动物全被人类消灭了,地球上只有人类一种动物,人类该是多么孤寂呀!"

这几天,我们在可可西里无人区里,真正尝到了当地球上只剩下人类一种动物时,那种难熬难挨的空寂和孤独。

王勇刚也难以完成任务了。当初,我们营地周围聚满各种各样的动物,他觉得猎杀野生动物太容易了,只要用二指一扣,枪膛里射出的子弹就会击中一个猎物,不需出多大力气又过了打猎的瘾。现在,方圆几里内见不到野生动物,王勇刚提着冲锋枪在营地周围再怎么转悠,都难以发现一只野生动物。"怎么搞的,前段时间那么多野生动物,咋一下子连一只都没有啦?"王勇刚又跑到石技术员跟前,谦恭地问。

石技术员说:"你不要认为野生动物什么都不懂,没有语言和思维。实际上,野生动物有它们的思维和思想交流的方式。野生动物对咱们的感情分为两个阶段。第一阶段是你猎杀喀秋莎之前,野生动物对我们充满信任和友善,一点也不戒备我们。自从你猎杀了喀秋莎,野生动物全部逃离我们,不再信任我们,而是随时提防我们再次猎杀它们!"

听了石技术员的话,王勇刚不再说什么。有时候他实在找不到野生动物时就急得骂:"狗日的野生动物,就别让我碰见你们,碰见你们非彻底消灭你们不可!"仿佛野生动物不出来让他猎杀是天大的罪过。

王勇刚连续几天打不来野生动物，雷指导员好像根本就没有给他布置打猎任务一样，不管不问。

　　这天下午，我们收车更早，刚刚两点钟。王勇刚提着冲锋枪，找到雷指导员请示："雷指导员，咱们营房附近连一只野生动物都发现不了，连着几天都没有打到野生动物。下午派个车，到离咱营地远点的地方去看看，说不定会碰上什么野生动物。"

　　雷指导员考虑了好一会儿，才说："好吧，不许超过两发子弹，打中打不中都不允许用第三发子弹！"又给我说："一班长，你开车，带上李石柱和石技术员。记住，不许超过两公里，注意安全！"

　　我发动着车，李石柱、石技术员、王勇刚就挤在副驾驶位置上。王勇刚抱着冲锋枪，认真地盯着前方和左右，仍然没有发现野生动物。

　　"王勇刚，你今天不许打黄羊！"李石柱几乎用恳求的语气给王勇刚说。

　　"不打黄羊打什么？"

　　"有那么多野生动物，为什么偏打黄羊？"

　　"要是发现不了别的野生动物，你还要我空着手回去不成？"

　　"王勇刚，你看到没有，自从你杀了喀秋莎之后，咱们营地周围就再也没有野生动物了，我们收车回来多么空虚！"

　　"哈哈，李石柱你脑子有病是不是？它们是野兽，咱们是人，人和野兽之间还有感情，天大的笑话！"

　　石技术员见李石柱说不动王勇刚，就接着说："王勇刚，李石柱说得很对，尽管他讲不出什么道理，而且有些道理讲出来咱们不一定理解。人和动物之间应该是有感情的，现在许多国家都成立了野生动物保护协会，而且在法律上规定不允许猎杀野生动物，猎杀野生动物是要坐牢的！"

我一边开车,一边接着说:"王勇刚,我和李石柱都跟你一样,没有多少文化水平。石技术员是大学毕业,读了一肚子的知识,他说的话你还不信?"

王勇刚见我也站在李石柱和石技术员的立场上,就说:"既然你们都不让我打黄羊,我今天就不打黄羊了!"

汽车前进得很艰难,我完全凭经验判断冰雪下面是平地还是坑洼,开出来二十多分钟了,我看了下里程表,才跑了一公里。说句心里话,我想再颠上一公里,发现不了野生动物就掉头回去,多一公尺都不跑。这样做王勇刚也没话可说,雷指导员规定不能超过两公里,超过一公分都是违反命令。谁知,我这念头刚冒出来,王勇刚就指着右前方对我喊:"班长,有啦!"

我顺着他的手指望着,果然看见雪地上散布着许多野生动物,主要是黄羊和野牦牛。显然,它们也发现了我们,当王勇刚提着冲锋枪跳下汽车时,黄羊们像是听到命令似的,像一支支黄色的箭矢向着远方射去。其他动物也尾随着黄羊逃跑了,只剩下庞大的野牦牛们,也停止觅草,朝着我们这边张望。

"雪牛!雪牛!"随着李石柱惊喜的叫声,我和石技术员也发现了野牦牛群里的雪牛。

"雪牛!"我们欢叫着向雪牛跑去。

雪牛怯怯地望着我们,一步一步地后退。

"雪牛,是我们,我们还给你喂过草!"李石柱急忙弯下腰,扒开冻雪,拔出一把枯草让雪牛看。我和石技术员也学着李石柱的样子,扒开冻雪拔出枯草,向雪牛走去。

雪牛看见我们手中的草,不再后退了。

"雪牛,这几天你们到哪里去了,想得我们好苦呀!"李石柱给雪牛说。

雪牛站在那里，李石柱把草伸向它的嘴边，它舌头一卷就吞进嘴里。

我和石技术员赶忙把手中的枯草伸向它嘴边，看着它吃下去。又急忙用手扒雪，拔枯草喂它。李石柱又抚摸它的耳朵，抚摸它的眼睛，抚摸它的脑袋，它惬意地闭着眼睛，摆着尾巴承受李石柱的爱抚。

"雪牛，回家吧，我刨雪找草让你吃，这几天把你们饿坏了吧？"李石柱把我们的营地看成了野牦牛的家。

"砰——"王勇刚在离我们不远的地方开了一枪。我们一惊，顺着王勇刚枪口的方向，看见三十公尺外的雪地上倒下一头牦牛。

雪牛一惊，猛地后退，脱离了我们。它跑到那只倒下的野牦牛跟前，呆立了几秒钟，又转过身子。我们看见愤怒使它眼睛睁得滚圆，里面像要迸射出血，朝着王勇刚狂奔过去。

"妈呀！"王勇刚惊叫一声，转身就逃。他绕过一块半人高的石头，又朝着一面石壁跑去。愤怒至极的雪牛低着头，狠命地往石头上一撞，石头就被撞成半截，它一跃越过石头，又向王勇刚扑去。在雪牛的身后，近百只野牦牛全部摆出愤怒的决斗架势，向王勇刚扑去。

王勇刚已经无路可逃了，我们跟在野牦牛的背后，惊慌失措地大叫："雪牛！王勇刚！"

王勇刚在情急之中，发现石壁上有一条仅能容人侧着身子钻进去的石缝，就不顾一切地挤进去。雪牛冲到石缝跟前，略一停顿，后退几步，疾快地向前冲去，脑袋对着石缝里的王勇刚，拼尽全力撞击过去。我们看见雪牛雪白的脑门上流出汩汩鲜血。雪牛又后退几步，摆好架势，又带着对人类的巨大仇恨，狠命地向着石缝撞去，脑门上又撞出更大的伤痕，流出更多的鲜血。雪牛还是不肯罢休，又后退几步，摆好架势，又带着对人类的巨大仇恨，狠命地向石缝撞去……

"王勇刚没有危险了，我们赶快回到汽车里隐蔽起来，防止野牦牛再拐回来。书上写过，野牦牛的复仇心理特别强，它们说不定会拐过头来报复我们……"

我和李石柱、石技术员，赶忙回到驾驶室里，发动着车，并掉转车头做出随时开车的准备。

我们在驾驶室里看到，雪牛还在一次一次地向着石缝撞去，但力度一次比一次小了，最后几次，它的脑袋全是鲜血，雪白的脑袋像是从染料缸里浸过，鲜血淋漓到雪地上，它几乎是挣扎着朝石缝上撞。终于，它再也跃不起来了，倒在雪地上，死去了。

立即，又一只公牦牛效仿雪牛的样子，一次一次地向石缝撞去，还是脑袋迸裂、鲜血四溅地倒毙在石缝前边。

接着，又一只公牦牛摆好架势，向石缝撞去……

四五只野牦牛倒毙在石缝前边，也挡住了其他野牦牛继续撞击石缝的路，它们在石缝前边转了几十个圈子之后，才怒气未消地离去了。看着那群野牦牛走得无踪影了，我们才把吓得半死的王勇刚抬进驾驶室。

雷指导员派人来收拾战场时，我们才发现王勇刚打死的是头雌性野牦牛，它腹中的小牦牛已经有了四肢和脑袋。我们把这头野牦牛朝车上抬的时候，它还没有死，胎体一下一下搐动。

石技术员、李石柱、我，还有雷指导员，站在死了的母野牦牛旁边，没有说一句话。

吃过晚饭，石技术员给我说："杜班长，我记得去年看过一本书，书上介绍了野牦牛的脾性。这种动物的复仇心理特强，谁要是伤害了它们部落的成员，它们会众志成城和对方殊死搏斗，直到全部牺牲！"

"你是说那群野牦牛会寻到咱们营地报复?"我心怵了,野牦牛的力气太大了,要是它们发起疯来,顶不翻汽车也能把汽车撞报废。

"石技术员,咱们赶快给雷指导员汇报,想出对付的办法!"李石柱也着急了。

雷指导员听完我们的汇报,没有说话。

李石柱沉不住气地问:"雷指导员,要是野牦牛真的来报复我们,你会不会下命令打它们?"

"你说呢?"

"我说最好不要开枪!"

"它们要是撞汽车撞人怎么办?"

"这……"

"李石柱,我是军人,是正在执行战斗任务的军事指挥员,我的天职和其他任何事情发生矛盾的时候,我必须维护我的天职!"

在雷指导员的指挥下,我们班的六辆车依次摆成梯形,这样野牦牛不论从哪个方向袭击我们,我们都可以最大限度地发挥火力。雷指导员还命令,全体人员处于战斗状态,一律不许在帐房里睡觉。贵重仪器全部搬上汽车,人不能离枪,空弹匣全部压满子弹。子弹箱搬到最方便的地方,箱盖打开。手榴弹也从弹箱里取出来,一个挨一个地摆放整齐,尾盖都拧松了。同时,雷指导员还下令,只要野牦牛不对车辆、物资、人员造成较大的危害,我们就不许开枪,一切听他的指挥,违犯命令者受纪律处分。说到这里的时候,雷指导员还特地看了王勇刚一眼。

一夜平安无事。黎明的时候,雷指导员又增加了一个哨兵,自己还亲自带哨。他穿着军大衣,站在汽车驾驶室顶部,用望远镜四下瞭望。

两个哨兵也站在别的汽车驾驶室顶部,用望远镜四下瞭望。

天阴得很重，大块大块的黑云压着雪地，站在汽车驾驶室顶部的雷指导员，好像伸出手就可以撕团黑云下来。还有风，不大也不小，带着隐约听见的啸音。三月底的可可西里地区，这样的天气通常不是十分寒冷，我们甚至可以透过皮大衣感受到寒风中蕴含的暖意。我们都端着冲锋枪，弹匣都压满了子弹，准备进行一场人和野生动物的恶战。这场战斗的势力太悬殊了，我们三十七个人，三十七支冲锋枪，还有充足的子弹和手榴弹。那群野牦牛最多百八十只，它们只有蛮力和血肉之躯。我们一人打中三只就可以把它们全部消灭。我们在汽车上打中三只野牦牛太容易了。

李石柱更显得紧张和不安，还不断自言自语："牦牛呀，你们千万不要来呀，你们要是来了，可是一只都活不下来的！"

王勇刚不耐烦地斥责李石柱："你犯什么神经，我们现在是在战斗，野牦牛就是敌人！你不替自己人操心，还替敌人操心，你的立场跑到哪里去啦！"

李石柱不敢嘟囔了。

"雷指导员，它们来啦！"一个哨兵取下望远镜，指着东方喊。

雷指导员转过身子，端起望远镜朝东方瞭望。只三四分钟的工夫，我们就可以用肉眼看见天际边有一群野牦牛，向我们狂奔而来。它们四蹄溅起的雪，弥漫了好大一片天空。

"做好战斗准备！"雷指导员从汽车驾驶室顶部跳下来，从枪套里拔出手枪。

我们也转过身子，面对野牦牛奔来的方向，端着冲锋枪，严阵以待。随着一阵拉动枪机的声音，所有枪支的子弹都上膛了。

"没有我的命令不许开枪！记住，不到万不得已的时候不要开枪！"雷指导员又大声重复了一遍。

野牦牛距离我们越来越近了，四百公尺、三百公尺、两百公尺、一百公尺、五十公尺……

我们已经看见一只只野牦牛喷血的眼睛，雷指导员还是没有下达射击的命令。

"雷指导员！"王勇刚急不可待地喊起来。

雷指导员还是没有下达射击的命令。

"咚——"为首的一只公野牦牛用脑袋狠命撞了汽车的后挡板，咔嚓，后挡板被撞断了，露出白花花的木茬。如果再不开枪，用不了几分钟，这六辆汽车会全部被撞毁。

"射击！"雷指导员终于下达了命令，但底气是那样的虚弱。

一阵枪响，绝对的近距离射击，最近的枪口距野牦牛的脑袋只有几公尺。随着雷指导员的命令，冲在最前面的三十几头野牦牛的脑门全被子弹穿过，这种子弹可以穿透四公分的钢甲。又是一阵枪响，又有三十几头野牦牛倒下庞大的身躯。只两分钟，近百头野牦牛全部倒在雪地上。洁白的雪地被野牦牛的血融化了，凛冽的晨气中充满了野牦牛的血腥味。整个战斗中，李石柱和雷指导员没有开枪。

战友们又要执行当天的测绘任务了，汽车一辆挨着一辆开走了。我的车还没有发动，我和李石柱、石技术员站在汽车旁边，望着百十公尺内倒毙的百十头野牦牛，心情异常沉重，不知该说些什么。

雷指导员走过来，小声给我说："一班长，发动车，执行任务去吧！"又对石技术员说："人在许多时候，要受时代和视野的局限！"

我没有听懂雷指导员的话，李石柱也没有听懂雷指导员的话。但石技术员听懂了，他紧紧握着雷指导员的手，说："你应该下达射击命令，甚至还应该早一点下达射击命令，我们毕竟是正在执行任务的军人！"

王勇刚提着一把菜刀,从炊事班的帐房钻出来,对雷指导员说:"我挑些好牛皮剥下来,说不定还有用处!"

有只牦牛肚子上挨了一枪,还在挣扎。王勇刚走过去,对着它的脖子来回割了几下,将喉管割断,那只牦牛才停止挣扎。当他用菜刀剥牛皮时,我们看到刚刚死去的野牦牛的肌肉还在抽搐。

四

到了五月底,可可西里无人区开始复苏,草滩、低洼、向阳山坡上的积雪全融化了。各种高原植物又开始了新的一个年轮的生长,许多花儿成簇成片地缀在一起,使整个可可西里如同铺了亮艳的地毯。在所有的鲜花中,最好看的要数雪莲花,它有我们内地的牡丹花那么大,艳黄得出奇,枝干高出地面近一米,给人独树一帜的感觉。石技术员告诉我们这就是雪莲花,很名贵的一味中药材。雪莲这个名词我们并不生疏,电影《冰山上的来客》里的一首歌就唱道:"你是冰山上的雪莲。"实际上,冬季的冰山上是不开雪莲花的,只有到了这个季节,冰山下部的积雪融化了,雪莲才盛开。

到了这个季节,我们还看到一个十分奇特的自然景观,有那么一条很狭窄的很水平的带子贯穿着所有山脉,带子以上的山体,冰雪常年不消,草木不生,荒凉至极。带子以下的山体上,冰雪消融,花草生长,一派生机盎然的景象。石技术员告诉我们,这叫雪线。雪线以上的山体,由于过分寒冷,即使到了夏季,冰雪依然不能消融,植物自然无法生长。雪线以下的部位,冰雪到了夏季可以消融,植物就可以生长。有时候,我们就常常望着雪线发呆,浮想联翩。

"杜班长,你说这雪线会不会移动?"一天下午,望着雪线的李石柱突然问我。

"我肚子里装了多少墨水,你还不知道?这么高深的科学,除非问石技术员。"

李石柱又把脸转向石技术员。

"在气候条件没有发生严重变化的情况下,雪线一般不会移动,或者说移动的幅度很小。如果气候条件发生了重大变化,雪线就会发生变化。比如说,气候变暖,雪线就会上移,雪山上更多的冰雪就会融化;气候变冷,雪线就会下移,雪山上的冰雪就不会融化……"

"气候为什么会发生异常变化呢?"李石柱又追问了一句。

"这个与人类有很大关系。近些年来,由于人类不注意保护自己生存的地球,不注意保护生态平衡,诸如像滥伐原始森林、盲目发展大工业、猎杀野生动物、人口密度过大等原因,都可以使气候发生异常!"

"我们为什么不注意保护生态平衡呢?像你说的那些现象,人类完全可以不做?"

"这是个非常复杂的全球性问题,环境保护不仅仅关系着一个国家的利益,还关系到全人类的利益。而且目前世界各国,经济发展极不平衡,再加上军备竞赛……"

石技术员这么一说,我们心里就有了焦虑和忧思。

我们已经完成了这一带的测绘任务,向新的测绘点转移。我们班的六辆车,拉着物资、器材、给养、人员、武器,向北进发。虽说没有公路,但行进中的困难比冬季少多了。

我们已经向北进发三天三夜了,石技术员看着指南针给我说:"我们很快就到新的测绘点了!"

昼夜不停的行车，使我们疲惫到了极点。不是我们夜间不想休息，而是没有休息的条件。帐房装上了汽车，要是卸下来再拼装好，没有大半夜时间不行，睡不了几分钟又得拆帐房装车。这样不但无法休息还会造成更大的劳累，不如连夜赶路，早到目的地早休息。连续几天几夜不睡觉，对于青藏高原的汽车兵来说，确实是家常便饭。

下午一点多钟，我们在一个巨大的湖泊和草滩之间行进。车辆越朝前开，我心中的狐疑越大，本该碧绿的草滩好像被火烧过似的，遍地黑色焦土，还有一片一片野生动物的尸骨，也像被火烧过似的，成了一架一架的焦尸。

猛然间，一声巨大的霹雳，一道蓝色的电光从空中直直刺下，炸在湖面上，溅起的湖水倾盆倒在我的汽车引擎盖上。这声霹雳像是一个序曲，不到两三分钟，我们四周有千千万万道雷电同时炸响，如同坠入了雷电的森林，天地间全部成了雷电的蓝光，还有雷电无数声的炸响。咔嚓，一道雷电竟击在我的汽车引擎盖上，我眼前一阵蓝光闪烁，什么都看不见了。我急忙踏下刹车，闭上眼睛，好几分钟后，才睁开眼睛，视力才一点一点恢复。霹雳比刚才稀疏了一些，但给人的感觉仍然是密密匝匝地炸成一片。

霍然，我们看见从湖边跑过来一群藏羚羊，向着密密匝匝的雷林中跑去。

"不能过去，那里正在打雷！"李石柱急得摇下车门玻璃，对着那群藏羚羊大声喊叫。

"你喊叫也不管用，它们听不懂人话！"王勇刚讥嘲李石柱。

"李石柱，你把玻璃摇上来，万一雷电打进来，我们四个都得牺牲！"石技术员帮着李石柱摇上车门玻璃，而后又对我说："杜班长，这是一个很奇特的自然现象。我一时还分析不出为什么出现这种现象，但我们必须尽快离开这块地方，到安全地带！"

石技术员的话音刚落，我们看见那群藏羚羊的上空几乎同时劈下上千道霹雳，围着这群藏羚羊一阵狂轰滥炸，这群藏羚羊全部被雷电烧成一具具焦炭，有的还冒着青黑色的烟，空气中弥漫着骨肉皮毛被烧焦的臭味。

我们一边加快车速，早一点逃离这死亡之地，一边眺望着倒在焦地上的藏羚羊，心中泛出无限的悲伤。

到了新的测绘点，扎好帐房休息了一天，又进入紧张的测绘工作中。

这天，我开车，雷指导员也跟随我们这个测绘小组，还有李石柱、王勇刚、两个测绘战士。临出发时，石技术员特地跑到我们驾驶室旁，给我和雷指导员说："这一带自然现象十分复杂，在测绘过程中要是遇到意外情况，立即停止作业，用报话机通知我，我赶来处理！"

我们今天的任务是对一个小山包进行测绘，这个小山包高三十来公尺，直径不过四十公尺，在平坦的草滩上显得很孤高。汽车开到距小山包一百多公尺的地方停下来，一名测绘兵支好三脚架，装好水平仪，另一个测绘兵扛着标杆向山包攀去。天气不算太好，也不算太差，有几块浅淡的黑云，还没有遮住太阳，视线也极好。我们清晰地看见那名扛着标杆的测绘兵攀爬的身影，那身绿色军装很抢眼。他攀到山包上后，刚刚竖起标杆，猛然间从空中同时劈下四五道闪电，蓝光在他身上萦绕了瞬间，他痉挛了一阵，身体萎缩成一具黑色的焦炭。

我们惊呆了，同时又感到一股突袭而来的恐惧。但是，男子汉和军人的自尊心，又使我们战胜了恐惧。我们立在原地，等待雷指导员的命令。

很明显，仅有的两名测绘兵牺牲了一名，剩下的一名要看镜子绘图纸，往小山包插标杆的任务只有我们汽车兵承担了。过去，测绘兵人手不够时，扛标杆这类工作常常由我们汽车兵来干，我们称作"诸兵种联合作战"。

"雷指导员，我上吧！"李石柱一边请命，一边系鞋带。

"还是我上吧，我上无父母、下无弟妹，孤身一个，我死了不操心别人，别人也不操心我！"王勇刚朝雷指导员跟前走近几步。遇到生命危险的任务，王勇刚总是抢在别人前边。

"他们两个兵龄短没有经验，我上吧！"我也抢在王勇刚前边，我是班长，这种任务理所当然归我干。

"杜班长，你要开车，你要是牺牲了这辆车谁开？"王勇刚又抢在我前边。

雷指导员思考着一会儿才说："你们这样上去，万一再有雷电，不是又白白牺牲一个人？刚才出发前，石技术员交代过，遇到意外情况通知他，他来处理！"雷指导员对那个活着的测绘兵说："你现在用报话机向石技术员汇报这里发生的情况，请他来处理！"

一个小时后，石技术员乘坐另一辆汽车赶来了。他面对小山包思考了好长时间，才对雷指导员和我说："前几天雷电打死那群藏羚羊时，我就开始思考为什么会出现这种情况，这个地方的雷电为什么会这么多？这几天，我思考出了一点眉目，我分析这里雷电奇多的原因是这块地方蕴藏着极为丰富的磁铁矿，只要天上云块中带有电荷，就被磁铁矿吸引得打下去，动物的肉体本身就是导体，在这里野外作业是十分危险的！"

"你思考出解决办法没有，不管怎么说，任务还是要完成！"雷指导员有些焦急。

"我想，把人身上所有带铁质的东西全部去掉，再穿上胶鞋，在胶鞋外边绑一层绝缘胶片，使身体变成绝缘体，可能就不会遭雷击。这个办法行不行，还要经过实践才能证明！"石技术员说。

"好，就按你的意见办，不行了再另想办法！"

"雷指导员，让我做实验吧！"王勇刚又缠上了雷指导员。

雷指导员看了一眼也在抢这个任务的李石柱和我，才对王勇刚说："好吧，你上，这个任务确实十分危险，万一牺牲了，我们会报请上级给你记功，你还有什么交代的！"雷指导员话语里有了呜咽。

"大不了一死，有什么交代的，死了弄个烈士当当也不亏，死不了天天给我发两颗子弹打野生动物，日子过得也不错……"王勇刚说着，先动手摘去帽徽，又开始拔上衣的纽扣。

我帮他把风纪扣、钢笔、小刀、皮带、胶鞋上的扣眼，连鞋带上的薄铁包皮都全部去掉。

雷指导员还是不放心地检查了一遍，发现了一处漏洞，裤子前边的"大前门"上方的挂钩没有取。雷指导员半跪半蹲地在王勇刚前边，剔去挂钩，才放心地说："去吧！"

王勇刚头也不回地向小山包攀去。

终于，那个穿着草绿色军装的身影攀上了山包，从牺牲的测绘兵战士手中取过标杆，竖了起来……

两个小时后，这个小山包的测绘任务完成了。王勇刚一只胳膊挟着标杆，背上驮着已经被雷电炸焦缩小了的测绘兵遗体，挣扎着爬下小山包。

夜里，月色极好。我可以说，全世界的月亮都没有可可西里的月亮好。由于可可西里没有一丝人为的污染，月亮就显得分外皎洁，像是用可可西里的冰雪擦过一样，洒向草地上的月光也显得格外柔和和纯净。不远不近的可可西里山脉和远处的唐古拉山山脉，被月光罩得像是蒙了层帷幕，显得遥远和神秘。到了这个季节，春夜的寒冷和冬夜的寒冷已经有了本质的区别。更多的时候，人们还是愿意坐在草地上，看月亮，看山脉，看草滩，看湖泊，还有许多在夜间活动的野兽。这个地方，同样有黄羊，有野牦牛，有藏羚羊，有野马，有土豹子，有恶狼。好几次我们还发现了狗熊，摇摆着笨拙的身子从汽车旁边走过。有一只还在汽车后大箱角蹭痒痒，蹭下了几簇黑棕色的毛。上次把那些野牦牛全部击毙之后，雷指导员就命令我们尽量把大腿、臀部的好肉搬上汽车，争取多食用一段时间，少打一些野生动物。果然，把这些野牦牛肉吃完，上级的直升飞机来了，送来了报纸文件，还有蔬菜和罐头。

这段时间里，雷指导员停止给王勇刚发子弹了，说不到万不得已的情况下，不准枪杀野生动物。野生动物们似乎宽恕了我们，又成群结队跑到我们新建的营地附近，觅草、玩耍、追逐、交配。

一天下午，我们还看到狗熊抓老鼠的全过程，一只狗熊摇摇摆摆地走到一只老鼠洞跟前，查看了一阵子，又找到十几米外的另一个洞口，扒来了许多土把洞口堵死，用屁股一下一下夯实，又回到原来那个洞口跟前，用爪子把洞口扒大，把嘴和鼻子塞进洞口，拼命地呼气吸气。十几分钟工夫，老鼠们就一只连着一只钻出来，像喝醉酒样连路都不稳。出来一只，狗熊就用巴掌拍死一只，然后慢慢享用。我们发现所有的野生动物中，和人长相最为接近的狗熊，智商还是比较高的。

三天以后的夜里，我们三十多名解放军指战员，都没有一丝欣赏大自然和野生动物的情趣，我们要把那位牺牲的测绘兵战士火化。我们提前把新军装给他穿好，由于他被雷电击成了一段焦炭，军装根本穿不上。我们就用剪刀把军装剪开，象征性地包在他身上。我们又在草地上架好了干牦牛粪，给上边洒了汽油。遗体告别之后，我们就把他安放在干牦牛粪上，雷指导员举着火把向他走去……

指挥所的帐房里，和西宁总部联系的电台正在工作，给王勇刚的请功报告随着电波传输过去。

一个星期后，西宁总部回电，批准给王勇刚记三等功一次。雷指导员向王勇刚传达上级给他的记功决定时，王勇刚说："雷指导员，这功我不要行不行？"

"为什么不要，这是上级给你的荣誉！"

"我想用来换子弹！"

"你说什么？"雷指导员惊诧了。

"我觉得，功不功都无所谓，只是这段时间没有让我打猎，都快把我憋死了。你还是每天发给我两发子弹，比什么都好！"

"不行，立功是立功，子弹是子弹，不能混为一谈！"雷指导员说完，又考虑了一会儿说，"可以给你一些打猎的机会，你以后遇到狼和土豹子可以打，但必须注意安全，和其他同志都带上枪一块去，有个照应。可可西里的狼和土豹子太多了，把黄羊和藏羚羊吃掉不少！"

五

七月份，我们的测绘点又向北推进了一百多公里。这里到处是湖泊和沼泽。

四条腿的野生动物少了，两条腿的鸟类多了。一群鸟儿飞过时，黑压压地遮住大半个天空，各式各样的鸟儿都有，大的有黄羊那么大，小的比麻雀还要小。人在草地上行走，脚下不小心就要踏破鸟蛋，鞋上沾满蛋黄。这里的鸟儿和我们初进可可西里见的野生动物一样，对人不戒备。我们走到它们身边，它们照样傻愣愣地盯我们，有的还对我们扑棱翅膀。

进入这个地区，雷指导员就下达了一道措辞强硬的命令——任何人都不准猎杀这些野鸟野禽。

王勇刚根本不屑于向这些野鸟野禽开枪，他一心想打几只狼和土豹子。

和每次转移测绘点一样，我们到达目的地后，选择了一块平地搭好帐房，把物资卸下汽车，又把汽车按梯形排好，就开始休息。

第二天早上，我们刚起床，王勇刚就急急跑过来报告："杜班长，不好啦，昨晚上卸下来的子弹全部不见啦！"

立即，我的尾巴骨腾起一股冷气，顺着脊梁一直腾升至天庭，周身连续打了几个冷战。子弹箱是从我的车上卸下的，一共二十多箱，一万多发，要是被叛匪得去，后果完全可以想象出来。

我跑到出事地点，雷指导员和石技术员早已到了。雷指导员见我吓得脸色苍白，就走过来安慰我说："一班长，卸子弹是经过我同意的，你没有任何责任。昨晚上哨兵也没有发现异常现象……"

"会不会是叛匪？我听王树军分区的首长讲过，剿匪时有小股叛匪被打散，逃到解放军追击不到的地方……"我把自己的怀疑谈出来。

"日他奶，老子早就不想打土豹子了，弄几个叛匪打打让老子再立一功！"王勇刚把冲锋枪晃了几下。

"别乱说，看首长们怎么分析！"李石柱拉了下王勇刚。

"我分析，叛匪的可能性不大。上级没有给我们通报可可西里有叛匪，可可西里四周布满雷达站、民兵哨，叛匪进入可可西里肯定会被发现。再说，这些子弹都是五六式冲锋枪的，这种冲锋枪是去年我军才换装的，有的部队至今还没有换上。我们也没有接到丢失五六式冲锋枪的通报。也就是说，除了我们部队再没有任何人拥有五六式冲锋枪。别人拿走这些子弹也是废品，我们应该排除叛匪偷子弹的假设。再退一步说，如果叛匪把二十多箱子弹搬走我们都发现不了，他们为什么不杀害我们的人呢？要杀死我们太简单了,给每个帐房里塞进去两颗手榴弹就成了。我的意见是立即给上级发报,汇报子弹丢失的情况,接受上级的指示,同时看上级从其他渠道有没有别的线索!"石技术员分析完,等待雷指导员的指示。

雷指导员考虑了一会儿,说:"报务员立即给西宁总部发报,发报稿由石技术员起草。在上级指示到达之前,暂停执行任务,做好战斗准备,保持高度警惕!"

两个小时后,西宁总部回电:"同意你们的分析,目前尚未发现可可西里有叛匪活动的可能。你们可暂停测绘任务三天,寻找子弹丢失的原因。同时,积极防止其他事故的再次发生,补充的子弹下趟直升飞机送达。"

这一天,我们一直讨论到深夜,仍然没有找到子弹丢失的线索。

第二天,我们又发现了更令我们震惊的事情——我们按梯形停放的六辆汽车少了一辆。我们几十个人围着昨晚停车的地方,反复查看地形,没有车轮碾过的痕迹。而且,昨晚雷指导员派的是双哨兵,全隐蔽在距我们帐房一百多米的地方,监视着帐房外的一切。哨兵一再保证,值哨时没有打瞌睡。雷指导员一夜没有睡觉,亲自带哨,他也一再肯定哨兵的警惕性。怪了,在万籁无声的无人区,深更半夜发动汽车、开车,能不惊动这么多人?而且还没有一丝车轮碾过的痕迹?加急电报又飞向西宁总部。

半个小时后总部回电:"其他测绘小分队也出现莫名其妙丢失物资的事件,盼迅速查清原因,及时汇报,指导全局。"

我们再次做好临战准备,冲锋枪都换上了实弹匣,以班为单位,在帐房外的草滩上围成圆圈,讨论丢失子弹丢失汽车的事件。猛然,我们看到一件稀奇的事情,一群藏羚羊从远方奔跑过来,跑到距我们一百公尺的时候,有一只藏羚羊不跑了,原地停在那里,几十秒钟后竟钻到地里面去了。最先发现的是王勇刚,他已经举枪瞄准了其中一只,但想到雷指导员的命令,没敢扣扳机，等他把目光从准星和缺口处移开时，发现草地上只剩下一颗藏羚羊的脑袋，他还没有反应过来，那颗藏羚羊的脑袋也没有了。他一咋呼，大家都把视线投向那群藏羚羊。正跑动的羊群像是被什么套住了蹄子，突然停住，又很快从草地上消失。

"雷指导员，我过去看看这群藏羚羊到底怎么啦？"石技术员站起身子，把手枪从枪套里拔出来。

"我和你一起去！"王勇刚也掂着冲锋枪站起来。

雷指导员也站起来，说："我和石技术员、一班长、王勇刚去那边看看，其他人原地待命，没有命令不准过去！"

我们四个人把子弹顶上枪膛，警惕地向藏羚羊消失的草滩上走去。那是一片平坦的草滩，偶尔能看到几处低洼有积水，连一只藏羚羊的影子都没有。我们四个人站在那里，像走进了迷宫。

"难道它们真的能入地不成？"王勇刚用枪刺拨拉着一片草团。

石技术员蹲在地上，认真查看什么。

"哎呀，我的脚陷进去啦！"王勇刚猛然一声惊呼。

我们看见，他的双脚已经被吸进地面。

"妈的，地里面有什么东西使劲拽我的脚朝下拉！"王勇刚惊慌得脸色都变了。

我们再看他时，小腿肚子以下的部位全被吸进草地里。雷指导员一个箭步冲过去，同时对我们吼："你们都不许动，原地卧倒！"

我们只好卧倒在草地上。

雷指导员迅速俯下身子，把肩膀顶着王勇刚的腹部，大吼一声："起！"竟将王勇刚从草泥中扛了出来。但雷指导员由于双脚用力过大，竟把自己陷进去了，几秒钟工夫，草皮已经没过了膝盖。

"雷指导员——"王勇刚趴在地上,伸手要拽雷指导员。

雷指导员一巴掌打开他的手,严厉地命令:"趴下,爬出这块地方!"

然而,不但王勇刚没有爬出这块地方,我和石技术员还有那些正在讨论的战士,都向雷指导员跑过去。

雷指导员态度更加严厉地吼:"任何人都不准向我接近,不许做无谓的牺牲!"

雷指导员的命令还是没能阻止战士们去搭救他的步子,眼看更多的战士即将被草皮吸下去。此时,雷指导员大腿以下部位全被吸进草皮下边。他看着越来越接近他的战士,猛然拔出手枪,对着空中就是一枪。枪声震住了战士们的行动,齐齐地停止在原地。

"这是命令,立即返回安全地带!"又对石技术员说,"重新选择宿营地,最好在半山腰!"

"雷指导员——"

"雷指导员——"

我们一齐呼喊起来。

雷指导员镇静地把手枪向我扔过来,我接过手枪。雷指导员又在上衣口袋里取出一张纸,摘下军帽,往军帽里塞了一团草皮,也扔给我了。

草皮已经没过了雷指导员的腹部、胸部。

"王勇刚!"雷指导员艰难地喊,能感觉他的呼吸已经困难了。

"雷指导员,你是为了救我……"

"王勇刚,以后不要再打野生动物啦!"

"雷指导员,我再不打野生动物啦!"王勇刚哭着喊叫。

草皮盖过了雷指导员的脖子,终于,最后一缕头发从草皮上消失了,草皮迅速合拢,竟没有留下一丝痕迹。

"雷指导员——"王勇刚猛地跪直身子,端起冲锋枪对着天空就是一梭子。

"雷指导员——"所有的战士都跪直身子,都把枪口对准苍穹,悲恸的枪声在这块从未有过人类的地方喧闹一片。

无数的野鸟野禽被这暴风骤雨般的枪声惊起,在空中乱飞。有几只竟撞在子弹上,掉在草皮地上。

我把雷指导员的手枪交给石技术员。按条例规定,雷指导员牺牲了,上级没有任命新的指挥员之前,由级别最高的首长担任。除了雷指导员,石技术员是唯一有干部职称的人。石技术员从裤袋里掏出包口琴的手绢把手枪包好,又还给我,说:"保存好,下次直升飞机来时送交总部,上级要收集英雄的遗物!"

我又拿出雷指导员遗下的那张纸,是写给他妻子的信,其中有这么一句话:"……我们花费了如此惨重的代价,终于进入了自古以来从未有过人类的可可西里地区。但是,我不知道,我们此举是给人类给子孙后代带来了福祉,还是带来灾难……"

"石技术员,这封信……"我为难地把信交给石技术员。

石技术员把信看完,折叠好,装进上衣口袋,对我说:"杜班长,信的内容对任何人都不要说。按规定,雷指导员的事迹可评为一等功,说不定由于政治需要,军委还会授予荣誉称号。这样对于雷指导员家属、子女以后的待遇、政治前途都有好处。要是把这封信拿出来,上头就无法把雷指导员作为英雄典型来宣传,立功、荣誉称号就更难说了。这样,不但对雷指导员不公道,对雷指导员的家属、子女也不公道!"

我认真地点了下头。

营地转移了。

子弹、汽车丢失的谜团，随着雷指导员的牺牲也彻底破案了。总部的指示也很快到达，要求我们在石技术员的带领下，继承英雄雷指导员的遗志，坚决完成对可可西里的测绘任务。同时要求石技术员发动大家，探索出在沼泽地区测绘的自救措施，在规定的时间内完成测绘任务。

自救措施找不出来，石技术员就坚决不允许战士们去执行任务。三十几个人就天天坐在帐房里苦思冥想。

"石技术员、班长，我想出一个办法，不知道行不行。"王勇刚从地上坐起来。自雷指导员为救他牺牲后，他情绪一直很低沉。

"什么办法？"我和石技术员心中一阵惊喜。

"我刚才琢磨，雷指导员牺牲那天，我们站在草皮上，人就容易陷下去。而趴在草皮上，却一点事情没有……"

石技术员猛地抓住王勇刚的手，说："你是说想办法减少压强？"

王勇刚听不懂石技术员的话。石技术员站起来，取出一支冲锋枪，打开枪刺说："这枪刺很容易刺穿人的身体，但人的拳头却很难击穿人的身体。因为枪刺上压强大，拳头上的压强小，压强大小和受力面积成反比……"

"石技术员，你说的这些道理太深奥，我听不懂。我们可以做次试验。我到雷指导员牺牲的地方，让草皮再把我的脚吸进去，我带上一块木板，把手撑在木板上，看能不能把自己拔出来。要是能拔出来，以后我们执行任务时，人人带块木板就可以啦！"王勇刚一边说一边比画。

"不行，万一拔不出来怎么办？"我担心弄不好再把王勇刚搭进去。

"上次雷指导员牺牲时，是事情发生得太突然，大家都没有准备。这次我们可以做好救护准备……"王勇刚仍然坚持自己的观点。

"王勇刚的建议有一定的科学道理，只要我们做好救护准备，估计不会出现生命危险！"石技术员批准了王勇刚的建议。

"石技术员，我体重比王勇刚轻，我来做试验！"李石柱挤过来。

"不行，你们两个都不能去冒这个险，我去！"我不愿让这两个军龄比我短的战士去牺牲，轮不上他们。

最后，还是由石技术员作出决定，由王勇刚做试验，因为他有过一次下陷的经验。

我们看着王勇刚在草皮上用力蹦了几下，草皮果然把他双脚吸进去了，他把木板铺在前面，双臂撑在木板上，用力一撑，竟把陷进草皮的双脚拔出来。他又让草皮把双脚吸进去，这次，他让草皮没过膝盖才采取自救措施，还是靠着木板把自己从沼泽里拔出来了。

石技术员高兴地说："马上把我们这个经验用电台向总部汇报，以便在全局推广。同时向总部请求，每人发一块长一米，宽二十五公分，两端呈三角形的木板，还需要一批垫汽车、堆放物资的大型木板，火速用直升飞机运来！"

第二天中午，直升飞机把木板送来了。

我们把大块的木板铺在草地上，把汽车开在木板上。这样，汽车下陷的可能性就被木板阻住了。我们又把木板铺在草地上，把物资卸在木板上。最使我们感到滑稽的是我们列队时，每人背后都插一块木板，下端插在武装带上，上端高高超过头顶，木板上还写着每个人的名字，酷似古代死刑犯的行刑牌。只有这样，我们才能腾出双手野外作业。为了防止不必要的牺牲，石技术员还反复强调，在任何情况下都不许丢掉救命板。

在我们以后的执行任务中，多次被草皮下的沼泽吸进去，我们立即取下插在背上的救命板，才保住了性命。

有一次，我在远离营地三百米的地方大便，刚褪下裤子，双脚就开始下陷。我急忙把木板横在面前，双手撑在木板上拔出双脚。又踏在木板上解完大便。要不是这块木板,我肯定也被沼泽地吸进去了,也肯定不会有当年侵入可可西里的解放军战士、今天这个用杜光辉的姓名来发表作品的作家了,更不会有这部《哦,我的可可西里》的作品问世。

下部　毁灭

六

　　二十几年后，我在《新世纪》周刊社担任社长。石技术员转业到了青海省玉树藏族自治州，担任州委书记、青海省省委常委，可可西里无人区划归玉树藏族自治州管辖。李石柱也复员到了玉树藏族自治州，先是在州环保局工作，又主动要求组建可可西里野生动物保护站，孤身一人到保护站工作，既是站长也是站员。为了安全，石技术员指示军分区给他特批了一支冲锋枪、三百发子弹。李石柱后来娶了个藏族姑娘做老婆，老婆叫朵玛。王勇刚复员回到陕西老家，日子过得不甚富足，二十几年前带着几个人闯荡青海，在可可西里无人区采金矿，猎野生动物，聚集了数亿财产，自称可可西里王。他手下拥有十数万民工，还有猎队、卫队，威震整个青海省。

　　电话铃响，我拿起电话。

　　"杜班长！"听到这个称呼，我知道又是当年的战友打来的。对他们的电话，我有种十分亲近和渴望的亲情，这种亲情在复员后的二十多年中很难遇到。那种朝夕相处、生死与共的感情，令我十分渴念。

　　"你是谁？"我问。

　　"杜班长，我是王勇刚！"这些年，王勇刚隔两三个月都要给我打次电话，但我还是没有马上听出是谁的声音。

"勇刚，你现在哪里？"我认为他来到我客居的海岛城市。

"我在青海，想请你马上到青海来一趟！"听口气，王勇刚似乎很急。

"有事？"

"有点事，我知道你很忙，但这事还必须你过来才能解决！"

"什么事还得我去才能解决，李石柱和石技术员都在青海，石技术员又是一方父母官，你怎么不找他？"

"杜班长，要是别的事情，他们肯定会帮我解决。可这次是我和他们之间的矛盾，非得你出面才行。咱们当年在可可西里时，你和他们俩的关系最好。这些年，他们两个和你的联系最密切，你的话他们肯定听！"

"你和他们之间到底发生什么事情啦？"

"有些事情你来青海就知道啦，电话里说不清。我已经给你电汇了一万元，你尽快买机票飞过来。我的意见是你多请几天假，在青海好好玩几天。过去咱们当兵时，纪律约束又没有钱，那个时代就是有钱也没有地方玩。现在，只要有钱，想玩什么有什么。杜班长，不是吹，我这个可可西里王什么都缺，就是不缺钱……"

电话铃又响了，这次，我听出是石技术员，就半开玩笑地说："星期天一大早就跑到办公室打长途，昨晚和嫂子吵架啦？"

"杜班长，我真羡慕你的日子，办一份杂志，写几篇文章，闲时品品名著，少多少烦心事情，真是清心寡欲。我这个州委书记哪有什么星期天，二十四小时都在问题的烧碱锅里泡着！"

"省委常委，可是个副部级的职务，多少人在仕途上挣扎了一辈子，能达到这个高度的恐怕不到十万分之一！"

"杜班长，我想请你近期到青海来一趟！"石技术员声音变得严肃了。

"出了什么事情？"我立即把石技术员的话和刚才王勇刚的话联系起

来，脑海里闪现出不祥的征兆。我知道，石技术员是那种忠于职守、勤于工作的人，一般情况下是不会让我放下工作，专门跑一趟青海的。

他说："是关于王勇刚的事情。"

我问："王勇刚出事情了？"

"可以这么说，不过他现在如果悬崖勒马，还来得及。但是……杜班长，电话里说不清楚。你来青海后，咱们好好谈谈，你也好好劝劝王勇刚，我们好赖战友一场，不能看着他在歧途上越走越远！"

"是啊，我也该去趟青海。别的不说，咱们复员二十多年了，我还没有回过青海。青海那段军人生活，是我一生中最艰苦、也最难以忘怀的……"

"那就一言为定。"

王勇刚寄来的一万元路费收到了，单位领导批准了我的假，还给我说你什么时候走，走多长时间都可以，支援少数民族地区的工作，我们沿海地区责无旁贷。于是，我顺理成章又满怀狐疑地登上了飞机。

上飞机前，我分别给王勇刚和石技术员打了电话。王勇刚说他还在可可西里附近的沱沱河大本营，我下了飞机有人接，一切听他们安排，他尽快动身回西宁和我见面。石技术员说他人在玉树，可可西里又发生了重大偷猎野生动物的事件，无法离开，他请玉树藏族自治州驻西宁办事处的工作人员去机场接我，先在办事处招待所住下，听他们安排。

我对青海西宁的气候太熟悉了，尽管我做好了精神和物质准备，从海拔最低、温度最高的南中国海南岛，来到海拔最高、温度最低的西北边城西宁，浑身上下都充满久违的凉爽，还有淡淡的缺氧引起的轻轻眩晕，淡淡的干燥引起鼻孔、喉咙淡淡的不适。但是，我一踏上青海这块土地，蕴含在我心中的怀恋，经过二十多年的发酵酝酿，终于爆发出来。我在这块土地上，度过了一生中最富有活力的年华，经历了一次次生与死、血与火的考验和磨难。多少亲密无间的战友，长眠在这块土地下边，把自己的血肉之躯融化在这方水土之中。

"您是杜光辉先生？"我刚下飞机，就看见两三个体格剽悍的男人和五六个浓妆艳抹的女人，迎着我走来。

"你们是……"

"我们是王勇刚老板的手下，王老板派我们来接您！"

"你们怎么能到飞机场里面接人？"我的意识中，没有一定级别的人是不能在机场里面接送人的。

"进个机场算什么，在青海我们王老板没有办不成的事情，谁不知道可可西里王！"他们说话时，五六个艳妆浓抹的女人就围上来，一左一右地挽起我的胳膊。

"这怎么行，这怎么行……"我用力摆脱她们。

"王老板交代过，让我们全心全意为您服务！"

"王老板的心意我领了，你们忙自己的事吧。"

"照顾好您，让您高兴舒服就是我们的事情。"

我还在摆脱她们的纠缠时，又有两个藏族男子跑过来，问："您是从海南来的杜光辉先生？"他们的汉话说得很流畅，带有浓郁的西安口音，估计在陕西咸阳民族学院上过学。

"是，你们是？"

"我们是玉树州驻西宁办事处的，石书记派我们来接您。我们把车也开进来了，上车吧！"又一部桑塔纳缓缓地向这边开过来。

王勇刚手下的那几个人不屑地瞪了他们一眼，走过去抱着膀子站在他们对面，说："凡事讲个先来后到，你要接人怎么不早点来，我们把人接到了，你又来要人，让我们怎么给王老板交代！"

"杜先生是州委的客人,是公事。你们把杜先生接走,算哪门子的道理?"

"你州委算个屁,就是省委见了我们王老板也礼让三分。北京也是我们王老板常去常住的地方……"

办事处的人显得不那么理直气壮了,软下声音说:"你看,我们都把车开来了!"

王勇刚手下的人走到那辆桑塔纳跟前,在轮胎上踢了一下,鄙夷地说:"这种东西也敢叫车,狗屁!这是玩具,你们叫杜先生坐这玩具车,不怕丢了杜先生的份子!"

那人说话间,开过来三辆小车,前面还有一辆警车开道。四辆车并排停在我面前的时候,我才认出,除了警车,那三辆全是劳斯莱斯。前几年我编辑过一篇文章《北京有个劳斯莱斯王》,说的是有个从美国回来的款爷,一下子买了三辆劳斯莱斯,轰动京城。可以说,这种华贵的轿车已经失去了运输工具的内涵,成为艺术品供人欣赏,成为主人身份的象征受人羡慕。和这几辆劳斯莱斯相比,那辆国产桑塔纳就显得寒酸、简陋、卑微了。宛如贵妇人面前的贫困老太婆,石技术员派来的人在这些高贵的轿车面前也显得卑微了。

"你要是能说出这几辆车的品牌、来历、价值、保养方法,我们就让你们把杜先生接走。"王勇刚手下的人越发张狂了。

我急忙走过去,站在他们中间,说:"石书记和王老板都是我的战友,我到谁那里住都一样。这样吧,我先住在王老板那里,给石书记打个电话,随后住石书记那里,他们都不会见怪!"

这种豪得不能再豪的车的性能真好,车一起步,我这个驾驶员出身的人,就能感到车辆超出异常的平稳,车子仿佛不是在公路上行驶,而是在空中飘游。我坐中间的那辆劳斯莱斯,前面是警车,警车拉着警报,所有的车辆和行人都在避让,站在十字岗亭的警察还向车队敬礼。我望着公路两边诚惶诚恐的人群和车辆,心里也泛起极度的诚惶诚恐。我杜光辉是什么人,竟让那么多人避让恭敬?再看车内的人,司机和坐在前排的保镖只是警觉地观察前方和两侧,对行人和车辆的避让熟视无睹。我的两侧,两个妙龄女子恰到好处地偎着我,她们身上的进口香水味,一缕一缕地钻入我的鼻孔,确实很好闻,使人产生一种飘飘欲仙的感觉。坐在前排的保镖手机响了,保镖拿起手机听了一阵,放下手机后对我说:"我们王老板已经赶到格尔木机场了,马上到西宁。你下午在酒店休息,晚上王老板给你接风洗尘。王老板还说了,这几位小姐全程陪你,她们的房间就在你的房间两侧,我们几个二十四小时对你执行保卫任务,绝对保证你的安全!"

车队在一家五星级酒店门口停下,早就站在门前的侍者替我们拉开车门。我钻出车,立即又围上了五六个彪形大汉,都躬下身子问候:"杜先生好,我们是王老板的手下,王老板派我们来负责杜先生的安全!"

他们簇拥着我走向电梯,此时此刻,我觉得自己有点儿像电视里的黑社会老大。他们把我簇拥到一个房间前,服务小姐替我打开房门,里面的宽敞豪华令我目瞪口呆。

"这是总统套间,我们王老板专门为你订的。"跟着我们进房间的一位小姐说。

我刚刚在沙发上坐下,房间里的服务员就躬身问:"先生用什么茶?"

我喝过的茶叶里,最好的也就是杭州龙井、福建乌龙茶和铁观音,一斤都不超过三十块钱。我曾经写过一部小说,名字叫《茶道》,对茶的知识略知一二,但实践知识非常匮乏,主要原因是收入有限。

"有杭州龙井没有?"我尽力掩饰着自己,不要流露出没有见过世面的小家子气。

很快，茶端上来了。我揭开盖子，一股清淡但穿透力极强的清香钻入鼻孔，吸入肺中，呼出的气都清新了许多。我直纳闷，这里的杭州龙井怎么比我家的杭州龙井好闻、好喝？

"先生，总统套间用的所有茶叶，都是酒店派人到茶叶产地专门收购的，质量绝对上乘，都是茶叶中的精品。可以说，在总统套间喝的茶叶，包括其他方面的消费，绝对不会低于总统消费的质量。就拿这茶叶来说，总统套间选用的茶叶质量，不允许低于国家首脑用的茶叶质量。不然，怎么敢称是总统套间？"服务小姐介绍完，又躬身说，"我就在总统套间对面的房间，先生需要我服务，摁下电铃就可以了。先生休息好！"

服务员退出，几个保镖也躬着身说："杜先生，这里有她们照顾您，我们在外面照应，房间里绝对安全。祝杜先生休息好！"

保镖们退出去了，我又喝了几口茶，感觉这茶中精品的味道真是妙不可言，茶的功效渗透五脏六腑七十二经脉十万零八千毛孔，使全身上下里里外外都饱满了清冽和爽新。相比之下，过去喝的茶叶只是粗枝老梗，是极为混沌的植物叶子而已，犹如妙龄女郎和贫穷老妪之比。

"杜先生，我们给你洗澡吧！"几位小姐走过来，恭敬地问。

"你们也忙去吧，我自己会洗！"我非常不习惯她们身前身后的伺候，尤其那种带有色情一类的服务。

一个细高挑的姑娘走过来，说："杜先生，您洗澡我们给您搓背、按摩，坐了那么长时间飞机，也够累的。"

"不用，我不习惯这一套。我在家中洗澡时，太太都回避。"

"我们要是对您照顾得不周到，王老板会怪罪我们的！"

"不怕，我会给王老板说的。你们忙去吧，我洗过澡后睡一觉，估计睡觉起来你们王老板也赶到了。"

她们这才依次退出房间。

下午五点多钟，我起床后到卫生间洗漱完毕，又品了一杯服务员泡的杭州龙井，浑身的疲倦全部消匿，仿佛又回到了二十多年前那个充满勃勃生机的年龄。几个小时前，刚踏上青藏高原的不适也消失了。我在这里毕竟度过了六七年的战斗生涯，青藏高原还是宽容地接纳了中年的我。

门铃响，我急忙说："请进！"

服务员打开门，轻声对我说："杜先生，王老板来了！"看样子，她对王勇刚很熟悉。

"快请进来！"我一边说着，一边向门口走去。

王勇刚已经站在门口了，他身后站着七八个身材高大的保镖。他看见我，几步就冲上来，一把抱着我的双臂，激动地说："杜班长，您老啦！"

我仔细地看他，他的额颅、眼角也有了细细密密的皱纹，青藏高原的紫外线使他的脸色呈现紫铜的光泽，长期的饮酒使他的鼻子略微发红。但他抱着我的双臂十分有力，透溢出他的强健和彪悍。他搂着我朝沙发走去，又对手下的保镖说："留两个在门外看守，其他人在大堂等候，注意警戒！"

保镖们轻轻替我们关上房门。

"这些年，在可可西里，在玉树州，在格尔木，在海西，征征杀杀，留下了不少梁子，想取我脑袋的人太多了，红道黑道上都有，不得不防着点。杜班长，身体可好？"他拿起一个苹果放在我面前。

"不行啦，从部队复员后，考上了铁路运输学校，毕业后分到大巴山的小火车站，后来又闯荡海南，从事文学创作，结果是作家混上了，身体垮掉了，现在后悔也来不及了！"

"杜班长，您干的是正经事情，不像我们采金矿、打野兽、抢地盘，净干一些没名堂的事情。这年头,有名堂的人干有名堂的事不赚钱,没名堂的人干没名堂的事发大财。人各有志,各有各的事业,像您杜班长,发表了那么多作品,又办一份杂志,人生也轰轰烈烈。我这种人,没多大文化,也坐不下来,生性喜欢打斗逞强。这二十年里打败了大大小小几十股势力,使整个青海西部成了我的一统天下,这个可可西里王可不是谁想当就能当上的。在青海那几个州,我不犯共产党的王法,共产党不管我的事情,也相安无事。不瞒杜班长说,人世间凡是钱能买来的荣华富贵我都享受过啦。这间总统套房是我在西宁常住的地方。在西宁我还有行宫,档次一点也不次于这个五星级酒店的总统套间。杜班长以后退休,想来西宁居住,我给你盖一座行宫……"

"勇刚,你把我叫来有什么事情?"我打断他的话。

"可能石技术员也给你打电话让你过来?"

"光你给我打电话,我真不一定来。工作那么忙,又没有正当的请假理由。"

"其实,也没有什么过不去的事情。"

"到底什么事情,你打电话,石技术员也打电话?"

"是可可西里的事情。"

"可可西里能有什么事情?"

"嗨——不说啦,这事过几天再说。到餐厅去,我在格尔木市上飞机前,就给这个酒店的老总打电话订了一桌。咱们二十多年没有见面,要好好喝点,可惜石技术员在玉树,李石柱在可可西里的野生动物保护站,要是他们都能赶过来,咱们来个大团圆,好好喝一场,多好!"

酒宴的规格很高,全是由野味组成,什么鹿唇、鹿蹄筋、羚羊鼻舌、清蒸野牦牛蹄、野生龙虾……酒有十多种,路易十三、拿破仑、人头马XO、伏特加、茅台、五粮液、酒鬼、汾酒、西凤、剑南春，还有张裕红葡萄酒、青岛啤酒……

"杜班长，喝什么？洋的、土的、白的、红的、啤的，你随意挑！"王勇刚指着那么多的酒瓶给我说。

"随便喝点什么都可以，我对酒没有什么讲究。"

"怎么能随便呢？咱们二十多年才见一面。当年咱们进可可西里的战友，多一半都联系不上，就是联系上的，也各忙各的营生难得一聚。今天咱们聚上了，就要好好快快乐乐！"

"勇刚，花这么多钱……"我看着摆满餐桌的菜肴美酒说。

"杜班长，你太小看我了。就是你不来，我平时回西宁，只住两个地方，一个是我的行宫，一个就是这个酒店的总统套间。至于花钱，我真不知道我有多少钱，我的那些金矿每分每秒都在给我进钱。我还有猎队、车队、商队、酒店、公司，这个五星级酒店都有我的股份。可以说像我这么花钱，连零头都花不完。不像你们吃公家饭的，挣的是死钱。要是到我这儿干，我给您个公司，带上几千万块钱，随你折腾。别人拿我的钱不放心，咱们自家战友就没有不放心的。"

刚才那几个年轻女子也来了，分别坐在我和王勇刚的两侧，王勇刚对坐在我两侧的女子说："我把杜班长交给你们啦，杜班长要是没喝好，我就把你们赶出行宫，让你们到可可西里去！"

那两个女子就围着我献殷勤："杜先生，你可听见了，你要是不喝好，我们姐妹俩就要被老板发配到可可西里，那里可不是人过的日子……"她俩一人端着一杯酒，蜜蜂一样在我耳畔嗡嗡个不停。

几杯茅台下肚，我自知如果不采取果断措施，非醉倒在这两个女人怀里不可。王勇刚再次让她们给我敬酒时，我接过后放在桌上，说："勇刚，我当兵比你早两年，年龄也比你大几岁，说起来都是四十七八快进五十门槛的人啦。这二十几年，你在青海练出了一副好酒量。我弄了二十几年文字落下了一身病，要是喝出三长两短，你嫂子非跑到青海跟你算账不可！这酒也喝过几道了，我的意思是咱们都不要再劝酒，随意喝。我少喝酒，多吃点菜，上的这些菜我在海南从没吃过……"

"好吧，听你的，咱们尽兴喝好吃饱。吃过饭，杜班长洗个桑拿，晚上到歌舞厅玩！"又对我身边女子说："你们只负责给杜班长斟酒，不要再劝酒，拣好吃的给杜班长朝碟子里夹！"

那两个女的又狠劲把好吃的朝我的碟子里夹，碟子里堆得满满的。茅台酒有后劲，我觉得有了几分醉意，好酒不上头，只是骨头里有种飘飘欲仙的升腾感，很美妙。

"勇刚，我感到有些醉啦！"

"杜班长，怎么会呢，你才喝了几杯？"

"我平时很少喝酒的！"

"没关系，我叫他们烧个醒酒汤送过来。这个酒店用独特配方烧的醒酒汤，喝下去立竿见影。"

果然，喝了几口醒酒汤，醉的感觉立即没有了。我又吃了几口菜，就不想再动筷子了。

王勇刚已经把大半瓶茅台喝下去，还没有显出醉意。能看出，他很贪杯，也很有酒量。但是，我不希望他醉。这二十几年，他怎么从一个普通的复员大兵，挣扎成可可西里王，挣下数亿资产，这个传奇人物不知创造了多少传奇的故事。

"勇刚，这二十几年，你也经历了不少风风雨雨！"

"这二十几年，哪一天不是舌头舔着刀刃子过来的。这个可可西里是个山高皇帝远的地方，敢闯可可西里的人没有不是亡命之徒的，有杀人犯、抢劫在逃犯、强奸犯、劳改释放犯、公安局通缉的要犯，这些人杀个人比宰只羊都随便！要在这些人中间出人头地，就得让这些人心服口服。只有一条——他们狠，你比他们还要狠，他们能赚钱，你比他们还能赚钱，这样才能镇住他们！我刚到可可西里那阵，也多亏了石技术员和李石柱……"

接着，王勇刚给我讲了他刚到可可西里的故事。

我在陕西老家过不下去了，带了两个本家兄弟来闯青海。当时并没有想到可可西里发展，咱们当年在可可西里测绘过，那里除了有野生动物，没有什么东西能赚钱。那时，石技术员在玉树州委任处长，李石柱是环保局的一般干部。但是，他们还是尽力安排了我们的生活。石技术员还说，少数民族地区缺干部，只要我愿意，他向上头打报告，把我的档案调过来，也在州上谋个吃饭的差事。

玉树地区艰苦，但吃上了官家饭就是旱涝保收，一辈子不愁没有饭吃。至于我带来的那两个本家兄弟，石技术员说可以安排在州办企业当工人，月月都有工资，也比在老家当农民强。我就同意了石技术员的安排，被安排在经委工作，主要负责抓经济。

第二年，州委作出决定，开发可可西里无人区，成立开发可可西里无人区办公室，我任办公室副主任。开发公告一贴出，从甘肃、陕西、宁夏、新疆、青海东部一下子来了十多万人。他们带着资金、汽车、物资、技术，开起了金矿。我们办公室的主要任务是收管理费、开采费，我看到那些金把头一天就可以收入几万元、十几万元，又是在政府的支持下开采金矿的。我琢磨，我要是继续当那个干部，一辈子最多混个科长、处长，也不会有多大出息。要是领一帮子人去开金矿，或许能弄个几百万几千万。

石技术员和李石柱开始不同意，说我要是辞去公职自己干，干不成靠什么生活？我说干不成大不了回陕西再当农民。再说，别人能当金把头，我为什么不能当？别人当金把头能赚钱，我当金把头就赚不了钱？

石技术员和李石柱终于被我说服了，石技术员还给我留了一手，让我办了留职停薪，万一干不成还有个退路。

当时，我就感觉到，政府迟早要出面整顿这种乱哄哄的开采局面。我就给石技术员提出，我挂靠在州经委下边，属于州经委的一个公司，州经委给我办了一个开采证，这就是我比其他金把头的高明之处。果然，没出几个月，州政府出了文件，取缔非法金矿。而取得开采证的只有我一家，那些金把头和十多万淘金工，要么投到我手下叫我收编，要么被政府赶出可可西里。我的势力一下子扩张起来，可可西里的大半淘金工被我收编。

"你在可可西里做什么能赚钱？"我问。

"金矿要继续开，猎队要打野生动物，通过我的贸易公司销售。要不然，我花费那么多代价，保护可可西里干什么？"

"原来你是把可可西里看成你的领地，只许你开发，别人来了你就剿灭……"

"我开发可可西里是州委批准的，他们到可可西里乱开采乱捕杀野生动物，没有经过政府批准，是非法的！"

我并不认为王勇刚说得有道理，但又找不出反驳他的道理，就缄默无语。

回到酒店，服务员给我说："二十分钟前，玉树州委的石书记来电话，让您给他回个电话！"

　　我立即给石技术员拨电话，石技术员果然在电话机旁等着。他惊讶地说："你怎么这么早就回房间啦，王勇刚没带你去玩？"

　　"勇刚要带我到歌舞厅去玩，我不去就回来啦！"

　　"难得，难得，如今这年头，不进歌舞厅的人太少啦！你准备什么时候动身到玉树？"

　　"我明天就动身，还想到可可西里野生动物保护站看看李石柱，方便的话，再到雷指导员牺牲的地方吊祭一下！"

　　说到雷指导员，坐在旁边的王勇刚眼睛红了，还擤了几下鼻子，我看出他很伤感。

　　"王勇刚也在你旁边？"

　　"是的。"

　　"你让他接下电话。"

　　"石书记……好的，我和杜班长明天就动身去玉树……你放心，我一定注意安全，我亲自驾驶！"

　　王勇刚放下电话，眼睛还红着，鼻子齉齉地说："雷指导员为了救我牺牲的。这些年，每逢雷指导员的忌日还有清明，我都要到雷指导员牺牲的地方悼念，我还出资，由玉树州委出面在雷指导员牺牲的地方修了个纪念碑。"

　　说到雷指导员，我心里也沉甸甸地难受，眼圈也热起来了，泪花噙在眼眶里。那个时代，人们只讲奉献，很少想到享受。雷指导员要是真能活过来，看到今天官场上的腐败现象，看到今天社会风气的堕落，会有什么想法？

伤感过后,我又和王勇刚谈起复员后的事情,王勇刚感慨地说:"咱们这几个战友中,最可怜的要数李石柱了。他本来在州上工作,要不是主动要求去可可西里野生动物保护站,现在起码也弄上个县团级,加上有石书记的关照,副厅级都可能混上。他在可可西里野生动物保护站,没有吃的,没有喝的,蔬菜都少见。二十几年了,还是个股级,钱也没有多赚,娶了个当地藏民女人,哪有情趣可言。相比之下,咱们几个确实不错,石书记当上了副部级领导,青海省也就那么十几个。您搞文章,也奋斗成了作家,掌管一份杂志。我去赚钱,不敢说全中国我最有钱,但青海省比我钱多的恐怕没有几个。这次,咱们见了李石柱,好好劝劝他,离开那个野生动物保护站。我在全国任何地方给他买栋别墅,再给他两三百万人民币,让他后半辈子好好享受享受!"

"也是,我们都帮李石柱一把,他的日子就好过多了。你这个想法,给石技术员和李石柱谈过没有?"

"谈过。"

"他们的意见呢?"

"不瞒杜班长说,这几年在可可西里的问题上,我们的分歧越来越大,他们还认为我想支走李石柱,然后想干什么就干什么!"

"这些年你在可可西里究竟干过什么没有?"

"我要是不在可可西里干些什么,我的公司怎么能发展起来?"

我渐渐明白了石技术员和王勇刚请我来青海的目的,还是为了可可西里无人区。在没有见到石技术员和李石柱,没有弄清事情的真实情况之前,我不好说什么。就是弄清了事情的真实情况,我又能说什么呢?大家都复员二十多年了,在社会上闯荡了二十多年,谁又能轻易改变谁呢?

"杜班长,我把刚才那几位小姐叫来,你选一个,让她陪你过夜!"王勇刚又给我茶杯里续上水。

"勇刚，我刚才不是说了，我不嗜好这一套！"

"杜班长，这房里就咱们两个，你说老实话，你那方面是不是有病？要是有病，我马上派人送来特效药，中国的外国的都有，立竿见影还不伤身体！"

我望着王勇刚实实在在的样子，觉得好笑，摇了下头，说："勇刚，我确实没有这方面的嗜好，也确实没有什么病。咱们今天晚上早点休息，明天早上还要赶路呢。"

"好吧，杜班长您早点休息吧，明天早上我来接你吃早饭。"

他临出门时，又转过身子说："你还和当年在部队一样，原则性强！"

我笑了下，没说话。

几辆清一色的日本三菱吉普，车内都带有空调，王勇刚还给我准备一件军用皮大衣。青海的气候我太了解了，七月份的海南热得人们白天龟缩在空调房里，太阳坠进海里后才出来活动。而七月份的青海，去玉树的路上还有一些冰雪没有融化，早晚和夜间的气温都在零度以下。过去我们执行任务时，皮大衣是一年四季不离身的。

王勇刚的保镖还提了两袋子氧气放在车上。王勇刚给我解释："我们这些人一直在青海，身体不会有什么反应。你离开青海二十多年了，我担心出现意外，带上总有好处，紧急时候用。"

前面是警车开道，车速特快。我们出西大街，走西川，过大堡子，经湟源，一个多小时后就爬上日月山。在日月山上我们停下车，我站在日月山口的英雄纪念碑前，望着日月山两侧不同的两个世界。东侧是农业区，庄稼一片郁葱，农家庄院的围墙很高，房顶很平坦，堆放着刚刚收获的小麦。有狗在吠，有牛在哞，有马在拉车，有鸡在觅食，有娃儿在戏耍，和内地的农村没有太大区别。日月山的西侧就是牧区,景象一派荒凉,虽说七月份是青海高原的黄金季节,草儿青青,有几群雪儿般的羊群,在白云下缓缓地移动,猛眼看去,使人看不清是羊儿移动还是云儿移动。牧羊的藏族毛咧(小伙子)和可咧(姑娘),在阳光的爱抚下春情激荡,窝在坎坎下谈情说爱。有条闪着亮光的小河,缓缓地向西流去,那是倒淌河。它发源于日月山,流到青海湖,是中国版图里唯一由东向西的河流。关于日月山、倒淌河,有好多文成公主的传说,一时无法考证。

我依稀记得,当年我们开车经过日月山时,总能看到离公路不远的山坡上,有成群的黄羊、野牦牛,有时还能看到石羊、麝香,就问王勇刚:"过去咱们开车过日月山时,可以看见好多黄羊、野牦牛,现在怎么一只都看不到啦?"

"现在人们捕杀野生动物十分厉害,咱们当兵那阵,基本上没有人捕杀野生动物,那个时候黄羊都敢跑到公路上。现在捕杀野生动物是条最快最好的致富路子,捕杀几只黄羊比放一年羊的收入都高,好多牧民干脆就不放牧了,背着猎枪到处打猎。别说日月山公路两侧已经很难看到野生动物了,就是在可可西里无人区,野生动物也越来越少,有时候在可可西里走上一天,都看不到一只野生动物。"

高原上没有了野生动物,即使在山清水秀的七月份,也显得那么荒凉和缺憾。

青藏公路和二十多年前简直无法相比,那时候,沥青路只修到日月山下。从日月山开始,不是坑洼路,就是鱼脊梁路、搓板路,公路上的横断沟一条连着一条,车速很难开到四十迈。现在全是畅通的沥青公路,加上日本三菱越野车良好的技术性能,有的路稳得竟可以跑到一百公里的时速。相比之下,现在在青藏高原开车简直是种享受。有警车开道,我们不需要让车减速，到达恰卜恰才用了三个小时，这是二十多年前不可思议的事情。

恰卜恰是青海省海南藏族自治州的首府，官家称为共和县。车队在恰卜恰兵站门口停下，另一辆警车开过来，这一辆警车掉头准备返回西宁。

王勇刚给管事模样的保镖说："给他们每人发三百块钱红包，再填张三千块钱的支票，让他们带回去交给单位。"

接到小费的几个公安，跑到王勇刚跟前，千恩万谢之后才驾车离去。

王勇刚见我一派迷迷糊糊的样子，说："青海的公路弯多、弯急，您也知道有些二愣子司机，咱们不去碰他们，不见得他们不来碰咱们。石书记再三交代，我们要对您的安全绝对负责，有警车开道就安全多了！"

"你让他们来给你开道，他们就来给你开道？"

"世上哪有这么便宜的事情，要给公安局交费，他们从西宁跑到恰卜恰，要三千块钱，还不算给干警的小费。这也不算什么，公安要创收，只有利用自己的业务特长嘛！"

"这么一来，公安人员不是成了有钱人的家丁家将啦！"

"钱这东西，在全世界都畅通无阻。您说有钱什么买不来？你看看当今社会，当大官儿卖官，当小官的买官，您说还有什么不可以买卖的。我花钱雇警车开道，保证了我们的安全，又给公安机关增加了收入，改善了公安干警的生活，有了办案的经费，这是两全其美的事情，何乐而不为呢！我听公安局的朋友讲，谁能拉到警车开道的业务，还有百分之十的提成呢。"

这种事，我在海南看到过，但真正轮到自己享受警车开道的威风时，心里总觉得疙疙瘩瘩不舒服。

从恰卜恰出发，经过一道梁、二道梁、三道梁，到大河坝，我们当兵时把大河坝称作草原站，就是当年剿匪时的草原工作站。又越过鄂拉山口，过温泉兵站、花石峡，到了玛多县城。玛多是藏语，翻译成汉语是大河上游的意思。玛多县城不远的扎陵湖是黄河的母亲，黄河就是在这里发源的。在玛多县城最高档的一家酒店，饭菜早已摆好，我们一到就用餐，全是青海的野味。还有玛多县境内黑河打上来的鱼，无刺，肉很丰腴，鲜嫩。我们当兵时，我们连队曾借道班工人的拉网，在黑河拉过一网，装了两嘎斯车一解放车，还把剩下的鱼儿放了回去。道班工人告诉我们，每年五月份的时候，鱼儿从上游朝下游游，人们要是拦河拉一道网，蜂拥而至的鱼儿会把河水上涨一米多高。到了那个季节，道班工人用铁丝弯个圆圈，再用绳子编成网，随便在河里舀一下，就能舀出几条两斤多重的鱼儿，放在黑河旁的小水泊里养，自己吃，也送给过往的司机。

"勇刚，还记得咱们当年在黑河打鱼的情景吗？"我夹了一筷子鱼肉，边吃边问。

"怎么不记得，还是我过河拉的网，把我的老二都冻得上楼了！"他说的老二就是睾丸。

"现在黑河里还有那么多鱼儿吗？"

"早就被捕捞光了，黑河的鱼是青海的一大名产。有人说吃了这鱼能益气补血，滋阴壮阳，是难得的大补之物，在西宁市卖到了十多块钱一斤。一到捕捞季节，成百辆汽车散在黑河两岸，昼夜捕捞，再多的鱼儿也架不住这么干，现在快绝种啦！"

我再没有说话，我想起有本书上写着，人类是最凶残、最贪婪、最没有廉耻感的动物。甚至还有一位环境保护者说，当人类把地球上所有的动物都吃光之后，人类还能吃什么，人类去吃人类自己不成？

"现在的人呀，为了钱什么都不顾啦！"王勇刚顺着我的意思说。

我只夹了两根蔬菜吃了，再不动餐桌上的野味，我觉得在餐桌上吃野味，实在是太残忍了。

"杜班长,这些野味在青海都很难吃到,您回到海南就更难吃到了,多吃点!"王勇刚夹了根野鹿蹄筋,放在我面前的碟子里。

我没有吃,我把刚刚萌生出来的思想给他说了。

"哈哈,杜班长,你太杞人忧天啦。这全青海、全中国、全世界,有多少人在打野味,有多少人在吃野味!你把自己的嘴巴管住了,能把全世界人的嘴巴都管住?您一个人不吃野味,就把地球上的野生动物保护下来啦?吃吧,今日有酒今日醉,哪怕明日炕上睡,不要想那么多。什么地球的未来、人类的未来,轮不到我们这些人思考,思考了也不起作用,弄不好人家说咱有野心,出政治问题!"

吃过午饭,车队又继续前进。过了黄河第一桥玛多大桥,又穿过野马滩,穿过野牛沟,攀上巴颜喀拉山口。我记得从玛多县城出发,到巴颜喀拉山口,基本上全是上山,八十公里。再从巴颜喀拉山口到玉树,就全是下山了。

我和王勇刚站在巴颜喀拉山口,有人说这个地方的海拔是六千四百公尺,放眼遥望,天仍然是那么高,并不因为我们站得高了就离天近了。由于巴颜喀拉山太雄莽、太壮观了,竟使我们丝毫感受不到山巅的存在,好像置身于一派广阔的大草滩。离公路不远,有几个很小的湖泊,还有几只叫不上名字的水鸟在湖边彳亍。湖泊在阳光的映照下发出镜子般的亮光。偶尔有几辆汽车从公路上飞驶而过,也丝毫破坏不了巴颜喀拉山的静谧和安详。

"杜班长,想不想打几枪?"王勇刚的目光盯住了湖泊边的水鸟。

"你知道,我从不打猎!"

"我记得,杜班长的枪法在全军比武中得过第一名,还到原兰州军区射击队集训过。"

"不行啦,二十多年没摸过枪啦。去年开始,眼睛都老花啦,看报纸写文章都要戴眼镜啦。"

"没关系，打几枪试试，那几只水鸟，大约有一百公尺。"王勇刚从保镖手里要过枪，递给我。

"我真的不打！"我没接那支枪。

"那我就试试，这二十几年，我旁的本事没学到，枪法却练得百发百中。可以说在两百公尺以内，只要我眼睛能看见的目标就休想逃脱！"

我刚要阻止他不要再捕杀野生动物，何况这仅仅是毫无意义的兴趣所致。但是，已经晚了，他单臂举起冲锋枪，几乎没有瞄准，随着枪响，一只白色水鸟的翅膀只展了一下，就栽倒在草滩上。

"你当兵时的毛病一点都没有改，你还记得喀秋莎和雪牛吗？雪牛是怎么把你逼到石缝里的，你为啥老跟它们过不去！"我不满意王勇刚把野生动物的生命，就这么不当一回事。

"改不了啦，人常说泰山好移，秉性难改。当年我在可可西里无人区才打了几只野生动物，雷指导员一天只发给我两发子弹。我那时的枪法又不好，根本没有过瘾。这些年才算过瘾呢。那几年我带领猎队，一天打了多少发子弹，说出来你都不敢相信。那一天我们打了两万发子弹，打的猎物卖了四千万。我们村里的老人讲，人要是杀生多了，死了阎王爷就叫他入地狱受罪。全中国的人都没有我杀生杀得多，我死了肯定是下地狱受罪的恶鬼！哈哈，我还是那句话，今日有酒今日醉，哪怕明天炕上睡。活着的事情都顾不过来，还管得上死了以后的事情！"

"勇刚，这几年，你在可可西里捕杀过多少野生动物，赚了多少钱？"

王勇刚笑而不答。

从巴颜喀拉山口出发，经过清水河兵站、竹节寺，又沿着通天河畔，过唐僧取经路过的晾经台、猪八戒招亲的高老庄，就到了结古镇。玉树藏族自治州就设在结古镇上。警车把车队一直领到州委，开进州委大门，才停止鸣警报。我走下汽车，看见从楼里急匆匆走出一个人，皮肤黑黑的，步履沉重，走路明显地一瘸一拐，从走姿上看已经显出明显的老态。我奇怪他径直朝我们走来，丝毫没有认出他是谁。

王勇刚急忙迎上去，又拉着我的胳膊，对我说："杜班长，这就是我们谈了一路的石书记！"

我惊诧了，这个黑瘦的病老头是石技术员？当年的石技术员是多么儒雅、风流、潇洒。我无法把这个行将就木的病老头和当年的石技术员联系在一起。

"您是……"

"我是石瑞呀……"

"石技术员，您怎么成了这个样子……"我禁不住鼻子一阵酸涩，眼睛有了潮热。岁月呀，竟把一个生龙活虎的小伙子，腐蚀成举步维艰的病老头子，何况这是地球上气候最差的青藏高原的岁月。

"没什么，前几年身子骨还可以。前年玉树地区遭受百年不遇的大雪灾，我带队去灾情最严重的杂多县救灾，把右腿冻坏了，身体也随着垮啦！"

我紧紧握着他的手，感觉到他手上几乎没有一丝肉，全是筋骨，还是那么冰冷。

"石技术员，算下来您在青藏高原也有三十多年啦！"

"三十一年啦！"

"您可以给组织谈谈，调到内地，改善一下生活条件。起码可以调到西宁，也比玉树的条件好多啦。"

"省委领导早就给我谈了，职务都给我安排好了，我考虑再三，还是留在玉树。我在玉树待得时间久了，情况比较熟悉，再干上几年，退到二线。再去可可西里野生动物保护站找李石柱，给他当个助手，清清静静过到死！看……我光顾说话了……我已经在州委招待所安排了，炖了几只你最爱吃的牦牛蹄子、羊蹄筋，还有凉拌牛肚梁子、炖羊杂碎。你就住在州委招待所，房间都安排好了。你是先到招待所休息一会儿再吃饭，还是直接到食堂吃饭？"

王勇刚从我旁边挤过来，对石技术员说："石书记，杜班长大老远来，不如住在我那里。州委招待所条件太差，高原上本来就干燥，加上电暖气更干燥，洗澡也不方便。我那里的条件你知道，不会委屈杜班长。吃饭的问题您更不要操心了，我在玉树大酒店早就订好了，咱们好好聚聚。您让杜班长在招待所吃饭，账又不好结，上头成天讲廉政。我花我自己的钱，再反腐败也反不到我的头上。"

"王勇刚，你的鬼心思以为我不知道，你把杜班长关在你的行宫里，我和李石柱就难和杜班长揭发你的事情啦。"

"石书记，你总把我想得那么坏。杜班长一个活生生的人，我能关得住吗？"

玉树大酒店的一间豪华包厢里，服务小姐把茅台酒打开，给我们面前的杯子斟满。王勇刚端起酒杯，对我和石技术员说："咱们把第一杯酒敬给雷指导员，祝雷指导员在另一个世界活得潇洒！"

故地重游，王勇刚的话又打开我们本来就没有密封的记忆，使我们的心情兀然沉重起来。我们默默地举起酒杯，对着可可西里的方向，含着眼泪把酒缓缓洒在羊毛地毯上。

"王勇刚，雷指导员临牺牲时，对你说的最后一句话还记得吗？"石技术员盯着王勇刚的眼睛，一字一句说。

王勇刚顿了一下,赔着笑脸说:"石书记,我怎能忘记呢?"

"只要你没有忘记雷指导员的话,以后的事情就好办!"

王勇刚的脸上闪过一丝忧郁,又端起酒杯,对我和石技术员说:"我今天敬两位老首长一杯,我先干啦,先干为敬!"说完,一仰脖子,一杯酒全灌进肚里。

我和石技术员把杯子里的酒也干了。

石技术员放下酒杯,望着可可西里的方向,很动感情地说:"杜班长、王勇刚,我们在这里吃的是山珍海味喝的是美酒,可李石柱在旷无人烟的可可西里野生动物保护站。这阵,说不定还在瞭望塔上观察呢!这些年,亏了李石柱呀!我们这些人比起李石柱,连小拇指都不如!"

王勇刚看了石技术员一眼,没说什么。

"这些年,我对在玉树工作过的干部都没有亏待过,就是亏了李石柱。我这次去,李石柱对我提出任何要求,我都要认真考虑!"石技术员长长叹了口气。

从餐厅的包厢出来,我们站在酒店大厅,酒店的老板、部门经理,还有在餐厅用过饭出来的人们,见了石技术员和王勇刚,都毕恭毕敬地问好。也难怪,一个是这方水土上的一号父母官,位尊权大;一个是自称的可可西里王,钱多得能买半个青海省。

"石书记,我让车先把你送回去!"王勇刚指着停在酒店外的劳斯莱斯车,恭敬地问。

"不用了,我还是坐我的桑塔纳吧,免得让老百姓指着脊梁杆子骂。你把去可可西里野生动物保护站的车准备好,我说走马上就走,一刻都不耽误!杜班长你去王勇刚的行宫看看可以,可不敢久留,那地方的空气里都有硫酸!十点钟一定回到招待所,我在招待所等你!"石技术员说着,朝州委那辆桑塔纳走去。

王勇刚抢前一步,替石技术员打开车门,等石技术员钻进去,又替石技术员关好车门。

我和王勇刚走到那辆白色的劳斯莱斯车跟前。和石技术员的国产桑塔纳相比,这辆劳斯莱斯显得太雍容华贵,那气派、那尊贵,足以让这个玉树州,以至全青海省的人,不敢正眼瞧它。

王勇刚的行宫在公路外两三百米的地方。一条专用柏油马路从公路上引过去,不宽,但非常平坦,车子行驶在上边,几乎感觉不到车轮在动。车子刚拐上这条专用公路时,电子控制的大门就缓缓打开,保安和服务员慌慌忙忙地站在大门里恭候。

保安替我们打开车门,我钻出轿车,看到一套建筑面积很大的别墅,有公寓楼那么大,四层,从外表看,只是气派。走进别墅,才感到这行宫豪华得出奇。十几个年龄在二十岁左右,分别穿着汉、回、藏、苗、白、土家等民族服装的女子,也在大堂里恭候我们。

"杜班长,这个行宫里的装饰材料,没有一件是国产的,全部是从意大利进口的!"王勇刚的口气里有了多多少少的炫耀。

我站在那里,目瞪口呆,半晌说不出一句话。

"勇刚,你和石技术员都要我到玉树来,到底有什么事?"

"唉——杜班长,我就给你直说了。石书记听了李石柱他们一伙的建议,要把可可西里封闭起来,建什么野生动物保护区。我这个可可西里开发总公司就是靠可可西里过日子的,我目前在可可西里有十多万民工在采金矿,每天的收入就是一千多万。还有三百人的猎队,出动一次最少也收入三四百万,还有围绕着猎队、金矿服务的其他配套公司。要是把可可西里封锁起来,我的公司就要倒闭,那十多万人怎么办?我想请您来给石书记和李石柱做做工作,不要让他们建什么野生动物保护区。可可西里那么大,我们这十几万人撒进去算个啥?杜班长,他们对你还是很有感情的。这些年,我们在一块唠叨当年在可可西里测绘的时候,石书记和李石柱每次都谈到您,您说的话他们还会听的!"

"这是工作上的事情,石技术员如果有这个想法,说不定是经过党委集体讨论过的。石技术员一个人怎么能更改党委决定,这是组织原则!"

"据州委的其他人给我透露,州委对这事还没有形成决议,相当大一部分人不同意。因为,我的公司给政府上缴的各种税款、管理费,占州财政收入的一半以上。我这些年在给政府交税交费上,从来都是只多交不少交。我非常清楚,我给政府交的钱多了,政府的财政就离不开我,政府就会大力支持我!趁现在州委还没有形成一致意见时,你劝劝石书记和李石柱,只要他们撤回提议,这个事情就不了了之啦!"

"我这些年在许多新闻媒体上看到,可可西里遭到严重破坏,社会各界对此反应很强烈!"

"那是一些文化人吃饱撑的胡搞事,保护可可西里,说着容易,拿什么来保护?开发可可西里的十多万人靠什么生存,州上要是减少一半财政收入,州政府靠什么过日子,这都是现实问题。理想的话谁都会说,保护野生资源,保护野生动物,保护森林不乱砍滥伐,但人们靠什么维持生活?就像我们当年在可可西里测绘,不打黄羊吃什么,人总不能饿死还去保护野生动物!"

我没有再说什么,尽管王勇刚说的这些有一定的道理。但是,这么多年从事时评和社会重大事件报道的我,更多地接受了环境保护的思想,不赞成王勇刚的说法。但在没有和石技术员交谈之前,我不好表示什么。

"一会儿我去招待所,听听石技术员的意见,他当年就比咱们有文化有见识，要不，咱们这些战友，就人家干到了副部级的位置上。你把车辆准备好，说不定明天就去可可西里看李石柱。说实话，我非常想见李石柱，他是个老实人！"

"这个你放心，我已经把几辆越野车全调来了，还派人采购一些物品给李石柱带去。我们这些战友里面，就李石柱受的苦最多，官没有当上钱没赚上，好日子没有过上，与一个藏民女人孤零零地守着可可西里，一住就是二十几年。杜班长，我早就给石书记说了，只要李石柱一退休，他在全国各地任选一个地方，我给他买一栋别墅，再给他建个账号，打进去几百万，他想怎么花就怎么花，花光了我再给他打。"

"我估计他不会离开可可西里，他对野生动物的感情太深了！"

"这么多年，我每年都要去看他，劝他过人过的日子。但他死活不肯离开那间铁皮房，就那么固执！"

我脑子里又想象：在那旷无人烟的可可西里，一间铁皮房在风雪中飘摇欲坠，房子里透出一缕牛粪火的光。衰老的李石柱还有一个藏族老妇，坐在牛粪火旁，毫无情趣地度着漫长的冬夜。他还不时地走出铁皮屋，警惕地端着冲锋枪向四周瞭望，捕捉来无人区偷猎的人。想着想着，我眼睛里就有了潮热。

进来一个女服务员，低着头对王勇刚说："王总，石书记的车来接杜先生啦。"

我站起来，王勇刚也站起来，说："我也就不强留你啦，刚好我还要接待一个国外来的朋友。"

我一愣，他一个土财主接待什么外国朋友？

王勇刚发觉我的神情惊诧，也觉得自己说漏了嘴，赶忙解释说："结古镇前些年有几个人偷渡到印度，入了人家的国籍。有时回来看看，我们就认识啦,顺便做点生意。"

我朝外走,王勇刚也朝外走,走到州委那辆桑塔纳车前,我停住脚步,转过身和王勇刚握手。王勇刚的手刻意用了力气,我明白其中的含义,又不好表示什么,就非常含糊地点了下头。

州委招待所的房间是标准间,两张床、彩电、电暖气、洗手间。司机把我领进房间的时候,石技术员正在看报纸,看见我进来,放下报纸站起来说:"和王勇刚的行宫比,我这个招待所可差远啦!"

"正像你说的,那里的空气里有硫酸,你去过那里没有?"

"没有,但有耳闻。玉树州的干部,正派的都不会到那里去!"

"王勇刚的生活也太奢侈啦!我刚才听王勇刚说。他一会儿要接待外国朋友,说是前些年从结古镇偷渡到印度去的,他们顺便做点生意?"

石技术员摇了下头,说:"他们能做什么生意,那人很可能就是国外走私野生动物的犯罪分子。据有人讲,王勇刚猎杀的野生动物根本不在国内出手,一来他怕被抓住,二来价格也太低,都是走私到国外卖大钱。现在野生动物走私大都是内外勾结!"

司机给我们泡上茶,又从口袋里取出药,说:"石书记,您该吃药啦!"

我一惊,问:"石技术员,您有病?"

"这个年龄,又在青藏高原干了三十几年,要说没有病是假的,都是些要不了命的病!"石技术员吃过药,对司机说,"你把杜班长的茶倒掉,换上白开水,喝了茶会失眠的。"

司机给我倒上白开水,就待在一边,等候石技术员指示。

"你把车开回去后休息吧,我今晚在这里过夜,不会用车的。"

"石技术员,您这身体,也该回内地了,再这样下去怎么得了。"我真的很担心他的身体。这些年，英年早逝的事件太多，何况他早已过了英年的岁数。

"我活了五六十年，在青海都待了三十几年，对这个地方有了感情，让我离开还有点舍不得！再说，李石柱一直是我的一个心病，这几年就亏了他、也苦了他，我一定要把他安排好。他岁数也大了，受不了可可西里的风风雪雪！"

"您完全可以用州委的名义下个命令，把他调到好点的地方和单位，这样就把什么问题都解决啦！"

"事情不是那么简单，首先是李石柱不愿离开可可西里，他不愿意的事情我就不好强迫他。再者他在可可西里待了二十几年，只有一个思维就是保护野生动物。这二十几年里，整个社会发生了太大的变化，他要是回到社会，肯定跟不上社会的发展，工作也不好安排。找个好点的单位养起来也不难，但李石柱不会同意过那种光拿钱不干活的日子！"

电暖气使房间里很燥热，加上李石柱的事情挠心，我觉得心里烦热，就说："咱们出去走走，透透气。"

"行，你把大衣穿上，青藏高原可不比你们海南，晚上很冷的。"

走出房门，我立即觉得寒气从四面八方涌来，实实在在地挤迫着我。尽管我知道七月份的青藏高原是一年中最暖和的季节，常年生活在这里的人们，夜里出来都不会穿大衣。我连着打了几个寒战，裹了下大衣，走下招待所的台阶。如果和二十几年前相比，这时候的玉树藏族自治州首府所在的结古镇，真成了青藏高原的大都市，比明珠都璀璨。宽敞的水泥马路、鳞次栉比的楼房、一家连着一家的夜生活场所闪烁着霓虹灯，大部分商店还没有关门，进进出出的人比白天少不了多少。

在我的记忆中，二十多年前的结古镇上的民贸公司，一般都在下午四点就打烊关门。高原的夜间和下午都太寒冷，人们不习惯在夜间出门。那时候，经常有猪在马路上行走，摇摆着肥大的肚皮，唱着哼哼进行曲。汽车来往频繁，从玉树开往西宁，从西宁开往玉树，汽车过后，灯光里卷出一股灰尘。

"变化真大，过去的东西连影子都没有啦。要是猛地把我空降到这里，我真认不出这就是结古镇。"

我和石技术员慢慢走着，认识石技术员的人都停下脚步打招呼。猛然，从黑影处钻出一个穿藏服的人，有三十几岁，用生硬的汉话说："老板，要不要羚羊皮？"

石技术员走过去，故意问："你有多少羚羊皮？"

"你要多少我就有多少！"

"你卖多少钱一张？"

"六百元一张，最便宜的。你要是运到西宁，一张最少卖一千元。要是运到美国，一张值一万美元，你发大大的财咯！"

"你的羚羊皮是从哪里打的？"

"可可西里，可可西里的羚羊皮是全世界最好的羚羊皮！"

"我要一万张呢？"

"有，有，你只要交了订金，我现在就可以让你装车！"

石技术员叹了口气，再没有说话，转身就走。

"老板，我的羚羊皮是真正在可可西里打的。只要你愿意，我请你们到歌舞厅玩，姑娘随你们要，我埋单！"那人跟在我们后边不走。

一个夜间值勤的公安人员看见石技术员，急忙跑过来向石技术员问候。那个人才知道石技术员的身份，一闪身跑得没了踪影。

我问石技术员："刚才那人说一张羚羊皮在美国能卖到一万美元？"

石技术员回答说:"如果在中东,价格会更高。藏羚羊的羊绒被誉为羊绒之王,可以抵御零下五十多度的寒冷,每公斤可以卖到六七万美元,被国际走私分子称为软黄金。用藏羚羊绒做成的围巾和披肩轻柔暖和,阿拉伯人称它为沙图什。一条沙图什,需要三只藏羚羊的羊绒织成,可卖到三四万美元。由于受到巨额利益的刺激,国内外走私野生动物的不法之徒互相勾结,又和盗猎者勾结,大肆猎杀藏羚羊。在玉树、拉萨、格尔木,就有许多来自印度、尼泊尔等国的走私分子,用各种理由进入中国,和偷猎者串通一气,走私藏羚羊皮和其他野生动物。州公安机关破获了十几起,但根本遏制不住这种现象,他们变本加厉。如果再不采取果断措施……前几天,印度举办了一个时装周,有许多沙图什在那里出售。我国的环境保护者制作了许多宣传册,劝阻人们不要买用藏羚羊皮做的沙图什,封面就是血淋淋被剥去皮的藏羚羊……"

我和石技术员坐在通天河畔,这里是通天河的上游,河水很大,咆哮着向下游涌去。除了河水奔腾的声音,人为的声音少多了。河道里的风更凛冽,我穿着皮大衣都觉不出暖意,石技术员却没有穿大衣。

"您没有穿大衣,这里太冷了,我们回去吧。"

"我习惯了,没有感觉到冷意。我们再坐一会儿,冷风吹吹心里好受一些!"

"您是这个州的书记兼州长,绝对一号人物,怎么也有窝心事?"

"《红楼梦》里说过,大有大的难处。"

"到底为啥呢?"

"还是为可可西里的事情……十几年前,刚刚搞改革开放时,玉树州是青海出名的贫困地区,又地处高原,内资外资都引不进来,经济怎么都发展不起来。当时我担任州经委主任,为玉树州的经济发展愁得日夜不安。这时，王勇刚提出开发可可西里的方案，在可可西里采金、打猎，政府收取税金和管理费。当时我昏了头地答应了他，并将开发可可西里的方案，提交州党委讨论通过了。于是，人类开始对可可西里大规模地开采和捕猎。靠着可可西里，玉树州的经济确实有了很大的发展。但是，我国最后一块野生动物园遭到了非常严重的破坏。就拿藏羚羊来说吧，我们当年在可可西里测绘时，遍野都是，多得难以统计。如果硬要估计，最少也有一百多万只。这二十年来，王勇刚的猎队还有那些偷猎者，以每年两三万只的速度捕杀藏羚羊。现在，专家估计剩下不到七万来只了，再这么下去，用不了三四年这个物种就没有了，叫我们怎么给后人交代。就是其他野生动物也濒临灭绝，王勇刚的金矿盲目开采，植被层被大量破坏，草地减少，野生动物不被猎杀也要被饿死。绿地沙漠化，又直接影响青藏高原的气候反常，干旱、暴风雪、沙暴屡屡发生。青藏高原又是长江、黄河的发源地，青藏高原的自然环境恶化，又直接导致我国其他地方的自然环境恶化，后果太严重啦！尽管以后我发觉自己当初的决策错了，也采取种种办法禁止对可可西里的开采和捕猎，但为时已晚。在可可西里发了财的人，从老板到民工谁也不肯放弃可可里。甚至有人扬言，谁敢阻挡他们到可可西里，他们就杀了谁。这些倒不可怕，我相信用不了半年就可以把带头闹事的人镇压下去。可怕的是我们有的领导，考虑到可可西里给政府财政带来了巨额收入，也不同意在可可西里建立野生动物保护区。我从去年就提出在可可西里禁猎、禁采、禁入的三禁方案，但每次上党委会，大多数委员都不同意。当然，他们提出了许多修改方案，比如合理开发、节制捕猎、限制闲杂人员进入，最终的目的还是担心我的三禁方案一旦实施，财政收入下降。当然，也有些领导被王勇刚这些老板们收买了，站在他们的立场说话。回顾我这一生，最大的失误就是批准开发可可西里无人区！"

"您让我来玉树，就是为了这件事情？"

"是的，要在可可西里实行三禁政策，最难过的一关就是王勇刚。他是可可西里王，他在可可西里的利益最大，他在各级领导班子中都有一批代言人。只要他同意我的三禁方案，主要矛盾就解决了！"

"王勇刚在可可西里的利益最大，要是实行了三禁政策，他的损失也最大，他肯定不会同意你这个方案。"

"是的，我们从去年开始，在这个问题上就暗里较上劲了，表面上看是我和其他领导的意见分歧，实际上是我和王勇刚之间的斗争。我们已经在可可西里的问题上对人类犯下了罪恶，不能让这个罪恶继续下去！"

"我能为您做些什么？"

"其实，我打电话让你来，也是走投无路之策。想让你给王勇刚谈谈其中的利害关系，让他主动放弃在可可西里的开发，转向别的开发项目，政府尽可能给予优惠。现在看来，王勇刚在可可西里的利益太大了，他绝不会轻易放弃可可西里的！"

"你打算怎么办？"

"哈哈，我好赖还是个州委书记兼州长、省委常委，要是没有办法对付一个暴发户，还不白给国家做了几十年官？我只不过是不愿破坏咱们这些战友生死过命的感情。这几天我一直在思考，一头是老战友的感情。这些年，王勇刚对玉树地区的经济发展确实做出了很大贡献，也给了我很大的支持，这是个人感情问题。另一头是人类的共同利益，我不能让中国最大的野生动物园在我任职期间毁掉。我现在想通了，必要的时候，我报请省委同意，在可可西里采取强制措施。我这次把几个重要的会议都推后了，我们一块儿去可可西里，让王勇刚再看看雷指导员牺牲的地方，让他再回忆一下雷指导员牺牲时，对他说的最后那句话，让他看看李石柱这二十几年里，为了保护可可西里野生动物过的什么日子,做出了多大的牺牲!或许,会对他有些感化。我也是不到万不得已的时候,不会对王勇刚采取措施!"

车队从结石镇出发,经过子曲渡口,到杂多县再往前走,就没有正式公路了。简修的临时便道,一直通往西北方向。尽管如此,行车的速度也比当年快多了,日本三菱吉普的越野能力比当年的国产解放车强多了。傍晚的时候,我们已经到达了青藏公路上的沱沱河。再朝前走,我们就要进入当年测绘的可可西里无人区了。

"杜班长,我们今天跑的这条公路是我的公司修的,我们投资了五千多万。我准备从明年开始,再投资一个亿,把这条公路铺上柏油。要是没有这条公路,我们就得退回倒淌河,再沿着青海湖南边过黑马河、茶卡,到都兰上青藏公路,几天后才能到沱沱河。有了这条公路,我们最少可以节省一个星期的时间。这条公路贯穿玉树地区的南北,也能贯穿可可西里的南北,对促进青海西部经济发展有着十分重要的作用。"

石技术员没有说话,我礼貌性地点了下头。

汽车一直开到王勇刚在沱沱河的行宫里,服务员早就摆好了接待的架势。这个行宫比玉树那个行宫略小一点,装修同样豪华,专门挑选出来的各族姑娘同样的漂亮。在车上颠簸了一天,我们倒在沙发上时,浑身像散了架样,连喝茶的力气都没有。

"石书记,今晚我们就在这里休息,明天再赶路,明天下午肯定可以赶到李石柱的野生动物保护站!"

"要是我们今天晚上赶路,明天早上就可以到李石柱那里?"

"您和杜班长都累了一天,连夜赶路,你们的身体……"

"没关系,我们可以轮流开车,轮流睡觉。除了杜班长不熟悉这一带路况,我们都十分熟悉,夜间开车没有一点问题,早一天赶到,早一天见到李石柱。我们现在先休息半小时,然后吃饭,吃过饭后出发!"

王勇刚立即对服务员说:"通知伙房把菜端上来。"又转过身对石技术员说:"趁这个工夫,咱们大家洗个澡,解解乏。每个房间都有暖气、卫生间、电热水器,不会感冒的!"

石技术员想了想,点了下头。

全世界都没有比可可西里再黑暗的夜晚了,方圆几百里几千里没有一丝灯光,好像整个地球都坠入黑漆之中。汽车的大灯犀利地划破黑暗的包围,照亮车前一百多米远的地方。我记得二十多年前,我们夜间行车时,会看到形形色色的野生动物在汽车灯光的光柱里奔跑。这阵,我们在号称野生动物园的可可西里无人区行驶了两三个小时,竟没有发现一只野生动物。

王勇刚的驾驶技术无可挑剔,使我们少受了许多颠簸之苦。猛然,前方出现了一点儿亮光,随之又是一片亮光。一个手电光对着汽车挡风玻璃乱晃,王勇刚迎着那个手电光加油冲过去。那个手电光猛然闪到一边,王勇刚刹住车,对着跑过来的人就是一耳光。那人一愣,哭丧着脸说:"王老板,我以为是外来的溜子!"

我们趁机下车小解,这才看见,这一片全是帐篷。有几部柴油发电机在"突突"响着,每个帐房里都亮着电灯,里面传出哗啦哗啦的麻将声,还有猜大猜小的吆喝声。有几个帐房里的人在喝酒、划拳,声浪一阵高过一阵。还有几个很别致的小帐房,几个男的坐在帐房外等待,帐房里传出女人浪声浪气的娇嗔和淫笑。王勇刚告诉我们,可可西里的淘金工发了财,内地的妓女闻见金子的味道,就像苍蝇闻到臭屎的味道。她们做生意不收人民币,收金子,一次一两,她们在这里干上一年,绝对可以成为百万富翁。

透过车灯的余光,我们看见方圆能看见的地方,挖成了沟沟壑壑,草皮没有了,泥土翻上来了。还有大型的机械、重型汽车、大功率挖掘机、拖拉机、推土机、抽水机，摆在那里。

八月份的青藏高原，应该是百花盛开，牧草茂盛，到处充满绿色的世界。但这里竟无一棵牧草、无一朵鲜花，像一片无垠的沙漠。石技术员站在汽车前面，望着这一切，脸色阴沉可怕。王勇刚远远躲在一边，什么话都不说。只有随车来的几名保镖，端着冲锋枪在警戒。还有闻讯赶来的金把头和护矿队，也主动加入警戒的行列。

我走到石技术员身边，故意咳嗽了一声。石技术员扭过头，还是没有说话，又过了好大工夫，才自言自语说："这就是开发的代价，这种一次性开发，没有一二十年是恢复不起来的，这何止是罪恶！"

我也为可可西里被糟蹋成这样子痛心，又不知道该说些什么。在路上时，王勇刚给我说，他公司的十多万采金工，分布在上百个采金点。即使石技术员的主张得到了党委的通过，政府有那么大的警力、物力、财力，把十多万民工从可可西里驱逐出去？有办法禁绝那些偷猎野生动物的人进入可可西里？这么大的可可西里，进去几百几千人，就像大海里漂了一片树叶。

石技术员还是木木地站在那里，我估计他在为这个问题发愁。许久，他走到一个护矿队员跟前，问："你们吃的东西都是从哪里弄的？"

那个护矿队员用甘肃口音说："粮食是从沱沱河粮站买的。"

"蔬菜呢？"

"我们灶上没有蔬菜，想吃蔬菜了就到矿区办的饭馆，很贵，收金子！"

"肉食呢？"

"派人去打黄羊、野牦牛、野马，打到了就吃，打不到就不吃。这两年动物越来越少，走上十几里也见不到一只，很难打到！"

石技术员回到车里好久，都没有说话。汽车开动一个小时后，他才对我说:"杜班长,人们把草地挖了,断了野生动物的生路,又成群结队地去捕杀它们,再这么折腾几年,这可可西里野生动物就会绝种!"

王勇刚什么话都没说。

天大亮的时候,我们赶到了李石柱的可可西里野生动物保护站。我们先是看到平地上突兀出现了一个四五层楼高的木架瞭望台,瞭望台上有一个人向我们摇摆红旗,高音喇叭里响起沙哑的吼喊:"停车,接受检查!"随着,又用藏语喊了一遍。

接着,我们看到离瞭望台二三十米远的地方有间房子,和藏民的帐房相比,显得气派多了。我听他们介绍,李石柱的野生动物保护站是环境保护者捐的铁皮建的。怎么不见铁皮呢?再近了一点,我才看清,房子四周堆满了干牛粪,连房顶上都盖着草皮。

王勇刚说:"铁皮房实际上没有藏民的牛毛帐房好,铁皮不保温,人住在里面和在野地里差别不大,说穿了只能隔风挡雨不挡寒冷。李石柱这么一弄,房子里的温度就散发不出去,冬天就不会太冷。"

我们又看到,在铁皮房的另一侧,有一个很大的羊圈。一个藏族老妇正在打开羊圈,上百只羊儿几十头牦牛从圈里涌出,朝草滩跑去。我还看到,羊群中还有几十只黄羊。我们的汽车鸣着喇叭,减低车速向铁皮房开去。瞭望塔上的那个人也从塔上攀下来,他一身藏族服装,背着五六式冲锋枪。我们的汽车开到的时候,他也刚刚下到地面。从他攀下瞭望台的动作看,他的腰腿也很笨拙了。

"石柱,你看谁来了!"王勇刚先跳下车。

"我大老远看见几辆三菱吉普车开过来,估计是你来了!"

这时,我才看清李石柱胸前挂着一只高倍军用望远镜。

"石柱!"石技术员伸着双手,朝前跑。

李石柱看见石技术员，也迎着石技术员跑过去。从跑姿看，他们都衰老了。

李石柱和石技术员紧紧拥抱在一起，石技术员从李石柱的拥抱中挣扎出来，指着我说："石柱，你看我把谁给你带来了！"

李石柱翻着老花的眼睛，把我看了半天，没有认出我。

"石柱，你再仔细看看，他是谁？"王勇刚走到我跟前，把我朝李石柱跟前推了一步。

李石柱又把我看了一阵，还是摇摇头。

"石柱，他是杜班长，杜光辉呀！你成天唠叨的杜班长，见了面又不认识啦！"

"杜班长，杜班长，你真是杜班长！"李石柱语无伦次地嘟囔着，又仔细地看我，看了半天才说，"头发白了，杜班长的头发可不是白的！你们可别骗我，你们知道我惦想杜班长，随便找个人冒充杜班长……"

"石柱，我真是杜光辉呀！你忘了，咱们几个在可可西里无人区配属测绘队，我们的雷指导员、我们的喀秋莎、我们的雪牛、我们的救命牌……"

"杜班长，你真是杜班长，不是杜班长的人说不出我们当年的事情！"

李石柱猛地扑到我身上放声痛哭起来。他哭的声音很大，像狼嚎。王勇刚要劝，石技术员挡住他。李石柱哭了一阵，猛地放开我跑回铁皮房，取出一个影集，那是我复员时赠送给他的，第一页就是我和他在汽车前的合影。那时，他给我当助手，照片已经发黄了，影集也很旧了，许多地方都有了磨损，能看出是经常翻动的结果。李石柱对着那张照片看了一阵，又对着我看了一阵，才说："是杜班长，是杜班长，胖啦！"

李石柱手忙脚乱地把我们迎进铁皮房，我们坐在毛毡上。刚坐下的李石柱又急忙爬起来，跑到铁皮房外边，把那个藏族老妇拉进来给我介绍："杜班长,这是我老婆,叫朵玛!"然后,又指着我给朵玛用藏语说了一阵。朵玛一个劲地给我鞠躬,嘴里不停地表示:"哦呀,哦呀!"。

离开青藏高原二十多年了,当年学的一点藏语也几乎全忘了,但我依稀记得,"哦呀"是表示"是""好"的意思。

朵玛拨开牛粪火,烧上奶茶。

趁这工夫,我观察了这个铁皮屋,地上铺着一块羊毛毡,我们就坐在羊毛毡上。羊毛毡旁边是一个四方的铁皮炉子,烧的是牛粪、羊粪。靠屋角的地方堆着几个装粮食的羊毛口袋,还有几床破旧的军用被子和羊皮袍子,墙壁上挂着冲锋枪、子弹带和望远镜。没有电视机、没有收音机,真不可思议,李石柱怎么和一个藏族女人在这里过了大半辈子!

奶茶烧开了,朵玛用干牛粪给我们擦净了碗,又挨个给我们倒满。黄乳色的奶茶腾升起一团雾气,雾气里裹着茶叶、乳汁和盐巴的清香,醇醇的。二十多年了,我已经忘记了奶茶的滋味,急不可待地端起奶茶,大大地抿了一口,啊——真香!用新鲜羊奶汁,加上青海盐湖的大青盐,熬制出来的奶茶,解饥解渴、浓而不腻。我一口气喝了大半碗,身上有了细汗。在青藏高原,人是很难得出汗的,出汗也成了难得的享受。

李石柱又用藏语叫朵玛给我碗里续满奶茶,站起身子说:"石书记、杜班长,我去宰只肥羊做手抓吃!我还有两瓶北京二锅头,一直没有舍得喝,藏了两年,咱们今天把它喝光!"

王勇刚拉住李石柱,说:"我带了很多东西,吃的用的都有,你不用杀羊啦,我们吃罐头!"

"我这羊不是给你吃的,是给石书记和杜班长吃的,你的金矿再这么折腾下去,我的羊就没有地方吃草啦!"

"你们两个人能吃多少羊,我以后派人每天送一条羊腿来,够了吧!"

王勇刚说。

李石柱没有搭理他，坚持出去了，几分钟工夫，房外传来一声羊的惨叫。

"这二十几年，李石柱就是跟我过不去，他在这里吃的用的全是我派人送的，他把东西收下了，还是照样跟我过不去！"王勇刚半开玩笑半抱怨地给我说。

我能感觉出，他说的不是假话。尽管他现在有数亿元的身家财产，他还是很看重过去的感情。要不，当和石技术员、李石柱为开发可可西里发生分歧时，就不会请我到青海来。

石技术员叹口气，还是没有说话。

十几分钟后，李石柱进来了，在袍子上擦着手上的血迹。我再看那袍子，上边油亮亮一层污垢，那是长期在上边擦手的结果。

石技术员看出我的狐疑，给我解释："这里方圆几里没有水源，用的水全是在几里外的地方背的！"

这种生活，我们在测绘可可西里时遇到过，除了饮食用水，其他用水一律禁止。好的是这里是高寒地带，人不洗澡不会发臭。

李石柱从羊皮口袋里取出两瓶二锅头，又用袍子擦去上面的灰尘。把剁好的羊肉块放进锅里，又往灶膛里加了几块干牛粪。

"石柱，把你的二锅头收起来，我给你带来了茅台、五粮液，够你喝好几个月！"王勇刚让保镖把车上的东西搬进房里，在房角堆了好大一堆。

李石柱看都没看一眼，用牙咬开二锅头的瓶盖，说："王老板，你要是嫌我这二锅头不好喝，你就喝你带来的茅台。我和石书记、杜班长，喝我的二锅头！"

"好，好，咱们都喝二锅头，我什么样的酒都喝过，那些年在金矿采金，四角钱一斤的红苕酒都喝了半年，还在乎二锅头！"王勇刚对着我们苦笑了一下，自己给自己打圆场。

我琢磨，这也难怪，李石柱和王勇刚，一个是可可西里野生动物保护站的站长，一个是可可西里开发总公司的董事长，工作性质使他们成为天敌。

朵玛把手抓羊肉端上来了，上面插了四把刀子，还有四小碟盐巴。我们每人拿过一小碟盐巴，又拿过一把刀子。

李石柱给我们碗里倒酒，照例，第一杯敬给雷指导员。

石技术员放下酒杯，问李石柱："要是用三菱吉普跑，多长时间能到雷指导员牺牲的地方？"

"现在有了公路，四个小时就能赶到！"

"我们今天就去看望雷指导员，现在是十点半，十二点出发，抓紧时间吃饭！"

一瓶多二锅头下去，李石柱就有了醉意，看着王勇刚对石技术员说："石书记，我去年给州委的建议研究了没有，可可西里再这么折腾下去，不出三五年动物就会绝迹啦！"李石柱又把半碗酒灌下去。

"正在研究，有些问题很复杂，不是研究一次两次就能解决的！"石技术员声音很低地解释。

"这有什么复杂，政府下一道通知，再组织部队把主要通道控制住，凡是进可可西里捕猎的，一律抓起来……"

王勇刚挡住李石柱又端起的酒碗，说："石书记有石书记的难处，他要站在全局的角度处理问题，有许多事情跟你一时说不清！"

"我就不愿意跟你说话，他说不清，你可以说清。你这么多年在可可西里把钱也挣够了吧，几辈子都吃喝不完，也该收手了。你把金矿关了，把猎队解散了，这可可西里就安宁一大半啦！"

"石柱,我今天不给你谈这个。你在可可西里待了二十多年,岁数也大了,也该享几年清福了。我们想动员你回去,玉树、西宁、陕西老家、北京、上海,只要在中国地盘上,你随意挑,我的公司负责给你盖房子买家具发生活费……"

"王勇刚,你想把我弄出可可西里,你采金矿、打野生动物就没人告发你啦?没门,我死都不会离开可可西里。就是死了,也要埋在可可西里,做鬼都不能让你们在可可西里作恶!"

从铁皮房里出来的时候,太阳正好,苍穹无云,风也不大。喝了二锅头的醉意被冷风一吹,人就清醒了许多。李石柱在羊圈里撒了泡尿,我们都跟着到羊圈里撒尿。黄色的尿液冲击着黑色的羊粪,发出沉闷的声音,使人产生出凄苦和荒凉的感觉。撒完尿,李石柱对石技术员说:"石书记,我有个要求!"

"说,只要我能做到,一定满足你!"

"你给我多发些子弹!"

"要那么多子弹做什么?"

"以后再遇到偷猎野生动物的人,我提出警告后他们继续作恶,我就打死他们!"

"这……这样做合法吗?杜班长,你自学过法律,李石柱要是这样做合法吗?"

"从法律角度上讲,应该是合法的。偷猎属于国家保护的野生动物就是盗窃国家财产,损害国家利益,对正在发生的伤害他人生命财产的行为采取必要行为,属于正当防卫,不承担法律责任。但是,你想过没有,来可可西里偷猎野生动物的犯罪分子,都开着汽车,有的甚至还掌握现代化的通讯工具和武器,成群结伙地作恶。石柱一旦向他们开枪,他们肯定要还击,石柱的处境就十分危险。而且石柱在明处,他的野生动物保护站也孤立无援,一旦偷猎者向他发起袭击……"

"石柱,杜班长的话你考虑过没有?"

"我早就考虑过了,可可西里已经到了最危险的时候,需要我们用生命和鲜血来唤醒政府,唤醒社会保卫可可西里的意识。要是我真的被偷猎分子打死了,情况反映到省上,反映到中央,让全中国全世界人都知道,可可西里或许就有救了!"

石技术员握着李石柱的手,说:"我建议军分区给你多多地配发子弹,要多少给多少!"

当时,我非常不理解石技术员为什么要答应李石柱。这不是明摆着把李石柱朝死路上推吗?

一直到几个月后,李石柱和偷猎分子在交火中牺牲,我从海南赶到西宁,参加社会各界为李石柱召开的追悼会,石技术员致完悼词后才对我解释,李石柱是认准一条路走到底的人,他的冲锋枪只有三百发子弹,多少年他都没有打过一发。现在,他肯定想准备更充足的子弹,多打死一些偷猎分子,把憋在肚子里二十多年的怨气出够。

王勇刚始终不和李石柱发生正面冲突,如果抛开可可西里的问题不谈,给人的感觉是他宽宏大量,不计前嫌。李石柱倒显得小肚鸡肠,咄咄逼人了。

汽车行驶的四小时中,公路两侧全被采金者挖得千疮百孔,惨不忍睹,见不到一点绿色的生命。

李石柱一个劲地对着汽车外边日娘日妈地骂。

石技术员闭着眼睛,我看见他眼角挂着晶亮的泪珠。

王勇刚毫无表情地驾驶着方向盘。

"勇刚，可可西里不能再这样下去啦！我们是对整个人类、对子孙后代犯罪！"我终于忍不住了，冲动地给王勇刚说。

王勇刚长叹一口气，还是没有说话。但我感觉到车轮猛地颠了一下，一个该减速的横断沟没有减速。

王勇刚果然在雷指导员牺牲的地方，竖起了一个大理石纪念碑，用的是青海省人民政府的名义，纪念碑的背面刻写着雷指导员舍身救人的英雄事迹。

我和石技术员、李石柱三个共产党员，还有王勇刚这个时代的宠儿，齐齐跪在纪念碑前。王勇刚为雷指导员准备的纸钱全是放大的人民币、美钞、英镑、马克、港币，只是上面的银行名称变了，变成了中国冥通银行、美国冥通银行、德国冥通银行、英国冥通银行……

我们将纸钱一张一张地朝火堆里放，把酒一杯一杯地朝火堆里倒，酒在火堆里冒出蓝色的火焰。王勇刚把成捆的由冥通银行制造的钱币朝火堆里扔，烧不透，他用随车带来的铁棍一遍一遍挑。他的眼泪淌过脸颊，淌在火堆里，发出细微的响声。一阵风起，无数纸灰飘起，弥漫在可可西里的大地上。

祭奠完毕，石技术员站在王勇刚对面，盯着王勇刚的眼睛，问："王董事长，雷指导员临牺牲时说的最后一句话是什么？"

"这……"

"你当着杜班长和李石柱的面，说一遍！"

"雷指导员说，你不要再猎杀野生动物啦！"

"雷指导员要是知道他救的人，以后成了捕杀野生动物的元凶，他会为自己的付出后悔的！"

王勇刚没有说话，只是脸色阴沉得非常可怕，透隐着一股杀气。

"我站在雷指导员面前,以老战友的身份、以一个共产党的州委书记的身份,正式通知你,我马上要对可可西里采取强制性的保护措施!"石技术员的脸色也阴沉得可怕,也透出一股杀气。

尾　声

八个月后,我在青海省大礼堂参加了李石柱的追悼会。

我头一天赶到西宁的时候,石技术员到机场接我。他告诉我,玉树州宣布可可西里封闭以后,王勇刚的猎队开着十多辆卡车,带着一百多支枪进入可可西里。李石柱发现后,骑着马抄近路赶到他们前边,鸣枪警告他们不许进入无人区。没有人理睬他,车队照样行驶,架在驾驶室顶上的枪支都压上了子弹,一百多支枪瞄准了李石柱。李石柱端着冲锋枪,骑着马站在公路上,挡住了车队。车队又拐下公路,绕开李石柱继续前进。李石柱又催马赶上车队,又站在车队前面挡住车队不能前进。架在第一辆车上的枪,对着空中打出一梭子弹,车上一百多号人冲李石柱吼:

"让开!"

"打死他!"

"轧死他!"

李石柱仍然骑马站在汽车前面,整个车队就是不得前进。"哒哒哒",汽车上射出几个点射,击中了马的头部、胯部,马倒在血泊里,挣扎了几下,死去了。

李石柱从血泊中爬起来,看了一眼陪伴了自己二十多年的老马,端起冲锋枪,对着车上的那个机枪射手和偷猎者就是一梭子。

汽车上所有的武器全对着李石柱开火。李石柱倒下以后，他们又从车上跳下来，把李石柱压制他们二十多年的仇恨全部发泄出来，对着李石柱的尸体，打出了几百发子弹，把他打成了一摊肉泥。

石技术员还告诉我，王勇刚组织的这次疯狂猎杀藏羚羊的行动，就是我上次去玉树时，王勇刚和那个从印度来的走私分子共同策划的。那个国际走私分子付给王勇刚五百万美元，要两千张藏羚羊皮。

追悼会后，我问石技术员："王勇刚在这次事件中应该承担什么法律责任？"

"出事之后，公安机关经省人大常委会同意，拘捕了王勇刚，但明天要释放他！"

"为什么要释放他，是他的猎队杀害李石柱的！"

"王勇刚不承认他给猎队下达了开枪的命令，在已经抓获的人犯中也一致证明，王勇刚没有向他们下达向李石柱开枪的命令。公安机关找不到他杀人的直接证据，又不能超过法律规定的羁押期，只好取保候审！"

"那太便宜他啦！"

"我不会放过他的，我已经指示了公安机关继续取证，一旦掌握了证据，立即报检察机关批捕，李石柱的血不会白流，也不能白流！不过，李石柱的惨烈牺牲，已经引起了省委和中央有关部门的高度重视。有关部门前天批准给可可西里调配一批武警官兵，省政府也批准在可可西里野生动物保护区实行更加强制的封闭措施，拨出了大笔经费。可以说，可可西里是以李石柱的牺牲为转折点，不会再走向毁灭啦！"

第二天，五十多辆拉着数百名武警官兵和物资弹药的车队，浩浩荡荡地排了一公里长，向可可西里无人区进发，惊动了许多市民围观。

第一辆车上，八名武警战士护卫着李石柱的骨灰盒，上面覆盖着党旗。

石技术员亲自驾车,他要把李石柱安葬在可可西里。沿途的市民全摘下了帽子,向李石柱致哀。

我站在送行的人群中,面对着可可西里的方向,心里向可可西里祈祷!

原发《小说界》2001年第1期;《中篇小说选刊》2001年第2期转载,《中篇小说选刊》2001年第1期转载,《西安晚报》《海口晚报》等转载。入选《新世纪小说大系·生态卷》,获全国首届环保文学奖、上海长中篇小说大奖、《中篇小说选刊》优秀作品奖。

入 伍

一

公元1968年元月。秦地北部。雪没消,冰比石硬,冻得人清鼻直流,要不是有嘴唇挡着,能流到肚脐窝跟前。

县府不大,楼高不过三层,街宽不过两丈,人口不过两万,打个喷嚏的唾沫星子能淋半个城区。县中学大门上方挂着横幅,写着"志长县新兵集中点"。校园里满了人,全是参军入伍的新兵和家属,还有羞羞答答的女娃,可能是哪个新兵的对象,或者是看上哪个新兵的女同学。

我叫杜掌印,编在新兵一连。

我光着脊梁穿件黑棉袄,腰上勒根布条,俺妈说腰上勒根绳,胜似穿一层。我站在队列里,冻得打战。站在我旁边的单二狗穿的也是破棉袄,腰上勒着麻绳,大裆棉裤,裤腰宽大,在腰上打了个折,布条当裤带,绳头快吊在膝盖跟前,俺老师形容我们这些农村孩子时说"鼻涕滚滚,裤带飘扬"。

连长魏定邦站在我们对面,挺脊梁,鼓胸脯,身上堆满严肃,扯着喉咙喊"立正——"我不知道喊了立正后,该怎么站,就踮着脚尖看他,学他的样子把脚后跟靠拢,脚尖分开。再看单二狗,把脚后跟脚尖都并到一块。

我觉得这动作不合规定,到底哪里不合规定,说不清楚。魏连长又吼"稍息——"我们不知道稍息该怎么做,有的两脚并拢,有的双脚叉开。魏连长看着我们,无奈,说:"现在开始点名!"

"马三蛋!"叫马三蛋的新兵喊:"来啦——"

"李俊峰!"叫李俊峰的新兵喊:"在这哩!"

"单二狗!"单二狗喊:"叫我弄啥哩?"

魏连长说:"部队点名,一律答'到',听清楚没有?"

我们回答:"听清楚啦!"

单二狗回答:"知道啦!"

魏连长看了他一眼,没有说啥,我感觉他对单二狗的回答不满意。

"杜掌印!"我大声答:"到!"

魏连长说:"杜掌印的回答很标准,大家以后就要这样回答!"

表扬催生了得意,我晃了下脑袋。单二狗挨了批评,心里不舒服,发泄到我身上,嘟囔:"你没尿净,多抖几下就尿净了!"

我回击:"你才没尿净,你爸你爷你先人八辈子都没尿净!"

魏连长吼:"杜掌印,队列中不许说话!"

我挨了批评,满肚子的得意一下跑光了。单二狗见我挨了批评,肚子里的得意表现到大腿,晃。

魏连长又喊:"单二狗,队列里不能晃大腿!"

晃的大腿静止。

单二狗和我一个堡子,从小一块长大,好得能穿一条裤子,就是凑到一块就掐,像母羊群里的两只公羊。俺俩离开杜家堡子时,村支书杜省圣给我们说:"到了新兵集中点,还不能算正式入伍,要经过两个月的新兵训练,训练完了发帽徽领章,才算正式入伍!到部队头两个月是关键,犯了错误就会被送回来,白高兴!"他是抗美援朝的老兵,复员后政府安排到省城工作,他刚娶的媳妇死活不让他去,舍不得夜夜笙歌,他也舍不得新媳妇的温存,就留在村里当了支书。

突然,魏连长大吼一声:"立正——"双手握拳提到腰间,朝几个走过来的首长跑去,立正,敬礼:"报告团长,新兵一连正在集合,准备午饭!"团长还礼,说:"稍息!"魏连长又跑到我们对面,声音更大地喊:"稍息——"

团长走进队列,挨个看我们,走到单二狗跟前,问:"读了几年书?"

单二狗:"读了三年!"

问:"弟兄几个?"

答:"没有弟兄,一个姐,嫁人啦!"

问:"独子还当兵?"

答:"俺爸说了,队伍的大肉块子白蒸馍随便吃,在队伍干上几年,把身子养壮实了,再回到生产队就是个壮劳力,部队替他养娃哩!"

我的心一下子提到门牙跟前,这是落后言论,咋能给团长说,人家给你来个上纲上线开贬回去,今辈子就守着杜家堡子打牛后半截吧。我想替他辩护,说他的脑子被驴踢过,又一想,要是说他脑子不够用,部队更不会要他。心里替他着急,又不敢说,就给他使眼色,让他甭胡说。

团长说:"这个兵实在!"

单二狗说:"村里人都说我实在!"

给他个麦草当拐棍用哩。

团长走到我跟前,在我肩膀上压了一下,我晃了下,挺住了。

团长说:"还有点瘦干巴劲!"又问:"身高多少?"

我答:"这次体检,一米六零。"

问:"体重多少?"

答:"九十斤!"

问:"读过几年书?"

答:"初中二年级,学校就停课了!"

魏连长说:"这批兵正在长身体的时候,来了三年自然灾害,身体普遍瘦弱!"

团长给跟随他的人说:"记下我的命令。一、命令,每个连给新兵营送一头肥猪,不能低于一百六十斤,后勤处要亲自过秤!二、新兵训练期间,每人必须增加五斤体重,增加不够不能下连队。像他们现在这样子,黄干拉瘦,怎么执行任务,打起仗了,几天几夜不能休息,别说消灭敌人,自己都把自己都拖垮啦。就是不打仗,老百姓把孩子送到部队,孩子在部队干了几年,还是这样瘦小,怎么对得起老百姓!"

团长到别的连去了,魏连长给我们说:"咱们团长姓肖,三八年的兵!"

单二狗小声说:"好家伙,老革命!"

我说:"你说团长是好家伙的,要是叫团长听见,不处分你才怪!"

单二狗说:"咱堡子的人说谁好,就说好家伙,这是好话。"

魏连长大声说:"队列里不许交头接耳,说话要喊报告!"又说:"一会儿开饭,要围成一个圆圈。"

单二狗突然喊:"报告!"

魏连长说:"说!"

单二狗说:"俺爸俺妈还有俺堡子的支书都来送我,我吃上了大肉块子白蒸馍,他们吃不上,俺良心过不去!"

魏连长说:"部队已经安排好了,把送你们的人叫来一块吃,吃好吃饱。人家把子弟都送到部队了，还能不管人家一顿饭？"

单二狗给我说："一会儿打饭的时候，我端菜盆子，你端白米饭。我们要是不当兵，俺爸俺妈今辈子都不知道白米饭是啥味道！"

魏连长一宣布解散，单二狗就朝伙房跑，还催我："跑快点，人家把菜打完了，让俺爸俺妈吃啥！"

盛菜盛米饭的是最大号的铝盆，我和单二狗把菜盆、米饭盆，放到操场的空地上，俺爸俺妈、单二狗他爸他妈，还有杜省圣，都把身子朝菜盆跟前挪，眼珠子能掉到盆子里，涎水淌到盆沿上。单二狗他爸用袖子擦着嘴角的涎水，说："这么多的大肉块子！"

单二狗说："没有筷子碗，拿啥吃！"又吼我："你是个瓷锤，跟我一块拿筷子碗！"

部队的饭食就是好，两分多厚的猪肉块子，半拃长，一寸宽，白膘，红肉，满盆都是肉块子，还有豆腐、腐竹，全是硬扎货。单二狗抢过勺把，先给他爸盛了一大碗，又给他妈盛了一大碗，盛的时候勺子专朝肉多的地方挖。再就是给俺爸俺妈盛，也是勺子专朝肉多的地方伸，给我说："我给你爸你妈多盛些肉。你脑子灵性，到了部队多给我出主意。我要是干上去了，少不了你的好事情，我当了团长，最不行也让你当副团长！"

我就笑，笑他自己拽着自己的头发朝月球上甩，还觉得自己驾驶了宇宙飞船。

单二狗说："你笑我当不上团长？"

我说："团长算个啥，你起码能当上军长司令员，团长给你当警卫员。"

单二狗又拿起一个空碗，给杜省圣说："我给叔多盛些肉！"

杜省圣眉里眼里都是笑，说："要不是我给你的入伍登记表上盖章，你能吃上这么肥的肉块子，吃屎都没人给你屙！"

单二狗说："省圣叔快吃，吃完了我再给你盛！"

杜省圣说："二狗是明白人，眼亮，你不管当多大的兵，哪怕到天安门上站岗，你爸你妈还在堡子里，在我手下当挣工分！"

我说："你可不敢小看咱二狗，人家干上了军长，转业就是省长，最不行也是专员，你办事还得求人家签字哩！"

杜省圣给嘴里塞了块肥肉，边嚼边嘟囔："我盼着你们干上去哩，到那时就能抽你敬的带把烟。我迟早给旁的村子的乡党谝起来，说咱陕西的省长是俺杜家堡子的人。不管啥人，走到咱杜家堡子，文官下轿，武官下马！"

单二狗他爸噙着肥肉，油水从嘴角流出，用袖子擦了下，说："我一辈子吃的肉都没有今天一顿吃得多！"

单二狗说："爸你快吃，我刚才打菜的时候看了，锅里还有好多，吃完了再去打。俺连长说了，一定要让你们吃好吃饱，说是军民关系！"

杜省圣说："我当了这些年支书，没有占群众一分钱便宜，两袖清风。就是年年征兵，我代表党支部送新兵，在新兵集中站过大年，肉块子随便吃，还不算贪污腐败！"

单二狗把肉菜打过，盆子就空了，我和他还没打上。

单二狗给我说："咱俩再去打菜！"

我说："人家不给咱打咋办？"

单二狗说："魏连长都说了，一定要让老百姓吃好吃饱。肖团长还下了命令，让我们每人长五斤肉，要是饭都吃不上，咋能长肉？咱现在是架子猪，要催膘哩！"

我们把两盆肉菜一盆米饭吃完，把裤带松了好几次，肚子胀得像怀了九个月的婆娘。

我和单二狗把菜盆、碗筷送到伙房,再回到操场,看到单二狗他爸在地上拣了根细树枝,剔牙缝里的肉丝,一边剔,一边呸呸地吐,还嘟囔:"牙缝越来越宽,老啦!"

杜省圣说:"等你娃把事情干大了,买个挖掘机给你掏牙缝!"

单二狗他爸说:"咱到那时候不买挖掘机,把牙拔了,镶上金牙,太阳一照,金光万道,照亮咱杜家堡子!"

杜省圣说:"夜里你把嘴张开,咱堡子的人就不用走黑路,我给你记一天的工分。"

单二狗他爸吐过唾沫,走到他儿子跟前说:"部队把这么好的大肉块子给咱吃了,咱要是贪生怕死偷奸耍滑,就对不起人家!"

单二狗说:"爸你放心,咱还想在部队挣前途呢,不好好给人家干,人家凭啥把前途给咱?"

单二狗他爸说:"自古以来都讲究,国家养兵千日用兵一时,咱吃了国家的粮,就要给国家卖命,贪生怕死丢咱家的脸,也丢杜家堡子的脸!"

单二狗说:"爸你放心,要是打开仗,你儿子绝对冲在最前边,死了也给咱家弄个烈士家属,说不定还能评上英雄!你跟俺妈就我一个儿子,我要是牺牲了,谁给你们养老送终?"

单二狗他爸严肃了脸,脸上的皱纹像用钢凿刻了,说:"二狗你到了部队,打仗时只管朝前冲,建功立业就是冲锋陷阵!"

杜省圣扎着领导架势,咳了一声,手朝腰上一叉,像《列宁在一九一八年》中说:"二狗你有些话说得对,有些话说得不对,比如你说到牺牲了……"他猛地刹住话,"呸呸"地吐了几口干唾沫,唾沫星子都没有吐出来几个,接着说:"我刚才朝地上吐了,把霉气吐掉了。我说的是假如,啥是假如,就是比方。你眼里就没有我这个党支书。假如,还是假如,假如你为国家英勇了，你爸你妈跟前还有我这个支书，有咱堡子七八百口乡党，一个堡子养活不起你爸你妈？我今天给你说个死话，你跟掌印，还有咱杜家堡子这些年入伍的人，假如那个了，我做主给牺牲的人记全堡子最高的工分，父母老的干不成啥了，我专门派个妇女照顾老人。谁要是敢放个屁，我停了他的工分，饿死他！"

哨响，当了两天新兵，知道哨响就是集合，不能磨蹭，我给俺爸俺妈说："部队集合了，你们在这等着，看部队有啥事情！"

魏定邦又是一阵"立正、稍息"后，宣布："现在发服装，领到服装后，以排为单位到澡堂洗澡，洗澡动作要快，每批二十分钟，洗好洗不好都必须出来。洗过澡后穿上军装，换下的衣服让家属带回家！"

肖团长又带着参谋干事走来了，魏定邦又跑步给肖团长报告。肖团长问魏定邦："你们接兵的洗了没有？"

魏定邦回答："我们都没有洗，后勤首长通知，澡堂安排很紧张，新兵都洗不过来！"

肖团长问后勤处长："给接兵的同志安排洗澡没有？"

后勤处长说："这个县城只有一个澡堂，有三个部队在这个县征兵，武装部给咱们团安排了一天时间，安排新兵都紧张！"

肖团长问魏定邦："你多长时间没洗澡了？"

魏定邦回答："十一个月零三天！"

肖团长问后勤处长："佟处长，听见没有？"

后勤处长回答："听见啦！"

肖团长说："听见就好，我也不命令你们怎么做，你们自己考虑该怎么做。你们这些机关干部，到了周六就回家搂老婆，睡觉前连屁股都洗上好几遍，怎么不考虑常年在外执行任务的战士和基层首长！"

后勤处长说:"我现在亲自找武装部长,协调这事情!"

魏定邦把我们带到一间大教室门口,让我们排成一队到充当仓库的教室门口。有个穿四个兜的干部拿着花名册念名字,这个干部把我们的身高胖瘦看了,喊:"三号!"仓库的几个老兵就把三号的外套、棉衣、绒衣、衬衣、短裤、袜子、大头皮鞋、羊皮帽子,用白色包袱皮包好,递给我们。

单二狗排在我前头,那个干部念"单二狗!"

单二狗朗着声音答"到"。经过一天的新兵经历,他知道首长点名时,不能像在杜家堡子那样回答"叫我弄啥呢",必须答"到"。

人家把他的身子看了,对教室里面喊:"二号!"

单二狗问:"比二号大的衣裳是几号?"

人家回答:"一号!"

单二狗说:"我要一号!"

人家说:"你撑不起一号,要是给你发一号,穿上像袍子,影响军容风纪!"

单二狗说:"俺爸说了,男人要长到二十五,我今年才十九,还要长六年,起码再长半个头。你现在给我发二号,我个子一长,穿不上了,咋办?"

人家给他解释:"部队每年都换新装,春季发夏服,秋季发冬服,你的个子长了,再发衣服时会根据你的身高选择衣服!"

单二狗说:"部队就是好,年年都发新衣裳。不像俺杜家堡子,一件棉衣穿十几年,光担心个子长了穿不上!"

我们领过服装,又排队朝澡堂走。有的把包袱抱在怀里,有的扛在肩上,有的夹在胳肢窝里,五花八门,我都觉得不成体统。果然,魏定邦喊了"立定!"拿过一个新兵的包袱,挎到右肩上,给我们说:"都按这个样子，把包袱挎到右肩上，刚才那样乱七八糟，哪像部队！"他把我们带到澡堂门口，又给我们交代："一会儿进去，把从家里带的衣服包起来，让家属带回去，一件都不能带到部队！"

单二狗说："俺家就我一个儿子，裤衩带回去没人穿，不如带到部队穿！"

我恶心他："你裤衩上长满虱子，虱子把一个部队都传染上了！"

澡堂门口站着一个后勤干部，一次放进去十二个人，放过十二个人后，对魏定邦说："首长通知，你们带新兵的人可以进去洗！"

魏定邦挨着我们脱衣服，单二狗盯着人家那地方看，我觉得不礼貌，悄悄拉了他一下。魏定邦也看了他一眼，目光里蕴含着不满，转过身子不让他再看。洗澡的时候，单二狗把嘴挨着我的耳朵说："有个天大的好事情！"

我说："啥好事情，说！"

他说："这里人太多，不能让他们知道！"

洗过澡，魏定邦又把我们带回学校，我们把换下的衣服交给家里来的人，把他们送到学校门口。俺爸俺妈都哭，俺爸光擦眼泪不出声，俺妈都哭成泪人了，用袖子擦眼泪，半个袖子都湿了。单二狗他爸他妈也哭，哭得悲天哀地。我跟单二狗也哭，我们和父母在这里一别，哪年哪月才能再见一面，要是打起仗了，说不定是和父母的最后一次见面。

我们把老人送走了，我想起单二狗在澡堂的神秘，问："你刚才在澡堂要给我说啥事情，还那么神秘？"

单二狗把我拉到操场边，声音小得像蚊子嗡，说："刚才洗澡的时候，你注意看魏连长的那家伙没？"

我说："那有啥看头，只要是男人都差不多，他又不是三尖四愣子！"

单二狗把嘴一撇，不屑地说："人都说你比我灵性，我咋看你都不如我。我从魏连长那地方,看出了很多名堂!不是吹的,我要是当侦察兵,保准把敌人的情况侦察得清清楚楚!"

我说:"先别吹你的舞马长枪,快给我说从魏连长那地方侦察到啥啦?"

他反问我:"你知道省圣叔当过兵不?"

我说:"一个堡子的人,咋能不知道!"

他说:"省圣叔今天说,给咱们发的是大头帽子大头鞋皮大衣,是高寒地区的装备。还说咱们国家只有西藏、青海、新疆这三个省算高寒,咱们这批新兵肯定朝这三个地方去的!省圣叔还给我说,高寒地区大多是骑兵,骑兵发的是马裤。还有汽车兵,汽车兵开的都是从朝鲜战场下来的车,破烂,成天修车、排除故障,手上全是机油。高寒地区没有澡堂,尿尿时就把手上的机油沾到那上头,那家伙油乎乎的黑明发亮像车轴。洗澡的时候,我用心看了魏连长的家伙,黑糊糊油汪汪,肯定是汽车兵。"

我对单二狗刮目相看了,要是不让他当侦察兵,真是中国人民解放军的一大损失!

单二狗又朝我跟前走近,声音更小地说:"咱们要是当上了汽车兵,以后复员回来,起码可以到公社的拖拉机站开拖拉机。到那时候,咦——"

不用他说我都知道,公社的拖拉机给生产队犁地,生产队把司机当神仙,司机多给他们开半个小时,顶他们多少骡子马的苦力!生产队不巴结司机巴结谁,给司机吃的是臊子面、白蒸馍,杀鸡更不用说。要是司机没对象,大姑娘趁没人的时候,送块手绢,脸一红,大辫子一甩就跑,像日本鬼子在后边追。我们要是当上了汽车兵,这辈子的前途不用琢磨就能想象出来!

吃过晚饭,单二狗给我说:"我觉得肚子有点难受,屎憋了,你陪我一块到厕所。"

快到厕所时，单二狗捂着肚子给我说："今天的屎咋憋得这么厉害，我都快憋不住了！"说着就朝厕所跑，跑进厕所就解皮带，谁知部队发的皮带越解越紧。我们长这么大没用过皮带，都是用布条当裤带。单二狗猛地蹦了一下，喊了一句："我憋不住啦！"随之，我听见他裤兜里响了开春的闷雷，一股滂臭喷薄而出。

单二狗带着哭腔说："我把稀屎屙到裤裆了！"

我说："我去给魏连长汇报，看他有什么办法？"

我刚跑出厕所，看到肖团长带着参谋干事走过来。我学着魏连长的样子，跑到肖团长跟前，喊："报告肖团长，俺堡子的单二狗解不开部队发的皮带，把稀屎屙到裤兜里了！"

肖团长说："进去看看！"

单二狗还在解裤带，还是越解越紧，都哭出了声音。

肖团长走到他跟前，问："怎么回事？"

单二狗见是团长，放声大哭起来，边哭边说："你们部队发的皮带就解不开，越解越紧！"

肖团长弯下身子，看着他的皮带说："别哭，你再解下皮带，我看问题出在什么地方？"

单二狗就继续解，还是越解越紧，把肚子都勒细了一圈。

肖团长看过单二狗操作全过程，说："你这个孩子呀，皮带不是这么解的，看我怎么解，这个好学，解一次就会！"

一个参谋走过来说："肖团长，我来给他教！"

肖团长说："还是我来吧，你们这些吃吃（知识）分子爱干净。我当兵前在家种地，天不亮就去捡狗屎马粪，越臭越有肥力越高兴！"

肖团长给单二狗说:"你解皮带的方法不对,解这种皮带,要先紧一下,然后再解,一下就解开了,你学着这个样子解一遍。"

单二狗一下子就解开了,说:"把他家的,这么简单的事情我就解不开。难怪俺爸老给我说,一窍不得,少挣几百!"

我见他越说越来了,人家是团长,咋能给人家说那些话,就把他的脚踢了一下。单二狗立即反应过来,左手提着裤子,右手给肖团长敬礼,说:"报告团长,我刚才胡说哩,不该在你面前说粗话,俺现在是解放军,不能说粗话!"

肖团长说:"你现在还不能算是解放军战士,还要训练,训练后才算是真正的军人!"说完,刚才还春风迷漫的脸上瞬间布满冰霜,问单二狗:"你们是哪个连队的?"

我说:"新兵一连!"

肖团长看了我,说:"我想起来了,我到你们连的时候,还问了你的身高、体重、文化程度,我记得你读到初中二年级!"

我说:"是的,读到初中二年级!"

肖团长说:"也算是吃吃(知识)分子了,好好干,咱们团是技术兵种,需要有吃吃(知识)的人!"

我说:"我一定好好干,不辜负首长的教导!"我好赖也是初中生,这些话还能说出来,不像单二狗只能说粗话!

肖团长给参谋说:"命令一连长跑步到这里!"

几分钟后,魏连长跑步过来,跑得太急,喘着粗气,估计参谋给他说了单二狗拉裤兜的事情。他跑到肖团长跟前,立正、敬礼:"报告肖团长,新兵一连连长魏定邦前来报到!"

肖团长指着单二狗说:"你的兵不会解皮带,拉到裤裆了!"

魏定邦说："我刚才听范参谋说了,我考虑不周,没把兵带好,请团长处分!"

肖团长说："少说这些没盐没醋的话,我命令你守在这里,替新兵解裤带,要是再有新兵拉到裤裆,我撤你的职!还有,不许给这个新兵耍态度,他又不是故意朝裤裆里拉,是你们这些带兵的没给他们教怎么解皮带!"

魏定邦说："我一定坚守厕所,不耍态度!"

肖团长又把脸转向后勤处长,说："还有你,当了三年后勤处长,年年都有新兵拉裤裆,你竟然没有一点措施!你亲自把这个新兵的裤子洗了,洗得没有一点臭味,烤干。到时候我派人检查,有一点臭味撤你的职!"

后勤处长说："坚决执行命令,我亲自给新兵洗裤子裤衩衬裤,保证没有一点臭味!"说完又说:"老肖你是三八年的兵,我也是三八年的兵,咱俩当新兵的时候还在一个班,我还救过你的命哩。你这阵当了团长,牛逼了,动不动就要撤我的职。我也给你说,你要是撤了我的职,我就跑到你家吃饭,哥吃妹家的饭天经地义!"

肖团长也笑,说:"咱们都是给部队干事,公是公,私是私,上级把这个团交给咱们,老百姓把他们的孩子交给咱们,要是出了不该出的事情,咱把脑袋提下来都没脸见他们!"

肖团长走了,后勤处长把单二狗带走了,我陪着魏连长留在厕所。进来一个新兵,魏连长就迎上去,问:"会不会解裤带?"有的新兵说会,他还不放心地说:"你解开给我看看!"人家把裤带解开了,他才放人家进去。有的新兵说不会,他就帮人家解,一边解一边给人家讲解裤带的要领,完了还要人家重复一遍,才放人家进去。没人的时候,他就给我唠叨:"肖团长批评得很对,带新兵跟父母带孩子一样,啥事情想不到就出啥事情。单二狗把稀屎屙到裤裆了,可怜范处长了,三八年的兵,要是搁到步兵部队,师长军长都当上了,搁到咱汽车团,只能当个处长!他比单二狗他爸的岁数都大,还要给儿子辈洗裤子!"

我突然觉得部队的首长看起来威风,走到哪里都有人敬礼,说的话就是命令,没想到还要承担这么多责任。过了半个小时,我突然灵醒过来,给魏连长说:"咱们守着厕所给新兵解裤带不是办法,要解到啥时候?"

魏定邦说:"这是团长的命令!"

我说:"我有个办法,你把部队集合起来,把解裤带的要领讲一遍,大家都会解裤带了,还守在厕所干啥?"

魏定邦恍然大悟说:"这是个好办法!"又说:"肖团长命令我坚守厕所给新兵解裤带,我离开厕所就违背了命令!"

我说:"肖团长命令的目的是不让新兵把稀屎屙到裤裆,你把新兵训练得都会解裤带了,还不用把你困在这里,一举几得,团长还会表扬你!"

魏定邦说:"我把咱们连的新兵训练了,再把这个经验介绍给别的连!"又说:"你脑子好使,我要是当上了团长,提拔你当参谋长!你还留着这里,给新兵解裤带,我把咱连的新兵训练好了,就来通知你离开厕所!"

刚才,魏定邦说漏嘴,印证了单二狗的侦察结果。我想起自己当上了汽车兵,人生就踏上了充满光明的康庄大道,得意在胸腔里盛不下,想蹦,想跳,想吼,想叫,就是想宣泄,猛地吼起来:

  王宝钏坐椅子脊背朝后,
  没料想把肚子放在前头。
  ……

刚好一个公社的新兵屙过屎出来，见我在厕所里宣泄兴奋，问："你喝了喜娃子奶了，啥事情把你高兴成这个样子！"

我说："当上兵了，咋不高兴？"

他说："你高兴得不正常，咱们都集中三天了，高兴劲也过去了，是不是哪个女同学给你送了笔记本，里面夹了照片？"

我说："没有哪个女同学给我送笔记本，也没有谁给我送照片，我就是为当上兵高兴！"我没有把我们要去的部队是汽车团说出来，这是机密。我说给他了，他再说给别人，一个传一个，不出半天，所有的新兵都会知道。

这个乡党看了我两眼，说："你这人不实在，肯定有事不给我说！"他走出厕所后，我又后悔没给他说实话，又想这是部队的机密，泄露了机密是原则问题。俺爸老给我讲，人要讲"忠义"，还把"忠"排在前边，"忠"是国家、部队的事，"义"是乡党、朋友的事，要是"忠"和"义"发生矛盾，就要以"忠"排"义"。想到这里，心里就坦然了。

二十分钟后，魏定邦跑回来，高兴地给我说："你还真说准了，肖团长没批评我，还表扬我，说我把新兵集中起来训练解裤带是个好办法，还要在其他新兵连推广咱们的经验！我还是那句话，你比我的脑子好使，我要是当了团长，一定要你当参谋长！"我强压着迸发的兴奋，问："要是你当团长军长司令员以前，部队就把我复员了，我咋能给你当参谋长？"

魏定邦说："这个我都考虑了，你从新兵连分配时，我把你要到我们连，干满两年我就给上头打报告，提你当排长，我升一级，把你提一级，我升成团长，你刚好提成参谋长！"

二

吃过晚饭是自由活动时间,操场上冷,就囚在充当宿舍的教室里。我们坐在褥子外边的麦草上,脑子里都在琢磨,到了部队咋着好好干,把事情干大,再回到堡子,脸面都光彩,就是戏里唱的"衣锦还乡"。

突然,教室外边有人喊:"单二狗,有人找你!"

单二狗嘟囔:"我在这里没亲没故,谁来找我,怕是找错人啦!"

门外的人又喊:"单二狗,人家指名道姓要找你,还是个女娃,漂亮得很!"

单二狗有了胆怯:"我没有妹子,也没人给我介绍过媳妇,哪有女娃跑来找我?"给我说:"你陪我去看看,到底是谁找我?"

我说:"人家找你,我算啥,要是人家对你有啥意思,我不是搅乱了你们的好事!"

单二狗说:"你口口声声说咱俩是铁杆,我遇到这么大的难处,让你陪着我一趟,你都不肯帮忙!"

单二狗把话说到这份上了,我站起,把沾在裤子上的麦草拍去,跟在单二狗后边朝出走,说:"瞧你这没出息样,一个女娃就把你吓成这样子,还想干大事!"

我们走出教室,站在教室门口四下张望,看到操场外边的大槐树下站着一个姑娘。老槐树的树枝上,挂着几串冰溜子,还有残留的槐角在风中摆动,两只老鸦面对面地站在树枝上,一个用嘴磕一个的嘴,像是干那事。我们朝老槐树跟前走近,才看清树下站的是俺堡子的团支书刘玉翠。她比我大两个月,我把她叫姐。单二狗比她大半岁,她把单二狗叫哥。

刘玉翠见俺俩走过来,从老槐树下走出来,没叫二狗哥,却叫掌印兄弟。我心里灵醒得跟虫虫样，人家指名道姓地找单二狗，肯定有啥私密，不好意思叫二狗哥。再看刘玉翠，穿着过年才穿的花棉袄绿裤子，鞋上绣了两只鸭子，一个雄的，一个雌的。刘玉翠看了单二狗一眼，脸就红了，像堡子里过年杀猪把猪血抹到她脸上。

我没谈过恋爱，但看过谈恋爱的小说，奥斯特洛夫斯基的《钢铁是怎样炼成的》，保尔和冬妮亚就谈过恋爱；柳青的《创业史》里的梁生宝和改霞也谈过恋爱。他们把恋爱谈到一定程度，女的就让男的亲，亲以前脸就发红。我看刘玉翠的脸发红了，知趣地说："玉翠姐，你跟俺二狗哥在这谈，我回去了。"

刘玉翠对着我的脊背说："其实也没啥谈的，你们参军入伍是咱堡子全体青年的光荣，我是团支部书记，说啥也要来送送你们！"

我在报纸上看过"打着革命的名义贩卖个人的私货"，杜家堡子距县城五十多里，一大早从堡子动身，紧走慢走也得一天。刘玉翠要是没有天大的事情，不会为了代表全体青年来看我俩。

单二狗对着我的脊背喊："掌印，你代我给魏连长请个假，就说家里来人了，晚回去一会儿！"

单二狗一点都不傻，甚至很聪明，他给魏连长请假，把刘玉翠说成自己家的人，这不是把人家当成媳妇了？我回到教室，给魏连长说了单二狗要请假，魏连长一口答应，说："这一走，三年五年难得探家一次，媳妇在家当活寡妇，咱当兵的不能不讲情义，他就寝前赶回来就行！"

一个小时后，单二狗回来了，我问："玉翠姐代表咱堡子全体青年把你慰问得咋样？"

单二狗说："咱先不说这个，玉翠今晚要回去，县城离咱堡子五十多里路，说不定会碰上饿狼，要是遇上坏人更不得了！"

我说:"这还不好办,帮她找个旅馆住一晚上就行了!"

单二狗说:"我也想到这了,住一晚要十块钱,部队前天给咱发了六块五毛钱,我给俺妈一块五毛钱,只剩下五块钱了。旅馆还要介绍信,玉翠出来的时候没开介绍信!"

我说:"部队发给我的钱还没动,我全给你。介绍信的事情,只能给魏连长汇报!"

我把部队发的津贴费全掏出来交给单二狗,单二狗说:"我拿五块钱就够了,算我借你的,下个月开津贴还给你!"

我说:"人家刘玉翠代表全体青年来看咱俩,住宿费当然得咱俩掏。"

单二狗不好意思地说:"玉翠不仅仅是代表咱堡子的全体青年,这里头还有私人成分!"

我说:"我又不是傻子,没吃过猪肉总听过猪哼哼。你少在这啰唆了,快去陪俺玉翠姐,玉翠姐可是好女子,书上都写了,花开得越艳,想摘花的人越多。你要趁热打铁,萝卜把窝窝占下了,旁的萝卜就插不进来了!"

单二狗拿着钱朝老槐树下跑,我望着他的背影想,我跟单二狗天天一块上地,一块收工,一块谝闲传,怎么就没发现他和刘玉翠谈恋爱?

魏连长回来了,问我:"单二狗去哪了?"

我说:"接受俺堡子团支书的慰问哩!"

魏连长说:"你去把他叫过来!"

我和单二狗站在魏定邦面前,魏定邦说:"那个女同志的住宿问题解决了,武装部已经通知旅馆,他们把证明送去!"又问单二狗:"你和那个女同志是什么关系?"

单二狗说:"我说不清是什么关系,有点关系,也没有关系。"

魏定邦说:"部队有规定,没有典礼就不能通车,先通车后典礼要受处分！"

　　单二狗问："啥叫典礼，啥是通车？"

　　魏定邦说："典礼就是领结婚证，通车就是两个人睡到一张床上！"

　　单二狗说："俺跟玉翠没有典礼，也没有通车！"

　　魏定邦说："要是那样，你们只能看一下驾驶教材，不能握方向盘！"

　　这句话我也没听明白，不知道啥是驾驶教材，啥是方向盘，估计单二狗也没听明白。

　　单二狗走出新兵集中点，刘玉翠胳膊上挎着包袱，走在单二狗后边，像新媳妇回娘家。我和魏定邦看着他俩走到学校门口，身子并到一块了。

　　俺这一批新兵，有的都结了婚，新媳妇穿着大红棉袄绿裤子，站在参了军的男人跟前，哭得梨花带雨。俺公社还有一个新兵的媳妇生了娃，媳妇抱着娃来看她男人。在这个地方一别，不知道多少年才能见上面，要是那个了，呸呸，这就是今辈子最后一次见面了，场面多少有点悲壮。抱娃的媳妇把娃交给她男人抱着，她站在男人对面哭，哭得天翻地覆慷而慷。

　　她男人说她："哭啥哩，叫人家看见笑话！"

　　媳妇说："这有啥笑话的，俺哭俺男人，又不是翻墙偷汉子，有啥丢人的！"

　　娃儿见他妈哭了，也哭，这个新兵也怪，他媳妇哭的时候他劝她甭哭，娃一哭就流下眼泪，呜咽着给媳妇说："我走了，你给咱好好带娃，娃长到七八岁让娃上学！"

　　媳妇马上停止哭泣，惊诧地说："你七八年都不能回来，我听俺娘家村子的人说，部队有探亲假哩！"

　　新兵说："要是部队有探亲假，我肯定回来看你跟咱娃！"

　　媳妇说："你要是在部队把事情干大了，当了司令军长，就忘了俺娘俩，当陈世美！"

新兵说："你都过门一年多了，还不知道俺的为人。我要是干到司令军长的级别上，头一件事就是把你接到部队，啥都不让你干，吃了睡，睡起来吃，红糖水白糖水随便喝，享后半辈子的清福！"

媳妇扑哧一下笑了，说："你把俺当猪养哩，也把咱爸咱妈带去，老人苦了一辈子，该享清福的是他们。"

新兵说："那是肯定的，咱不敢说在品行上是人尖子，孝顺两字还不敢忘。我走了，俺爸俺妈和家里的这一摊子都交给你了！"

媳妇说："我进了你家的门，就是你家的人，要是对咱爸咱妈不好，乡党的唾沫星子还不把我淹死！"

这个新兵和他的媳妇在美好愿望和别离痛苦交织的情感中，度过了他当兵前的最后一段时光。

单二狗九点十分回来，那个挎在刘玉翠胳膊上的包袱挎在了单二狗的胳膊上，我看他满脸红光，红光里闪耀着比糖稀都浓稠的兴奋。他走进教室，给我使了个眼色。我忽地从麦草铺上爬起来，朝外边走去。大门口有盏路灯，半明半暗，单二狗把我领到灯光下边，我问："把刘玉翠安排好了？"

单二狗："安排好了，她给我送了好多东西！"他蹲下身子打开包袱，先拿起一个笔记本，里面夹了张刘玉翠的半身照，还让照相馆在脸上抹了两坨子红，照片的背面写着"送给我最最亲爱的二狗哥，你永远的玉翠！"我只瞥了一眼，脸就发烫了，赶忙还给他，说："这是人家送给你的，不能给旁人看！"

单二狗说："我又不傻，咋能把这么保密的事情给旁人看！"他又把刘玉翠送给他的笔记本拿给我，我翻到头一页，上边写着"送给最最亲爱的二狗哥：海内存知己，天涯若比邻。永远是你的玉翠！"

单二狗问我:"这两句话写的什么意思,啥海呀天呀的!"

我说:"你把我叫兄弟了,我就该把刘玉翠叫嫂子了!"

单二狗就嘿嘿笑,说:"咱先别说旁的事情,你把这两句话的意思给我说下。人家给咱送了笔记本,咱不知道上边写的是啥意思,咋行?"

我就开动思想机器,都能听见搅拌机把脑浆搅得轰轰隆隆响,只能知道个大概意思。单二狗推了我一下说:"这些字到底说的啥意思!"

我还没琢磨出准确的意思,这时才明白我上课睡觉,老师用教鞭抽我脑袋时说的用时方知读书少,就端着架子说:"这是学问,你懂不懂啥是学问,扁担竖起来不知道是个一字,还打扰我思考!"

单二狗说:"我不催你了,好好思考你的学问!"

我又琢磨了四五分钟,故意吭了一声。单二狗赶忙把身子朝我跟前挪了下,问:"琢磨出来了?"

我说:"差不多了!"

单二狗说:"你都上了初中,琢磨这几个字算个啥!"

我说:"这几个字的意思是,你就是跑到太平洋那边,跑到天那边,刘玉翠都是你的老婆,你都是刘玉翠的男人,知己就是这意思!"

单二狗吁了口气,说:"人家是团支书,咱才把小学三年级读完,人家能这样对咱,咱绝对不能亏了人家!"

他又从包袱里取出一双鞋垫,一只上边绣着一对鸳鸯,头挨着头,屁股挨着屁股。这回,他没说这是野鸭子。他又取出一双鞋垫,上边绣着两朵莲花,我知道它们的学名叫"并蒂莲",也是象征爱情的。

我多少有了羡慕,说:"你是山猪啃上好白菜啦!"

单二狗说:"你把我冤枉了,人家是啥条件,咱是啥条件,人家是天上飞的鹅,咱是烂水沟里蹲的蛤蟆!她要是不来给我提说这事,打死我都不敢高攀人家。"

我想知道他们谈到啥程度,问:"你肯定强着把人家那个了?"

他说:"你就是借给我一万个胆,我都不敢强着人家,人家一告发,咱就是强奸犯,坐牢的事情,这兵就当不成了!"

我说:"你到底把人家那个了没有,这是关键!"

他说:"是人家先抱着我那个的,她还说跟我那个以前,跑到自来水跟前,用指头把牙抠了几十遍,怕臭了我的嘴。还是部队好,一来就发了牙刷牙膏,跟人家那个的时候没有一点臭味。她还说了,她回去就买牙膏牙刷,天天刷牙,我探亲回来让我使劲那个,嘴里只有香味没有臭味!"

我说:"人家能这样对咱,咱绝对不能亏了人家。你要是把事情干大了,不能喜新厌旧。就是以后复员到公社拖拉机站,围着你转的花蝴蝶漫天都是,一个比一个漂亮,一个比一个年轻,说不定公社书记的女子看上你了,你要是变心,看我咋着收拾你!"

单二狗说:"你把我看成啥人了,人家都让我那个了,就是我的媳妇了,我就是人家的男人了。咱当男人的,不好好养活婆娘娃,连畜生都不如!"又说:"人家还说了,明天天蒙蒙亮就过来看我,把我看过了,就回堡子候着我回来!"

十点钟一到,魏定邦就吹哨子。我们按部队的规定,拉开被子,脱衣服,钻被窝,睡觉。单二狗的被窝挨着我的被窝,熄了灯后,他小声给我说:"明天天一蒙蒙亮,玉翠就要来看我!"魏定邦听见他说话,大声说:"熄灯哨吹了以后,一律不能说话!"单二狗不说话了,还把身子翻过来翻过去,像在被窝里烙锅盔。俺这些农村孩子,还有比娶媳妇更高兴的事?何况人家还是团支书,不要彩礼,不要新房。这么好的事情让单二狗遇上了,像是唐朝的王宝钏把绣球抛到了薛平贵怀里,现在刘玉翠把绣球抛给了单二狗,单二狗咋能睡着觉?

半夜,魏定邦吹响哨子,喊:"集合,打背包,准备出发!"

我们从被窝里爬出来,七手八脚地穿衣服,打背包。我把背包打好了,单二狗还在穿裤子,怎么都蹬不到裤腿里,喊:"魏连长,裤腿变窄啦,穿不进去!"

魏定邦跑过来,打开手电,说:"你把袖子当裤腿穿了,怎么能穿进去!"

单二狗最后一个跑出去,魏定邦喊过口令,朝早已站在队列前边的肖团长跑去:"报告肖团长,新兵一连集合完毕,请指示!"

肖团长还礼后说:"命令部队,检查有没有遗忘的装备,而后打扫卫生!"

魏定邦命令我们把背包按队列的位置放好,解散回到教室,检查有没有忘拿的东西。检查过后,我们把铺的麦草朝操场旁边的麦草垛子跟前抱,又打扫教室,连通往麦草垛子的零星麦草都打扫干净。半个小时后,魏定邦又吹响哨子,命令我们跑步到大卡车跟前。大卡车的后挡板已经打开,一个卡车装二十四个兵。汽车离开县城,驶向旷野,四周黑得像刷了漆,车灯刺破漆黑,照在路的前方。路上有冰,我们感觉汽车在冰上滑来滑去地扭屁股。车灯的两边是旷野,有伏地的麦苗,长着茅草的荒野,沟沟坎坎,坡上坡下,都盖着不薄的冻雪。

我们站在车厢上,不觉得冷,部队的装备就是好,布料是新的,棉花是新的,还有绒衣皮大衣皮帽子,就是脸冻得受不了,像钢锉在脸上划。

一个新兵嘟囔:"咱要是不当兵,这阵正在热炕上睡觉哩!"

又一个新兵说:"没人强迫你当兵,你自己哭着闹着要当兵哩!"

那个新兵说:"你咋听不懂人话,我说的意思是没当兵的人正在炕上受活哩,没说我后悔当兵啦!你把屎盆子朝我头上扣,影响我进步!"

大家不说话了,四周黑灯瞎火,也不知道汽车朝啥地方开。单二狗对着我的耳朵说:"玉翠都给我说好了,天蒙蒙亮到学校看我,咱这一走,她就见不上我了!"

我能想象出来,刘玉翠不等天亮就跑到那个中学,满怀比苞谷珍都浓稠的爱情,看到的却是一个空荡荡的学校,他男人已经开拔了,该是多么失望,沮丧。我还能想象出来,单二狗多么想在几个钟头后,再见上她一面,给她说贴心贴肝的话。可是,我们已经站在大卡车上,拉到什么地方,或许几千里上万里,隔了多少山多少水,也不知多少年才能和她相见,或许三年,或许五年,或许更长的时间!为了转移他的情绪,我没话找话地说:"俺玉翠姐给你了那么多东西,你也该给人家送点啥!"

单二狗说:"我给她交了旅馆钱以后,剩下一块五毛钱,给她买了一块手帕、一支钢笔,剩下的买了一块香脂,钱都花完了!她还给我说,这些东西她都不用,等俺们办事时,她再拿出来用。我给她说,你放心用,我以后每个月都发津贴费,给你邮去。她说就是给她邮的钱,她也不花,放到信用社存起来,结婚的时候把席面办得好一些,不给解放军丢脸!"

我想,你们结婚的席面丰盛不丰盛,与解放军的脸有啥关系?但是,还是被刘玉翠感动,人家识大理,知道心疼男人,会过日子,单二狗撞上大运了,捡到了宝贝。

三

第二天。初夜。卡车开到西安西站,魏定邦带领我们走进军供站,饭堂里早就摆好了菜盆子白米饭。我们一整天都没有吃饭,早就饿得肚皮贴着脊梁杆子。魏定邦一宣布"解散",我们就冲进饭堂。魏定邦追着我们的屁股喊:"以班为单位,一个班围一个菜盆子,不许抢!"

小说写到这里,读者可能会认为,你这么写是污蔑解放军?这个读者没有注意到,我们是才穿上几天军装的农民。

我们在西安西站吃过饭,又上了闷罐子火车,开了四天四夜,到了西宁,看到蒙着篷布的卡车,这些卡车的车门、后挡板上,都印着部队车辆的番号,开头都是"辛9"。

魏定邦对我们喊:"集合!",我们在车辆前边排好队列,严肃又涌到他脸上,给我们说:"现在,我可以告诉你们,我们是中国人民解放军汽车第九团,对外番号是8164部队。你们这批新兵,经过训练,全部分配到运输连队!"

哇——多么振奋人心的消息,真比娶媳妇都高兴!

单二狗喊了一声:"报告!"

魏定邦说:"说!"

单二狗问:"运输连队是干啥的?"

魏定邦说:"运输连队就是驾驶汽车拉人运货的!"

大卡车拉着我们跑了七八天,到了一个叫格尔木的地方,这地方比俺杜家堡子还冷,雪下得比俺杜家堡子厚,冰冻得比俺杜家堡子硬,能看到几个穿袍子的藏民,别的全是兵。魏定邦又找我们训话:"我们到了青藏高原,接触最多的是藏民同胞,他们是我们的爷爷奶奶、父母双亲、兄弟姐妹。谁要是不尊重藏民同胞,轻则处分,重则开除,这是民族纪律,听清楚没有?"

我们一齐回答:"听清楚啦!"

魏定邦不满意:"声音不洪亮不整齐,大声回答!"

我们又扯着喉咙喊:"听清楚啦!"

魏定邦满意了,说:"部队就讲究作风,作风就是战斗力,回答的声音要大,行动要快,作战要勇敢,执行命令要坚决!听清楚没有?"

"听清楚啦!"这回,不用他要求,我们都拼命答应。

新兵到部队,放假三天。格尔木这地方,比杜家堡子大不了多少,用俺堡子老汉的话说,噙着一锅子旱烟能走三个来回。我和单二狗在街道上转了两个来回,就觉得没啥意思了,单二狗说:"咱回吧,在这瞎转有啥意思。"

我说:"回去干啥?"

单二狗说:"看汽车,魏连长都说了,咱这批新兵以后都是开汽车的,咱先去看看咱开的汽车是啥样子!"

我们刚走近车场,哨兵就冲着我们吼:"口令!"我们急忙停住脚步,我听杜省圣说过,哨兵要是问了口令,你答不出来,啪的一枪就把你撂倒了。

我急忙说:"我们是新兵,首长没有给我们传达口令!"

哨兵问:"哪个连队的?"

我答:"新兵一连!"

哨兵问:"连长是谁?"

我答:"魏定邦。"

哨兵问:"你们到车场干啥?"

单二狗说:"俺魏连长说了,俺这批新兵以后都分到运输连队,俺想来看看汽车是啥样子。"

哨兵放我们进了车场,说:"驾驶室门都开了,你们可以进去看,不能发动!"

单二狗说:"就是叫我们发动,我们也不知道咋着发动!"

哨兵给我们介绍:"这是苏联的嘎斯51型卡车,载重量两吨半,从朝鲜战场下来的,都立过战功!"

我和单二狗围在车转了一圈,他就要伸手摸车鼻子,哨兵说:"不能摸,一摸一个指印,还得擦!"

单二狗赶忙缩回手,说:"我不摸了,省得人家擦车!"

我们转到驾驶室门跟前,哨兵拉开车门,我问:"能不能上去坐一会儿?"

哨兵说:"行,光坐别动,不能操作!"

我坐在驾驶员位置上,单二狗坐在副驾驶员位置上,我抓着方向盘,左右动了几下,脚在下边踏那几个部件。后来经过驾驶训练,我知道那几个部件叫油门、刹车、离合器,右手跟前有个戴着圆球的杆杆叫变速杆。

我问哨兵:"喇叭在什么地方,能不能打一下!"

哨兵说:"不能,今天不出车,突然响起喇叭,部队还以为出了啥事情!"

单二狗说:"人家车上只装了一斤电,你摁一声喇叭,就用掉二两,摁上几下就把电用完了,该用电的时候就没有啦!"

我斜了他一眼,说:"你知道猪是吃糠长大的,电不是用斤算的,就像你家的麦子用斤算,不能用丈算,你走了一晌路,不能用斤算,要用里算!"

单二狗脸上堆满敬佩。

哨兵问:"喇叭声音的高低用什么算?"

我说:"用分贝,这个在初中二年级的物理课上都讲过!"

哨兵又认真看了看我,说:"还真没看出,你是个知识分子,好好干,干上十年绝对能当指导员,我见了你都得敬礼!"又说:"你们在驾驶室里玩,不要摁喇叭。咱车上的蓄电池都是从朝鲜下来的,快报废了,里面存不了多少电,摁了喇叭,把电放光了,任务来了发动不着车,挨枪毙的事情!"哨兵背着枪朝别的地方巡逻去了。

单二狗给我笑了一下,我感觉笑里藏着巴结,说他:"见人一笑,必定差窍,你有话就说,我能做的肯定给你做!"

单二狗说:"我想在驾驶员的位置上坐一会儿,看看到底是啥感觉!"

我说:"屁大点事情,值得给我笑!"

单二狗说:"不给你笑,给你哭不成!"

单二狗坐到驾驶员位置上,也左右摇方向盘,还喊了几声"嘀嘀——",脚也在下边的部件上踏,说:"我要下功夫把开车学会,复员了到公社拖拉机站,一辈子吃喝不愁!"他又转了几下方向盘,激情才减下来,问我:"想不想看玉翠的照片?"

我说:"人家是你的媳妇,我看了管啥用?"

单二狗说:"你以后把她叫嫂子哩……"

他从贴肉的衬衣里掏出塑料夹,我把身子扭过去,两个脑袋挤到一块看。我觉得刘玉翠脸上的红二团更加鲜艳夺目。单二狗抚摸着隔在一层透明塑料纸里的照片说:"人家玉翠这么对咱,咱说啥也不能亏了人家!"

我说:"你都给我表了一百遍决心啦,给我表一万遍都不管用,要给刘玉翠表!"

单二狗说:"人家不在跟前咋表,你在我跟前,咱一个堡子的,给你表了等于给玉翠表了!"

我想知道恋爱时的感觉,十八九岁的小伙子要是不想漂亮姑娘,不想来场轰轰烈烈的恋爱,不是二乙子就是伪君子!

单二狗又给我说:"我把我的前程估摸了,肚子里没几滴墨水,把脊梁杆子挣断也干不上去。但我还是要拼命干,把党入进去,以后复员了,到公社拖拉机站,说不定能当站长。就是当不上站长,能开上拖拉机,人家给我做的油馓子、白蒸馍,我都不吃,拿回去给俺爸吃一个,给俺妈吃一个,给玉翠吃一个!"

我对他有了尊敬,世上还有比尽心孝顺父母、精心养活老婆孩子更优秀的品质吗?

单二狗又说话了:"我一个月六块五毛钱的津贴,我最多花五毛钱,剩下的六块钱给俺爸俺妈俺玉翠寄去,让他们把日子过得滋润些!"

四

魏连长站在院子里吹哨子,我们立即放下手上的事情,赛跑似的朝院子里跑。尽管到部队没几天,我们就知道军人听到集合哨声,跑到集合点的速度越快,作风越过硬,作风越过硬战斗力越强,战斗力越强越能打胜仗。我们队伍旁边站着几个参谋、干事、助理。我们知道参谋是司令部的人,干事是政治部的人,助理是后勤部的人。助理扛着一杆大秤,足有一丈长,小胳膊粗,能称五百斤重的东西,我们杜家堡子生产队分粮食就用这种秤。

魏连长讲话了:"司政后的首长亲临我们连,是为了落实肖团长的命令,每个连队给我们送一头大肥猪。还要落实肖团长的指示,每个同志在新兵连必须增加五斤肉,体重增加不够不能下连队!"

老连队就把猪送来了,开来了五辆嘎斯车,每辆车上都站着十几个战士和一头绑着的猪。魏连长指挥着十多个新兵,在院子中间摆了两张桌子,每个桌子上站两个战士，肩膀上扛着杠子，杠子在大秤的铁环里穿过。剩下的战士保持队形，指导员领着我们喊的口号响彻云天："热烈感谢老连队赠送的大肥猪！"车上的战士把猪朝下拉，猪预见到自己的末日就要来临，拼命号叫，声音也直冲云天。在猪的号叫声我们的口号声中，一头大肥猪被抬到大秤下边的筐子里，站在桌子上的战士抬起筐子，助理看了秤星，喊："一百六十四斤八两，扣除八斤四两筐子，净猪一百五十六斤四两！"

后勤首长说："肖团长命令，每头猪不能低于一百六十斤，还差三斤六两！"

送猪的连长赔着笑脸给后勤首长说："这是我们连最大的猪，我们送猪前没喂它，要是喂过它，绝对超过一百六十斤！"

后勤首长说："这是团长的命令，别说差三斤六两，差三钱都不行。我们把这些猪称完了，还要给团长汇报！"

这个连长说："你就写上一百六十斤重，我不信肖团长再亲自把这头猪过一遍秤。"

后勤首长半真半假地说："你知道什么是弄虚作假，这就是弄虚作假。我把这头猪写上一百六十斤，落个弄虚作假的罪名，背处分是小事，说不定被处理复员，档案上再记上一笔，下辈子再争取进步吧！"

这个连长说："俺连还有二十多头猪，都是架子猪，最多不超过一百二十斤，这时候杀了多可惜！"

后勤首长说："我给你出个主意，你再送来一只肥羊，我给你算一百八十斤，超二十斤，你们连今年绝对能评上后勤服务标兵！再说，你们连现有一百一十一只羊，全团养羊最多的连队，也不差一只羊！"

这个连长说："你是不是早就谋划我的羊哩，咋知道我养了一百一十一只羊！"

后勤首长说："我是干啥的，老子专门分管这事情！"又说："给新兵送猪送羊，你绝对不吃亏。新兵吃好了，膘长上来了，力气长上来了，分到你们连队，都是身强力壮的小伙子，你带着他们啥任务完成不了？要是在新兵连吃不好，个个黄干拉瘦像病老汉，指望谁给你完成任务！"

这个连长就笑，给手下的一个战士说："回去给事务长说，马上派人送只肥羊过来，拣最肥的送，咱啥时候落到别的连后边过！"

后勤首长也笑，说："我就说你们好赖也是咱团的先进典范，要是差三斤六两毛猪肉把先进丢了，多划不来！"

把送来的猪称完，后勤首长就撤走了，剩下司令部的参谋和政治部的干事。政治部的干事拿着笔记本，采访前来送猪的连长。司令部的一个参谋拿着我们新兵连的花名册，一个拿着算盘。拿花名册的参谋念一个新兵的名字，这个新兵就朝刚才盛猪的筐子里站。筐子里有几滩猪屎，魏定邦对这个战士喊："筐子里有猪屎，拿到自来水跟前洗了再用！"

单二狗和我跑过去，抢过筐子就朝自来水跟前跑。啥是表现得好，这就是表现得好，表现好了就能入党提干。洗筐子时，单二狗生怕洗不干净，用指头在藤条缝子里抠，零下二三十度，手冻得通红。我们把淋着水的筐子提到大秤下边，筐子上的水都冻成了冰，我想起上学时学到的成语"滴水成冰"。拿花名册的参谋又开始念新兵的名字了，另一个参谋挡住朝筐子里走的新兵，说："筐子淋了水，重量发生了变化，重新把筐子称一遍。"

魏定邦说："那才差多大一点？"

参谋说："差一两都不行，要是打仗，几点几分炮击、几点几分冲锋，差一分钟都会炸死自己多少战友！"

筐子重新过秤，八斤五两，比刚才重了一两。开始称体重了，拿花名册的参谋念："杜掌印！"

我答声"到！"，就站在筐子里。站在桌上看秤的参谋喊："九十八斤八两！"拿算盘的参谋把算盘珠子拨拉得响了几声，念："净重九十斤另三两！"

我吃了十多天大肉块子白蒸馍，才长了三两肉，要在新兵连解散前增加五斤肉，还真不容易！我从筐子里走出来，魏定邦听了参谋报的体重，对我喊："你体检时的体重是多少，我记得好像是九十斤？"

我答："是九十斤！"

冰霜又堆到他脸上了，说的话又被严肃折腾得梆硬："我命令你每天最少吃四两肉，专拣肥的吃，每顿半斤白米饭，早上两个大馒头。要是长不了五斤肉，下到连队也没用处，一个轮胎两百斤，半路上爆了，你一个人要把轮胎卸下来，抱到车厢上，再把车厢的轮胎抱下来，没有力气哪行？"

我把胸脯挺起来说："我一定朝死里吃，保证下连队前增加五斤肉！"

吃饭时，一个班围一张餐桌，中间放一盆子肉菜。老连队送的肥猪肥羊多，菜盆里的猪肉羊肉就多。二三年后我当了老兵，才知道这是部队的传统。那时候的农村穷，新兵入伍前吃不饱饭，肠子上没油水，特别能吃。到部队的第一天下午吃包子，单二狗一顿吃了十二个包子，还喝了两碗稀饭。我都吃了九个包子一碗稀饭。二十多年后，我到大学进行传统教育，讲到这个案例时，学生当场提出质疑："十二个包子加两碗稀饭，能装满一桶，你们的肚子比桶都大？"我无法用容器解释这个问题，还不敢说我们那一批新兵，有个战士吃了十八个包子，像杰克·伦敦《热爱生命》里写的淘金人。

我们正吃着，魏定邦端着一个盘子走过来，朝我跟前一放，说："吃，把这盘子肉吃完。我把咱们连的新兵过了一遍，别人增加五斤没问题，就你是老大难！"

我看盘子里的肉足有大半斤，全是肥膘，心里有了怯意。魏定邦见我畏难,更严肃说:"吃完,这是任务,身体要是搞不上去,以后执行任务,一趟就是二十多天,不用敌人袭击你,你自己就把自己放倒了!"

要是拼命吃一顿,下一顿吃素菜或者稀饭,我也不怕,问题是中午是肉块子,晚上还是肉块子。我们这批新兵根本没有消化肉块子的能力,消化不良的第一条表现就是打油嗝,那种浓稠的带有消化不良的嗝,由积存在肚子里的肥肉块子发酵,滋生成腥滋滋的气体,猛地爆发,朝喉咙跟前奔涌,随着"哦——"的声响,嘴里蓬勃出难闻的嗝气。宿舍里,这个打过嗝,那个接着打,几个人同时打。四五千公尺的高原,又是最冷的元月,不敢开窗,嗝气越来越浓。大肉吃多了,还放消化不良的屁,俺堡子的老人都说吃得越好放屁越臭,这些臭屁和浓嗝混合到一起,化合成难闻的气味。

一个星期后,我们就吃不动了,饭量开始下降。午饭时,魏定邦问单二狗:"你现在的饭量比刚到部队时多了还是少了?"

单二狗说:"少多了,我刚来的时候一顿吃十二个肉包子,现在三个就饱了!"

魏定邦说:"肚子里有油水啦!"

吃过晚饭,自由活动过后,我们回到宿舍。门外有人喊:"报告!"这是部队的规矩,不是本班的人要进来,必须喊报告。事务长带着几个炊事兵走进来,捧着砖茶,提着盐巴袋子。事务长说:"魏连长命令,晚上一律熬砖茶喝,熬的时候加上盐巴,一人最少喝一茶缸!"

我问:"魏连长为啥让我们喝加盐的砖茶了?"

事务长说:"砖茶和盐巴在一块熬,能刮肠子上的油,帮助消化,增加饭量,减肥不发胖!"

肖团长命令我们每人增加五斤肉,要是把肠子的油水刮掉了,再加上减肥,怎么能完成肖团长的命令?我把这个疑惑说出来,事务长说:"你是拿着聪明装糊涂,还是脑袋不开窍?肖团长让你们每人增加五斤肉的目的是什么,就是让你们身子更强壮,更有力气。要是不强壮,就是吃成大胖子,三天两头生病,要你们有啥用处?"

中午,我刚走到厕所门口,看见肖团长带着参谋干事助理朝厕所走来。我赶忙趋到一边给他敬礼,到部队十天了,懂得下级见了上级要敬礼。肖团长给我回了个礼,朝厕所走去,我也没有在意,估计他不是屙屎就是尿尿,绝对不会跑到厕所睡午觉。他和随从们在厕所里转了一圈,我见他们吸鼻子、闻气味,厕所里的气味有啥好闻的?

肖团长离开后,刚好有个老兵从厕所出来,我迎上去打招呼:"班长,吃过了?"

老兵瞪了我一眼,说:"你怎么这样问话,我从厕所出来,你问我吃过没,啥意思?"

我赶忙给他敬礼,说:"俺杜家堡子的人见面头一句话就是吃过没有,没别的意思!"

老兵说:"我们现在是革命军人,不能用老农民意识在部队混!"

我说:"是,我现在是革命军人,不能用老农民意识在部队混!"

老兵说:"我是副班长,不是正班长,你有什么问题,说!"

我说:"俺杜家堡子的老汉天天都唱,松木橡柳木檩都是木头,你大舅你二舅都是你舅,副班长正班长都是班长,叫你班长也没大错!"

老兵就笑,说:"你这个新兵蛋子,长得不怎么样,话却说得漂亮。要是长得跟说的一样漂亮,司令员的老婆就是你的丈母娘!"

我见他笑了,问:"刚才肖团长带着一帮子人,在厕所里闻,不知道干什么?"

老兵说:"肖团长检查你们新兵连的伙食开得咋样?"

我被他的话震迷糊了，检查伙食不到饭堂，跑到厕所检查？

老兵见我犯迷糊，又倚老卖老地说："新兵蛋子就是新兵蛋子，再穿几套军装就知道了。首长检查伙食，连队得到消息就提前打扫卫生，增加食谱。肖团长检查什么偏偏不到什么地方去，到它的下一道工序。人吃了饭就要拉屎，伙食开得好了，拉的屎就臭，伙食开得不好，拉的屎就不臭……"

第二天早饭前，魏连长站在队列前，脸上的冰雪霜冻全融化了，春风荡漾，说："昨天，团首长对八个新兵连的伙食做了检查，我们连排在第一名。我们要再接再厉，吃肥肉，喝浓茶，不但要长五斤肉，更要长力气，争取下连队之前，一个人能把轮胎放到车厢上！"

五

下午，宿舍的火炉上熬着砖茶，砖茶里放了盐巴，每个人面前放着缸子，缸子里盛在黑浆糊样的茶液。讨论发言，对我来说是小菜一碟，把指导员的话变成自己的话就成。发言积极不积极，发言的质量高不高，是衡量政治觉悟的基本标准。咱个子不高，力气不大，长得不好看，要是发言再不积极，就一事无成了。发言对单二狗来说，就是天大的难题。他只念到小学三年级，指导员讲的好多名词都听不懂，每次发言都落到最后，讲不到三句脖子上的青筋就暴起老高。

这天，魏定邦下到我们班一块讨论。单二狗还是落到最后，还是结巴了好几分钟讲不出一句话。

魏定邦启发他："你回忆一下指导员是怎么讲的，把指导员的讲话变成自己的话，再讲一下自己今后怎么努力……"

单二狗就干咳,咳了一声,又咳了一声,连着咳了五六声,还是想不出怎么才能把指导员的话怎么变成自己的话。

有个战士开玩笑说:"二狗你吃了麦草卡在喉咙了,咳不出来!"

单二狗说:"比吃了麦草都难受,麦草卡在喉咙还能咳出来,发言就是说不出来!"他连续咳了七八声后,终于说:"我要发言了!"

我们都竖着耳朵听他发言,我还用小拇指把耳朵抠了一遍。

"我要发言啦!"单二狗又说了一遍。

我们都没有说话,等着听他发言。

"我要发言啦!"他又咳了下嗓子说,像是表决心。

"我要发言啦!"他又咳了下嗓子,又表了一下决心。

魏定邦说:"你要发言就发言,说一遍就行啦,架势比司令员都大!"

他又咳了下,说:"这回我真的发言啦,我在新兵集中站的时候,俺爸给我说,国家养兵千日用兵一时。部队把那么长的大肉块子给咱吃,咱说啥也要对得起国家,对得起部队的大肉块子,还要对得起里外三新的棉衣棉裤。要是真的打仗了,咱就不能怕死,把头绑到裤带上朝上冲!"

有个战友开他玩笑:"把头都绑到裤带上了,咋着朝上冲?"

单二狗说:"我这是,这是……"他说了好几遍这是,就是说不出这是啥东西,给我说:"掌印,你是初中生,你说这是啥东西?"

我说:"这是比喻,也能说是象征!"

单二狗说:"对,对,就是比喻,象征。还是要读书哩,读了书啥都能说!"

魏定邦说:"单二狗的发言原则上没错,就是境界还不高,接着发言。"

单二狗又咳了四五声,又下定决心地发言了:"俺爸还说了,国家兴亡，匹夫有责，要俺把国家的事放到头顶上，把私人的事踏到脚底下！"

魏定邦说："单二狗这段发言也不错，还是跟刚才的发言一样，境界没有提上去，要把这些话跟指导员的话糅合到一块，境界就提起来了。"

单二狗说："我不知道咋着把俺爸跟指导员糅合到一块？"

魏定邦说："杜掌印，你给单二狗讲讲怎么把他爸和指导员糅合到一块。"

我为难了，老师根本就没有给我们讲过咋着把两个远隔几千里的人糅合到一块，化学老师给我们讲过两种物质融合到一块会产生化学反应，但人不是物质。要说人和人能糅合到一块，也只能是男人女人，糅合到一块产生的化学反应就是生出个小人人，这话不能说，说了就是资产阶级腐朽思想。我脑子里突然一灵醒，说："糅合就是把红薯面苞谷面和在一起，蒸成窝窝！"

单二狗恍然大悟说："俺爸是苞谷面，指导员是红薯面，把他俩和到一块就是糅合了。就是俺爸在杜家堡子，指导员在格尔木，咋着能把他俩糅合到一块？"

魏定邦还看我，想让我给单二狗教咋着把苞谷面和红薯面糅合到一块，糅合到一块就逃不过去，说："把你爸跟指导员糅合到一块，就是把你爸说的变成指导员说的。"

单二狗说："那些话明明是俺爸说的，咋能是指导员说的？"

我说："这不是讨论吗，你脑子咋不开窍？"

单二狗说："讨论也不能说假话呀！"

政治训练结束了，下来是军事训练，走了两天队列，练了一天正步，就开始汽车驾驶、理论、保养、排除故障训练。汽车兵要是开不好汽车，就像步兵打不准枪拼不了刺刀、骑兵骑不了马一样。魏定邦说："汽车兵要是开不好车，在青藏高原的冰天雪地驾驶，弄不好就会翻车，要是拉一车人，把车翻了挨枪毙都是轻的！"

我们生怕学不好开车，犯下挨枪毙的罪过！

魏定邦在黑板上挂了张嘎斯51型的电路图，拿着教杆讲："汽车上用的电流，理论上是从正极流向负极，但排除故障时，要从负极朝正极找，正极都搭铁，固定在车的大梁上。"讲到具体步骤时说："排除故障的第一步，摇车，电流表左右摆动，证明低压电路正常，如果电流表不摆动，证明低压电路断路……"

单二狗坐在我前边，很认真地在笔记本上记。下课的时候，我拿过他的笔记本，看不明白他记的啥，问："你记的这些是什么意思？"

他说："我把魏连长当时讲的记下来，这阵也看不懂记的啥东西！"

我叹了口气，小学三年级都没读完，怎么能分辨出电流的短路断路？

单二狗也叹气，说："掌印，咱俩一块长大，小时候逮了麻雀，烧熟后都把大腿给你吃，我只吃没肉的雀脑袋！"

我说："我忘不了你对我的好处，俺爸给我说过知恩不报非君子，你想让我干啥，我要是不干，就是姑娘生的！"

午休时，单二狗把我拉到车场，让我帮助他练习排故障。我们到了教练车跟前，我说："你坐到驾驶室，我给你摇车，你按魏连长讲的步骤，一步一步查找故障！"

单二狗坐到驾驶员位置上，打开点火开关，我喊："我摇车了，你看电流表动不动——"

一直到快吹下午的起床号了，我对兴趣盎然的单二狗说："快吹起床号了，咱们赶快回宿舍，下午还要上课哩！"

回宿舍的路上，单二狗说："你把脏衣服都脱下来，我吃过后响饭给你洗，保证洗得比新的都干净！"

我说："我就帮你做了这点事情，就让你给我洗衣服，我成了啥人啦！"

单二狗说："指导员都讲了，我们都是来自五湖四海。咱是一个堡子的五湖四海，帮你干活天什么义？"

我说："天经地义！"

单二狗说："对，天经地义！"

六

我们来到部队，与家隔了一千座山，一万条河，有爹妈的想爹妈，有对象的想对象，有媳妇的想媳妇，还有的想女同学。有次指导员正在讲课，一个新兵就哭起来，指导员问："你哭什么，有需要组织解决的问题？"

这个新兵站起来说："我想俺娘啦，我临到新兵集中点的时候，俺娘的喘气病犯了，躺在床上起不来，不知道这阵咋样了？"说完，又"呜呜"地哭。哭能传染，哪个新兵不想娘，有人带头哭，都跟着哭起来。指导员的眼窝也红了，还用袖子擦了几下，他也有爹有娘，说不定还有婆娘娃，咋能不想，比我们想得还厉害！

指导员说："再哭三分钟，哭够了继续上课！"

指导员这么一说，我们不好意思再哭了，把眼泪擦了，睁着红红的眼睛继续听课。

指导员说："咱们当兵就要有牺牲，不能跟亲人守在一块也是牺牲。你们到了部队，首长就是父母，战友就是兄弟……"

每天上午十点，我们无论听课讨论，还是训练，通讯员用筐子盛着信件包裹，对我们喊："邮局把信送来啦！"

我们就是蹲在茅坑上，屁股都顾不上擦就朝他跟前跑。

通讯员喊："排队，我念到谁的名字，谁就过来拿信！"

估计有信的人就排队，等通讯员念自己的名字。

午休时，单二狗把我拉到没人的地方，说："俺玉翠来信了！"兴奋得声音都转了九道弯。

我没有对象，不知道对象的信里都写的啥，像不像《钢铁是怎样炼成的》里的冬妮娅给保尔说的话，还是《创业史》里改霞给梁生宝说的话？

单二狗把信掏出来，说："其实也没写啥，你看看就知道了！"

我说："人家给你写的情书，咋能随便让外人看？"

单二狗说："你不是外人！"

我抽出信纸，看。

　　我最最亲爱的二狗哥：

　　你离开县城那天，我一夜都没睡觉，怕睡过头了看不到你。天不亮我就跑到学校，你们都不在啦。我不怪你，你是当兵的，军令如山，人家叫你啥时候出发，你就得啥时候出发。还有件事情，咱爸咱妈不让我给你说，怕影响你进步。咱爸放羊的时候，把腿摔断了。省圣叔把生产队的钱全取出来，把咱爸送到县医院，估计生产队今年就没钱分了。省圣叔还说咱爸养伤期间，按平时放羊给记工分。你要是不当兵，咱爸绝对享受不上这么好的待遇。我还给你说件事情，咱爸伤了以后，我把咱俩家的院墙打通了，图的是照顾咱爸咱妈方便。我也不怕谁说闲话,我迟早都是你的人,你不在家,老人有抹搭了,我不管谁管!我这阵要照顾四个老人,苦点累点,只要想到你,就不觉得苦累!我还是那天晚上给你说的话,我生是你的人,死是你的鬼,海枯石烂不变心。

我最操心的是你在部队的进步,咱的文化水平低,嘴头子比不过人家,就拼命干工作,把工作干到人前头。你要是在部队入了党,立了功,我当你的婆娘走到人跟前,腰都比旁人挺得直!

你那天晚上把我抱了亲了,我天天都在回味,我这辈子值了,做你的好婆娘,给你生娃,替你孝敬老人。

最后的落款是:永远爱你的人,永远是你的婆娘,永远是你的玉翠。

好像地球上的"永远"都不够她用,把火星上的"永远"都搬给了单二狗,看得我都不好意思,把信还给他说:"这是人家给你写的情书,不能给别人看!"

单二狗说:"咱俩谁跟谁呀,我才不会给旁人看的!"

他太高兴,太兴奋,太想跟人分享了,不给我分享给谁分享?他把信封装进衬衣口袋,又把衬衣口袋里的塑料夹取出来,把刘玉翠的照片看了一阵,说:"俺玉翠是全中国最漂亮的女娃!"

我说:"情人眼里出西施!"

他说:"咱要把工作干到人前头,就要干旁人干不出来的事情。我琢磨了,这里天天都下雪,前天把六班的一个战士滑倒了,咱俩不等起床号响就起来扫雪,大家起床后咱们就把雪扫完了,就不会把人滑倒了!"

头天晚上熄灯号响以前,他就找了两把大扫把,藏在我们班的门背后。他担心睡过头了,打听后半夜谁站哨,要哨兵提前两小时把他叫醒。部队规定六点半起床,我们四点半就开始扫院子。这是一天中最冷的时候,零下三四十度,风刺透棉衣,锥子样朝皮肉里戳,在骨头芯子里搅。

我小声给单二狗说:"太冷了,冻得手都抓不住扫把!"

单二狗小声说:"就是要在冷的时候扫,越冷越显得咱积极肯干!"

半个小时后,我们扫完了小半个院子。突然,我们看到魏定邦从连部走出来,我们停住扫地,给他敬礼,小声报告:"报告魏连长,我们正在扫雪!"

魏定邦说:"你们起来这么早,影响睡眠,对身体有影响!"

单二狗说:"俺在农村经常这么早起来干活。"

魏定邦说:"扫地的时候,声音不要太大,影响别的同志休息!"

单二狗说:"我们明天用小扫把,就不会有声音!"

魏定邦去查车场的哨位了,我给单二狗说:"要是换小扫把,扫得更慢,咱们还要提前起床!"

单二狗说:"提前就提前,只要能把工作干到前头,这点苦累算啥?"

星期天,连队晚点名,魏定邦总结连队一个星期的工作:"单二狗、杜掌印同志,每天提前两个小时起床,打扫院子的积雪,担心扫地的声音惊醒别的同志,把大扫把换成小扫把。经连党支部研究,给予单二狗、杜掌印同志连嘉奖一次,记入档案!"

队列解散后,单二狗悄悄给我说:"咱一块到厕所去,我有话给你说!"

我十多分钟前才尿过,还得装模作样地解开裤带,和他并肩地站在那里。他是真尿,一直到另一个同志离开,他才尿完,手攥着家伙叫我的名字:"掌印!"

我没有答应,尽管他不是有意的,我也不能答应。

他继续说:"你听我的没错吧,咱俩是新兵连第一批受嘉奖的。咱不能骄傲,还要把工作干得更好!"

我说:"你说咋干就咋干,我听你的!"

单二狗说:"我琢磨了,咱用小扫把扫地不发出声音了,大头鞋踏在雪地上还咯叭咯叭响,同样会影响别的同志睡觉!"

我问:"咋办?"

单二狗说:"咱把大头鞋脱了,穿袜子扫地,就没有声音了!"

我说:"这么冷的天,不穿大头鞋会把脚趾头冻掉!"

单二狗说:"咱们一共发了两双单袜子,两双布袜子,咱们把四双袜子套到一块,差不多能顶上大头鞋啦!"

我俩穿了四双袜子起床扫院子,又跑出来二十多个战士。他们要以我俩为榜样,也提前起床扫雪。我们提前起床扫雪,汇报到肖团长那里。新兵营会操时,肖团长讲评:"新兵一连思想教育抓得紧……"

站在我们前边的魏定邦,肩背都朝后鼓了一下。团长在这个场合点名表扬,对他的进步绝对是趁风扬场的事情!

七

我跟单二狗是锅离不开勺,公离不开婆,从新兵连下到一个连队,又分到一个班。两年后,我由副班长提为班长,他由一号战士提升为副班长。

元月,青藏高原最冷的季节。我们班接受把那曲地区的羊肉运到西宁,再把西宁的冬菜拉到那曲，先到那曲装羊肉。我们下到运输连队两年了，执行了二十多次任务，知道这个季节执行任务的危险，连队每年都会在冰雪路上翻车死人。连队荣誉室里，挂了二十多位执行任务牺牲的战士。汽车部队有句最毒的发誓："我要是没给你说实话，今天把车开出去，别人把车开回来！"意思就是翻车把命丢到半路上了。这个季节的车队驶离车场，就在冰雪上行进。雪下到路面上，过往的车辆碾压，极坚，极滑，车开上去就扭屁股，左扭，右扭，左摆，右摆，不受方向盘控制。还有的路面，下一次雪，车碾一次，再下一次，再碾一次，冰雪高出路面一米多。

我们和往常执行任务一样，六点就起床发动车，把烤火炉生着，架在发动机的油底壳下烤。小说写到这里，有必要给读者说明，那时候的军车用的都是10号机油，这种机油遇到冰冻都会凝固，如果不用火烤，根本摇不动发动机。为了爱护蓄电池，不允许使用马达，每个车配一个摇柄，发动车时摇。

一个藏民牵着一个牦牛，牦牛上搭着一个妇女，走进兵站的院子。哨兵迎上去，问："才桑，牦牛背上的毛俪怎么啦？"毛俪是藏语，姑娘的意思。

才桑说："我找汽车部队的首长！"他的汉语说得很流畅。

哨兵把他领到我跟前，说："他叫才桑，藏医，咱们兵站的人病了，经常请他来看病！"

才桑跟我握过手，说："珠玛姑娘可能是胃出血，很严重，必须尽快送到格尔木动手术……"

兵站站长跑来了，给我说："这是人命关天的大事，还是关系民族团结的问题，你们能不能派个车把她送到格尔木？"

我说："我们是嘎斯车，副驾驶只能坐一个人，坐病人就不能坐医生，坐医生就没法坐病人！"

站长说："我们兵站有辆解放车，司机探亲了，钥匙在我这，你们派个驾驶员开我们的解放车……"

我琢磨。

单二狗朝我跟前走近一步，说："人都快死了，快送她到医院呀！"

我还在犹豫。

单二狗更着急地催我："快呀，有的病耽误一分钟就没命啦！"

我还不敢做出决定。

单二狗对我吼起来："杜掌印，你见死不救，是人不是！"

终于，我把牙一咬，发出了命令："单二狗！"

单二狗猛地立正，答："到！"

我："你驾驶兵站的解放车，把病人送到格尔木，绝对要保证安全。到了格尔木后，回到连队向魏连长汇报事情的经过。"

他给我敬礼后，从站长手里接过解放车的钥匙，跑去发动车了。

二十分钟后，单二狗驾驶着那辆解放车，驾驶室里坐着藏医和珠玛，向兵站外驶去。

我看着这辆解放车在积雪上压的痕迹，不那么平直，司机猛地换一种车型，在这样恶劣的路况下驾驶，完全可以预见到恐怖！

我带领我们班的六台车，执行任务完毕，回到车场，魏定邦跑过来，我给他敬礼："报告魏连长，一班长杜掌印带领全班执行任务胜利归来！"

魏定邦还礼后说："你们副班长牺牲啦！"

我心里一紧，全身的血液瞬间凝固，脑浆冰冻了，没有一点思维，眼前昏花，耳朵嗡嗡响起，从很远很远的地方传来："你们副班长牺牲啦！"

连部坐着魏定邦和我还有那个藏医。藏医给我们讲单二狗牺牲的经过。

解放车开出兵站，就行驶在雪天冰地的公路上。我能感觉出单班长驾驶解放车的技术不熟练，好几次档位都挂不进去，方向打得也不准，但他开得很慢，很谨慎，开出两公里后，感觉他的方向打得平稳了，挂档也不响了。他还是开得很谨慎，车速还是很慢，还给我说，俺杜家堡子的人都说，不怕慢，就怕站，咱们不着急慢慢开，不出事故不抛锚，就不会比别的车跑得慢！我说我不嫌你开得慢，就是车上的病人耽误不得，抢出时间就是抢出生命！他说我是头一次开解放车，说一千道一万保证安全最重要，要是出了事故，别说抢救病人，连咱两个都得完蛋！到了下午，车开到一个冰坎下边，车轮上的防滑链断了。我和他下车把防滑链扔到车厢上，继续行驶。车开到冰坎中间，车轮打滑，上不去，还朝后退，加油不管用，朝左打方向车朝右边滑，朝右打方向车朝左边滑。开始的时候，他还镇静，后来就控制不住了，车还是一点一点朝沟边滑。他额头上出了冷汗，手开始哆嗦，给我喊你快抱着病人跳车！我也意识到车子面临的危险，说我们跳车了，你怎么办！他喊你快抱病人跳呀，车辆控制不住了！我还是不忍心让他一个人掉下去，说咱们都跳……他声音更大地吼，我命令你马上抱病人跳，咱们不能三个人都掉下去。我要是放弃车辆跳车，就是临阵脱逃！我只好抱着珠玛跳车了。车滑下去了，连着翻了几个滚，把他甩出来，又压着身子翻过去。后来，一辆过往的地方车把我们救上来……

魏定邦从抽屉里取出那个笔记本，上边写着"送给最最亲爱的二狗哥：

海内存知己，天涯若比邻！永远是你的玉翠！"他又拿出一个塑料夹，里面夹着刘玉翠的照片。我看着笔记本，看着照片，眼睛潮湿了，模糊了，脑子浮现出两年前我们在新兵集中点，抢饭，饕餮大肉块子，憧想着复员后到公社拖拉机站……

八

连部，坐着单二狗的父母，我把单二狗的父亲叫伯，把单二狗的母亲叫婶。还坐着刘玉翠，我把她叫玉翠姐。还坐着我。

单二狗他爸瘸了一条腿，走路一颠一颠，身子瘦成一把骨头。单二狗他妈有哮喘病，呼气像拉风箱，喉咙里有痰咳不出来，刘玉翠不停地替她扑索胸口。他们都没有哭，眼睛却肿得老高，单二狗他妈一遍一遍地用袖子擦眼睛。

魏定邦没有说话，看他们面前的茶水凉了，让通讯员换上热的。我们就一直沉默着，魏定邦不是善于说话的人，过了好大工夫才说："叔、姨、大妹子，你们心里苦就哭出来，不要闷在心里，要是闷出病了，俺们更对不起你们！"

他们还是啥话都不说，单二狗他妈还是一个劲地用袖子擦眼泪，刘玉翠还是不停地替她扑索胸口。

单二狗他爸说话了："俺来的时候都说好了，到了部队不哭，不给俺二狗的脸上抹黑！"

为了安抚他们的情绪，魏定邦让我全程陪伴他们。晚上睡觉，我和单二狗他爸一个房间，单二狗他妈跟刘玉翠一个房间。部队到了夜间，实行灯火管制，房间里黑黢黢。单二狗他爸睡不着，抽旱烟，一锅连着一锅抽，黑暗中的亮光一闪一闪，充满苦辣。我也睡不着，思考我到底该不该派单二狗送病人。

单二狗他爸问："我抽烟把你熏得睡不着？"

我说："我在琢磨，我该不该派二狗哥送病人！"

单二狗他爸说："不派他去，要不要派旁人去？"

我说："肯定要派人去，咱们要是不开车送，珠玛就活不下来！"

单二狗他爸说："咱的娃是娃，人家的娃也是娃，谁家的娃都是一尺三寸养大的！"他说着，从床上下来，把窗户打开，一股冰冷涌进来，也涌进一股清新。他又叹口气说："掌印，伯不识字，但懂大理，国家养兵就是为了打仗，打仗就要死人。咱不能光图部队的大肉块子随便吃，轮到打仗死人了，咱就想不通了，这哪是做人的道理！"

我披上大衣，跑到单二狗他爸脚头，钻进被窝，说："睡不着，干脆不睡，跟伯谝谝！俺二狗哥不在了，家里就剩下你跟俺婶了，往后的日子咋过？"

单二狗他爸说："还有你玉翠姐哩，二狗参军走了以后，玉翠就把两家的界墙拆了，搬到俺家来住，就住在二狗的房子里。她在俺来的路上说了，就是二狗不在了，她也不离开这个家，给俺老两口养老送终！"

我陪二狗他爸到隔壁房间看二狗他妈和刘玉翠，二狗他妈还在哭，眼泡像两个在红墨水里泡过的山核桃。

我站在她跟前说："婶，我过来看看您！"

她擦了下眼睛，说："队伍上要是有事情，就忙事情，队伍上的规矩大，犯了规矩就是罪过！"

我说："首长给我的任务就是陪你们，怕你们想不开，把身子伤了！"

刘玉翠说："俺妈这几天没有不哭的时候，今天早上眼睛都看不清东西了！"

我说："两个老人岁数都大了，干不动活就挣不来工分，家里的日子咋过？"

刘玉翠说："还有我哩！"

她都二十三四了，这个岁数都算老姑娘了，二狗哥不在了，总不能让人家给他的老人养老送终？解放二十二年了，寡妇都能改嫁，人家还没有跟俺二狗哥订婚，凭啥不让人家嫁人？我试探着说："玉翠姐……"

刘玉翠反问我："你过去把我叫姐，我都不在意。我这阵问你，你把二狗叫啥？"

我说："叫哥！"

刘玉翠说："我是二狗的媳妇，你该把我叫啥？"

我说："叫嫂子！"

刘玉翠说："这就对了，我当初跟你二狗哥好，就是图他以后复员了，能到公社拖拉机站，吃香的喝辣的给家里带来好收入。咱不能光图你二狗哥的好处，遇到他有难处了，咱溜了，以后咋有脸在人前走动？我今天给你说个死话，两个老人活到啥时候，我孝顺到啥时候！"

我被她的豪迈震住了，又琢磨这是一辈子的事情，不是一两句大话就能撑过去，试探着说："玉翠嫂子，你才二十出头，一辈子的日子才开始……"

刘玉翠说："我这两天把事情都考虑了，我跟二狗虽说没过门，但俺俩发过誓，他是我一辈子的男人，我是他一辈子的女人，咱不能把说过的话不算话。我按咱堡子的规矩，给他守孝三年，守孝期满，我招个上门女婿，一块孝顺两个老人！"

俺那一带的风俗，姑娘娃要嫁人，条件就高，挑来拣去，要是招上门女婿，就得自降身价，让人家挑你，谁家的好小伙子愿意当上门女婿？

二狗他妈说话了："玉翠，这可是一辈子的事情！"

刘玉翠又替她扑索胸口，说："这事你甭管，就这么定啦！"又给我说："俺来的时候，省圣叔都说了，从今年开始，给二狗年年记最高的工分，加上我是个妇女全劳，日子落不到旁人家后边！"

单二狗他爸他妈还有俺玉翠嫂子要回杜家堡子了，还是在连部，还是我们几个人。门外有人喊："报告！"进来的是事务长，把一个信封交给魏定邦，说："按部队规定，单二狗的抚恤金是一百五十元整！"

魏定邦接过信封，一直没有抬头，他不好意思看单二狗的父母！过了五六分钟，他拉开抽屉，取出一沓子钱说："那点抚恤金确实太少了，这是规定，谁也不能违背。我的工资是六十三，给家里邮去三十，剩下的你们全拿去！"

单二狗他爸要推辞，魏定邦压住他的手，说："战友都是兄弟，我年岁大是哥，二狗年岁小是弟。二狗这些比我年轻的兄弟，都把自己搁到了这里，这点钱算什么！"

又有战士在门外喊"报告"，进来的都是班长，他们班的战士把津贴费捐给了单二狗家人。我们都是兄弟，兄弟的父母就是我们的父母，兄弟不在了，我们天经地义地该孝顺父母。

九

魏定邦站在院子中间吹响哨子，把队伍整理好，跑到队列侧边，立正，敬礼："报告史主任，二营四连集合完毕，请指示！"

这个首长是团政治部主任。

史主任走到队列前边，打开公文夹，底气不足地说："现在，我宣布对1·11死亡事故的处理意见。我团二营四连一班长杜掌印，擅自更改司令部下达的出车命令，命令副班长单二狗执行不属于我部下达的任务，造成单二狗同志光荣牺牲。本应严肃处理，但杜掌印同志是为了抢救藏族同胞，出发点值得肯定。经政治部研究，年底复员……"

我派单二狗驾驶解放车送病人时，就预料到即使单二狗不牺牲，擅自更改出车命令，就逃不脱处分。这个处分早在预料之中，但没想到会命令我复员，平坦宽阔的人生道路上，突然陷下去一个深坑，把我坠进去。

史主任又翻了一页，念："我宣布对魏定邦同志的处分决定：经政治部研究决定，撤销提升魏定邦同志副营长的报告，继续担任二营四连长职务！"

操场上就剩下史主任、魏定邦和我了。我真想问史主任，你要是当时处于我这个位置，该怎么处理？但是，我不敢，人家是政治部主任，我是小班长，虱子跟大象叫板，胜负立决。

史主任拍了下我的肩膀，说："如果我遇到这事情也会这么做，但被你遇到了。这就是部队，就是条例！"

史主任走后，魏定邦给我说："前些日子，我跟指导员商量了，准备今年给营部打报告，提你当一排长。现在弄不成了，政治部命令你年底复员，咱们只能执行！"

我给俺爸写信，如实地说了这事情。俺爸托人写的回信问，你觉得那样做对得起"忠义"两字不？我回信说，绝对对得起"忠义"两字。俺爸又托人写了回信，要是这样，咱就不当军长司令员了，回杜家堡子。杜家堡子几十代人，都没当过军长司令员，还不照样活过来了，咱就活不过来？

每年一度的冬季军政训练开始了,这是我最后一次参加军政训练了,军政训练结束后,我就该打背包回家了。我们还是像往年一样,喝着砖茶,讨论指导员的讲话。突然,门外有人喊"报告!"通讯员走进来,说:"一班长,肖团长请你到连部去!"

我惊诧了,人家是汽车团的最高首长,请我一个小班长做啥?我怀着满肚子的狐狸走进连部,给肖团长敬礼:"二营四连一班长杜掌印奉命前来!"

肖团长说:"认识,在你们县新兵集中点,就是你给我报告,有个新兵拉到裤裆了!"

那个把稀屎拉到裤裆的就是单二狗,已经牺牲了。

肖团长给一个干事说:"把那封表扬信拿给一班长!"

我接过表扬信,珠玛和藏医写的那天我派单二狗送他们到格尔木的经过。我看过,什么话都没说,这些对一个即将复员的人来说,没什么用处。

肖团长说:"我刚从军区集训回来,听了政治部的汇报,又收到这封表扬信,想听你讲述一下当时的情况。"

我把当时的情况讲了一遍。

肖团长说:"我现在正式通知你,撤销政治部对你和魏定邦的处分,建议二营党委考察杜掌印同志,提升为排长!"

三十四年后,我肩上扛上了少将军衔。那颗将星上有俺二狗哥的血,有我战友的血,也有我自己的血。有我爸我妈、单二狗他爸他妈、俺玉翠嫂子的泪水汗水,也有我的泪水汗水。

原发《人民文学》2021年第8期

团长和他的树

一

闷罐子车开了两天两夜,终于停下来了。带兵的排长扯着喉咙对我们喊,到西宁了,打背包下车。车厢里躁动了十多分钟后,我们才打好背包,挤到车门跟前。排长站在最靠近车门的地方又喊,不要挤,要是把谁挤下去,摔个断胳膊断腿开不成汽车,就把你们送回去,下辈子再开汽车吧!于是,我们就不敢挤了,还朝后退了几步,生怕把自己挤下去开不上汽车,吃不上一拃长的大肉块子,还有不要钱不收粮票的白蒸馍大米饭。

我们这批新兵都是西安郊区的,闷罐子车从西安一出发,排长就说我们的部队是中国人民解放军汽车第九团,我们到了部队不是开汽车就是修汽车。西安灞桥来的新兵郭抗美还问部队的饭能不能尽饱吃?排长看了他一眼,满脸不屑地说你能吃多少,一个炊事班专门给你蒸馒头焖米饭,胀死你!于是,闷罐子车里的几十个新兵就满胸满腔滋生了兴奋,跃跃欲试地等着到部队敞开肚子吃大肉块子白蒸馍,再学会开汽车,以后复员起码可以开拖拉机,给哪个生产队犁地哪个生产队就得炸油饼下臊子面,满公社的姑娘抢着给咱当婆娘,这么好的事情咋能不兴奋?

排长又对我们喊,下车后就集合排队,张团长要接见你们。张团长喊同志们好,你们就喊首长好,听见没有?我们就稀稀拉拉地说听见了。排长不依,说咱们演习一遍,要喊得有力气,喊得整齐划一,部队就讲究这些,跟你们在人民公社当农民不一样!

于是,排长就扮演成团长,很大声音地喊了一声,同志们好!

我们就接着他的话喊,首长好!声音不大也不整齐。

排长很不满意,又威胁我们说,你们现在还没有获得军籍,要是不好好表现就把你们送回去,还想吃一拃长的大肉块子白蒸馍开苏联造的大卡车,做梦去吧,还得回生产队攥你的锄头吃你的红苕苞谷粥!我们在一拃长的大肉块子白蒸馍外加苏联大卡车的诱惑下,他再次扮演团长向我们问候的时候,我们都拼尽全身力气地吼:首长好!好几个新兵把屁都迸出来了。

一千个新兵排成队伍站在货场上,西宁比西安冷多了,风呼呼地刮,还下着硬硬的雪糁子,把鼻子和脸冻得生疼。没有人说话,却喧着吸鼻子的声音。郭抗美小声喊:排长,我要尿尿!排长站在最排头的位置,头也不回地说,憋着!郭抗美叫,我憋不住啦!排长又是头也不回地命令,憋不住也得憋,连泡尿都憋不住还能干尿事情,再喊把你送回去!郭抗美不敢叫了,怕人家把他送回去。我看他实在憋得难受,一只手隔着裤子抓着那东西,像攥着自来水龙头。

张团长过来了,后边跟着十几个参谋和接兵的首长。新兵营首长跑到我们跟前,扯着喉咙喊了一声:"立正!"随后就跑到张团长跟前,立正,敬礼,大声报告:"报告张团长,新兵营集合完毕,共计新兵一千名,接兵干部一百五十名,请你指示!"

"稍息!"张团长还礼。

新兵营长又跑到我们跟前,大声命令:"稍息!"

我们这才注意地看张团长，接兵排长给我们说过，我们汽车团最大的官就是团长。人家步兵团上边还有师长、军长、军区司令员，我们汽车团上边啥都没有了，直接由总参管，我们的团长相当于步兵的军长，最不行也是师长。我们对军长师长不感兴趣，只对管我们的团长感兴趣。张团长的个子不低，差不多有一米八零，那个时候能长到一米八零的人极少。穿着不新不旧的军装，腰上勒着人造革皮带。只是腰一直挺不起来，像在庄稼地里劳作了一辈子的老汉，没有多少军人气质，在我们心目中的形象一下子打了许多折扣。

"同志们辛苦啦！"张团长走到我们前边，大声问候。

"首长辛苦啦！"我们按照在闷罐子车里的训练要求，大声吼叫。

我们刚吼叫完毕，郭抗美却哭丧着脸喊："报告团长，我要尿尿！"话还没有说完，又带着哭腔喊："我憋不住啦！"

我们看到崭新的军绿色裤子上渗出了尿的湿渍，裤腿下边有了一大滩尿液。

"那位小同志，出列！"张团长命令。

郭抗美走出队列，站在张团长面前。

"你集合前为什么不上厕所？"

"我给排长报告了，排长让我憋着，我说憋不住了，排长说憋不住也要憋——"

张团长走到接兵排长跟前，说："古人都说管天管地，管不住屙屎放屁。别说还没有集合，就是集合了也不能不让战士们屙屎尿尿。"

"是，我做深刻检查！"接兵排长说。

张团长转过身子，对跟随他的参谋说："让这位小战士坐我的车先回营房，到后勤处借一条裤子给他换上，再想办法把他的裤子洗干净，烤干。"

那个参谋领着郭抗美离开以后，张团长才给我们训话："我知道你们是看上了部队的大肉块子白蒸馍随便吃，看上了我这个团是开汽车的，吃好的喝好的还学了技术，复员以后不愁找不来婆娘。要想吃我的大肉块子白蒸馍，还想学会开汽车，就不能捣蛋，不能破坏我的树，老老实实听班长的话。谁要是捣蛋遭害我的树，我就不让你学开汽车。"

我心里又多了对他的失望，团长讲的话跟生产队长的水平差不多。至于汽车团长该说什么话，我没在部队干过，不知道，但起码该说些广播里的那些话吧。再说，当团长和树有啥关系，汽车团又不是林场，我们是学开汽车的，不是学种树的，给我们说树有什么用处？

张团长把话说完，就走到我们跟前，把我们挨个地看，从左边看到右边，从前边看到后边，看了足有十多分钟，才问跟在屁股后边的新兵营长："这些新兵的文化程度咋样？"

"报告团长，基本都是初中毕业，极少部分是小学毕业，高中程度也有一部分，比往年接的兵文化程度都高。"

张团长又把我们看了一遍，对新兵营长说："个个蜡黄干瘦的，执行不了任务。你通知每个连队，一个连队给新兵营送一千斤粮食、一百斤肉、三千斤蔬菜。让他们好好吃几个月，把身体吃壮实了再下连队。"他给新兵营长交代过，又给我们说："你们听着，从今天开始就给我朝死里吃，每人身上多长十斤肉，这是任务。像你们现在这样蜡黄干瘦的咋着执行任务，身体不行屎事情都干不成！"

我们这批新兵都是农村兵，过得都是半饥不饱的日子，都瘦，站在货场上像竖着一片高高低低的树桩子，脸上的气色也不好，一眼就能看出是农村出身的。那些接我们的老兵就不一样了，尽管比我们黑，个子也比我们高，但都比我们壮实，脸上充满油气。人家把部队的大肉块子白蒸馍吃了几年，养分在肚里盛不下，就从脸上朝出冒，还憋出了养分过剩的骚包，骚包里盛的都是高蛋白。

"我再给你们说一遍，我在团大院里种了两千一百八十九棵树，你们谁敢破坏我的树，我非处分你不可！你们今天回到营房，第一件事情就是开会讨论咋着不破坏我的树，把讨论记录交到团政治部，我要亲自检查。"

货场旁边停着几十辆大卡车，张团长训话完毕，我们就在新兵排长的带领下朝大卡车跑去。排长又撑着我们的屁股，把我们送上卡车。这段日子我们和排长混熟了，就问排长这是不是我们团的汽车？排长说不是我们团的汽车是你家的汽车？你们以后就要开这些汽车。我们脸上就有了笑容，我凑到排长跟前小声问，咱是汽车团，团长咋还管种树？排长小声给我说，咱们张团长就喜欢种树，你要问咱团有多少个兵他肯定不知道，要问咱团有多少棵树，他说出来肯定不会错。我又问咱团长咋像个农村老汉？排长说张团长是三八年的兵，咱团资格最老的兵，他当班长时的兵都当了军长。他就是没文化才提拔不上去。他要是有你们的文化程度，现在把大军区司令员都当上了。

过了一会儿，排长突然给我说，杜鸿伯你以后混好了，可别忘了我给你当过排长，好事情也均给我一点。我说排长你看我这尿样子，要个子没个子，要文化没文化，一样长处都没有，能有啥好事情落到我头上。

排长就看着我笑，笑得神神鬼鬼。

有个新兵开玩笑说，团长以后要是把杜鸿伯招成上门女婿，我们都能跟着沾光。排长就训斥那个新兵，就是团长把杜鸿伯招成上门女婿，你也甭想跟着沾光，人家老婆的光咋能随便沾，小心军事法庭审判你！排长把那个新兵训过又看着我笑，还是笑得意味深长，让我莫名其妙。

二

三个月以后,新兵训练结束。一大早,排长就跑到我们班宿舍,大声叫我的名字。我立即站起来,大声回答,到。排长对我说,马上打背包跟我到团部管理处报到。

我背着背包,排长替我拿着洗脸盆和提包,一块朝团部走去。排长对着我笑了一下,说你还记得我在三个月前给你说的话不?

我说记不得了,你给我说了那么多话,到底是那些话?

排长说,我说你以后混上好事情了,不要忘了我给你当过排长!

我说,能有啥好事情?

排长说,组织上让你给张团长当公务员,这不是好事情啥是好事情?凡是给团首长当过公务员的,一般都要提干。我们这些在下边干的,脊梁杆子累断都难提上。张团长还有一个女子,大概十六七岁,你把老头子伺候好了,说不定真的叫人家招了东床驸马。既提了干部,又把一辈子的大事做了安顿,又有团长做后台,这辈子的前途就万丈光芒了!

我又问排长,我给团长当公务员,你在三个月前就知道了?

排长说,我们接兵的时候就知道了,就是把你按公务员的人选接来的。

我说,你那时候咋不给我说?

排长说,那是军事机密,组织上没有公布的事情怎么能随便说,说出来就是犯错误。你以后到了首长身边工作,记住一点就是保密,不该你知道的不要打听,该你知道的组织就会开大会让你知道。首长说的话都是机密,就是放的屁都不能泄漏,不然就是失密。

排长把我领到管理股,股长给排长说,没你的事情了,回去吧。

排长算是完成了交接任务,又恋恋不舍地看了我一眼,说杜鸿伯你在这，我要走了。

我赶忙追着他走了几步，说排长你放心，我要是混好了，绝对忘不了你。以后我有时间了，就去连队看你。

排长说你当了首长的公务员，就身在江湖不由己了，把自己的工作干好，不要老朝下边跑。

管理股长问我，你就是杜鸿伯？

我说，我就是杜鸿伯。

股长又问，你愿意给首长当公务员不，我说当然愿意，别人想当都当不上哩。

股长又问，你为啥想当公务员？

我说，老兵都说给首长当了公务员能提干，没敢说团长有个十六七岁的女子，说不定能把我招成东床驸马！

股长叹了口气说，我也不好给你交代见了团长怎么说，昨天那个新兵按我交代的说了，团长说人家不实诚，就没要人家。

我站在张团长面前，两条腿直打战，又有了想尿尿的感觉。我有个毛病，心里一紧张那地方就想流水，我们陕西人说是吓得尿小尿。

张团长看了我一眼，问你不在家好好读书，跑来当兵干啥？

我说，俺爸说了，学校搞"文化大革命"也读不出啥名堂，我这几年正是长身体的时候，家里吃不饱肚子，部队的大肉块子白蒸馍随便吃，吃上几年身子就长起来了。

张团长又问，你知道公务员是干啥的？

我回答，听人家说是伺候首长的。

张团长又问，你愿意伺候首长不？

我赶忙回答，愿意。

团长又问，你为啥愿意伺候首长？

我说，首长给我大肉块子白蒸馍吃，我当然要伺候首长了。

张团长又问，就这些？

我琢磨了一会儿说，还有排长给我说的，我不知道该不该说。

张团长说，你随便说，当着首长的面说出来的话都不为错。

于是，我就说，俺排长给我说了，要是当公务员把首长伺候好了就能提干，在连队干机会就没有当公务员的机会多。

张团长又问，你们排长说得对不对？

我答，说得对也不对，当公务员也要把工作干好，干不好照样提不了干。在下边连队干得好了，也照样提干。

张团长给站在一边的管理股长交代："你把杜鸿伯领到他宿舍，把当公务员的规矩给他讲讲，明天就正式工作。这个兵虽然不怎么进步，起码不说假话，为人还实诚。"

管理股长把我领出团长办公室，长长吁了口气，说，杜鸿伯你的胆子真大，当着团长的面敢说这些话！

我说，这些话都是真话，没有一点假话呀！

股长说，你是新兵，说了就说了，要是在部队受上几年教育就不能说这些话了。

我问，不说这些话说什么话？

股长答，说进步的话。

我说，我以后光拣进步的话说。

早上起床后，张团长要到各连队巡视早操情况，他起床后都是自己叠被子，自己整理床单，回来后自己倒洗脸水，要求我跟他一块下连队巡视早操。于是，张团长在前边走，我在后边跟，一路上的人都得给他敬礼，这个大院没有谁比他的官再大了，不给他敬礼给谁敬礼，我跟在他后边也沾光。于是，我的架子端得比团长都大，趾高气扬不可一世。但是我心里很清楚，人家是看在团长面子上敬礼的，我要是不给团长当公务员，人家连正眼都不会看我一下，一个只有几个月军龄的新兵蛋子，值得人家看吗？在汽车团，十年军龄的老兵多的是，他们敢把当了七八年兵的班长骂成新兵蛋子。

连队都在车场出操，张团长不到车场去，站在车场旁边的公路上，耳朵一听就知道士气旺不旺。遇到声音不整齐不洪亮的连队，就对跟在屁股后边的参谋说，你去看看谁带的部队。参谋跑过去一会儿，那边吼喊的声音就整齐洪亮起来。

团部大院里，除了车场菜地，所有的空地都种了树，树干都有半尺多粗。张团长耳朵听着车场里的吼声，眼睛看着周围的树，有时候还查看一下根部的土。每棵树上都绑着一个铁丝，铁丝上挂着一个四方铁牌，铁牌上用油漆写着编号。我看一棵树上的编号是：辛9-24131，只识其字不知其意。就问身边的参谋，这铁牌上的号码是什么意思。参谋说这是树的编号，辛9表示是汽车九团，杠后边的五位数字表示这棵树由二营四连一排三班一号战士负责，养护这棵树的责任都落实到人了。我说难怪咱团的树长得好，我们第一天到咱团来，离咱团好长一截路就能看到咱团的树。

张团长在一棵树跟前停下来，指着树上的一个小刀砍的痕迹对参谋说，你马上去通知四连长，让他跑步到这里来。参谋跑走后，我就注意地看那棵树，树上有几道小刀削过的痕迹，有一处削掉了树皮露出白色的树干。张团长黑桑着脸，手在树干上抚摸着，说这些兵真是少管教，咋不拿刀在自己身上划，我的树招他惹他了！

我站在他跟前，木木地不敢说啥，停了一会儿才说，我在生产队的时候，看有人把树皮剥掉一块子，队长就把泥糊在树干上，新的树皮就长出来了。

团长说，那也影响树的生长，就像人长得好好的在身上割一块肉下来，疼不疼，人一受伤身上的元气就露了，一辈子都受吃亏，树跟人一个道理，就是树不会说话人会说话！

四连长跟在参谋后边跑步过来，刚敬礼喊过报告，张团长就劈头盖脸地训斥起来，你带的啥兵，敢用刀子剥我的树皮！

四连长把树上的白茬看了，身子立得端端地说，我马上调查是谁干的，查出来饶不了他。不过，这里也挨着五连六连的营房，说不定是五连六连的兵干的？

团长说，你放屁，肯定是你们四连干的，不是五连六连干的。

四连长就木着脸不说话了，眼里闪着不服气。

张团长朝树跟前走近一步，指着树下的脚印说，你看这几个脚印，过来的脚后跟对着你们连，过去的脚尖对着你们连，不是你们连干的是谁干的。昨天傍晚的时候，我从这里过还没有发现树上有伤，今天早上就有了，肯定是昨天晚上干的。

四连长这才服气了，大声说我马上集合部队调查，调查出来狠狠收拾他。

张团长说，肯定是新兵干的，新兵刚到部队，想他爸他妈了，晚上偷着跑出来一边想他爸他妈，一边在树上划，也不是故意的。你好好给战士们讲清道理，把道理讲清就行了，不要为难战士。

四连长赶忙双脚靠拢，声音很大地喊了一个"是"。

吃过早饭，我把张团长办公室的暖水瓶打上开水，又把开水倒进缸子端到他跟前，说团长喝水。张团长接过缸子，问小杜初中毕业没有？

我说拿了初中毕业证，实际上只上了一年初中就"文革"了。

张团长又问，你想不想上学？

我说，咋不想上学，我考初中的时候，成绩是全区第一名。俺老师说了，我要是读到高中毕业，肯定能考上大学。

张团长叹了口气说，小杜你去通知参谋长，上午跟我一块到五连检查车况。咱是汽车团，汽车就是咱的武器，到时候拉不上去，肯定要枪毙我这个当团长的。

张团长带着参谋长，参谋长又带着作训股、装备股、技术股、军务股的参谋，浩浩荡荡地走进五连车场。五连正在整修车辆，连长老远看见我们过来，扯着喉咙喊了一声，立正，声音比生产队的叫驴吼都聒耳朵。连长跑到张团长跟前喊，报告团长，二营五连正在整修车辆，请指示。张团长还了一个礼说，继续整修。又对参谋长说，马上对车辆进行技术鉴定，今天上午鉴定完毕，下午对六连的车辆进行鉴定。

车辆技术鉴定其实很简单，司机把车辆行驶报告交给鉴定的参谋，参谋就知道这辆车已经行驶了多少公里，还储备了多少公里。再把车发动起来，参谋把起子搭在发动机上听上一阵，听发动机里有没有杂音，大瓦小瓦松动没有，活塞环该不该加大，气门漏气没有，再在车场开上几圈，检查行路部分磨损的程度，然后做出鉴定，这辆车还能再跑多少公里才能大修。这些参谋的驾龄最少都在十年以上，他们的眼睛一看耳朵一听，再开上几百公尺，车辆有啥毛病基本都判断得八九不离十。弄这些事情的时候，李参谋长就站在车场中间，斜着耳朵听发动机的声音，听底盘的声音，听到异常声音就走过去，对五连长说这辆车的变速器的主动轮的牙齿磨损了，要更换。五连长根本不用思考就对修理班长喊，马上更换这辆车变速器的主动轮。李参谋长是我们团的技术权威，十五岁就在国民党部队修车，解放战争的时候投到解放军，是俘虏兵。

李参谋长把五连的车辆听了一遍，就走到张团长跟前说，老张，上头下来文件了？

张团长就眯着眼睛看他，故作糊涂地问，天天都有文件，你问的是啥文件？

李参谋长说，我能问啥文件，就是让我们这些俘虏兵转业的文件？

张团长说，好好干你的，甭听那些胡说八道，你说咱九团离了你行不行？

张团长和李参谋长正说着，一辆车从他们身边开过。李参谋长立即对司机喊，你开车干什么？司机刹车，坐在驾驶室里回答，我到果洛军分区执行任务。参谋长嘿嘿一笑说，你小子胆子太大了，敢开这车到果洛去。司机说我这车咋啦？李参谋长说你这车开出去最多十公里就要烧瓦，不信你开出去试试。司机就坐在驾驶室里，不知道该怎么办。

张团长对司机说，你开，到时候我派车去拖你，司机就把车开出去了。这时候，那帮参谋还有刚过来的政委都在，足有十多个人。十分钟后，李参谋长对五连长说，你派辆车出去，带上拖车绳把那辆车拖回来。

半个小时后，那辆车被拖回来了。从医院调来的王政委惊诧地问李参谋长，你怎么知道这辆车的瓦要烧？

李参谋长说，耳朵听出来的。

王政委问，那么多人都没听出来，就你听出来了？

张团长走到王政委跟前，说这就是技术。咱们团的车辆出发执行任务，只要李参谋长朝大门口一站，让车辆一辆一辆从他身边过，他放行的肯定没问题，他挡住的肯定有毛病。有李参谋长在咱团，我这个当团长的就不为车辆操心。

李参谋长离开后，张团长小声对王政委说，上头又来文件了？

王政委说，老张你心里有啥就说啥，少给我编圈子，好像我跟你不是一条心似的。

张团长说，小王你跟我真是没啥说的，我就给你说实话吧，我真舍不得放李参谋长转业，把他放走了，车辆这一块谁能拿起来？兰州地方大修厂派人来了好几次，要咱李参谋长转业给他们当厂长，被我骂回去了，狗日的敢挖解放军的墙角。

王政委说，咱们党委开个会，统一一下口径，就说部队建设离不开李参谋长。再说文件又没有规定俘虏兵一律转业，文件说的是活话，咱就灵活执行。

张团长高兴地说，除了你给我当政委，换了别人我谁都不要。张团长是三八年的兵，王政委是四六年的兵，一个是抗日战争时期参加革命，一个是解放战争时期参加革命，所以张团长就把王政委称小王。部队就是这规矩，早参军一天就有一天的牛皮，不服气不行，何况相差一个时期。所以，王政委从来不敢和张团长平起平坐，在团里以二号首长自居。

王政委离开后，张团长走到李参谋长跟前，把他的肩膀一拍，说老李你甭胡想了，我刚才跟小王说了，我们统一了口径，你转业的事情到此为止，好好给咱把好车辆这一块。我好好种树，到时候你的车辆不出问题，我的树长高长粗，要转业咱俩一块走。

李参谋长说，我还藏了一瓶茅台，是朝鲜的一个老战友前年送的，一直没舍得喝，这个礼拜天咱把它消灭了。

张团长说，老李你狗日的给我打埋伏，把茅台藏了两年不给我喝。

李参谋长说，到头来还不是给你喝了，我又没有一个人喝。

张团长说，到时候把小王也叫上，甭看人家是新兵蛋子，可人家是政委。

李参谋长说,到了周末,王政委回家搂知识分子了,咋能和咱们喝到一块。

张团长说,换到周六下午喝,喝完了再放他狗日子回家搂婆娘。

李参谋长说,到时候我叫你弟妹弄上几个菜,咱们好好喝一顿。

张团长说,你老婆做菜的手艺不行,农村婆娘做不了好菜。到时候我让你嫂子弄几个朝鲜菜,你把酒提过来就行了。

五连的一个排长带着几个战士拉着皮尺,画车辆之间的界线。张团长对李参谋长说,咱们过去看看他们在搞啥名堂。那个排长见团长和参谋长过来了,立正报告说,我们在画停车线,把线画好了栽上砖头。部队的车辆停车有规定,前边要停成一条水平线,车与车的距离要一模一样,绝对整齐划一,和部队集合一样,横队竖队不能误差一点。

张团长说,栽砖头有啥用处,栽上树多好!

跟在后边的五连长说,树长粗了咋办?

张团长把他看了一眼,说你就没有一点战略眼光,现在画线的时候就画宽一些,把树长粗的地方预留出来。

五连长又问,栽啥树好?

张团长说,栽槐树,槐树年年开花,把花摘下来晒干,一年都能吃槐花饭,能节省多少伙食费。等槐树长大了,树朴楞把车罩着,遮风挡雨隔太阳,比车库都好。敌人的飞机来轰炸,只能看见树林看不见车辆,这就是战略目光。指挥员就要培养自己的战略目光,光把车开好也不管用。

五连长见张团长把种槐树上升到战略目光上了,赶忙说我们就种槐树。

张团长又对参谋说,你通知后勤股长,让他到五连车场来,规划一下需要多少槐树苗,打个报告给我,我签字购买。又对五连长说,槐树苗的钱由团里出,打下的槐花归你们五连吃,你们可是占了大便宜。我给你要求一点，把树种下了认真管理，死一棵都不行，我天天来检查，小心我收拾你。

李参谋长说，老张你在车场种槐树，槐树能不能长到四五米高，要是长不到那么高，车辆怎么停进去。

张团长说，你的脑子是榆木疙瘩，它长不到四五米高分的杈，咱们把杈砍了让它朝高处长，啥时候长到四五米高了再让它们分杈。

拉皮尺划线的新兵不知天高地厚地说，槐树长吊死鬼哩。他说的吊死鬼是槐树上吊下来的一寸多长的虫，绿颜色。

张团长看了他一眼说，青海的槐树不长吊死鬼，陕西的槐树才长吊死鬼。说完又把那个新兵看了一眼，笑着说我看你闷闷的心里还灵性，能提出关键问题，好好培养培养，再读上几年书，说不定能当军区司令员，到时候我这个当团长的都得给你敬礼。

那个新兵说，我要是当了军区司令员，你就能当军委主席。

张团长说，狗日的可不敢乱说，你知道军委主席是谁，全中国只有一个，就是毛主席。你封我当军委主席，我不成了篡党夺权的野心家啦？

上午，张团长正在办公室看文件，一个参谋进来报告，说五连有个新兵逃跑了，已经被抓回来了。

张团长问，为什么逃跑？

参谋说，这个新兵尿床，别的兵都笑话他，他嫌丢人就不当兵了。

张团长立即站起来，对我说，小杜你陪我到五连去一趟。

我和张团长赶到五连。五连长、指导员、排长、班长都围着那个新兵做思想工作，旁边还放着一大碗饺子，一大包水果糖。他们见张团长进来，都立正给张团长敬礼。张团长看了那个新兵一眼，问你就是那天在火车站尿裤子的新兵？

郭抗美红着脸说是的。

张团长说，尿床根本算不上啥毛病，哪个男人不尿床，我当副团长那阵还尿床哩。那时候正在打解放战争，晚上尿湿了被子，第二天行军把被子披在身上，到晚上睡觉被子就晒干了。

郭抗美不相信地问，团长你也尿床呀？

张团长说，我也是人呀，你都能尿床凭啥不许我尿床？不信问问你们连长，他尿过床没有？

五连长说，我去年当副连长的时候，尿过一个礼拜的床，天天晒被子。

指导员说，我上个礼拜还尿了一回床，把被子晒了一天都没晒干。

排长接着说，我前天还尿了床，这个星期天准备洗被子哩。

班长说，我也尿床！

好像尿床和立军功一样荣耀。

张团长又说尿过床的举手，人们唰地一下全举起手。张团长又说没尿过床的人举手，人们都把手贴在裤缝上不敢动弹。张团长立即严肃着脸说，小郭你丢咱乡党的人，你是灞桥人我也是灞桥人，要是因为尿床就朝回跑，咱团从团长到新兵都尿过床，那不是都跑光了，你让我这个乡党还当不当团长了？

郭抗美就嘿嘿地笑，说我不知道你们也尿床，我要是知道你们也尿床，打死我也不逃跑。

张团长拍着他的肩膀说，你才多大一点岁数，不知道的事情多着哩，以后还尿步枪油哩！又对五连长和指导员说，你们两个负责把小郭的被子洗了，谁让你们不告诉小郭你们也尿过床？说完又对郭抗美说，打球去吧，被子有人替你洗了。

班长和几个老兵拉着郭抗美，朝篮球场跑去。

郭抗美离开以后，张团长又问五连长，你们连的新兵还有没有尿床的？

五连长说，还有一个。

张团长问，采取什么措施没有？

五连长说，干部查哨的时候轮班叫他们。

张团长说，你们一夜把人家叫起来几次，还叫人家睡觉不睡觉？这些新兵还是娃娃，正是能睡觉的时候，夜里睡不好觉白天怎么训练，也影响身体发育。你们要想办法把他们的身体治好，病治好了就不尿床了，你们咋不动脑子？

五连长赶忙把身体立正，说我们马上就动脑子，把他们的身体治好！

张团长说，夜里尿床是肾阳虚，明天就派人带这两个新兵，坐团里的车到十四医院，找中医开几付补肾阳的药。再让事务长到老乡家买些羊肉，羊肉滋补肾阳，顿顿都给他们吃羊肉，再加上大葱，大葱也补肾阳，换着花样给他们吃，大葱羊肉水饺、葱爆羊肉、羊肉大葱包子、羊肉大葱扯面。我隔一个月还要来检查，要是这两个新兵还尿床，我就撤了你们，换个能让他们不尿床的人当。我把一百多号兵交给你们，你们就是他们的父母，你们不替他们操心谁替他们操心？张团长说完又问旁边的参谋，今天几号了？参谋回答说三月二十六日。张团长对参谋说，你记下，下个月的二十六日提醒我下来检查，看这两个新兵还尿床不？参谋马上打开硬壳笔记本，把团长的指示记录下来。

槐树开花了，槐花一簇一簇，在树上堆起来。槐树叶碧绿，槐树花雪白，碧绿和雪白各占一半，鲜艳到了极点，满大院都是槐花的醇香。这个季节不下雨，天天出太阳，阳光照在槐树上，白是白，绿是绿，人走在大院里跟走到神仙庄一样。这个季节，大院外边围了一圈养蜂的人，大院的空中又飞翔着密密麻麻的蜜蜂，把好几个战士的嘴唇蜇成了猪八戒。

张团长没事的时候就跑到槐树跟前，仰着头看槐花，一边看一边说，还没有开到最艳的时候，开到最艳的时候再摘，产量高味道还好。这时候，警卫排长带着全副武装的警卫排，跑步过来，像是要执行战斗任务。警卫排长看见张团长，赶忙对部队喊了一声立定，跑到张团长跟前，大声喊，报告团长，警卫排奉命执行任务！

张团长问，执行什么任务？

警卫排长回答，刘副参谋长命令我们，把团部大院外边的养蜂人全部赶走，他们的蜜蜂把我们好几个战士都蜇了。

张团长朝警卫排长跟前走了一步，骂了一句，扯淡，去把刘副参谋长叫来！

警卫排长二话没说就跑去叫刘副参谋长了。一会儿工夫，刘副参谋长和警卫排长跑过来。

张团长问，是你下命令让警卫排赶大院外边的养蜂的？

刘副参谋长说，是，他们养的蜂把咱们好几个战士都蜇了。

张团长又骂，放屁，人家放蜂的就靠这几天采蜂蜜，你把人家赶走，还叫人家过日子不？再说，人家在大院外边放蜂，又没有进咱们大院，咱凭什么到人家的地盘上赶人家，你以为咱是国民党的兵？

刘副参谋长不吭声了，张团长又挥了下手说，把部队带回去，让后勤部长马上到这里。

后勤部长跑过来了，张团长看着树上的槐花给他说，槐花开了。

后勤部长赶忙接了一句，槐花开了。

张团长说，估计明后天就开到最艳的时候了。

后勤部长接着说，估计明后天就开到最艳的时候了。

张团长说，到时候组织部队把槐花摘下来，摘百分之八十，留百分之二十，啥事情都不能做得太绝。

后勤部长又重复说，摘百分之八十，留百分之二十。

张团长说，出发执行任务的连队没办法摘槐花，把留守的部队组织起来，先摘执行任务连队的槐花，最后再摘自己的。摘下来以后，用盐水喷上一遍，晒干，收藏好。

后勤处长说，我会组织留守人员做好这件事情。

张团长说，青海这地方不好好长蔬菜，只长莲花白和土豆，白菜大葱类的青菜要从内地拉，很贵，部队的伙食费不高，吃不起，战士们常年吃莲花白土豆，见了这两样东西就恶心。我们团大院里种了两千多棵槐树，除了自己吃，还拿到别的部队交换，战士们就能不断地改善伙食。

三

西宁的夏天很惬意，中午也得穿长衬衣，外边再加件单衣。到了晚上，风不软不硬地吹，找个背静地方一坐，再有一瓶开水，找几个能谝到一块的人，真是神仙过的日子。一吃过晚饭，张团长就让我把他的躺椅搬到团部大楼下边，再搬个小桌子，给上边放上暖水瓶喝水缸子。这时候，王政委的公务员小肖也把王政委的躺椅搬来了，李参谋长没有资格使公务员，就让参谋把他的躺椅搬来。三个躺椅就围着那张小桌子，谝开闲传。团里的很多事情就在谝闲传中研究了，更多的时候是瞎扯淡。

王政委来的时候都带茶叶，张团长就给我说，小杜，把缸子里的水倒了，把茶叶泡上，多捏点茶叶，泡得酽酽的。

王政委就对小肖说，把我的茶叶收回去，凭啥给他俩喝，我啥时候喝过他们的茶叶？

张团长就对小肖说,你狗日的敢把茶叶收回去,我能把你招来就能把你送回去,你不想再穿这身军装了,就把茶叶收回去。

小肖就尴尬地笑,不知道该怎么办好。我趁机拿过茶叶盒,狠狠地捏了一撮放进张团长的缸子里,又狠狠地捏了一撮放进李参谋长的缸子里,最后才给王政委的缸子里也放上茶叶。小肖掂起暖水瓶给三个首长的缸子里倒水。

李参谋长高兴地对我说,小杜够意思,明年下连队锻炼几年,我把汽车的手艺传给你,到时候到我手下当个参谋,干一辈子也能混到团长的份上。

我就嘿嘿地笑,心里说这辈子能当上营长就是先人坟上冒青烟了,哪能当团长?

张团长喝了一口茶水,问,小王你这是啥茶叶,好喝得很?

王政委说,这是福建安溪的铁观音,世界最好的茶叶。

张团长说,恐怕好多钱一斤?

王政委说,我不知道多少钱一斤,是我老婆买的。

张团长就长叹口气,说小王你们有文化的人就是看得远,连娶老婆都思谋得那么周全,不像我们这些大老粗,目光短浅!

我给张团长当了几个月公务员,知道这几个团首长的根底。张团长老婆是朝鲜人,都说当年美国鬼子把朝鲜的男人打光了,净剩下女人。朝鲜姑娘很热爱志愿军,张团长老婆那时候还是姑娘,死活要跟张团长。张团长那时候也三十七八了,连女人毛都没有沾过,也被朝鲜姑娘迷住了。志愿军回国的时候,上头命令不能把朝鲜姑娘带回国,说是国际影响问题,并在鸭绿江大桥上设立了检查站。张团长的手下给他出主意,在鸭绿江大桥的那边,让这个朝鲜姑娘钻进油罐里,又怕油罐把她闷死,在她鼻子上插根管子,管子顺着放油口通到外边,过了检查岗又放她出来。朝鲜姑娘特别能生孩子,一年半一个,肚子几乎没有闲过,十几年工夫给张团长生了六七个,大女子都十六了,小女子还在怀里抱着。就张团长一个人有工资,老婆孩子都是吃闲饭的,家里买粮穿衣都困难。张团长老婆经常把公家发的肉票拿到西宁城里卖黑市,换点钱补贴家里用。所以,张团长是团里最大的官,却是家属院里最困难的。王政委就不一样了,他原来在部队医院当政委,娶的老婆是军医大学毕业的医生,知识分子不愿生孩子,只生了一个就不生了。人家医生也有办法不生,政委周末都回医院会老婆,光睡觉不怀孩子也是本事,两口子都挣工资只养一个孩子,人家不喝好茶叶谁喝?

王政委品着茶说,老张,你不能再生了,你是自己给自己身上加包袱哩!

张团长说,我也不想生呀,可那由不得咱们,我老婆是猪托生的,只要一挨身子就怀上,想不让她怀都不行。你给咱介绍一下,咋着才能光干事情不怀孩子。

王政委把架子端起来了,把铁观音抿了一口,说,这里面有科学,深得很哩!

张团长说,你少给我端架子,快把屁放出来!

王政委说,弄那事情要看日子,日子对头了就怀不上,日子不对头挨一下就怀上。

张团长叹口气说,人还是要有文化哩,你也不过是个高小生,可娶了个大学生当老婆,身上就沾了文化气息,连不生孩子的知识都懂!

张团长和王政委说这话的时候,李参谋长就不插言,看着他俩笑。

过了一会儿,张团长突然对我说,小杜你知道咱九团的团歌不知道?

我说,不知道,新兵连没有教过。

张团长说,咱九团的歌不能教,老兵都会唱,你想听不想听?

我说，当然想听。

张团长说，我唱给你听，以后下连队了，老兵都会唱。

张团长说着就唱起来："抗过美援过朝，天安门前会过操，平过叛剿过匪，唐古拉山抛过锚，通天河里洗过澡——"

张团长唱团歌的时候，神气就牛皮起来，得意地看着王政委。王政委也看着他笑，不知道笑得啥意思。

到了周六傍晚，首长们就不在这里谝闲传了，要回家和老婆谝闲传。和往常一样，到了周六傍晚，我都要送张团长回家。家属院也在团大院里，离团部不到两百米。快走到家属院的时候，作训股的一个参谋跑过来报告，说三营七连一个战士修车的时候，螺丝刀把眼睛戳坏了。

张团长急忙问，瞎了没有？

参谋说，不知道。

张团长说，马上用我的车送他到医院，我再给王政委打个电话，要他亲自到医院组织手术，他在医院当过政委，医生听他的。张团长就转身朝办公室跑，给王政委打过电话，给卫生队长布置过任务，又给各营连打电话交代安全事项，时间都过了十一点。

我把张团长送到家属院门口，张团长给我说，小杜你送到这里就行了，回去睡觉吧。

我说，把你送到家门口，看着你进了家门再离开。

张团长说，送到这里就可以了，剩下没几步路了。

我见张团长坚决不让我再送他，就停住脚步看着他朝院子里走去，又觉得不对劲，万一这时候冒出来个阶级敌人，对首长发动袭击怎么办，就悄悄跟在张团长后边。

张团长走到家门口，在门上拍了几下，家里的灯亮着就是没人回答，有小孩在里面说爸爸回来了。立即传出张团长老婆的声音，睡你的觉，小心打你屁股！

张团长拍了一阵门，见里面没有声音，就对着里面做起思想工作，小霞他妈开门来，咱们都是人民内部矛盾，好解决……

家属院挨着五连的车场，刚好郭抗美站岗，背着冲锋枪跑过来。我急忙迎着他走过去，他刚吼问了一句口令，我说口令你妈的脚后跟，郭抗美你少在老子面前摆架子！郭抗美走到我跟前，说杜鸿伯我日你先人，深更半夜跑家属院干什么？我把他拉到一边说我刚送团长回家，你不在车场站岗，跑到家属院站岗？郭抗美说我听见这里有响动，就跑过来了，阶级敌人不一定只在车场搞破坏，也会跑到家属院搞破坏。我说你狗日的心里起窍了，今天是周六，家属院要响动到天亮哩！你给我回去，小心军务股收拾你。我把郭抗美赶出家属院，怕他听见张团长被老婆关在门外不能进门，传出去丢团长的脸。

到了周一晚上，首长们又聚在一块谝闲传了，还是喝着王政委的铁观音，谝星期天发生的事情。

张团长问王政委，七连那个兵的眼睛咋样了？

王政委说，怕是保不住了，就是不瞎也看不清东西。

张团长说，你让政治部到这个战士的家乡跑一趟，把工作落实了再复员人家。落实不了就不要复员人家，人家在咱这把眼睛瞎了，咱不能不管人家。

王政委说，我明天就让政治部做这事情，实在不行就把他安排到医院当职工。把这事情说完，李参谋长突然问张团长，你周六咋被老婆关到门外头了。

张团长说，我当初以为朝鲜女人好说话，没想到生下几个孩子后比咱中国婆娘都厉害,当初真不该把她装到油罐车里带过来。

李参谋长家住张团长家隔壁,张团长敲门的声音那么大,又是夜深人静,半个家属院的人都能听见。李参谋长故意长叹口气说,老张当年跟日本鬼子拼刀子,一口气捅死了三个小日本,还把一个大佐的脑袋砍了下来,如今竟被一个朝鲜女人整得没地方睡觉,真不可思议,说的时候还痛惜地摇了几下头。

张团长把眼睛一瞪说,老李你说的是屁话,我总不能用刀把老婆砍了吧?我跟她是人民内部矛盾,人民内部矛盾就要用批评和自我批评的办法解决,双方都斗私批修就过去了。人家从朝鲜跑到咱中国,千里迢迢支援中国革命,本质还是好的。你老鸦不要笑猪黑,我那天从你家窗户跟前过,你咋跪在床下边,膝盖下边还铺着搓衣板,头上顶着碗,轮子他妈拿着鸡毛掸子在你身上抽,问你改正不改正?你连着给人家说了七个改正。

这时候,王政委就看张团长和李参谋长斗嘴,喝着茶啥话都不说。李参谋长是四一年被解放的,比王政委的资格老。

四

中秋一过,菜地里的莲花白土豆就要收获了,部队也开始贮备冬天的蔬菜了。张团长的老婆会腌泡菜。人家腌的朝鲜泡菜就是好吃,莲花白、萝卜、白菜、大头菜、萝卜叶子,放进去什么颜色,到第二年开春吃的时候还是什么颜色,放进去多新鲜捞出来还是多新鲜,吃到嘴里辣辣的脆脆的酸酸的咸咸的,吃米饭不用炒菜都可以。一到这时候,张团长老婆天天都在连队炊事班泡,给这个连队做了泡菜又给那个连队做,连续忙三四十天。

周六晚上，我和往常一样送张团长回家属院。张团长只要准时回家，他老婆就不会把他关到门外边。所以，他只要准时回家，就同意我把他送到家门口。这天，我看着他走进家门，转过身子才走了二三十米，就听见张团长在家里吼叫起来，还骂人。我急忙跑过去，还没有走到张团长家门口，就听见他扯着喉咙地吼骂，你这是喝兵血知道不知道！我冲进他家，看见平时一贯凶悍的朝鲜姑娘身子缩成一团，躲在房子角落一句话都不敢说。张团长的大女子搀着她妈，也怯怯地看张团长。最小的两个抱着他妈的腿，鼻涕眼泪一齐流着哭。李参谋长和老婆听见这边吵架，跑过来劝架。张团长老婆看李参谋长两口子过来了，才怯怯地说，我今天给四连做了一天泡菜，事务长给了两斤肉，孩子们半年都没有吃肉了——

李参谋长听她这么一说，顿时没话说了，停了好半晌才说，嫂子你咋能做这事情哩，这可是原则问题，难怪老张给你发脾气。李参谋长老婆却冲着男人吼起来，咱们是来劝架的，你少说什么原则不原则，嫂子给他们做泡菜，两只手都冻得通红，就是旧社会给地主干活也得给工钱！李参谋长又冲着老婆喊，你狗日的翻天了，你把咱们的战士比做地主，我跟老张就是地主头子了，你是什么觉悟？来劝架的人吵起来了，吵架的人反而不吵了。

我就走过去说，我把肉送给四连就行了，咱们又没有吃。我把肉提走后，他们就不再吵架了。走在路上的时候，我心里直叽咕，张团长是出了名的怕老婆，今天的太阳从西边出来了，老婆竟然怕起了张团长？

周一的时候，首长们又聚在一块谝闲传了。王政委、李参谋长还没有来，张团长对我说，你给五连长打个电话，问郭抗美尿床的毛病治好了没有？我就跑到团长办公室给五连长打电话，回来给张团长汇报说，早就治好了。张团长又给我说，明天咱们到五连车场看看他们种的槐树活了多少，要是没有活过来，我非收拾他们不可。要让战士们执行任务，说啥都是假的，身体好才是真的。身体咋着才能好，吃好睡好自然好，出发回来好吃好喝地供上十几天，长上几斤肉，身体不好才怪！要吃好喝好就得花钱，就得自己想办法。槐花有了，泡菜有了，土豆有了，莲花白有了，吃不完再拉到市场上卖一些，买回猪肉给战士们吃——

王政委和李参谋长来了，王政委这回带的不是铁观音，换了品种，拿着茶叶盒子炫耀地说，我给咱弄了更好的茶叶。

张团长问，啥茶叶？

王政委说，杭州的西湖龙井，全世界最好的茶叶。

张团长说，前一向你说安溪的铁观音是世界上最好的茶叶，这阵又说西湖龙井是世界上最好的茶叶，啥事情到了你们知识分子嘴里都添了光彩。

其实，王政委只念过几年私塾，但在一天学都没有上过的张团长眼里就是知识分子了。

首长们斗着嘴，我和小肖却不能闲着，把茶叶捏到他们的缸子里，再把开水倒上端到他们面前。把这些事情做完，我们就没事情做了，坐在一边听首长们说话。

李参谋长把西湖龙井品了一口，说西湖龙井喝到嘴里寡淡寡淡没有一点味道，比铁观音差远了。

张团长也品了几口，说这茶不行，比不过原来的好喝，就说小王把原来喝的拿来。

王政委说，你们这些大老粗，这么好的茶都品不出来，过去的读书秀才得道和尚练功夫的道士，都讲究喝西湖龙井。

张团长说，小王你少拿这些蒙我们，我们没有吃过猪肉还没有见过猪走，茶叶好不好还喝不出来？张团长说着就把缸子里的茶喝完，我赶忙又给里面倒开水。

王政委说，老张你说这茶不好喝，咋一口气喝了一缸子？人家讲究喝茶用盅子为品，用杯子为喝，用碗为饮驴。咱部队这缸子能盛半盆子水，说是饮驴都是文明的，应该说是饮骆驼。

张团长说，小王你少给我说这些，快叫小肖把铁观音拿来。

王政委就对小肖说，去把那点铁观音拿来，这世上的事情怪了，吃屎的把拉屎的缠住了。

小肖跑着去拿铁观音了，李参谋长赶紧把缸子里的西湖龙井倒了，对张团长说，人家都说你怕婆娘，我看你骂老婆的时候，把老婆吓得直打战。东风吹战鼓擂，你俩到底谁怕谁？

王政委一愣，问老张和老婆吵架了？

张团长说，那狗日的婆娘喝兵血，没有揍她都是好的。我今天把四连事务长也收拾了，保留他事务长的职务，降为给养员使用。狗日的用战士的血巴结领导，这种干部趁早给我滚蛋！就把老婆给四连做泡菜，接受四连两斤猪肉的事情给政委说了。又说这事情不能算完，开个党委会，我在会上做检查，同时做出规定，任何人不得以任何理由在连队拿东西。

王政委听完，啥话都没说。

张团长说，小王你是政委，党委这摊子归你管，你表个态。

王政委说，这事情一时还说不清楚，是不是喝兵血的性质要考虑一下。

张团长把桌子一拍说，这性质还不清楚，团长的老婆到连队拿猪肉，不是喝兵血的性质是啥性质？

王政委也拉下了脸说，你不要给我拍桌子，咱们是讨论问题不是摆资格，共产党处理问题讲究公道，我要想出个公道办法。

他们正争论的时候，四连事务长来了，给首长们敬礼以后，大声报告说我是四连事务长刘成章。

王政委问，你有什么事情？

事务长说，我对张团长处理的决定不服，找领导申诉。

张团长说，你把战士们的肉给当官的婆娘吃，就是犯了错误。

事务长说，你就是处理我复员，我也要把道理讲出来。

张团长说，我不压制民主，不信你能把黑的说成白的。

事务长就问张团长，你老婆是军人还是老百姓？

张团长说，当然是老百姓，你要是把肉给军人吃了，我还不会处分你。

事务长又问咱们是老百姓还是军人？王政委说小刘你有道理就讲道理，甭拐弯抹角套我们。

事务长接着说，咱们军人能不能占老百姓的便宜，肯定不能占。团长老婆是老百姓，老百姓给部队干活，部队该不该给人家开工钱？

事务长把三个首长问住了，他们互相看了一阵不知道该怎么回答。

张团长对王政委说，事务长说得有点道理，我们明天叫后勤部定个规矩，以后老百姓给部队干活，部队每天按多少开工钱给人家，啥情况下可以雇老百姓干活，工钱由哪个部门掏，都详细制定出来，有个章法。说完又对事务长说，你的处分撤销，回去好好干，把战士的伙食搞好。要是战士们吃得不好，我还要处分你。还有你们连的树咋样？

事务长答，我们连负责二百一十八棵树，其中四十棵白杨树，剩下的全是槐树，生长良好，没有发生病虫害，也没有新兵破坏。

张团长又问，你们今年晒了多少斤干槐花？

事务长答，晒了四千多斤，我们连吃不完，用六百斤到军区独立团换了一头肥猪，重一百七十三斤六两斤。

张团长说，要经常把槐花拿出来晒晒，小心发霉。

事务长说，我一定照办。

张团长又问，媳妇娶下没有？

事务长答，没有。

张团长又问，你今年多大了？

事务长说，二十四岁了。

张团长说，年龄还不算大，再晚几年娶媳妇也来得及。我给你提个醒，千万不敢娶农村媳妇，到时候给你生上五六个娃娃，都是农村户口，靠你一个人的工资咋着都养不过来，你在部队也不安心。在这问题上要向王政委学习，找个知识分子婆娘，人家自带粮票自带工资，自己花不完还贴男人。以后团里会考虑你们娶老婆的事情，帮你们找个政府机关的干部，最不行也找个国营企业的女工，搂在怀里都香喷喷的受活，去吧！

事务长答了声"是"，敬礼后转身就跑。

事务长走后，王政委又对张团长说，你说的事情还必须开个党委会，党委订个规矩约束干部到连队占小便宜。这个规矩要是立不起来，迟早要出事情。

王政委说完李参谋长又说，王政委你原来在医院当政委，医院那么多护士医生，个个比花都漂亮。咱团这么多光棍干部，你要发挥在医院的余热，把她们都朝咱团里弄，让医院变成咱九团的家属院。

王政委说，把你老李调到医院当院长试试，看你有办法把她们弄到咱团当媳妇不？

李参谋长说，让我日弄汽车还可以，让我日弄女医生女护士，我还真不行。

王政委说你以为她们是一般人，哪一个都有背景，贫下中农的女子有几个当兵的？再说，青藏高原多少部队，多少男光棍，狼多肉少分不过来。人家医院又挨着青海省军区总后兵站部，都是军级单位。那些机关兵成天抹着发蜡，裤子用开水缸子熨得像刀刃子，口袋里最少别着三根钢笔，一个礼拜写几十张情书，还把外国人写的情诗给人家抄。女孩子就喜欢这一套，三一套两一套就被那些家伙套住了，人家是近水楼台先得月。咱汽车团有啥优势，执行任务回来，浑身机油，连那东西都被机油染成了锅底色，脸黑得跟烧焦的炭差不多。

张团长不高兴了，瞪着王政委说，照你这么说我们团的干部只能娶农村婆娘了？

王政委说，活人还能叫尿憋死，咱们弄不上医生护士，就弄机关干部企业女工，都是自带粮票自带工资。

张团长说，反正我把这任务交给你了，你是做思想工作的。到时候我让二十五岁以上的干部排着队找你要老婆，看你咋办？

王政委说，老张你咋是这人，吃屎的把拉屎的缠住了。

张团长说，只要你给咱团的干部把老婆都找上，说我吃屎就吃屎。

五

团党委会召开了，一共是九个常委，每人面前都摆着部队发的绿缸子。王政委也不把他的铁观音朝出拿了。小肖说，王政委可抠了，除了张团长李参谋长能喝上他的茶，别人连边都沾不上。会议还没有开始，张团长问李参谋长，昨天出发回来的八连车况怎样。

李参谋长说，三台发动机要中修，两个差速器要调整，一台变速器要检查，六个轮胎要更换。

张团长在笔记本上记下后，说开完会一块到八连，你把这一块把住，我就放心干别的事情。

　　李参谋长说，老张你放心，不是吹的，把汽车拆成零件，我随便拿起一个螺丝就知道是啥上边的，组织大修不成一点问题。

　　李参谋长真不是吹牛，张团长带部队进朝鲜的时候，点的第一个将就是李参谋长。我们部队在朝鲜，除了让美国鬼子的飞机炸，基本上很少抛锚，还荣立了集体二等功，李参谋长立了个人二等功。西藏叛乱以后，军委指示我们团直接从平壤开到西宁参加平叛战斗。李参谋长跟着部队，车辆开到哪里他的耳朵眼睛跟到哪里，真的很少抛锚，我们团在平叛中又打出了威风。

　　张团长说，老李你是抬轿的，我跟小王是坐轿的。要不是你的轿抬得好，我和小王的轿也坐不稳，迟早要叫人家撤了。

　　王政委听张团长这一说，就对公务员喊，小肖把李参谋长缸子里的水倒了，给里面放点铁观音。

　　张团长说，政委拍参谋长的马屁，不拍团长的马屁。

　　王政委说，老张你昧着良心说话，你喝了我多少好茶叶，加起来恐怕能装一麻包。你刚才说我们的团长政委当得安稳，就靠老李给咱们抬轿子。

　　张团长说，你把茶叶拿来，让大家都喝呀。

　　王政委说，我就那点茶叶，喝完了咱们喝什么？

　　张团长说，你再买呀！

　　王政委就把手伸过来说，你把钱拿来我马上派人去买，啥茶叶都能买来。

　　张团长说，你娶了个军医老婆，两口子都挣工资，还缺那点钱？再说，你是咱党委的班长，班长不出血谁出血？

　　王政委说，老张你不要挑拨班长和大家的关系，谁的业务水平达到李参谋长这个档次了，别说喝一口铁观音，我买一斤送给他。

王政委宣布常委会开始，首长们马上都严肃起脸，像是出席联合国大会。

王政委说，上级给我们团分来了二百四十个大学生，男的占三分之二，女的占三分之一，要求接受解放军的再教育。

副团长说，把他们弄到黄河滩农场，三边是山一边是黄河，不用人看都逃不了。啥时候上级要收回他们了，派汽车拉出来就行。

大家都同意副团长的意见，就王政委、李参谋长没有表态。

张团长看着李参谋长问，老李你的意见？

李参谋长说，把他们送到黄河滩农场这办法不错，但这样不能让他们发挥最大的用处。咱们农场又不缺劳动力，就是让他们参加劳动，五个也顶不上咱们一个。要是让他们讲学问，咱全团的人加起来也顶不上人家一个。

王政委又看着张团长问，老张你的意见？

张团长说，我不同意把他们发配到黄河滩农场，那样是好管理，但不利于部队的建设。我的意见是男大学生统统下放到连里，一个班配一个，不够再向上级要，缺多少要多少。女大学生全部留在团部，配给团机关、警卫排、修理连、各连留守人员，争取一个班配一个。让大学生专门辅导战士干部学文化，洋学堂开哪些课程就学哪些课程。团里再成立个考核小组，每半年考核一次。家属院的娃娃也不能成天放羊，爬树折树枝，拆车上的螺丝。把这些娃娃分成班，让女大学生当老师，跟学校一样考试。谁家的娃娃考不及格，我收拾他老子。学校搞"文化大革命"不上课，家属院的孩子天天在团大院乱窜，当兵的一点办法都没有，都是首长的孩子你能把他咋啦？

张团长这一说，李参谋长首先支持，说还是老张站得高看得远，把部队的文化素质提高了，也把大家的后顾之忧解决了。

副团长副政委们就说，我们收回刚才的意见，支持张团长的意见。

张团长诡诡地笑了一下说，还有更好的意见在后边，大家就斜着耳朵听。张团长说我前几天还跟政委参谋长为干部们的对象发愁，这回送来了这么多女大学生。到时候由组织出面，把她们都安排在西宁市，干部们就不用每年休探亲假了。但要定个规矩，凡是结过婚的一律不能离婚，谁要是休妻再娶，马上处理复员。再一个就是给咱们的干部说清楚，不能先通车后典礼，到时候挺个大肚子领结婚证，丢人民军队的脸，再着急也得克制，克制不住自己想办法解决也不能用人家的东西。

王政委说，老张咋胡说哩，上级让大学生来接受再教育，你这一弄怎么接受再教育？

张团长说，你少拿上级吓唬我，那些男大学生下到班一级单位，天天和战士同吃同住同执行任务，又同学习共讨论，不是接受再教育是什么？那些女大学生虽说不能和咱们的战士同住，但可以同吃同学习，以后要是和咱们的干部结婚了，就是同吃同住同劳动了。她们和解放军心朝一块想劲朝一块使，不是接受再教育是什么？

王政委说，上级文件没说允许她们谈恋爱结婚？

张团长说，上级文件也没有让我们谈恋爱，我们咋都把老婆都找下了。轮到人家谈恋爱了，咱们却要上级的文件。要是上级十年不下文件，我们让人家等十年？少年夫妻老来伴，两口子也就年轻这几年的好日子，等到老了再让人家谈恋爱有啥意思？

张团长这么一说，王政委不再说啥了。张团长又说，凡是三十五岁以下的干部，不管职务多高，不管干什么工作，一律拜大学生为师，肚子里不喝够三个墨水瓶，不得提拔重用。

大学生分下来了，张团长把他们集合在操场上，先是王政委讲话，下来是张团长讲话。张团长说，我没上过学，我要是上过学，这阵最少都当军长了,说不定大军区司令员都干上了。我吃了没上学的亏,就不能让我的战士吃亏,也不能让我们的孩子吃亏。上级把你们发配到我这里,就是把文曲星发配给我了。我要你们好好教我的战士,把小学生教成初中生,初中生教成高中生,高中生教成大学生。具体怎么教,课程怎么排,你们说了算,部队除了执行任务整修车辆,所有的时间都给你们让路。每半年全团统一考一次,谁教的战士考得好就是谁接受再教育得好,以后上级批准你们工作,我头一个放他走。谁不好好教我的战士,到时候上级要你离开部队,我也不签字,我不签字你们就走不了。老子是三八年的兵,老子不签字看谁敢放你们走!

我是团长的公务员,政治部格外照顾我,专门由一个女大学生负责教我。吃过早饭,那个女大学生找到我,说她叫李莎莎,北京师范大学中文系毕业,上级安排她负责教我学文化。李莎莎给我说话的时候,张团长走过来,我急忙敬礼,李莎莎也立正说张团长好。张团长给她说,小杜是我的公务员,我的公务员要是学不到人前头,我怎么批评别人。李莎莎说首长放心,我一定好好教小杜。张团长又对我说,你小子听着,以后我自己照顾自己,不需要你来照顾我,把所有的时间都用在学文化上,给老子争口气。你要是学不过王政委的小肖,我扇你耳刮子。我说张团长你放心,他小肖是啥水平,握钢笔的手笨得跟驴蹄子一样,我考初中的时候是西安市未央区的第一名。

李莎莎给我出了几个作文题,有记叙文、论说文,夹叙夹议文,两天写了四篇作文。李莎莎看了,又用红笔修改了,让我按她修改的抄上一遍,想想为什么要修改那些地方,以后写作就会有长进。张团长过来了,我赶忙把作文交给张团长,张团长很认真地看了,说小杜的文章写得还不错,比政治部有些干事写得都好。

李莎莎说，杜鸿伯的作文基础很好，要是好好培养，以后能成作家。

张团长说，李老师你好好培养杜鸿伯，你要是把杜鸿伯培养成作家，俺汽车九团全体指战员给你盖庙塑金身，年年烧香磕头地敬你。

李莎莎说，我今天就给家里写信，把我高中的课本全邮过来，我按高中课程给杜鸿伯上课，半年完成一年的教学量，争取一年半完成高中课程。

张团长说，就按你说的办，你除了给杜鸿伯上课，也可以给我的大女子小霞上课。她都读到高中了，学校闹革命不上课成天在家闲着。

李莎莎说，我现在就和杜鸿伯去你家，先测验一下小霞的水平，再根据她的水平制定教学计划。

张团长说，你是老师，咋能让你去找学生，我给家里打个电话，让她过来。

早上，我照顾张团长起床后，又要陪他到各连巡视早操情况，顺带检查他的树长得怎样。我走进团长的宿舍，张团长对我说，杜鸿伯你以后早上不要陪我了，好好读你的书。我看电影上的读书人一大早就起来读书。把我伺候得再好也不是本事，把书读好才是本事。

八点钟一到，张团长开始办公，我和小霞就到小会议室里，听李莎莎给我们讲课。要是首长们开会，公务员负责给首长倒开水。我刚走进会议室，张团长就说小杜你上课去，我叫个参谋来倒水。

团大院的修理连、警卫排、管理股、各连留守人员还举行了开学典礼，张团长、王政委、李参谋长都参加了。不是特别重要的大会，这三位首长不会都来参加的，使得原来想应付的连首长都不敢应付了。遇到这种情况，张团长都要讲话，他胸脯鼓得老高地问大家，我是一九三八年参加革命的，当年一口气捅死三个日本鬼子，一次战斗中放倒了五个日本兵，解放战争从黑龙江打到福建，抗美援朝连续十天十夜没睡觉。可现在还是个小团长，我当班长时的战士都成了军长,同志们帮我找下原因,为什么进步得这么慢?不管是台子上的还是台子下的都不敢帮他找原因。

他接着说,我知道你们不敢帮我找原因,但我清楚是啥原因,就是档案表里文化程度那一栏填的是扫盲班毕业。我要是个初中生,凭那些功劳咋着也弄个大军区的司令员当。咱王政委是四六年的兵,现在都和我平起平坐了,人家凭啥?就凭读了几年书,有文化,讲话办事比我的水平高,你说组织不提拔人家提拔谁?我把这世事看透了,现在的初中生高中生还能凑合着用,再过几年你们这些人跟我一样,也是扫盲班水平,到那时候组织提拔的是大学生,你们现在不好好学习,到时候哭都没眼泪!

家属院的学生娃娃也组织起来了,大大小小四五十个,张团长给配了七八个女大学生,把他们分成小学、初中、高中三个大班,大班下边再按年级分成小班。部队的娃娃野,不好管理,上课不听讲,还把木头手枪、木头大刀、玩具冲锋枪带到教室,大学生在上边讲课,他们在下边打仗,高呼同志们冲呀,共产党员同志们,党考验我们的机会来啦!还有的佯装中弹倒地,躺在战友的怀抱里从怀里掏出一张白纸,艰难地说"我对不起党和人民,请同志们为我报仇"。李参谋长十六岁的大儿子轮子个子有一米七五,是捣蛋的头子,气得女大学生直哭。

张团长知道了这事情,就去找李参谋长,说你家轮子成天捣蛋,弄得娃娃们都上不成课,还把女老师气得哭。

李参谋长说,除了我家轮子,还有谁家的孩子捣蛋?

张团长说,还有副政委的儿子钢蛋也捣蛋,他俩是主要闹事分子。

李参谋长说,这事情你就别管了,我要是收拾不了他们,就把他们叫爸。

李参谋长又到副政委办公室,说你家钢蛋和俺家的轮子不好好学习,在教室捣蛋把老师都气得哭，你说咋办？

副政委说，这孩子太不像话，真该管教管教。

李参谋长说，你和我一块去管教他。

副政委说，你替我管教就行了，你咋着管教都行，我把管教他的权力委托给你，是打是杀随你处理。就是我不能管教他，他妈护犊子，我要是收拾了这王八蛋，他妈又要跟我闹。

李参谋长离开副政委办公室，就直奔警卫排，对警卫排长说，给我集合一个班执行任务。不到三分钟，一个警卫班就集合完毕。李参谋长给他们分配战斗任务，一号二号战士把守大门，放跑一个我处分你们，三号四号五号六号七号八号战士，给我把守窗户，剩余的给我冲进教室，逮住我家的轮子和副政委家的钢蛋，压在桌子上，我来收拾他们。

李参谋长带着一个班的战士，迅速包围了教室。轮子和钢蛋正在进行战斗演习，一帮是红军，一帮是蓝军，头上戴着树叶编的防空帽，把课本、文具盒当手榴弹地扔，吓得上课的女大学生和女孩子们躲在教室角落，提防落在头上的炸弹。李参谋长对战士们下达了战斗命令，把狗日的给我拿下！五六个战士冲进去，一个擒拿动作就抓获了轮子和钢蛋。李参谋长把牛皮武装带攥在手里，走到轮子跟前说，我要你好好读书，你狗日的成天捣蛋，今个不把你的毛病治过来，我反过来把你叫老子！又对抓获轮子的战士吼，把他给我放倒！两个战士把轮子压在课桌上，一个人压脑袋，一个人压腿，李参谋长的皮带就毫无阻挡地抽到儿子的屁股上。轮子只挨了几下，就像猪挨了刀样的吼叫起来。李参谋长一边舞动皮带一边吼骂，狗日的放着这么好的事情不学，还捣蛋。老子当年想上学，就是没钱上不成学。一直把半新的裤子抽烂，把里面的裤头抽烂，屁股上血肉模糊，轮子连叫的声音都没有了，才停下皮带对战士说，把他抬到卫生队，给屁股上抹了药再抬回来，狗日的趴在桌子上也得听课。说完又走到钢蛋跟前说，钢蛋你听着，你爸害怕你妈不敢收拾你，把收拾你的权力交给我了。我先把我儿子收拾了，给你妈做个榜样，下来就收拾你。又对战士说，把狗日的给我放倒，钢蛋是个软家伙，刚被压到课桌上就喊，李伯伯我再也不敢捣蛋了。李参谋长说，你是个软蛋，要是放到过去被敌人逮住肯定当叛徒。说完抡起皮带就抽，连着抽了二十几下，也把屁股抽得血肉模糊才停下来。

警卫排的战士把轮子和钢蛋从卫生队背回来，李参谋长说把他们放到课桌上，让他们趴着听课。李参谋长又对警卫班长说，以后每天派两个战士来站岗，凡是遇到上课捣蛋做小动作的，就报告我，我来收拾他们。又提着皮带走到轮子和钢蛋跟前说，轮子当班长钢蛋当副班长，上课来的时候排队，放学回家也要排队，排不整齐我还要收拾你们！

以后，每天早上从家属院走出一队大大小小的孩子，在轮子和钢蛋的带领下走得整整齐齐，还喊一二一的口令。两个月下来，最低的都考了九十多分，轮子和钢蛋都是一百分。

星期六傍晚，副政委老婆拿着一盒卷烟跑到李参谋长家，还拿着钢蛋的考试卷子，说老李你还是有办法，把俺家的野马制服了，都考了一百分。

李参谋长说，你不要感谢我，是张团长派我执行的任务，连让大学生给娃们上课都是老张的主意，你要送慰问品就送给张团长。

钢蛋他妈说，这一份是你的，要不是你那一顿暴打，这孩子还成不了气候，老张那边我再准备一份。

好多年以后，我在北京参加全国作家代表大会，和已经戴上少将肩章的轮子、钢蛋、小霞他们见面。一瓶茅台喝完，轮子给钢蛋说，你这个少将是我爸用皮带抽出来的。钢蛋说你的少将不是你爸用皮带抽出来的？轮子说其实都是小霞他爸有主意，让大学生给咱们辅导，要不咱们这阵都是下岗工人。

六

　　课上十一点多的时候，李莎莎让我和小霞上自习做作业。张团长踮着脚尖走进来，生怕打扰了我们的学习。我们看见他进来，都急忙站起来问候，张团长好。小霞不问候，只是叫声爸爸就不吭声了。张团长问李莎莎，他们学习怎么样？

　　李莎莎说，他们的天资很聪明，比我想象的好多了。

　　张团长说，让你费心了，你们要是把我的战士和娃娃们教出来，就是我们团的功臣，以后不管发生什么情况，我们团就是你们的坚强后盾。说完又说，小李你们这些大学生岁数都不小了，要是搁到农村娃娃都满地跑了，现在也该考虑个人问题了，早点把家安了早点过日子。

　　李莎莎低着头不说话，脸红红的，停了一会儿才说，我们是来接受再教育的，大家都怕犯错误。

　　张团长说，谈恋爱怎么能算犯错误，你给大家传达一下我的指示，让大家放开胆子谈，谈出问题算我的，谈出幸福是你们的。我手下的连长排长参谋干事，哪一个都是百里挑一的人尖子，要思想有思想，要技术有技术，要身体有身体，就是没有你们文化高。这个怕什么，到时候你们合作起来了，一个真心教一个真心学，就可以把他们教成大学生。你教的是我的公务员和女子，我肯定照顾你，你要是看上哪个干部了，给我说一声，我命令他给你谈恋爱，谈不好我收拾他。

　　连队出发了，那些连长排长都不在家。团部的参谋干事在家，五六十个女大学生才十几个参谋干事，肉多狼少，好过了他们。不出两个月，团大院后边的树林里就有了成双成对的身影。那些已经有了农村老婆的干部眼红地说，早知道有这些女大学生要来接受咱的再教育，说啥也不那么早就找老婆,现在生米做成熟饭都吃到肚子里了,吐都吐不出来,后悔得肠子都发青。张团长又在大会上宣布,警告那些找了农村老婆的干部,你们不要眼红人家,谁让你们想早点受活哩,图了这头就不能图那头,谁要是敢对农村老婆不好,休妻再娶,我就把你送回农村,解放军不要陈世美。又宣布凡是把关系确定下来的,一律要向组织汇报,要是不提前汇报就不批准结婚。那些小参谋小干事急忙跑到政治处汇报自己和女大学生的关系,政治处就问他们,关系发展到什么地步?他们说除了组织规定不能干的没干,组织没规定不能干的都干了。汇报不到一个星期,命令就下来了,让他们到连队任职,把连队干部调到团部当参谋干事。张团长给下连队的参谋干事送行的时候说,你们不要怪我心狠,正在热火的时候把你们拆散。我不光是你们的团长,也是那些连队干部的团长,手心手背都是肉。你们在团部天天吃肉,连队干部连汤的味道都闻不到,一边旱死了,一边涝死了,太不公平。我得把心放到中间,让他们也把老婆谈上,以后安心执行任务。

这些大学生来了以后,部队规定晚上时间一律学文化,星期天上午不休息也用来学文化。

晚上首长们在一块喝茶的时候,王政委给张团长说,咱这样搞,下边会不会有意见?

张团长说,有意见也不行,谁知道上级啥时候把大学生调回去,人家一走咱到哪里找这么好的教员?他们在一天就利用一天,傻瓜才不知道利用哩。他们这阵有意见,到时候得了好处就没有意见了。

王政委听张团长这么说了,也就不再说啥了。

星期天下午,张团长从家属院出来,我正在办公楼门口读肖霍洛夫的《静静的顿河》,看见他走过来,赶忙合上书跑过去。

张团长看着书,说书上那么多的字你都认识?

我说，差不多都认识，个别不认识的就查字典。

张团长说，能把这么厚的书读下来，以后当政委的能耐都有了。我听李老师说你有当作家的能耐，你给我好好学，以后也写这么厚一本书，让全中国的人都知道咱九团的人也能写书。

我说，李老师胡说哩，我要是能当作家狗都不吃屎了。

张团长立即垮下脸说，你没出息，连这点志气都没有。咱陕西人讲究事情干成干不成，势要扎得大大的，势扎不起来尿事都干不成！又说，我不耽误你读书了，我到车场转转。我把书朝凳子上一搁，说我看书眼睛都花了，跟着你走走。

五连车场，小槐树长得很茂盛，树干有胳膊粗了，叶子碧绿，太阳照在树叶上，感觉树叶都要透明了。哨兵背着冲锋枪站在车场入口的岗楼里，见我们过来行了持枪礼。张团长还礼后问，你们今天上午学习了没有？

哨兵回答说，上午学了两个小时数学，又学了两个小时物理。

张团长问，你能不能听懂？

哨兵回答说，完全可以听懂。

张团长又问，你现在学的是初中课程还是高中课程？

哨兵说，我是初中毕业，现在学的是高中课程。

张团长说，你好好学，争取在部队这几年把大学的课程学完。

张团长走到车场中间，看见几辆车中间的小槐树上绑着绳子，绳子上搭着被子，把小槐树拉得歪倒在一块。张团长对哨兵喊，你过来，指着绳子上的被子问，谁在树上绑的绳子？哨兵回答说是大学生。张团长又问，你怎么不制止她们？哨兵就低着头不说话了。张团长说，你通知她们到这里集合，跑步！女大学生宿舍就在五连车场跟前，几分钟就集合完毕。张团长走到队伍前边，脸都气得苍白，但克制着没有发脾气，说你们是女娃娃，又是我们的老师，我不给你们发脾气。但你们看看自己做的事情对不对，槐树那么小，就被你们绑上绳子晒被子，快把树干都拉断了。这阵树都在哭哩，哭着求我们快把绳子解下来，它们实在受不了啦。你们听不见，因为你们不关心它。我都能听见，我指望它们长大了，打下槐花改善战士的伙食哩。我还指望它们长大了，给车辆遮风挡雨哩。谁的被子谁收回去，谁的绳子谁解下来，这是初犯我就不追究责任了。要是下次再出现这样的情况，就不要怪我马王爷三只眼六亲不认！

大学生把被子收了以后，张团长走到小槐树跟前，看到树根都有了空隙，就蹲下身子把旁边的土填到洞里，给我说，小杜你记住，种树最害怕树根不实，风会把树根吹死的。我就跑到另一棵树根跟前，把旁边的土朝树根的洞里填。张团长站起来，抚摸着树干说，这些小家伙明年就能长槐花了，以后一年比一年长得多，连队光槐花这一项就能增加好多收入。

到了第三年，上级来了命令把大学生都安排工作，这批大学生都安排在青海。青海就西宁的条件最好，但西宁安排不了那么多人，很多人要分到玉树、果洛、格尔木，甚至下边的县城。女大学生差不多都和我们团的干部谈上了对象。

晚上首长们喝茶的时候，张团长又给王政委说，小王你也不能老给我当政委呀，要想办法弄个师政委军政委当当。

王政委说，老张你也想办法弄个师长军长当当，不能让人家认为咱九团的人当不了师长军长。

张团长说，小王你说的是屁话，就凭我这个扫盲班毕业的文化程度，组织就是瞎了眼也不会让我当师长军长。你是有文化水水的人，我不能把你的前途耽误了。

王政委说，老张糊涂了，这事情是咱们能决定的，就是咱们说这些事情就是犯错误。

张团长说，你少拿大毛尿吓憨女子，我又不是为自己，我是为你，为别人的事情凭啥说我犯错误。现在咱团遇到这事情了，咱让人家那些女大学生都找咱九团的干部，现在人家找了，咱的干部把人家的嘴都亲了，也温柔过了。现在轮到人家分派工作了，咱要是不帮人家就不仗义了。要是把咱的儿媳妇分到玉树、果洛、格尔木，再差一点的分到治多、玛多、曲麻莱，咱那些干部能安心工作？咱们要帮帮这些儿媳妇，政治部成立一个班子，中心工作就是找地方组织，把咱的儿媳妇都安排到西宁。王政委亲自挂帅，一关一关给我攻，实在攻不下来的给我说，我来啃他们。他们就是块钢板，我也要啃出几个牙印。

两个月以后，所有的女大学生都安排到西宁了，就剩下三营副营长的对象没办法安排，因为省委组织部已经把她分到果洛了。王政委找省委组织部，省委组织部要收回重新分配，果洛不放，说西宁都那么多大学生了，我们偏远地区更需要大学生，组织为啥不支持我们的工作。喝茶的时候王政委把这事情给张团长说了，李参谋长又说，三营副营长现在思想波动很厉害，好不容易找了对象，要是把对象分到果洛，人家不一定会继续和他发展下去，就是亲了嘴也不管用，没有领睡觉合法证啥都是空的。

张团长说，这骨头你们别管了，我来啃。

第二天一上班，张团长就给省委副书记打电话，这个副书记当年是他的部下。副书记说老首长有什么指示，说出来我一定照办。张团长说你现在是省委副书记，级别相当咱的省军区司令员，我哪敢给你下指示。副书记说张团长你这是拿巴掌打我哩，我就是干到国家主席的位置上，也不敢在你面前称大。张团长说这话只敢在我面前说，要是有人揭发出来，你就成了狼子野心篡党篡国的阴谋家。副书记说咱是自己人才说自己人的话，要是开会打死我都不敢说。张团长说有件事情要你帮忙，副书记说啥事情你尽管说，我的权力能管到的肯定没话说。张团长说我儿媳妇被组织部分配到果洛了，副书记说我记得你生的全是女儿，怎么冒出个儿媳妇？张团长说九团的干部战士哪个不是我的儿子，尽管他们不把我叫爸，我可是把他们当儿子看哩。副书记说张团长爱兵如子。张团长又说你记得咱三营副营长不？副书记说我离开咱团都七八年了，现在的干部提拔得又快，记不得了。张团长说那年咱们打靶，打靶结束了部队撤回，忘记通知警戒哨，那个哨兵一直坚持到晚上熄灯，连队才发现他还在哨位上。副书记说想起来了，这个战士执行纪律的坚定性很强，后来受到团嘉奖。张团长说人家现在是三营副营长。副书记说狗日的都当副营长了，进步得真快。张团长说就是他的老婆，他把人家的嘴都亲了，人家也让他温存了好多日子，现在把人家分配到果洛了，你说他能安心工作不？副书记说我给组织部打个招呼，找个理由重新分配一下就行了，拥军爱民是大原则。我现在就给组织部打电话，谈好了让他们给你打电话。十分钟后就接到省委组织部电话，说果洛方面坚持不放人。张团长说这是你们省委崔书记给我答应的，你办不了我再找他。对方说我们没说办不了，是有困难。张团长说就是有困难才让你们解决，没有困难找你们干什么？对方又说我们再帮她找个接收单位，然后给果洛方面说我们在分配的时候把她搞重复了，一个姑娘嫁了两个男人，现在把你们这个男人排除了，只剩下西宁这个男人是真的。张团长说你们不能胡乱给人家找男人，起码要家庭条件好一点，男人高高大大排排场场。人家说这我可不敢保证，谁知道她心中的好男人是啥样子？张团长说她男人就不麻烦你们找了，我们帮他找好，你出结婚证就行了。人家说那才好了，省了我们很多麻烦。张团长放下电话，又给三营打电话，三营在玉树执行任务，副营长说她喜欢到高等院校教书，想当学者。张团长又让我通知政治部，马上派人到青海大学联系，正月十五和他们搞拥军爱民联欢。

拥军爱民年年搞，基本上都是双方领导讲话，讲话结束演节目，节目演完会餐。轮到部队领导讲话的时候，张团长拿着稿子走到麦克风跟前，干咳一下大声念开，亲爱的朋友们，春节即将来临。那时候大学停课没有学生，来联欢的都是老教授，时间都到了正月十五。台子下边就笑，张团长说笑什么，我没有念错，稿子就是这么写的。尽管我是扫盲班毕业，这几个字还认识。进入到腊月以后，部队就天天搞拥军爱民，就是那一篇讲话稿，谁来了念给谁听，大方向都不会错。张团长又对着站在台子旁边的干事说，我念错没有？干事说没有念错，就是时间不对了。张团长说我念对了，是时间错了。他从台子上下来，坐在青海大学校长旁边问，你是教授首长？人家说我们都称老师不称首长。张团长说称老师好，称老师亲热。

节目演完以后是会餐，张团长亲自给老校长倒酒，举起杯子说我是大老粗，各位是文化人。俺这些大老粗讲究在一块把酒喝了，就是刀架在脖子上都不换的朋友。以后大家有什么事情就朝我的部队跑，我保护你们，我好赖有几千个兵，保护你们这些人绰绰有余。张团长的话把这些知识分子感动得一愣一愣，眼泪都流出来了。

老校长的肝胆也上来了，仗着酒劲说部队有需要我们办的事情尽管说，我们能办的一定不推托。这话正是张团长需要的，真是瞌睡递枕头，说我刚好有个事情要你们帮忙。老校长说什么事情尽管说，张团长说我有个儿媳妇是北京大学毕业的，想到你们学校教书。老校长说我这里没问题，关键是省委组织部要分配给我们。张团长说到时候我们把分配指标拿到手，你接收就行了。老校长说那有什么问题，上级分来的人我不接收就是犯错误。就这样，三营副营长的对象安排到了青海大学当了老师。好多年以后，这个副营长当了张团长离任后的第二任团长，带领部队参加对越自卫反击战，我们团荣立了集体二等功。

七

早晨，太阳格外圆，格外红，红得能流出血，升腾在山顶上似乎不再动了，给青藏高原带来了无边无际的光灿。张团长到五连看部队的早操情况。当年栽的槐树都长得有碗口粗了，车辆刚好停在树荫下边，跟盖了车库一样。值班排长看见张团长，对部队喊了立正的口令，跑步过来喊报告，二营五连正在早操训练，请指示。张团长还过礼说，继续训练，就查看车辆的情况，同时也查看槐树生长的情况。副连长跟在他后边说，张团长你放心，我们把这些槐树经管得和车辆一样，隔几天浇水，隔几个月施肥，都订了制度，跟车辆的一保二保三保一样，一点都不马虎。张团长点头说，这就好，打的槐花多了拿到兄弟部队换些猪肉回来，给战士们吃一拃长的大肉块子。

突然，车场外跑来一个参谋，给张团长敬礼后报告，军委下了文件，政委已经看过了，让我交给您看。张团长停下脚步，问参谋，文件长不长？参谋说不长，张团长说不长就念给我听。参谋就拿着文件给他念，原来是中央恢复了高考制度，军委批准初中以上文化程度的指战员都可以参加高考，不限制年龄。参谋念完，张团长从口袋里拔出钢笔，在文件上签了，坚决遵照军委的命令，请政治部做好动员工作，争取所有符合条件的同志都能参加考试。正在外边执行任务的部队，可联系在当地参加考试。从现在起所有的政治业务学习都给高考复习让路，让同志们考出好成绩。

半年以后，我们汽车九团在全军轰动了，一共有一千另七十一名指战员参加高考，竟考上了九百多名，入围率达到了百分之九十以上。

晚上首长们喝茶的时候，新来的政委对张团长说，部队一下子考上了九百多个，百分之四十的指战员都要上学，部队咋办，能不能不放他们走？原来的王政委调到一个师级基地当副政委了，新来的政委是四九年的兵，刚穿上军装全国就解放了，在张团长面前更说不起话。张团长把缸子礅到桌子上，说，小魏你说的是啥话，他们考上大学是好事情，咱们凭啥不让人家上。他们上了大学，部队的人手确实要紧张一阵子。要是不放人家上大学，会影响人家一辈子。我的意见是考上一个上一个，咱们不挡一个。

魏政委说，部队严重缺员怎么办？

张团长说，我当营长，你当教导员，所有的参谋干事后勤人员，全部下到连队代理连长指导员，所有的干部不论职务高低一律兼任驾驶员。再从战士中提拔一批排长，把司训队的学员提前毕业，直接分下去任驾驶员，挺上半年，新兵一来就熬过去了。

李参谋长也帮着张团长说，小魏政委，我们当年在朝鲜，部队伤亡大半，团长政委参谋干事都驾驶车辆搞运输，根本分不出来谁是官谁是兵，大不了再来一次抗美援朝。

又是一个阳光灿烂的上午，全团考上大学的指战员集合在操场上，九百多人把操场站得满满的。操场旁的道路上，停了几十辆卡车。张团长走上台子说，我这几天特别高兴，我们团一下子考上了九百多名大学生，你们以后大学毕业了就是知识分子了。我这辈子干到团长再上不去了，但我指望你们干上去。咱汽车九团肯定有人干到军长司令员的级别上，现在我代表九团的同志给你们敬礼！

台子下边，九百多个考上大学的同志都哭了，不知谁喊了一声"给老团长敬礼！"唰的一声，九百多个右臂一齐举起来，对着张团长恭恭敬敬地敬着军礼，久久没有落下。

我也在这九百多个战友里面,眼泪控制不住地滚流,模糊了眼眸里的张团长。我的旁边站着轮子、钢蛋,还有张团长的大女子小霞,他们都考上了军事院校,学着我们的样子敬着军礼,眼泪流到了下巴上。我的前边,站着小肖和郭抗美,也都久久地举着右臂,认真地老团长敬礼。

团部马路的两边,全是钻天的白杨树,笔直,挺拔,整整齐齐地伸向大院外边的青藏公路,那是一条通往地球之巅的道路。

原发《时代文学》2009年第11期上半月;《小说选刊》2009年第12期

二〇三〇年的男人女人

一

严伟达长叹口气,走到窗户跟前,茫然地望着楼下的街景。星光、灯光、车流、行人、马路、商店、楼房、树木、小贩,只见其形不闻其声,房间的密封非常好,外界的声响难以溢进丝毫,房内就没有一丝声响。电脑、自动调光灯、自动调节空调、氧离子发生器,这些21世纪30年代的产品连一分贝的杂音都没有。如果不是这些灯光,他真怀疑自己处在一座幽深的千年古冢里。他感到小肚子一阵醾胀,憋尿的感觉把他从忧郁中惊醒,他叹息一声,向卫生间走去。

这是第二十八层的居室,三百五十六平方米,除了客厅、餐厅、卫生间、厨房、储藏室,还有六间房子,他占了一间书房、一间卧室;太太占了一间书房、一间卧室,客厅共享,实际上他们从不共同待在客厅。他们没有雇保姆,另两间房空闲。他只要回到家里,面对空旷的没有人息的房间,心里就充满浓雾般的惆怅和虚渺,还有被掏去五脏六腑的空虚。他走进卫生间,解开裤带掏出那物件,毕竟四十五岁了,那家伙在大部分时间都像食品店出售的瓶装酸黄瓜，显示不出多少鲜活和生机，极少出现怒目偾张的临战状态。一股黄色的尿液从那物件顶端的洞孔里喷出，与此同时香气发生器也发散出他特别喜欢的玫瑰花香，尿的臊味被玫瑰花香掩盖了，马桶也自动冲刷了尿液。他系裤带的时候，健康预报器里响起女孩子脆生生的电子声音：先生您好，今天是2030年11月1日，这是您今天的第三次小便，通过对您的小便的化验分析，您的心情长期郁闷愁苦，气血郁结、食少腹纳，建议您离开经常生活的地方，外出旅游或者和您喜欢的异性朋友相处一段时间，爱情可以使您获得愉快幸福的人生……

严伟达知道自己心情不佳的原因是和妻子李丽萍感情不融洽，又无法摆脱这个名存实亡的婚姻。他抬头看了下电子计时器，九点三十五分，她还没有回来。实际上她回来不回来，什么时间回来，回来后做什么，对他都没有实际意义。她有自己的书房、卧室、属于她专用的卫生间。她不回来，他还能清静一些，在这个没有人的房间里享受做人的尊严。她回来就像皇后驾临，她是他公司的老板，也是这个家庭的老板，他在她的公司打工，在这个家庭也是打工，他不敢奢望与她在公司和家庭获得平等的地位。

二十多年前，她刚刚大学毕业，父亲患上不治之症后，把一个六亿固定资产的公司，留给了独生女儿。父亲知道女儿貌丑性暴，性格乖戾，很难和某个男人和和睦睦过一辈子，也很难有男人会看上他的女儿。于是，通过法律公证处留下遗嘱，他未来的女婿可获得他的大部分遗产，但不能一次获得，必须在结婚满十五年之后，每年获得百分之五。严伟达那时是一个穷困潦倒的小职员，他渴望权力、渴望金钱，但权力和金钱并不渴望他，和他相遇时都绕道而行。但他有许多男人不具备的优点，长相英俊，性格随和，具有良好的亲和力，还是研究生毕业。由于家庭贫困，本人只是普通打工仔，在崇尚物质的时代,他很难进入很多女性的法眼,那些女性和权力金钱一样,遇到他也绕道而行!

终于,拥有六亿资产的李丽萍注意到他,他平时都不敢妄想和董事长能说上话,年轻的女董事长约他吃饭,觉得真是受宠若惊,诚惶诚恐。李丽萍和他吃过几次饭后,就直逼婚姻主题,拿出父亲的遗嘱,并承诺如果他同意这桩婚姻,除了父亲遗嘱上的利益,还任命他为公司的总经理,在这个公司就是一人之下、众人之上的二号人物。说完,她望着他,目光居高临下射出比糖稀还稠的高傲,还有身上高档香水的浓香。他觑睇了她一眼,实在为她的长相恶心,肥脑、大耳、塌鼻、阔嘴、龇牙、短脖、垂乳、囊肚、丰腰、肥臂、短腿、大脚,女人身材和长相的所有缺点几乎全被她霸占了,和这样的女人做同事,心情不畅还可以混过去,做夫妻就难以忍受了,真难以想象怎么会产生激情共同操持床上运动。又想到贫穷多病的父母,自己要娶妻生子,就要在城市购买房子,一生的薪水都难以购买一套像样的公寓房,即使有女人愿意充当自己的老婆,自己一生都得为房贷车贷挣扎,无论如何都难以获得物质生活的幸福。六亿元的资产,可以增值成十六亿、二十六亿、三十六亿、四十六亿……还有公司总经理的职位,这可是自己梦寐以求的东西呀!要是不抓住这个机会,靠自己奋斗,几辈子也休想挣扎到这个份上。要奋斗就会有牺牲,就是把命牺牲了,也绝对得不到数亿资产。那些车祸死亡的人,法院判决的赔偿金也不过几十万元。说穿了,自己也没有牺牲什么,不就是老婆丑陋了一点。像自己这穷酸样,漂亮小姐会嫁给自己,自己能满足人家豪宅豪车的要求?老家的长辈都说过,一个萝卜不能两头切,图了这头图不了那头。

他是三十岁时和李丽萍结婚的,他们的婚姻刚满十五年,从明年开始,他就能每年继承百分之五的遗产。老岳父的遗书还要求：如果女婿在任何时候提出离婚，都不能获得一分一厘的遗产；如果女儿提出离婚，女婿可获得加倍的遗产份额。这十五年里，为了以后逐年可获得巨额遗产，他调动了全部毅力和意志，来应付妻子长相的丑陋，还有性格的暴戾、怪诞、多疑，甚至歇斯底里。

他回到自己书房，把书房门关严，还上了锁，坐在椅子上对电脑发出指令"启动""接通TT网""接通仿真人类制造公司""立体投影显示"。立即，互联网的立体投影在他的书桌对面，走下了一位二十一二岁的妙龄女郎。无论身材、容貌、气质、谈吐、风度都属一流，她朝严伟达跟前走近，声音亲柔地问候，严先生，您好！

严伟达回答，您好，凯丽小姐！

他只要看见凯丽小姐，胸臆中的烦恼、忧郁、苦闷、茫然，就消失了，取而代之的是愉悦、清爽、充满生机的激情。

凯丽小姐说，尊敬的严先生，非常感谢您访问我们仿真人类制造公司，我们公司近期又生产出十二位容貌、气质、身材、谈吐、风度、肤色、知识、修养，都属亿里挑一的绝色美女。如果您选中其中一位，本公司还可根据您的要求，为您选中的情侣专门设计程序，或谈吐高雅、举止不凡、雍容华贵，或性格开朗、天真活泼、无忧无虑、单纯如水，或举止端庄、谈吐文雅、温柔可人，或风情万种、千媚百态、令人心旌难禁……如果严先生想观赏她们的仪容仪态，只需下达一个指令，她们就会轮流出现在您的面前！

凯丽小姐是仿真人类制造公司的网络推销员。

严伟达从资料中得知，凯丽小姐也是个仿真人类，有人把价格开到了两千万人民币要购买凯丽小姐，仿真人类制造公司都不卖。仿真人类制造公司的老板多次发表网络讲话，说凯丽小姐是他们公司的形象代表，也是他们公司产品的标牌，公司就是因为设计出了凯丽小姐，而一跃成为全球第一流的仿真人类制造公司，别说两千万元人民币，就是两千万美元都不卖。凯丽小姐在等待他指令的时候，目光凝聚在他身上，他感受到目光里的万种柔情和期盼。他还知道，只要他一下指令，高昂的收费就会通过互联网，自动把他银行账户的钱划到TT网络公司，划到仿真人类制造公司，划到现代电话通信公司。当代社会没有一项服务是免费的午餐，但他还是抵御不住凯丽小姐的诱惑，也抵御不住各种肤色长相的仿真人类的诱惑。

在科学技术高度发达时代，仿真人类无论在体型、质感、容貌、谈吐、气质、功能，足以达到以假乱真的地步，让他们和真人类混在一起，很难分辨出哪个是真人类，哪个是仿真人类。所以，真人类在分辨仿真人类时，体型、容貌、谈吐、气质、体味，都没有一丝缺点的人就是仿真人类。真正的人都有这样那样的缺点，不是鼻子塌了，就是眼睛小了，要不就是个子太矮腰太粗，动作粗俗，礼貌不周，还会散发出狐臭，人前放屁，随地吐痰，还有各种令人难以忍受的脾性和满足不了的欲望。

严伟达还是克制不住欲望的诱惑，终于下达了指令，凯丽小姐，请她们出来吧！

凯丽小姐高兴地说，谢谢严先生的关照，我相信严先生一定会购买我们公司的产品，我们公司的小姐都渴望成为严先生的伴侣！小姐们，请出来和严先生见面吧！

轻柔如薄雾弥漫般的、如春风吹拂般的音乐悠幽地响起，轻盈的旋律抚拂着严伟达的灵魂和感官，足以使人陶醉。随着音乐的悠扬，立体投影中缓缓地走来一位黑人姑娘，坚瓷的肌肉、黑色油亮的肤色、修长的大腿、高耸的乳房、雪白的牙齿，最有特色的是高翘的臀部。20世纪80年代中国女子排球队队长曾形容古巴女排的姑娘说，她们的屁股翘得能放个半导体收音机。她向严伟达微笑问好，眉里眼里都奔放出黑人姑娘灼热的情感……

凯丽小姐换了一个方位，给严伟达介绍，这位是刘易斯小姐，是根据21世纪全球小姐选美大赛中的黑人冠军为原型设计的，她的设计年龄为十七岁，内存为一亿兆。除此之外，她具备所有黑人姑娘的全部功能，最擅长的是体育竞技，她的排球、篮球、乒乓球、羽毛球水平，可达到我国国家级代表队水平，她的售价是三百四十五万人民币，是我公司目前最物美价廉的一款产品。

随之，音乐的旋律变成了小提琴独奏，随着悠长飘扬的旋律，一位欧洲白种姑娘飘然而至，黄色的披肩卷发，如道瀑布直泻肩部，又被肩部托垫出一圈不大不小的浪花，周身雪白，丰乳翘臀，细腰俏肩，明眸皓齿，气质高雅。严伟达被她的容貌、气质、身材震撼了，从她身上感觉到强烈的令人怜悯、惜花怜玉的情感。她的忧郁和哀怨又唤起了他的男人的自尊和强悍，使他体验到男子汉的尊严和责任。

随着音乐旋律的改变，屏幕上又走下一位中国小姐。凯丽小姐又介绍，这位是林碧玉小姐，设计原型是中国古代小说《红楼梦》中的林黛玉，具有中国古典闺秀的端庄美和忧郁美、病态美。她的设计内存是一点八亿兆，她除了真人类女性所具备的功能，我们还侧重为她设计了温柔妻子的质量和形象，擅长中国古典乐器：古筝、竖箫、横笛、扬琴，能够操持所有家务，售价是六百六十万人民币！

凯丽小姐望着入了痴迷的严伟达，走上前搂着林碧玉的肩膀，把她推到严伟达的跟前，柔情万种地说，严先生，林小姐的美貌、气质、身材、谈吐、内存、设计功能，连我都嫉妒得要死。本来，公司打算让她接替我担任促销小姐，把我售给香港的一位先生，但由于这位先生的妻子不肯接纳我而没有成交。同时，我们公司始终不渝地坚持一个原则，就是把最好的产品奉献给消费者。林小姐是我们公司创建以来最优秀的产品，也是你们真人类前所未有绝对不可能出现的女性！严先生如果选择了林小姐，她会给您带来精神与肉体无可伦比的享受。我们公司还承诺，如果我们公司以后开发出新的功能，可以免费为林小姐扩容！

严伟达瞅视着林碧玉，她正含情脉脉地望着自己，眼眸中透溢着期盼和羞怯，使他越发心旌摇动，对凯丽小姐说，我可以单独和林小姐谈谈吗？

凯丽小姐说，完全可以，不过要收费，如果您购买林碧玉小姐，现在对您的收费在您付款时折还给您。如果不购买林小姐，现在的收费不再退还给您。如果您同意，请下达指令！

严伟达对着电脑说，我同意凯丽小姐的意见，我想和林碧玉小姐单独谈谈！

凯丽小姐带着那几个佳丽消失了，临消失的时候还给严伟达说，严先生，祝你们早日成为伴侣，享受我们仿真人类给您带来的天伦之乐，也使我们的林碧玉小姐有个理想的归宿，拜拜！

林碧玉觑了严伟达一眼，就绯红了脸靥，垂下眼帘，一派小家碧玉的羞涩神态。林碧玉这种古典的羞涩美，在真人类里已经是绝世之宝。

严伟达礼貌地指着沙发给林碧玉小姐说，请坐，你喝点什么？

林小姐声音很细小，把自己摆在一个弱者的位置说，谢谢，我可以喝点绿茶，像龙井、碧螺春都可以！

严伟达走到饮品柜前，取出茶叶盒说，这是我才买的西湖龙井，在TT网上请技术监督所做了鉴定，不是假冒伪劣！

林碧玉站起来，走到严伟达跟前，要过茶叶盒说，严先生，让我来！

严伟达说，那怎么能行呢，你是客人！

林碧玉说，我想早日进入角色，成为您的伴侣，这也是个演习过程！林碧玉熟稔地按照茶艺的程序倒进开水洗茶、倒掉茶液、倒进开水、略泡一刻，给严伟达的茶盅里倒进茶液。雪白的茶碗里微荡着一汪碧绿，碧绿的上空蒸腾出一团氤氲，很淡很薄。很淡很薄的氤氲中又飘溢出幽幽茶香，吸入鼻孔肺腔，天庭一派清爽。他轻轻呷了一口茶液，缓缓咽下肚里，身内身外顿感清冽，那些污秽、不满、空虚、怨悲、愤恨，涤然全无。茶液仿佛把他带到了郊外的碧野，广袤的原野上有小草、有花朵、有白羊、有顽童、有鸟儿飞翔、有小溪流淌。他和林碧玉在碧野中漫步，露珠从小草上滚落，湿润了一点土地。鼻孔里吸进了小草的清冽、花儿的芳香、小溪的清纯；眼睛里看到鸟儿无拘无束、苍空的碧蓝、如雪的白云。有风在拂，他感到风拂脸靥的舒适，觉得身轻体爽，周身充满生机，想奔跑、想跳跃、想歌唱、想长啸……

他品着龙井，欣赏着林碧玉，陶醉得飘飘然然说，真美，你将我带到了一个非常美妙的神境！

林碧玉给严伟达茶盅里续上茶液，坐在离他很近的沙发上，柔柔地问，如果是这样，我每天都给严先生泡上一杯好茶，您下班回来，悠闲地躺在沙发上，听着古典音乐，品着清冽茶液，伴着绝色美人，歇息疲惫不堪的身体，那该是多么享受的事情！

他闻着她身上飘逸的麝香味，他从读过的古典文学作品中知道，这是处女的体香。他被这体香陶醉得眩晕，放下茶碗抓住了林碧玉的手。林碧玉抽了一下手,没有抽回,脸靥一阵绯红,羞涩地说,严先生,这不好!

　　严伟达将身体挪近林碧玉,将她抱在怀里,他感到她如羊羔般胆怯地战栗,越发激励他有更大胆的举动,将嘴唇向她的嘴唇伸去,他渴望通过嘴唇使情感得到宣泄,手又向她的内衣伸去……

　　内衣像粘在她身上一样,无论如何也难以褪下。她表面孱弱,实际却机灵敏捷,灵巧地躲避着他的亲吻,无论他怎么动作,嘴唇都难以和她的嘴唇摩擦一下。她在躲避中又不伤他尊严地说,严先生,我也非常渴望和您在一起,我也把持不住我自己了,我已经被您挑逗得疯狂起来!但是,您还没有购买我,按我们公司的规定,客人没有付款前,我们绝对不能和客人做付款后的事情!就像你们古时候的真人类,没有结婚前绝对不能发生性行为。

　　严伟达觉得欲火要将自己彻底焚烧,失去理智,急切地说,我和你做一次付多少钱,你说,我马上下指令让TT网把款给你公司划去!

　　林碧玉搂着他的脖子,亲亲地说,亲爱的,我们公司有规定,我们在客人购买之前,必须是处女。严先生,您希望您购买的伴侣不是处女吗?又说,严先生,我确实很喜欢您,我真的希望能做你的妻子或者情侣,我觉得您只是一时钱不凑手而已,没关系,我会等你的!

　　严伟达问,要是别人看中你了,怎么办?

　　林碧玉说,我会说服我们老板让我等您,我不理解您为什么不马上购买我呢,是您的太太不允许您购买情侣?

　　严伟达点了下头。

　　林碧玉说,我相信您一定会说服您太太,现在有许多夫妇同时购买情侣,各取所需,他们的家庭同样幸福,这需要转变你们真人类的婚姻爱情观念!

有人大声敲门，门外传来李丽萍凶巴巴的声音，伟达，你在干什么，快给我开门！

严伟达一惊，脸色一下子变得蜡白，急忙给电脑下了指令，关机！才起身去开房门。

李丽萍一步跨进来，如滚进来一个巨大的冬瓜，在他书房睃视了一下问，你在干什么？

严伟达说，没干什么，在TT网上看电影。

李丽萍问，看什么电影？

严伟达说，我没看开头，是中国古装仕女类的故事！

李丽萍问，你是不是在TT网上和女人谈情说爱？

严伟达说，哪有那个心思，多大岁数的人啦，想浪漫都浪漫不起来。都十二点多啦，怎么才回来，干什么去啦？

李丽萍板起脸，凶巴巴地说，我早就给你说过，我干什么是我的隐私，不允许你问。哪有总经理问董事长干什么的，咱们到底谁是谁的上司，你要时时记住你是我的下属！

严伟达瞥了她一眼，给她贡献出一个挣扎出来的媚笑，向自己卧室走去。

李丽萍问，干什么去？

严伟达说，睡觉呀！

李丽萍说，洗澡去！她说这话时有了少许温柔，但同样透溢着强硬和不可抗拒。这是她向他示爱的表示，她习惯这种居高临下的霸气。他是她父亲用数亿金钱购买的婚姻伴侣，自己完全有权力支配他的一切，包括让他做爱。

严伟达不情愿又不敢反抗地朝自己的卫生间走去。

他关上卫生间门,站在莲蓬头下。立即,自动调好的温水从上下左右几个方向向他冲刷,擦澡器给他擦上沐浴液,又不轻不重地替他搓揉身体。他闭着眼睛,享受着现代科技给他带来的沐浴便利,思维却开始盘算,明年这个时候自己就可以获得六亿资产的百分之五,就是三千万,后年就是六千万,大后年是九千万,加上自己这些年的积蓄,差不多有一个亿了。哈哈,老子就要进入亿万富翁的行列啦!

淋浴之后,莲蓬头又向他喷发热气,身体很快被烘干了,他穿上睡衣向李丽萍的卧室走去。

李丽萍的卧室布置得很有情调,几十盏淡红如玫瑰花样的小灯闪烁,六面全是玻璃,映照着他们的一举一动。李丽萍已经赤裸裸地躺在床上,像卧着一个白冬瓜,她指着床头柜给严伟达说,水都替你倒好啦!

李丽萍又让他服药了,她的瘾头特大,严伟达不服药根本无法让她满足。严伟达服的是第五代万艾可,速效,强力,各类男人都可服用,对所有的疾病都有协调性,而且副作用极小。李丽萍下达了命令,脱,快脱!随之,急不可耐地扒掉他的睡衣,蛇一样缠在他身上,猩红色的嘴唇在他的嘴上、脸上、胸脯上、肚子上疯狂地吸吮……

严伟达脑子里装的全是林碧玉,仿佛缠绕着自己的不是李丽萍,而是林碧玉。不知是药的功能,还是林碧玉的作用,他一举改变了往常的暮气和味同嚼蜡,身体迅速发热,血液流淌加快,急于在林碧玉身上发泄的欲望急剧膨胀。他在昏昏蒙蒙中,把林碧玉一下扳过来,腾身而上,身子下边的李丽萍快活地大叫一声,你真好!

事毕,两人都如旱滩上的鲤鱼,急骤地喘气,享受发泄过后的慵懒和疲急，还有满足后的适意。李丽萍在喘气的空隙说，伟达，你今天表现得太好啦，如果你以后每次都能这样，明年我批准你获得我父亲百分之六的遗产，给你增加一个百分点，一个百分点就是六百万呀！在当今社会，谁能通过做爱就获得六百万，世界级别的男妓连这个价格的十分之一都拿不到！

严伟达心里涌出惊喜的喷泉，问，你说的是真话，别是这阵享受了说说，过后就不算数了！

李丽萍高着声音说，老娘什么时候说过假话，你如果不相信，现在就录音，作为证据！

严伟达立即给计算机下达指令，录音启动！接着给李丽萍说，录音启动了，你说吧！

李丽萍狠狠骂了一句，王八蛋，你就是为了谋图我的钱！随之，开始录音说，我是李丽萍，我决定按我父亲的遗嘱，明年批准严伟达获得我父亲百分之六的遗产，给他增加一个百分点，即六百万人民币，此录音具有法律效应！

二

严伟达彻底被林碧玉迷惑了，一下班就躲进书房启动TT网，和林碧玉聊天、品茶、跳舞、唱歌、谈情、说爱、拥抱，还是和过去一样，严伟达的嘴唇接近林碧玉的嘴唇时，都被林碧玉巧妙地躲避过去。每次，林碧玉都要换上新衣服、新发型，连身上的香水都更换品牌。严伟达问她，您为什么每次都在改变自己？

林碧玉说，真人类的男人的天性就是喜新厌旧，不懂得使自己不断更新的女人，最终都会被真人类男人抛弃，那么多当年被真人类丈夫爱得死去活来的真人类女人，最终成为弃妇，就是她们不懂得不断地改变自己。我们仿真人类制造公司生产的女人，除了容貌、身材、谈吐、气质都做了最佳设计，还专门设计了要求她们不断创新自己的程序，这也是我们仿真人类和真人类情侣融洽的秘诀之一。最终的结果是真人类的男人不爱真人类的女人，真人类的女人不爱真人类的男人。因为真人类的男人女人都有缺点，他们都不能容忍对方的缺点，而我们仿真人类能容忍对方的一切缺点。同样，我们仿真人类身体、容貌、气质、道德、品味、文化、修养，又集中了真人类的全部优点，任何个体的真人类都不会具备人类全部的优点。有位科学家曾预言，当真人类的科学高度发达之后，真人类最终要被科学征服，被科学消灭。也可以这样说，真人类发明了仿真人类，但最终要被仿真人类征服。

严伟达不同意林碧玉的观点，反驳说真人类可以发明仿真人类，也可以操纵仿真人类，任何时候仿真人类都不可能征服真人类！

林碧玉温柔地笑了下，说对不起，我应该说仿真人类和真人类共享这个世界。就拿我和您来说吧，我们彼此真心相爱，我们公司可以在全世界的女人中，选择一枚最优秀的卵子移植到我的子宫里，我可以给您生下一个任何真人类的女人都不可能生下的健康、聪明的、漂亮的儿子或者女儿，而且您可以选择我生男孩或者女孩。因为我们的生育程序是按最优生科学设计的，受孕、保胎、胎儿教育、婴儿营养、孕妇运动、分娩、哺育，都是最科学的，真人类的女人绝对做不到这一点。生下孩子后，我们比真人类的女人更会照顾孩子，我们可以通过孩子的笑声、体温、大小便、睡眠等状况照料孩子。我们仿真人类可以二十四小时不睡觉，永远不知疲倦地守护在孩子身边，真人类的女人能做到这一点吗？我们还拥有丰富的知识，会对孩子进行早期教育，包括以后对他们的高等教育。就拿我来说吧，仿真人类公司给我设计的知识容量超过十位教授知识的总和。真人类的女人绝对不可能有我们如此渊博的知识。另外，她们又不愿怀孕、生育、不愿哺乳，怕改变了体型，不愿带孩子，嫌麻烦，怕劳累。我们仿真人类公司做过调查，百分之九十五的真人类的女人不希望生育，希望由我们仿真人类代劳。我们生养的孩子，自然和我们的感情深厚，我们仿真人类成了数代人的母亲，而且这些人不是真人类，也不是仿真人类，是真人类和仿真人类的共同产物，我们还不能和真人类共享世界吗？

严伟达承认林碧玉说得有道理，符合科学和社会发展的方向，一个劲地点头。

林碧玉给严伟达续了茶，又坐在他对面，亲柔地问，严先生，我是不是夸夸其谈啦？

严伟达说，我非常喜欢听你的见解，而且你的见解确有独到之处！科学给我们真人类带来了福音，也给我们带来了灾难。原子弹、纳米技术、电子弹直接威胁着真人类的生命。就是真人类日常的吃喝呼吸也受到严重污染，粮食、蔬菜、水果里有化肥、农药、催熟剂，鸡鸭鱼肉里有激素，科技使产量提高了，却牺牲了质量，带来了对人体有害的毒素……

严伟达和林碧玉聊得非常开心，突然听到客厅里有了李丽萍的脚步声，严伟达才下了关闭计算机的指令。

李丽萍和往常一样，每天八时准时出现在办公室里。她接任父亲这个职务近二十年了，没有一天迟到，没有一天懒惰，始终牢记着父亲临终时的嘱咐，商场如战场，经商如打仗，一着不慎全军覆没。她坐在办公椅上，秘书给她端上一杯黑咖啡,又摁下一个电钮,办公室的窗帘全部遮严了。秘书又启动电脑,公司头天的经营状况全出现在对面屏幕上。李丽萍用小勺搅动着咖啡,杯子上空有几缕淡薄的水汽,还有咖啡苦涩的浓香。她抿着咖啡,认真审阅屏幕上的统计数字。这些年里,李丽萍一直在高度紧张、辛苦、慎重,甚至焦虑、恐惧中度过。每一个项目的上马,都要考虑产生的效益,会不会失败;每一笔款额的划出,她都要考虑会不会上当受骗;每一份合同的签订,她都要警惕里面有没有陷阱。当年父亲交给她的六亿资产的公司,已经发展成了三十多亿资产的大集团公司。她对自己的业绩非常满意,对担任总经理的丈夫也非常满意,如果没有他的鼎力扶助,仅靠自己一个人的力量,难以把公司发展成今天的这个模样。同时,她更清醒地意识到,她和严伟达的夫妻关系,完全是靠金钱牵连到一块。如果公司破产,严伟达没有所图,绝对会离开自己。公司增值得越快,拥有的资产越大,严伟达越离不开自己。突然,李丽萍从屏幕出现的数据中发现,这个月公司使用TT网的费用增加了十万多元,对秘书说,查一下哪部机子增加的。

TT网屏幕上显示是严伟达家中书房电脑增加的费用。

李丽萍愤怒了,但她没有让愤怒表露出来,对秘书摆了一下手说,你先出去,谁也不要进来,我查点资料。她有种预感,严伟达肯定在网上干了见不得人的事情。她听人说,很多无聊的真人类的男人女人,访问TT网的仿真人类制造公司,付费和仿真人类打情骂俏,谈情说爱,还有付费和仿真人类鬼混。她还听人说,有些真人类的男人女人找仿真人类中的异性一块过日子,像夫妻一样。这和养小老婆包小白脸有什么两样,绝对不容许严伟达这样。她镇静了情绪,拿起电话对秘书说,一个小时之内,谁的电话都不要接进来!放下电话后对电脑下达了指令,开启TT网!

TT网开启了,对面墙壁上的屏幕上显示,请问:您要什么指令?

李丽萍说,请查一下严伟达上个月的费用细支,账号AABIPT181916,密码76231。

屏幕上立即显示出支付网话费四万六千多元,其中三万五千元用于访问仿真人类制造公司的网站。

李丽萍又下达指令,请回答我该用户访问的是哪一位仿真人类?

屏幕上立即显示出"林碧玉"三个字。

李丽萍再次下达指令,请将林碧玉的个人资料打印出来!

几秒钟工夫,光速打印机里打出来林碧玉的个人资料:林碧玉,中国上海仿真人类制造公司二〇三〇年最新产品,设计原型为中国古典名著《红楼梦》中的官府小姐林黛玉,年龄十九岁,审美类别为病态美,具有中国古典闺秀风范,庄重典雅、文静贤淑、气质高洁;身高一米六八、体重一百零五市斤,内存一点八亿兆,擅长中国古典乐器,诸如古筝、古琴、编钟、扬琴、竖箫、横笛、胡琴等,知识输入为十个不同学科教授知识的总和,售价六百六十万人民币。

李丽萍觉得一股怒气从丹田爆生,越过胸腔,腾至天庭,盛怒之中,脑袋眩晕,眼前现出无数金星,浑身肌肉簌簌发抖,手中的打印纸发出细微的声响。严伟达使自己蒙受了奇耻大辱,竟背着自己和仿真人类中的女人勾搭,不知道他们关系发展到什么程度,竟在一个月花去三万五千元的网话费!

她打开智囊电脑的启动开关,这部电脑识别她的右手食指,只有她能打开。公司的许多重大决策,她都要请教这部智囊电脑。

计算机里发出标准的普通话,李董事长,根据您的呼吸频率、呼吸量和身上散发的气息，您现在处于极度愤怒状态。一般情况下，情绪偏激时做出的决定容易出现偏差。我们劝告您在三个小时之内，不要做出决定。目前您需要控制自己的情绪，听听音乐或者离开办公室在林间小道上散步。如果条件许可，您可以去逛一下商场，购买一件您喜欢的商品，您心中的愤怒就会被淡化。

李丽萍说，我听从你们的劝告，请你们为我选一曲音乐！

室内响起了萨克斯的低吟，沉闷而悠长。如同黑漆的夜空中游弋的一丝亮光，旋律把她带到了哈萨克大草原。她看到了广袤的草滩，草滩上镶嵌着湖泊，看到了狂奔的骏马，看到了游动在草茵中的羊只，牧羊的哈萨克少女，仿佛还听到她银铃般的歌唱。还看到了高深的苍穹，蔚蓝上的白云，白云在缓慢地飘移。萨克斯吹散了她胸中的愤怒，她置身在这美妙无比的大自然中，灵肉怡悦，真想展开双臂和哈萨克少女一块歌唱。智囊电脑真好，它竟能为自己选出如此美轮美奂的乐曲。这部智能电脑是年初在印度购置的，软件工程师们将她在公司经营、个人生活、身体情绪、知识问答，所有可能遇到的问题，组织高级人才研究后编成程序，为她排疑解难，提供帮助。有了这部智能电脑，她砍掉了公司的几个部门，比如融资策划、工程策划、企业形象策划，也裁减了三分之二的职员，过去几个人几十个人的工作，现在一台电脑就取代，公司运作成本大幅下降，相对应的是利润大幅增加。

李丽萍觉得自己的情绪平静了，这才开始思考处置严伟达的办法。当初结婚时，她和严伟达就签有协议，双方都不得做对对方不忠的事情，如果出现这种情况，对方有权提出离婚，而对配偶不忠的一方则主动放弃对遗产分配的权力。她想到了离婚，从明年开始，每年要支付给他百分之五的遗产份额，还有自己在性生活满足后承诺给他奖励的百分之一的份额，百分之五就是三千万，百分之一就是六百万，三千六百万绝对不是一笔小数目。他犯了这个错误，正好授人以柄，自己不再给他支付那么一笔巨款。她又思考了一两分钟，终于下定决心，向智囊电脑咨询，她下达了指令，开机！

计算机里传出普通话，您好，李董事长，我们竭诚为您服务，请您将需要我们效力的问题告诉我们！

李丽萍说，我的丈夫背着我访问TT网上的仿真人类制造公司，并长期和仿真人类林碧玉小姐私会。我现在需要你们帮助的是，按照我们结婚前的协议，我提出离婚，但担心他会分割我父亲的遗产……

计算机声，李董事长，如果您在这个问题上提出离婚，按照协议和法律规定，您没有权力剥夺他继承您父亲的遗产。

李丽萍问，为什么？

计算机回答，因为他没有对您不忠。

李丽萍说，我认为现在的仿真人类和真人类没有任何差别了，她们有肉感、有体温、有思想、有语言，能从事真人类所干的一切，尤其不能令人容忍的是她们还能做爱、生育孩子。我的丈夫和这样的仿真女人产生感情，应该是他对我的不忠！

计算机声，尊敬的董事长，您说的全是事实，尽管她们具备了人的全部功能，许多地方比真人类还优秀，甚至可以认为超人类。但是，她们毕竟是人类制造出来的仿真人类。如果追溯到20世纪最后二十年，她们才是人类刚刚研制出来的隆胸、隆鼻、垫臀部的硅胶，是人类为了克服感情空虚性压抑而研制出的男女生殖器用以自慰，最初的仿真人类只是一个单一的部件。随着真人类的科学发展，人类将这些单一的部件组合在一起，利用高科技不断地改进完善，使他们更加接近真人类的功能，如果您以不忠的名义向您的丈夫提出离婚,能说20世纪人类已经广泛使用的硅胶、自慰器是对配偶的不忠?法学界对这个问题已经争论了三年多时间,仍然没有把真人类和仿真人类厮混视为对配偶的不忠,最多视为道德范畴的问题。一些社会学家还认为,科学发展的目的就是最大限度地给人类带来物质和精神的享受,他们称赞仿真人类的出现是真人类真正迈进了享受性爱和情感的时代,是一次重大的科学革命。因此,我们建议您不要和您的丈夫离婚,如果不喜欢他和仿真人类林碧玉接触,可以采取措施不让他们接触。

李丽萍问,我有什么办法不让他们接触呢?

计算机声,在你们的家庭中,您处于主导地位,在公司您是他的上司,您可以收去他在家中办公室上网的权力。不允许他在家中上网之后,您下班后也不要做工作上的应酬,和丈夫到一些雅静的饭馆共进晚餐,晚餐后可以共同去听音乐会、看电影或者散步,使夫妻之间密切接触,增进感情。现代社会的快节奏,激烈的生存竞争,使许多家庭由于缺乏接触而感情淡漠,从而给仿真人类造成了切入的机会!

李丽萍说,我如果把下班后的时间全部给他,对公司的发展很有影响。

计算机声,李董事长,自您从父亲手里接过这个公司之后,公司从当初的六亿资产发展到现在三十亿,也许再用十年可以发展到一百亿,您要这么多资产有什么用?如果放弃个人生活的幸福去追求物质的增加,可以说是舍本求末。现在很多人拼着身家性命去赚钱,用赚来钱去买豪车豪宅。如果不去拼命劳累,不坐豪车不住豪宅,舒舒适适地生活多好。何必为了微不足道的享受,而付出一辈子的辛苦呢?您还记得20世纪日本作家的小说《渔夫》吗?他描写的是一个渔夫在别人都忙着出海的时候,却躺在沙滩上睡大觉,别人问他为什么不出海?他惊诧地反问出海干什么?别人说出海打鱼呀,他又问打鱼干什么？别人说打来了鱼卖钱呀，他问有了钱干什么？别人说有了钱可以盖大点的房子，可以穿漂亮的衣服，可以吃好吃的东西。他又反问，有了大点房子漂亮衣服好吃的东西又能怎样？别人不解地说，有了这些东西人就觉得非常享受。那渔夫说原来是为了享受，我现在觉得躺在沙滩上晒太阳已经非常享受了，这世界还有比春天躺在沙滩上晒太阳更享受的事情吗？我为什么要放弃现有的享受，费力气冒着生命危险去追求还不知道的享受呢？

李丽萍说，这是毫无作为、不思进取、不求上进的思想，这种人永远不会出息的！

计算机声，这是您的观点，我们智囊班子的成员一致认为，这个日本渔夫真正懂得了人生的意义和真谛，他是获得幸福最多的人！

两个小时后，李丽萍摁了办公桌上的电键，秘书应声进来请示，董事长，您有什么指示？

李丽萍说，你通知部门经理以上的领导，十分钟后在会议室开会！

会议室里，李丽萍坐在主席的位置上，黑丧着脸，对进来的下属看都不看。走进会议室的人都屏住呼吸，挪动凳子时都不敢发出声响，他们平时领教了不少董事长的暴躁脾气、乖戾性格。坐在李丽萍左边的是严伟达，他也不知道妻子为什么突然召集开会，但从她脸上的表情预测出不会是好事情，搞不清真正的原因，也绷着脸一言不发。

十分钟时间一到，李丽萍抬起头，没有看下属一眼，嘴里冷冷迸出两个字"开会"，又转身对秘书说，从现在起再进会议室的人，算迟到，扣发本月全部岗位津贴！话音刚落，一位副总经理跑进来，拉开凳子就要落座，解释，接待了一个客户……

李丽萍说，你不要坐下，站着。我不需要任何解释，按规定，开会迟到扣发全部岗位津贴！

那个刚落在凳子上的屁股极快地离开凳面，快快地退后两步，打开记事本做出记录的样子，不敢有一丝不满的表情。

李丽萍讲话了，TT网本月支出超过预算十万元，我查阅了TT网的收费细支，总经理严伟达过多地访问仿真人类制造公司的网站所致。作为公司董事长，我不干涉各位的私生活。但是，我要对公司的财务和声誉负责，我不能容忍有人如此挥霍公司的钱财，更不能容忍有人毁坏公司的声誉，不愿让社会知道在我的公司里，有人用公款支付访问黄色网站的费用！她说到这里的时候，故意停顿了一会儿。

严伟达的脑袋一阵发麻，低下了头，斜瞅了一眼坐在旁边的妻子，又立即收回目光，屏住呼吸，心里在责怪自己，快该付费的时候，他曾想到自己过多地访问TT网，可能会引起李丽萍的注意，也想划一笔自己的钱过去把事情销了。但看那么多钱相当于自己一个月的工资，又想李丽萍那么多事情，不一定会注意到这件小事，就没有划款过去。

和平时一样，严伟达下班后朝职工食堂走去，结婚这么年了，他一直在职工食堂吃饭。

他听见后面有人叫，是李丽萍。

李丽萍说，伟达，不要到职工食堂去啦，我们到外边找个清静的地方吃。我不开车啦，你去把车开来！她一改往日的刚硬，话语里有了女人的温柔。严伟达愣住了，望着李丽萍不知道她又想干什么。

李丽萍说，快去呀，我肚子都饿啦！老天爷，她竟破天荒地给严伟达一个娇嗔。

不知是受宠若惊,还是骨子里对李丽萍的畏葸,他跑着去把轿车开过来,李丽萍上车的时候,他还气喘吁吁。

李丽萍从小拎包里取出一张擦汗巾,递给严伟达,说,看你,着什么急呀,又不是赶飞机,何必用这么大的劲。给,擦擦汗!又问,伟达,你喜欢吃什么?

严伟达说,您喜欢吃什么我就喜欢吃什么!

李丽萍说,今天是我做东请你吃饭,你说到哪里就到哪里!

严伟达说,我真的不知道该到哪里。

李丽萍说,咱们找个乡村饭馆,不一定豪华,干净雅致有情调就行,你觉得怎样?

严伟达突然觉得李丽萍怎么会想起情调两个字,受宠若惊地说,完全可以!

这是一间郊区的饭馆,不大但十分雅致,虽然到了吃饭的时间,还有大半座位空着。严伟达和李丽萍拣了张靠窗户的餐桌坐下。窗外,一片一片的水稻缀成一片,几只白鸭在碧绿的稻禾中钻进游出,不远不近的田埂上,有三四只水牛,鼓着浑圆的肚子在吃草,几个顽童在摔跤,再远点,几个农人在耕作。偶尔荡起一阵歌唱,洪亮,高昂。

李丽萍看着窗外的景象,感慨地赞叹,真好,真好!她常年在办公室里,很少见过这种田园牧歌。她蓦然发现田地里有一个农妇,怀里抱着一岁大点的孩子,她把孩子高高地举起,孩子发出咯咯的笑声,农妇也发出欢愉的笑声。母子俩欢闹了一阵,母亲又把孩子抱在怀里,撩起半边衣襟让孩子吮奶。田野里静极了,孩子全神贯注地吮奶,母亲全神贯注地凝视着孩子。此时此刻,对于这个母亲来说,这个世界不复存在了,她的全部思维中只有她的孩子。夕辉正灿,金色的夕光涂满了整个天地,母子俩被淹没在金灿的辉光中,越发显得感人动人。

　　李丽萍全神贯注地望着这幅夕阳下的母子图,完全忘却了自己。霍然,她思维中闪现出智囊电脑给她讲的那个日本渔夫。眼前这个全心全意哺育孩子的农妇,或许没有多少钱,甚至还可能贫困,但是她不等于没有幸福,她怀抱里的孩子给了她极大的满足和幸福,如果她再有一个健壮又疼爱她的丈夫,她该是多么幸福呀!原来,幸福的条件竟是这么简单,而有的人却在用毕生的辛苦,去追求永远难以得到的幸福。自己把一个六亿资产的公司发展成为三十亿资产的公司,但是自己还不知道把公司发展到多大规模才算满足,永远没有满足的奋斗就永远得不到幸福。

　　严伟达把菜谱隔着桌面伸过来说,李董事长,请点菜!

　　李丽萍从痴想中惊醒,思维又回到现实,心里竟泛出酸溜溜的情愫。

　　严伟达又指着菜谱给她说,李董事长,请点菜!

　　她的情绪被破坏了,自己专门放下工作、找到这家乡间的小餐馆,夫妻共进晚餐,图的就是一分温馨、一份亲情、一份别致,到了这个地方还叫董事长,多么败兴,多么败胃口,多么没有情调!她的脸色又习惯性地阴冷起来。

　　严伟达见她变了脸色,立即停住话头,不敢再说一句话了。

　　李丽萍见旁边还站着服务员等她点菜,却没了一丝兴趣,不耐烦地说,你点吧!

　　严伟达说,我不知道您喜欢吃什么。

　　李丽萍冷冷地说,你随便点,点什么都行!她真想拍屁股走人,不吃这顿饭了,但自己没有开车来,坐的是严伟达的车,只好忍着性子坐在那里。

严伟达对她的情绪的转变感到莫名其妙,就合上菜谱说,我也不点了,随便上四个菜一个汤,两份米饭就行!

两个人都没有吃几口菜,也再没有说话。

回去的路上,还是严伟达驾驶,两个人还是没有说话,一直到进了市区,严伟达才小心地问,您是回家还是回公司?

李丽萍毫不犹豫地说,回公司。她觉得和严伟达一块回家没有什么意思,回到家里,他进他的书房,自己进自己的书房,睡觉时他在他的卧室,自己在自己的卧室,就是做爱,也是完事了走人,不肯在自己的卧室多待半分钟。有时她还冒出这样的想法,自己和严伟达的关系和嫖妓找鸭子差不多,不知道自己是应召女郎,还是他是应召牛郎。

严伟达把车开到公司门口,李丽萍钻出汽车后,他才长长出了口气,感到一阵高度紧张后的疲软,一个憋了两个小时的屁才敢痛痛快快地嘣出来。脑海里又泛现出林碧玉,又想起和林碧玉在一起的时光,人家是那么漂亮,那么可人,那么让自己感到是个真正的男子汉,自己在她那里可以获得绝对的尊严。感觉和林碧玉在一起是多么伟岸,多么自尊,多么理直气壮,多么扬眉吐气,多么生机盎然,多么冲动,多么富有情趣,他又想和林碧玉在一起了。

公司门口的保安替李丽萍拉开门,还殷勤地问候,董事长好!李丽萍没有理睬他们,径直向自己的办公室走去。进了办公室,一屁股坐在沙发上,疲倦地闭上眼睛。太累了,从父亲手里接过这个公司到现在,就没有好好休息过一天,拼命奋斗了二十年。自己多么需要一个强壮有力的男人,让自己疲倦的身体躺在他胳膊弯里歇息,多么希望他把自己抱在怀里拍打着,自己再撒上一阵娇,还想生个孩子,像那个农妇一样把孩子高高地举过头顶,让孩子安详地躺在怀里吮吸着乳房，多么渴望那充满稚音的呼唤——妈妈！但是，自己是一个拥有三十亿资产的董事长，可以在公司随意发作，批评甚至责骂包括总经理在内的任何一个员工，都是为了公司的发展万不得已的行为。直到今天她才知道，自己奋斗了近二十年拥有的这一切，对于一个女人来说，并不是真正的幸福。女人真正的幸福是有疼爱自己的丈夫，有聪明健康的小宝宝，有一份能使生活过得去的收入就满足了。自己醒悟得太晚了，奋斗了二十年后，自己已经四十五岁了，对于四十五岁的女人来说，再去考虑丈夫、孩子，似乎晚了一些。

　　严伟达仰靠在大班椅上，双脚放在大班桌上，闭着眼睛，耗着难熬的时间。往常，这个时候正是和林碧玉会面的时间。但是，今天上午公司财务部已经通知TT网，终止了他那部电脑的上网服务。当然，他可以自己付费进入TT网，继续和林碧玉约会，自己只需给电脑下达几个指令就能做到。他不心疼高昂的网话费，能和林碧玉约会调情，花再多的钱也值。但他害怕李丽萍，李丽萍是个说到做到的女人，她很可能会突然闯进来，要是发现自己继续和林碧玉约会，一定不会善罢甘休。但是，见不到林碧玉，自己就感到窒息，心里空荡荡得像被掏走了内腔里的五脏，甚至感觉到血液的流动都受到了极大的阻碍。更令他不安的是，林碧玉是仿真人类制造公司的产品，她的命运并不由她主宰，一旦被客人买断后就对客人绝对服从。她没有叛逆精神，谁肯出六百万元人民币，她就会成为谁的伴侣，自己就会永远失去林碧玉。因为仿真人类制造公司向全世界承诺，他们绝不会生产两款同一产品的仿真人。

　　果然，李丽萍比往日提前一个多小时回家，经过严伟达书房门口时，通过敞开的房门看到他双脚搭在大班桌上昏昏欲睡，像只斗败了仗的公鸡，心里就泛起胜利者的欢愉。

严伟达闭着眼睛，但听见李丽萍进卫生间，听见莲蓬头喷水的细响，而后又听见她走出卫生间，进了卧室以及关卧室门的声音。谢天谢地，她今天晚上没有说"你快去洗澡"这句话。

他又想起了林碧玉，又拿林碧玉和李丽萍比较。怎么都不敢想象，自己这十五年是和这种女人共同度过的，想起来就像吃了苍蝇蟑螂，恶心想呕吐，甚至不可思议自己竟有如此的忍耐力。他就这样一直坐到十一点十五分，健康监测仪向他发出了警告：尊敬的严伟达先生，现在是深夜十一点十五分了，如果再不就寝，就会影响您的身体健康！他听到柔声柔气的劝告，才从大班桌上收回双脚，慵懒地向自己卧室走去。

三

一架空中客车缓缓地降落在上海虹桥机场，隆冬季节，这个黄浦江畔的城市非常寒冷。严伟达走出飞机就打了一阵冷战，突袭而来的寒冷又使他感到精神振奋，身体清爽。走下航梯后，他放下旅行包箱，深深呼了口气，又长长舒了一下懒腰。这次到上海出差，只是考察一个公司的背景，派一个部门经理就可以了。但严伟达跟李丽萍说这个公司背景比较复杂，派个部门经理去不放心，还是他亲自跑一趟为好。李丽萍还为他对公司负责的精神感动，根本没有想到，生产林碧玉的仿真人类制造公司就在上海。

第二天八点整，出租车把他拉到了仿真人类制造公司。一位仿真人类制造公司的办事员热情地接待他，询问，先生是来我公司参观，还是想购买我公司的产品？

严伟达说，我想会见林碧玉小姐，不知道她被人购买了没有？

接待员说，林碧玉小姐还没有被人购买。不过，林小姐属于出厂产品，她已经从车间移交给销售部了，客人和销售部的产品会面是要付费的！

严伟达问，请您告诉我付费的标准。

接待员回答，一小时八百元，两小时一千五百元，三小时两千元。

严伟达说，我先付三个小时的费用！从皮包里取出银行卡交给仿真人类办事员，仿真人类办事员把银行卡在电脑上一刷，从打印机里取出发票，交给严伟达。而后，十分礼貌地说，严先生，请您随我来！

这是一个不大不小的花园，虽说到了冬季，花园里的草仍碧绿，花仍盛开，有几只蝴蝶在花蕊上飞翔，草地花丛中回旋着小提琴演奏曲，这是二十一世纪初最流行的梦幻曲。他走进花园，比走进自己卧室的羊毛地毯都舒服，脚板上有种难以言喻的轻飘感。猛然，他看见花园的那一头有个熟悉的身影向他走来。

严伟达惊喜地叫了一声，碧玉！激动地丢下皮包，向林碧玉奔过去。

林碧玉也惊喜地叫了一声，林先生，亲爱的！张开双臂向他奔过来。近了，近了，严伟达紧紧地搂住林碧玉，林碧玉也紧紧搂住严伟达。许久，许久，严伟达感到林碧玉的肩膀在抽搐，似乎听见了她呜呜咽咽的啼哭。

严伟达心疼地问，碧玉，你怎么哭了？

林碧玉抽泣着说，我想您，您都十四天不见我啦！

严伟达心里涌出更凄楚的情愫，鼻子有了酸涩，赶忙解释，我这段时间太忙了。这不，我一到上海就来看你。

林碧玉还是抽泣说，您为什么不把我买回去呢，才六百多万人民币，和我一块到销售部的姐妹全被买走了,就剩下我一个啦。公司人都说我是嫁不出去的丑小鸭,用你们真人类的话说是没男人要的剩女,我好伤心哟!我还好想您!但您不在TT网上下指令,我就没有办法去见您!她说着,用擦脸纸擦了眼泪。

严伟达说,碧玉,我有我的难处,不是六百万人民币的问题,为了你,再多的钱我都肯花,就是我太太……

林碧玉说,我理解您,很多先生购买我们仿真人类时,都受到太太的刁难。没关系,我会等您的!她轻轻抚摸了下严伟达的脸腮,严伟达觉得她的手是那么温柔、那么缠绵、那么令人销魂。李丽萍从来没有这么温柔地抚摸过他。

林碧玉把手搭在他的肩上说,伟达,咱们跳舞吧,您只买了我三个小时的时间,不能让时间浪费过去!

音乐的旋律轻轻飘起,似有似无。他们踏着蓬松的草地缓缓地移动脚步,林碧玉轻柔地偎依在他的胸怀里,严伟达感觉她的身体是那么柔软纤细,那么需要他去关心和体贴。这一刻,他真正享受到了好女孩那种小鸟依人的温柔。相比之下,李丽萍给予他的全是居高临下的指责、凶悍和强暴。他轻轻地拥抱着她,她的头枕在他的肩上,幸福地闭上眼睛,呢喃着说,伟达,我们要是永远在一起多好!

他们就这样相拥相抱着移动着身体,严伟达忘却了时间的概念,只想这样永远地拥抱着林碧玉。

林碧玉伏在他肩上说,伟达,已经过了两个小时啦,您只剩下一个小时啦!

林碧玉像是霍然想出了购买林碧玉的办法,惊喜地说,我有办法让您太太同意您把我买回家！

严伟达惊奇地问，什么办法？

林碧玉说，其实我也没有办法，我们公司根本不给我们设计这些智商，只有凯丽小姐有办法，她是促销员，公司给她们设计了许多促销的智慧，我们可以请教她们。

公司业务洽谈室里，严伟达搂着林碧玉坐在沙发上。凯丽小姐半开玩笑半认真地说，严先生，看来您真的爱上我们的林小姐啦，真是英雄难过美人关呀，人生在世难觅一红颜知己，林小姐绝对是我们公司最优秀的产品！

严伟达说，凯丽小姐，刚才林小姐说了，您有办法使我太太同意我购买林小姐？

凯丽小姐说，促销是我的职业，我们肯定有许多促销方式和谋略。你们真人类的丈夫们都不希望妻子购买仿真男人，妻子都不希望丈夫购买仿真女人，我们的工作就是用种种办法，使真人类的妻子们同意丈夫购买仿真小姐，丈夫们同意妻子购买仿真男人！

严伟达说，您赶快给我出个主意，我恨不得现在就把林小姐买回去！

凯丽小姐说，这事情不能着急，要一步一步……

严伟达不相信凯丽的办法有效，问，您这谋略有把握吗？

凯丽小姐说，应该说非常有把握，我们公司对一万名真人类的不同年龄、不同职业、不同思想、不同性格的女性进行了心理分析，设计出专门征服她们的程序，只要把这些程序输入仿真人类的思维中，绝对可以达到预定的设计效果。我们公司生产的这类仿真人类，没有一个失败的，而且家庭都非常和睦，并且符合你们真人类的法律规定！

严伟达说，就按您的办法去实施吧，越快越好！

凯丽小姐说，在实施之前，按我们公司的规定，您必须预付林小姐和那名男性仿真人类的四分之一的购货款。同时，您还应该接受我们公司设计部的咨询，以便我们设计出您太太满意的男人！

严伟达说，可以，我现在就填写支票给您！

凯丽小姐接过支票，笑眯眯地对严伟达说，严先生，您现在已经拥有了林小姐四分之一的产权，我们公司同意你们的关系再向前发展一步。你们可以进入恋爱阶段，您有权力对林小姐实施恋爱中的举动！

凯丽小姐的话音刚落，林碧玉就羞答答地搂住严伟达的肩膀，他们拥抱在一起，相互抚摸，热吻。

过了一会儿，凯丽小姐开玩笑说，好啦，以后的日子长着呢，不要过度透支。严先生现在要接受我们公司设计部的咨询。

咨询结束了，凯丽小姐对严伟达说，我们设计部通过系统的数据分析，您太太李丽萍其实是个非常温顺、谦虚、宽容的女性。由于她是董事长，她所接触到的男性都对她恭敬卑下，加上她没有依赖感，商场的诡诈多变、阴谋陷阱，使她变得多疑、暴躁、尖刻和高傲。但是，她只要遇上更加阳刚，更加伟岸，更加能让她依靠，更加可以帮助她事业发展的男性，她会比一般女人还要温柔，还要宽容。您只要按我的要求一步一步去实施就可以啦！

四

仿真人类制造公司销售部的营销手段开始实施了。

李丽萍的公司应聘来了一位从美国回来的多学科博士，叫乔治，头发黑中带黄，皮肤黄中有白，眼眸蓝中有黑，鼻梁高耸，嘴大阔长，身高一米八五，年龄三十六岁，面部轮廓粗犷，浑身肌肉坚瓷。如果说他像座雕塑，就是用斧头削出来的。他身上还有一种贵族的高雅气质，这种高雅不是靠衣服和矫揉造作包装出来的。

严伟达准备聘用他为公司的副总经理，按公司规定，副总经理以上职务的任免必须经过董事长批准。严伟达启动对讲电视，对屏幕里的李丽萍请示，李董事长，乔治先生来了，您需要见他吗？

李丽萍说，让他到我办公室来。

乔治走进李丽萍的办公室，正在签批文件的李丽萍觉得房子里的光线一暗，抬头，乔治已经站在她办公桌对面。啊——她震撼得差点惊呼出声，那么高大、那么伟岸、那么健壮、那么充满阳刚之气的男人。她又瞅了他一眼，那个棱角分明的脸上表露出不卑不亢的神气，还透出令她自觉卑微的高贵。她猛然觉得自己上高中时最崇拜的施瓦辛格，都比眼前的男人相去甚远，一时竟不知道该说什么，愣了足有半分钟，才指着沙发说，请坐！

乔治微微点了下头说，谢谢！

李丽萍问，先生贵姓？

乔治回答，乔，我父亲是中国北京人，母亲是美国加利福尼亚州人，我父亲姓乔。乔治回答问话时，微笑地看着李丽萍。

李丽萍突然温柔起来，乔先生，喝点什么？

乔治说，随便什么都可以，如果有咖啡更好！他的汉语尽管说得非常流畅，但还能感觉出是外国人在说中国话。

李丽萍通过对讲机给秘书说，小刘，给乔治先生煮杯咖啡，顺便给我也煮一杯。她给秘书交代过，又温柔地问，乔先生在美国从事哪些方面的研究工作？

乔治回答，我在英国的剑桥大学读完经济学硕士学位之后，又到美国麻省理工学院攻读了机械力学硕士学位，之后到牛顿大学攻读了投资管理博士学位，在美国纽约银行从事投资咨询工作，主要是审查企业的投资项目。在此期间我又进修了信息工程学、生物基因学和中国医药学。乔治回答问话的时候，一直盯着李丽萍，目光里没有一丝谄媚和奉承。

这二十年来，李丽萍和上百名应聘者谈过话，没有一个人像他这么自信和自尊。

李丽萍问，我的公司如果聘用您担任副总经理或董事长助理，您能做些什么，做到什么程度？这时，李丽萍收回了心思，面对公司的利益和个人情感的好恶，她绝对要站在公司方面。

秘书端来了咖啡，放在乔治面前的茶几上。乔治端起咖啡，用小勺轻轻搅着，没有马上回答，抿了一小口之后，赞赏地说，味道不错，绝对不比南美的咖啡差！

李丽萍说，这是中国海南富山的咖啡，在中国也是很有名气的！

乔治说，想不到中国还有这么好的咖啡！接着又说，应该说在公司的长远发展规划、投资方向、策划方案及具体技术设计方案、图纸、出任重大问题的谈判等方面，不会让您失望的。如果公司按我的策划投资、经营，我保证每年可盈利百分之二十；如果进行风险投资，获利额最多可达到百分之五百，而我策划的投资风险几乎为零！他说这些话的时候，没有丝毫的浮华和装腔作势。

李丽萍也感觉出乔治是凭实力说这些话的。随之，她又提了几个信息工程和生物工程方面的技术问题，乔治几乎没有思考就回答出来。这些问题，公司的研究部至今还没有研究出结论。她还想就许多困扰她的问题让乔治回答，但又想，人家刚来报到就提这么多问题，不太妥当，就问，如果我聘任您为公司的副总经理，负责公司的投资、项目策划、运作，包括技术设计，您要求的报酬是什么？

乔治说，我不需要公司用常规的办法付给我薪水，我希望做一些创造性的工作，我可以在我为公司创造的利润里，按一定比例获取报酬。比如我为公司策划的项目，并负责运作成功，公司负责投资、没有利润我就没有收入，有高利润我就有高的收入。

李丽萍问，您希望拿到百分之多少呢？

乔治回答，百分之十！

李丽萍说，我给您百分之十五，这样更能调动您的积极性！

乔治说，我更看重的是把事情做成功，看重人的价值的体现！

李丽萍嘴张了几下，什么也没有说出来。她猛然觉得，自己平时那么果断、利索、反应敏捷，今天却变得如此笨拙和木讷，就顺着乔治的话说，我也欣赏有创造性的人，我现在正式决定您担任我公司的副总经理，马上通知后勤部门给您安排办公室、轿车、手机，同时由人事部打印任命通知。您明天正式上班，明天晚上我请您吃晚饭，请您不要安排其他的活动。说完，灵机一动说，我忘了问您，您现在住在什么地方，家眷回国了没有？她兀然想起乔治的太太，装着关心他的住宿，不易察觉地询问他。

乔治说，我现在住在朋友家里，他全家出国了，三年后才能回来。我还没有太太，在我的人生计划里，争取在三年内找到适合我的太太，一年后再生个漂亮的小乔治，再见！乔治站起来，居高临下地伸出手。

李丽萍觉得心被熨斗熨了，展脱得舒服，非常乐意地把手伸过去。乔治的手那么宽大、厚实、有力，她的手放在他的手里，有种踏实的安全感。

李丽萍掩饰自己问话的意图说，我还以为您没有地方住呢，公司可以给您安排一套住房！说话的时候，她仍然让自己的手停在乔治的手里。

乔治说，谢谢，我现在住的地方很舒适，我答应了帮朋友看房子！他松开手，李丽萍只好抽回自己的手，心里有种若有所失的感觉。

她不放心地说，我明天晚上请您吃晚餐，别忘啦！

乔治说，放心，我不会忘记的，我怎么会忽视上司的邀请？按照美国的习惯，上司请吃饭是对下属的褒奖！

乔治离开好大工夫了，李丽萍还没有从对乔治的痴迷中清醒过来。猝然，她又想起了严伟达，他和乔治相比，哪有一点男子汉的气质，从来都是懦弱、猥琐、卑恭，和这种不像男人的男人做夫妻有什么意思，现在遇到乔治，如果当初父亲和自己选择的不是严伟达，而是乔治，自己的婚姻生活该是多么幸福。

第二天早晨，自动报时器发出轻柔的电脑提示音：李董事长，请起床啦！大约过了两分钟，她还在沉睡中，自动报时器的呼叫增大了频率。同时，枕头也有了轻微的摇动。她醒来了，小幅度地挪动一下身子，自动报时器又向她发出警告，李董事长，您已经迟起床三分钟了，请您在下边的动作中加快速度，否则您会迟到的！

她没有起床，干脆靠着床背眯起了眼睛。昨天夜里，她梦见了乔治，自己和乔治走到一座很大的山里，在山巅和山巅之间有个不大不小的湖泊，湖水如镜，清澈见底，她偎在乔治的怀里，乔治拥抱着自己，并排坐在湖边。她感觉到乔治有力的臂膊、厚实的胸脯，男性身体散发的荷尔蒙气息，熏陶得她一阵阵眩晕，身体发软……

她听见严伟达洗漱完毕，走出卫生间，就下了床，打开卧室门对他说，今天上午的会议推迟到九点召开，你让秘书通知与会人员！

严伟达点了下头，取文件包走出去了。

李丽萍走到卫生间，排泄完毕，特地洗了个澡，她一般不在早上洗澡，早上洗澡浪费时间，而且会产生精神和体力涣散。她洗过澡，坐在梳妆台前，认真地解读镜子里的李丽萍，朝脸上擦抹从欧洲、韩国买回来的化妆品。这些年里，她的全部心思都倾注在公司的发展上，没在脸上下过功夫，连镜子都极少照，更别说化妆了。她把口红、粉垫、眉笔、眼影粉在脸上折腾了二十几分钟，越折腾越觉得难看，这才意识到化妆是自己的短项，以后再化妆干脆到美容店。又到卫生间把脸上的妆洗了，只是朝身上喷了比往日多三四倍的香水。临出家门时又想，今天午休时到美容院，一边睡觉一边美容，晚上和乔治共餐，自己一定容光焕发。

九点整，公司会议室里。李丽萍像往日一样坐在主席的位置上，又恢复了往日的冷淡和威严，目光把每个人巡视了一遍，巡视到乔治时，目光里的冷峻刚硬剔除了，滋生了柔和温暖。而后，她从秘书手里接过文件，目光里的冷峻刚硬又回归了，严肃地说，我宣布公司的一项任命，经董事会研究决定，任命乔治先生担任公司副总经理，主要负责投资策划、技术研究、产品开发工作……

李丽萍回到自己的办公室，又想起乔治，打开互联网视频对讲，将屏幕转向乔治的办公室说，乔副总经理，请您到我办公室来一趟！

秘书把乔治带进来了，她看见乔治，心绪立即慌乱了，思维也愚钝木讷，赶忙站起来，指着沙发说，请坐！又问，您对办公室满意吗，有不满意的地方直接给我说，我让后勤部门解决。

乔治说，非常满意，公司给我安排的办公室丝毫不次于我在美国的办公室。其实，工作能不能出成绩，办公室只是微不足道的条件之一，关键还要看自己的刻苦程度和掌握的科技能力，还需要一点儿运气！

李丽萍说，您很幽默，以后有什么要求，随时可以找我，我会认真考虑您提出的每一项要求！不知您对公司下一步发展有什么考虑？

乔治挺直胸脯，认真地说，这也是我现在想向您请示的一个问题，我今天早上咨询了财务总监，他说公司账上还有两千五百万元资金，已经闲置了五个多月！

李丽萍说，我知道这事情，确实有两千五百万元资金，主要是暂时找不到理想的投资项目……

乔治说，两千五百万元资金闲置了五个多月，本身就是浪费，这在大公司是绝对不允许的，为什么找不到理想的投资项目，我们的项目策划部门做了什么工作，是不是失职，必须尽快把它投出去，早日得到回报！

李丽萍也一直为这笔资金的走向焦急，公司要是不能把资金投入项目里，让资金产生效益，只是放在银行吃利息，绝对是浪费，是公司决策人的愚蠢，就问，您有合适的项目吗？

乔治说，本省有一座中药制造厂，厂房设备基本全是新的，由于产品市场不对路，难以偿还银行的贷款，准备宣布破产。我们可以用一千万人民币把这座工厂买下来，我已经研究出一百多种中药产品，主要用于男人滋补壮阳、女性美容美艳，质量绝对一流。当今社会，男人追求壮阳，女人追求漂亮，有非常大的市场需求。公司再拨出五百万人民币的广告费，三百万人民币的周转资金就可以运作起来。估计只需一周时间可以谈判成功。第二周就可以打广告同时进行生产，第三周就有客户订货，一个月后就可以收回总投资的一千八百万人民币，第二年可盈利一千八百万。我亲自在现场操作两个月，待工厂运作正常，我就把厂里的工作交给新任的厂长，另寻新的投资方向，把药厂赚的钱投出去……

李丽萍被乔治描述的前景吸引了，她的思维中浮现出那座中药制造厂，浮现出蜂拥而来的商家签订销售合同，一笔一笔的销售款汇入公司的账户，公司用这些资金又启动新的项目……

李丽萍控制不住内心的惊喜，问您有多大的把握？

乔治说，百分之百的把握。

李丽萍问，您什么时候可以拿出可行性报告？

乔治说，现在就可以拿出来，我昨天夜里就把可行性报告打印好了。

李丽萍心里又涌出对乔治工作态度的欣赏，如此科学理智的思维，又如此刻苦的工作精神，现在的员工太缺少这种精神了，都企图用最小的付出获取最大的收益，把工作视为商业运作了。说您现在把可行性报告拿来，我先看看。下午提交公司办公会议讨论，如果可行，明天就可以实施！

乔治说，我就喜欢您这种雷厉风行、说干就干的工作作风，任何犹豫和举棋不定都会贻误商机，我现在就去取可行性报告！

李丽萍又对着乔治的背影说，别忘了，今天的晚餐！

乔治转过身子笑着说，忘不了，您都交代一百遍啦！这句半开玩笑半认真的话，使李丽萍十分欢愉和慰藉。

公司办公会议通过了乔治收购中药制造厂的可行性报告。

本市最豪华的一家酒店的餐厅，橘黄色的灯呈现出暖性的色谱，还有很多淡红色的小灯，把餐厅装点得很适合情男痴女幽会。餐厅中央，有座假山，灰蒙蒙的山石，山顶上有几十股细流喷上天空，又坠落下来，在山下的水池里砸出密密麻麻的蜂窝，溅起无数玑珠。水池中间的小岛上，有个少女在弹琴，着一身雪白的连衣裙，神态端庄高雅，指下的琴声叮咚悠长，和这山、这水、这泉、这池、这餐厅、这灯光、这些情男痴女的情调十分和谐。李丽萍坐在乔治对面，看他的目光里充盈了情意缠绵。乔治望着餐桌上的红蜡烛，静静地看着她，什么话也没说。

李丽萍尽量柔着声音问，乔治，您在想什么？

乔治说，我在思考收购中药制造厂的环节还有没有漏洞，说商场如战场，一着不慎全盘皆输。这是我进入咱们公司运作的第一个项目，如果发生意外是非常丢脸的事情，会对我的信心产生极大的打击！

李丽萍说，现在还考虑这些，多没情调！她的话语里有了娇嗔的成分。

乔治笑了下说，我不能不考虑，我不能拿公司的一千八百万不负责任地抛洒！这不仅是作为一名员工必须具备的素质，也是做人最基本的道德！

李丽萍心中又泛起对乔治的敬佩和欣赏，这些年里，她几乎每天都为员工的敬业精神忧愁焦虑，现在的员工哪里有利益就冲向哪里，哪家公司给的薪水高就跳槽过去，真正把公司视为自己家的员工几乎为零。乔治的这种职业精神，在当今社会真是凤毛麟角。

服务小姐把果酒、煎蛋和汉堡端上来，李丽萍端起高脚酒杯，玫瑰色的酒液在玻璃杯中发出轻微的摇荡，她的目光从酒杯上边射过，盯着乔治的脸庞，温柔地说，我现在突然有种感觉，我们的相识，真是一种缘分，为我们的缘分干杯！

乔治端起酒杯和她碰了一下说，为我们的缘分干杯！

李丽萍拿起刀叉，对乔治说，工作了一下午，您也饿了，吃饭吧！

乔治指着李丽萍拿刀叉的手说，李总，您拿餐具的动作不对，应该这样拿！

  李丽萍不以为然地说，这是在国内，何必那么讲究！她说这话的时候，心里却震动了一下，这么多年来，无论是生意伙伴，还是公司员工，从来没有一个人敢当面纠正她的错误。

  乔治还是笑着说，不管在国内还是国外，也不论做任何事情，都必须按规矩来，何况这是个五星级的酒店，在这里消费的都是有身份的人，他们会耻笑我们，认为我们是土包子，没有经过西方文化的熏陶，如果传出去，对您的形象有影响！

  李丽萍竟像小学生似的连连点头，学着乔治的样子，把手中的刀叉交换了位置，刻意做出斯文的样子开始进食。

  吃过饭，李丽萍还不想和乔治分手，就问，乔先生，晚上有安排吗？

  乔治很绅士地把两手一摊，幽默地说，我们不是说好了，我今天晚上的安排就是和您在一起，怎么明知故问？

  李丽萍说，我有权力支配您剩下的时间啦？

  乔治说，当然，中国有句古话，一言既出，驷马难追。现代社会讲究契约精神，我们的口头约定也是一种契约，如果一个人说的话不去履行，谁还敢和他打交道，他的前途就走到尽头了。

  李丽萍思考了一小会儿说，我们去跳舞吧，不知您喜欢露天舞场还是室内舞厅？

  乔治说，露天舞场好，空气新鲜，也有情调！

  酒店后边的露天舞场里，草地平坦，草皮柔软，踏在上边如踏在家里客厅铺的羊毛地毯，草皮的上空有各种颜色的灯光闪烁，光线幽暗。草坪舞池外边，有一圈石桌和座椅，几对早来的男女品着饮料，还有几对男女在草坪上跳舞。四五个乐手中只有一个横笛在吹奏，旋律悠然，像是情侣的诉说。这乐曲、灯光、草坪、星空、树木，构成了别有情调的夜境。李丽萍和乔治手拉手进了舞池，她软软地偎在乔治怀里，缓慢地移动舞步，这是支很适合情侣跳的舞曲。不大工夫，李丽萍就觉得自己和乔治化为一体了，他们像一个整体似的前进、后退、移步、转体。过去几十年的夜晚，李丽萍都是在办公室的加班中度过，思维中只有文件、合同、报告、项目、资金、发展，多么枯燥，多么无味，多么荒度人生。这个和乔治共同拥有的夜晚，多么开心愉悦，多么幸福，自己过去为什么回避这些享受呢？

　　第四个星期，制药厂开始按乔治的配方大批量生产了，开工一个月，工厂就达到税后利润三百多万元人民币。乔治又抽出一部分资金在国外媒体做起广告，外商接踵而来……

　　李丽萍感到不可思议，她接手这个公司二十年来，就是后来购置了印度生产的智囊计算机，也从来没有一个项目这么轻省、快捷，令她不费力气，她甚至还没有明白到底是怎么回事，中药制造厂的财务报表上每天就有几十万人民币的利润。更令她不可思议的是乔治，几个人十几个人的工作量，只要交给他，一两天就处理得头头是道。中药制造厂正常运作之后，他把制药厂交给别人管理，又去筹划另一个投资更大、回报更多的项目。中药制药厂是这个公司自李丽萍父亲手里创建以来，发展最快效益最高的项目。

　　李丽萍觉得，自从乔治来到公司，自己仿佛卸下了千斤重负，公司的重大决策、运作，根本不用自己操心，乔治处理得细致认真，非常妥当，自己只需要听汇报做决定就可以了。她甚至想自己完全可以授权乔治管理公司，他肯定比自己管理得更好。想起自己二十年来如牛负重般的苦累，如履薄冰的决策，心里就有了许多的辛酸。乔治要是早到这个公司，自己就早轻松了。她又想起了严伟达，他要是有乔治的一半，哪怕十分之一的智商和能力，自己会这么累吗？

现在，李丽萍上班轻松极了，不再需要思考公司的前景，不再需要策划公司的项目，不再操心合作方的欺骗和陷阱。这一切，乔治全替她做了。她只要每天上班后通过互联网浏览一下公司的财务报表，了解一下公司的运作情况，看到的都是令人心情愉悦的文字和数据，就没有事情可做了。她就利用这些时间阅读经济、科技、管理类的杂志和书籍。这些年，工作太忙，很难挤出时间看书，明显感到自己的知识赶不上时代的发展。她翻到一本介绍仿真人类的杂志，刚看了一半，脑子里蓦然闪出一个念头，乔治是不是仿真人类呢？他太优秀了，真正的人怎么会那么完美无缺呢？自己和他在一块，从来没有闻到过他放屁的臭味，没有闻到过他出汗后的体味，他说的每句话都仿佛经过深思熟虑，每一个笑容都恰到好处，几十个人的工作量他一两天就可以完成，真人类绝对做不到这一点！天哪，他要是仿真人类该怎么办呢？一定要想办法甄别他到底是不是仿真人类！

整整一天，她把自己关在办公室里，思考怎么才能甄别出乔治是真人类还是仿真人类。一直到下午五点多钟，才想出办法。

傍晚，她和往常一样，约乔治在西餐厅吃饭，等候服务员上饭的时候，她试探着问，乔，我怎么没见过您抽烟呢？她想，抽烟是真人类最大的缺点，真人类绝对不会在自己设计的仿真人类身上体现自己的缺点。

谁知乔治却说，我原来抽，现在也偶尔抽一支，没有瘾，和您在一起的时候，因为您不抽烟，我也就不抽烟啦！

李丽萍说，我和您一样没上瘾，有时也抽一支，我们都抽一支怎样？她说着，从小拎包里取出香烟和打火机，取出一支烟，递给乔治。

乔治拿起打火机，替她把烟点着，也为自己点着。李丽萍看他捏烟、点烟、吸烟、吐烟的姿势很老练，心里踏实了，判断他是真人类不是仿真人类。

李丽萍觉得自己越来越离不开乔治，她越来越不能容忍在公司里，还有回家后看到的不是乔治，而是严伟达。夜间一个人睡在床上，翻转不停，焦躁得睡不着。她渴望乔治躺在她的身边，她枕在他的臂弯里，手抚在他长满胸毛的胸脯上，向他诉说自己小时候的事情，就像小时候向父亲述说一样，说累了，就躺在他的怀里，让他拥抱着自己睡觉，她就在这种幸福的思念中渐渐地进入梦乡。

李丽萍考虑到和乔治结婚，拥有这样优秀的男人做丈夫，不但可以享受情爱性爱的幸福，也可以在事业上依托他，减轻自己肩上的压力。她必然考虑和严伟达离婚，中国的法律不允许一个女人同时嫁给两个男人。但是，她又舍不得那笔要付给严伟达的巨款，好几千万元甚至上亿呀！每一分钱都是父亲和自己苦心经营挣来的，凭什么给他，就凭他做过我十五年的丈夫？她十分清楚，不给是不行的，父亲的遗嘱至今还放在法律公证处，自己要是提出来离婚不付款给他，他只要到法院递上一张起诉书，自己不但要付款给他，还要被小报炒得身败名裂。不向他提出离婚，自己就不能和乔治结婚，和乔治这段时间的接触，感觉到乔治不是那种甘愿给富婆当小白脸的角色，他的才能完全可以使他成为富翁，他的身体、容貌、气质、知识、能力能倾倒所有的女人，情感和生理正常的女人都渴望在他身上得到享受。自己如果不能和乔治尽快确定关系，别的女人就会抢占先机，商场如战场，情场比商场更像战场。连续好几天，她都处在进退两难，左也不是，右也不是的境地，公司的事情都懒得打理，幸亏有乔治撑着。

李丽萍和乔治又坐在那个五星级酒店的西餐厅里，他们吃过晚餐，喝着茶水聊天。突然，李丽萍把话锋一转问，乔，我如果向我的现任丈夫提出离婚，您有什么想法呢？

乔治放下茶杯，吃惊地反问，为什么要离婚？

李丽萍娇嗔又埋怨地看着他说，您难道不明白？

乔治说，我真的不明白！

李丽萍说，傻瓜，我爱您，我想和您结婚，我们相处了这么长时间，您难道没有一点感觉吗？

乔治说，原来是这样，那您就向他提出离婚，这也不是多么复杂的事情！

李丽萍说，如果我提出离婚，我就要给他付一笔巨款……她把父亲遗嘱的内容给他说了一遍，又问，您能不能帮我出个主意？

乔治两肩一耸，表示爱莫能助地说，李，我接受的是美国的正统教育，美国是非常讲法律的国家，您和您丈夫的事情有法律约束，谁也帮不了忙！

李丽萍沮丧地说，难道我必须付一笔款子给他？

乔治没有说话，只是更温柔地望着她。一直到快要离开酒店的时候，李丽萍才轻声柔气地说，乔，您要是个仿真人类多好，我就没有这些忧虑了，我们既可以在一块生活，我又不必离婚，更不会失去那笔巨款！

乔治笑了，抚摸着她的手说，李，您真有想象力，或许，我不会让您失望！

第二天早上，李丽萍刚在办公室坐下，乔治就进来了。

李丽萍满脸春风地站起来迎接乔治，乔，早上好！

乔治说，谢谢您，我特地来告诉您一件事，一件关系到我们之间的重大事件！

李丽萍问，有那么重要吗？

乔治说，李，我是仿真人类！

李丽萍一愣，随之说，不可能，您怎么会是仿真人类呢，我专门甄别过您是真人类还是仿真人类，您连烟都会抽，您和我们一样是真人类！

乔治说，李，我没有骗您，我真的是仿真人类，我是我们公司研制出的最新产品，真人类所能做到的事情，我全部能做到，而且我的智慧是一百名教授的知识总和，这是任何一个真人类都达不到的，您没有感觉到我的智能和操作能力的非凡吗？

李丽萍还是不相信地说，您怎么能向我证明您是仿真人类呢？

乔治说，您现在下达指令让TT网开通，访问上海仿真人类制造公司，可以在网上看到对我的介绍。

李丽萍立即下达了启动TT网的指令，进入仿真人类制造公司的网页，果然看到对乔治的介绍：乔治，男，三十六岁，中美混血种裔，身高一米八五，体重八十公斤，雄健阳刚，知识含量为一百名教授之和，具有东方男人的豪爽义气，又有美国男人的浪漫大度，内存一百万亿兆，仿真度百分之九十九点九，绝对寿命六十五年，同类产品唯一款式，售价八百万人民币，二○三○年十二月三日研制成功……

李丽萍惊诧地叫起来，天哪，您真是仿真人类？

乔治笑了说，我是仿真人类有什么不好，我具有真人类的全部功能，又不会像真人类那样给您带来麻烦，您只要向仿真人类制造公司付款把我购买了，我就会成为您的忠心伴侣。

李丽萍说，我的丈夫不会同意我们在一起生活，他不同意怎么办？

乔治说，据我掌握的信息，您的丈夫严伟达和仿真人类制造公司的最新产品林碧玉小姐情投意合，由于您的原因，中断了和林小姐的联系。但是，您没有考虑到感情不是靠权势能隔断的！

李丽萍说，您的意思……

乔治说，您可以和您的丈夫严伟达做个交易，您同意他购买林碧玉小姐，他同意您购买我，以后我们组成各自的家庭，您和我在一块生活，他和林碧玉在一块生活，互不干涉，既符合法律规定，又能获得各自的幸福，您还不会损失那笔巨款，多方共赢，多么美妙的事情，何乐不为呢？

李丽萍思考了十多分钟，才下定决心说，就依您的办法做。但是，您和那个林碧玉小姐都那么优秀，会不会又抛弃严伟达和我，你们产生感情走到一起？如果那样，我岂不是赔了夫人又折兵！

乔治说，您和您的丈夫严伟达把我和林小姐购买之后，仿真人类制造公司就会给我们增加一道配置，就是我的心中只有您一个人，林碧玉心中只有您丈夫严伟达一个人。除此之外，我们不会对任何人产生感情，因为我们身上没有对其他人产生感情的配置！这就是我们仿真人类和真人类的区别，真人类的情感是变移的，随着外边环境的变化，接触对象的变化而变化。我们仿真人类只根据输入的系统产生感情，系统没有输入别的真人类和仿真人类，就不会对他们产生感情，绝对忠实伴侣。我们仿真人类的这个品质情操是所有的真人类都不具备的！

李丽萍这才放心地说，您先回您办公室，我现在就跟我丈夫谈判这件事情，成功后我立即通知您！

乔治说，你们肯定会谈得非常愉快！

李丽萍和严伟达谈得很顺利，李丽萍当即通过TT网向仿真人类制造公司，付了乔治和林碧玉的购货款。仿真人类制造公司通知他们，林碧玉小姐乘坐一小时后的飞机到海口市、空中飞行的时间为四十分钟，请严先生到机场迎接他的仿真人类的妻子！

原发《鸭绿江》2003年第1期；转载于《作品与争鸣》2003年第5期；编入《新时期争鸣小说》

帽珥冢

宋《长安志》载："马冢，汉滕公夏侯婴墓。"因其东临灞水，在饮马桥南，时人谓之马冢。消初，冢旁建村，讹称帽珥冢，帽山系马字的讹音。

一

天刚破晓，我还在被窝里酣睡。吴好学冲进房子，一把揭开被子，对着我的屁股扇了一巴掌，吼：驴日的快起来，再睡都迟到了！我翻了个身，嘟囔：喊叫啥哩，天还没亮呢，你叫得太早啦！吴好学小声说：咱还有事情哩，要是起来晚了，肯定迟到。我知道这事情就是掤①钱，忽地爬起来，把书包朝胳肢窝一夹，说：你咋不早说，磨蹭了这么大工夫！

我们跑到村口，早来的刘文道、马得财还有女生常美仙，已经候在那里，看见我们就喊：黑脸，你咋才来！我们这些同学都有绰号。吴好学叫贼狐子，意思比狐狸都贼。刘文道叫咬透铁锨，犟，认死理，老人说河里的鳖把铁锨咬透都不丢口。马得财叫老母猪，能吃，一次能吃六个苞谷棒子。常美仙叫老婆娘，我们这几个男生都是八岁上学，上到四年级十二岁。常美

---

①掤：同"扛"。举；抬。——编者注

仙十四岁上学，上到四年级十八岁。我叫黑脸，中医说我肾水不足，脸色发暗。

中秋的黎明，空气经过一夜过滤，清新到极点，吸进鼻子，生机吱吱地朝出冒。路上没人，没车，我们能听见脚步踏在土路上发出的声。走到帽珥冢村的冢疙瘩，这个冢疙瘩叫帽珥冢，我们村子在帽珥冢跟前，借着这个冢疙瘩的名字，叫帽珥冢村。我们停下脚步，望着冢疙瘩跟前的苞谷地，肚子又咕噜咕噜响起，脑子里幻生出烤苞谷的香气。吴好学说：离上课还早，这么早到学校没事干！

马得财立即接上话：咱们这阵把苞谷烤上，课间操拿回去吃！常美仙说：这地是谭家堡子的，逮住了把你们朝死里打。马得财用袖子擦了下嘴角，说：怕个屄，这么深的苞谷地，谁知道咱在里面烤苞谷？吴好学琢磨了五六秒钟，拍板：烤苞谷，开始行动！我们像电影上的游击队，窜到旁边碾麦场的麦秸垛跟前，抱麦秸。又跑到苞谷地里，掰苞谷。忙完这些，吴好学对我说：趁这个工夫，咱俩挪一阵。

我和吴好学跑到马路边，找了块石头，在路边支好，开始挪钱。所谓的挪钱，就是把铜钱朝石头上磕，磕得远的就用铜钱砸磕得近的，砸上了就把对方的铜钱赢走了。砸不上，就让对方砸你，人家砸上了，就把你的铜钱赢走了。我们玩的铜钱有等级，最高一等是刀币，青铜，其形如刀；二等铜钱上印着"半两"；最不值钱的是"乾隆通宝"。一枚刀币顶五十枚半两；一枚半两顶二十枚乾隆通宝。

我从书包里掏出一枚半两，说：我出半两，你有没有？吴好学说：我没有半两，我拿乾隆通宝换你的半两。我说：一枚半两换二十枚乾隆通宝。吴好学把书包里的乾隆通宝掏出来，数，说：只有十八枚，欠你两枚，明天给你。我说：你把乾隆通宝全换给我，也只有一枚半两，我要是赢了，你又没有了。吴好学说：我要是赢了，咋办？我说：你要是赢了，我把你换给我的乾隆通宝还给你，你把半两还给我。

我们俩用剪刀、锥子、布，猜谁赢谁输。输的人先磕，赢的人后磕。

这时，常美仙跑过来，说：你们又捆钱了，迟到了老师又罚你们站！吴好学说：你把自己的事操心好，自己的娃都快饿死了，还操心别人家的娃长得不白净！

常美仙再没说啥，她在年龄上很自卑，十八岁在农村，该嫁人了。

我和吴好学又开始猜锥子老虎布了，我们摆好架势，脑袋顶着脑袋，都把右手藏在腰后，一齐吼叫：出！我出的是布，吴好学出的也是布，谁也不赢谁。我们又摆好架势，又把右手藏在腰后，又一齐吼：出！我出的是锥子，吴好学出的也是锥子，还是谁都不赢谁。第三次，我出的是锤子，吴好学出的是老虎，锤子打老虎，我赢。于是，吴好学先把半两在石头上磕，他磕得很远，我不会比他磕得更远，轻轻在石头上磕了一下，距离远了，他就砸不中。

吴好学站在那里，犹豫。砸吧，肯定砸不中，还给我留下砸的机会。不砸吧，他还得先在石头上磕。终于，他放弃了砸的机会，又一次把半两在石头上磕出去。这样连续了四次，时间一分一分地过去了，我们谁也没有把谁的半两赢走。常美仙急得在旁边直催：快上学去，都迟到啦！

马得财和刘文道把苞谷烧好了，跑出苞谷地，看我和吴好学捆钱。吴好学看了他们一眼，问：弄好了？马得财说：弄好了，下了第一节课，我过来刨回去，下第二节课，正好吃！

吴好学连续几次都是先磕，他再贼，也有失手的时候。第六次磕的时候,他用力把半两在石头上一磕,竟没有磕远,落在石头前边两尺多远的地方。我把半两在石头上轻轻一磕,我的半两落在吴好学半两前边一尺远的地方。我拿起半两在他的半两上砸了一下,他的半两被我赢走了。我把半两装进书包,按搁钱的规矩,赢家不能走,输家说不搁才能不搁。吴好学不服气,说:你借给我一个半两,再来!我说:不借,你要是还有,咱就接着来。你要是没有,咱就不来啦!

常美仙着急了,插到我俩中间,说:不能再搁了,都迟到啦!马得财、刘文道也说:不能再搁了,再晚就迟到啦!吴好学见他们都说不能再搁了,不再坚持搁了,说:后响放学后,咱俩接着搁,我非把输的赢回来不可!

二

我们冲进学校大门时,看门老头正要敲上课铃。吴好学对他喊:施爷,等我们进了教室再敲!看门老头笑眯眯地看着我们这些捣蛋学生,说:你们几个早吃屎了,非要赶到快迟到了才跑到学校!他嘴上这么说,还是放下举起的铁棍。铃声落下,我们的屁股刚好落在座位上。欧阳道已经站在讲台上了,看着我们跑进来,阴阳怪气地揶揄我们:你们几个的时间观念真强,不早到一秒钟,不迟到一秒钟,铃声落下屁股刚好在凳子上坐好,比解放军开炮的时间都准确。

我们啥话都没说。

下了第一节课,马得财把书包里的书掏出来,塞进课桌的抽屉里,把空书包朝脖子上一挎,跑到我跟前,小声说:我去给咱取烤苞谷了,课间操的时候，咱们在老地方吃。他的话还没说完，欧阳道走过来对他说：你昨天的作业错了好几道，跟我到办公室取你的作业本！马得财没办法去取烤苞谷了。

　　课上《农业常识》，这是门副课，升初中不考它，老师应付着讲，不讲不行，我们应付着听，不听也不行，这是政治，谁犯了政治都不得了。《农业常识》还是欧阳道讲，他讲这门课时，提不起干劲，一节课四十五分钟，他只讲二十五分钟，剩下的时间让学生提问，美其名曰：互教互学。这堂课讲猪，欧阳道对着书本念：种猪的挑选，要四肢健壮有力，身材高大，两眼有神，腰要长……

　　吴好学嘟囔：选种猪比挑女婿的条件都高！欧阳道听见他嘟囔，说：大姑娘挑女婿和农民选种猪没有可比性，大姑娘挑女婿，身体健康不健康，只影响自家的下一代。农民选种猪，影响的不是一家一户，是整个村堡甚至方圆几公里的猪娃，绝不可等闲视之。吴好学继续嘟囔：我前天黑了还听庚子爷说，世上很多东西不公道。母猪找公猪配种，都是母猪给公猪钱，还要给十斤苞谷。男人找婆娘，得给女人钱，人和畜生打了个颠倒！

　　常美仙叫：贼狐子，不要脸，教室那么多女生，你有完没完！吴好学和这帮女生一吵，男生就起哄，叫好，掌声轰鸣，能把房顶揭起来。

　　刘文道对吵架没兴趣，他们起哄的时候，他看书。我对他们吵架也没兴趣，对铜钱有兴趣，从书包里把赢吴好学的乾隆通宝掏出来，一枚一枚地欣赏，有几枚长了绿锈，我给上边吐了唾沫，在裤子上擦。

　　欧阳道走到刘文道跟前，从他手里拿过书，看了书皮，问：你喜欢看这类书？刘文道说：喜欢，很多地方看不懂。欧阳道说：你才上四年级，肯定看不懂，上到高中就看懂了。你就爱钻研这类学问，以后就朝这方面发展，这就是天赋。其实，每个人都有自己的爱好，也有自己的天赋，要是从事自己爱好的行道，就容易取得成就。可惜很多人不能按照自己的爱好发展，迫使自己放弃爱好，从事不爱好的工作，就很难取得成就。

他说的这些，我听得似懂非懂，干脆不听，继续欣赏我的半两，没有发觉欧阳道走到我跟前。我感觉旁边有人时，抬头见是欧阳道，急忙站起，手里还攥着两枚半两。

欧阳道伸出手，说：给我看看。我把半两交给他。他把半两看了，问我：你知道这枚铜钱叫什么名字，哪个朝代的？我说：我们把它叫半两，不知道是哪个朝代的。欧阳道说：这枚铜钱确实叫半两，是秦朝的货币。咱陕西为啥叫秦，就是当年秦朝建在咱陕西，国都建在咸阳。后来秦始皇统一六国，统一了货币，上币为金，下币为铜，这种货币到了汉朝，还一直沿用。你们以后开了历史课，就要讲秦始皇统一六国，建立中国历史上第一个中央集权的封建政权——大秦王朝。

欧阳道根据一枚铜钱，竟讲出这么多学问。我又从书包里掏出刀币，说：你看看这枚刀币，里面有啥学问？欧阳道接过刀币，说：这是春秋时代齐国、燕国、秦国使用的钱币。秦始皇统一六国后，仍然使用刀币，币值比半两大。这些古币很有价值，应该妥善保管，不要毁坏丢失。

我听他讲铜钱还有这么大的用处，心里就高兴，得意地说：我有十几个刀币、三十多个半两、两百多个乾隆通宝，还有别的铜钱。

我的话刚说完，同学们争着说：我有六个刀币、五个半两、三十多个乾隆通宝。有的学生说：我有八个刀币、十个半两……有的同学从书包里掏出刀币、半两、乾隆通宝，让欧阳道看。常美仙和几个女生还把踢的毽子拿出来，喊：我们毽子里都是铜钱！

欧阳道回到讲台上，用力挺了下胸脯，唾沫四溅地讲开：咱们西安是十三朝古都，整个关中平原处处都是文物宝地。咱关中随便哪一块土地上，都埋葬着皇帝大臣妃子美人，埋葬着无数的古董文物。我小时候听俺村的老人说过这么一句话，不雅，却讲出了咱陕西地下埋了多少名人多少宝贝。

吴好学听得入神，嘴角流出一溜哈喇子，都顾不上擦，见欧阳道不肯讲出那几句话，就喊：欧阳老师，你村老人都说了些啥话？欧阳道说：这话不文明，粗鲁。吴好学说：你前几天还说了，只要是做学问的话，就不脏。欧阳道看了一眼女学生，说：其实，这话也不下流，就是有点粗野，不适合在课堂上讲，咱要讲文明。吴好学还催：有啥不能讲的？欧阳老师说：我讲了，这话就是不文明而已，没有丝毫的淫秽下流。我小时候听俺村的老人讲，在咱陕西，尿上一泡尿，说不定就尿到哪个娘娘美人的肚子上，拉上一泡屎，说不定就拉到哪个皇上大臣的嘴里。在咱陕西随便抓一把黄土，攥的都是历史，都是文化。

欧阳道说完，吴好学伸长的脖子缩回去了，像气球上攮了一锥子，失望地说：这话有啥不文明的，不就是拉屎尿尿！

欧阳老师还是兴致不减地讲：咱们跟前有个帽珥冢疙瘩，你们知道这个冢疙瘩下边埋的啥人？这个，我们都不知道了。刘文道说：我问了俺村好几个老汉，都不知道冢疙瘩下边埋的啥人！欧阳道说：你村的老人没有研究过历史，咋能知道一千七百年前的事情。宋《长安志》说：马冢本是汉滕公夏侯婴墓，旁边有马鞍桥所以人们称马冢。"马"字拖长音后来成了"马儿冢"后转元音"帽儿冢"。帽珥冢疙瘩下边埋的是汉朝开国大臣夏侯婴——

欧阳道讲的这些，都是我们脚下边的事情，我们当然愿意听，也听出了名堂，知道俺西安是十三朝古都，知道兴平的地下埋的是汉武帝手下那帮子大臣，知道大美人杨贵妃就葬在马嵬驿，知道杨陵的来历，知道黄陵县埋着咱中国的老祖宗黄帝，才起名黄陵……

我们听着历史典故、名人故事，生怕漏掉一个字。比起那些没有意思的农业常识，简直是天上和地下的比较。欧阳道给我们讲这些的时候，马得财根本没听，他不关心兴平埋着汉朝的将军，也不关心杨陵葬的哪个美人，帽珥冢下边葬埋的夏侯婴，这些与他的嘴屁关系都没有。他书包里除了课本，装的全是吃食。这阵，他低着头，朝嘴里塞炒苞谷豆，咀嚼时发出嘎巴嘎巴的脆响。炒苞谷的香气从嘴里喷发出来，在教室里游荡，引得我们这些天天饿肚皮的人涎水直流。

欧阳道听见马得财咀嚼炒苞谷的声音，也闻到炒苞谷的香气，顺着香气走过来，站在马得财跟前。马得财赶忙站起，嘴里还含着炒苞谷，不敢继续咀嚼。欧阳道揶揄他：香不香？他嘴里含有炒苞谷，说不出话，就点头。欧阳道说：十足的造粪机器！这是句比日爹日娘都厉害的骂人话，不知道马得财听明白没有，还给欧阳道躬了下身子，嘴里呜呜呀呀地应了几声。欧阳道又说：马得财你记住，你以后要是考上大学了，跑到俺先人坟上拉泡屎，我还给你递擦屁股的胡基蛋（土块）。

那时候，俺祖祖辈辈拉完屎后，就近找块胡基蛋，在屁股缝里蹭几下，算是擦了屁股。欧阳道能说这话，肯定小时候也用胡基蛋蹭屁股。

马得财把嘴里的炒苞谷咽进肚子，就能说话了，说：俺爸早就给俺说了，把书念到小学毕业，就不让俺念了，回生产队挣工分，起码能顶大半个男劳。俺连中学都不上，哪能去考大学？欧阳道一愣，问：你爸也不让你读书了？马得财说：小学毕业就不让读了。欧阳道说：你小学毕业才多大岁数，这个岁数不读书，把光阴都糟蹋了。马得财说：俺爸说了，读书才糟蹋光阴哩。我回去劳动,一天能记六分工,俺村一个劳动日能分四毛钱,六分工能分两毛四分钱,一年下来,能挣多少钱?在学校读书,谁给一分钱,还得给学校交钱!

欧阳老师又问大家:你们挨个说,谁小学毕业就不再读书了!吴好学说:俺爸让我小学毕业不再读书了……欧阳道看着常美仙,问:你们几个女生说说,毕业以后读不读中学?常美仙说:这不是俺们想读不想读,是能不能读。我们几个都给了人家,人家早就催着俺过门,俺一直用读书推辞。小学毕业了,就没有推辞的理由了。欧阳道说:你们天资很好,只要用心读书,考上大学不成问题,绝对不能把读书的光阴用在挣工分上。你们还是坚持读书,我们这些农村娃们只有读书才能改变命运。你们父母的工作,我家访时做!他说完,挥了下手给我们说:下课!

马得财见欧阳道离开了教室,猛然想起该到冢疙瘩下取烤苞谷,拔腿就朝学校外边跑。本该第二节课下后的课间操吃烤苞谷,只好改在第三节下课后。学校操场旁边有片树林,繁密,人钻进去四五米深,外边什么都看不到。我们一钻进树林,马得财就打开书包,给我们发烤苞谷。吴好学一边啃一边给马得财说:老母猪,你驴日的烤苞谷就是有一手!马得财得到表扬,就晃脑袋,说:那还有啥说的,不是吹的,咱帽珥冢方圆十里以内,找不出第二个能烤出这种苞谷的人!我看不惯他自傲自得的样子,恶心他:你晃脑袋干啥,没尿净?马得财说:你才没尿净哩,你天天都没尿净!刘文道啃了两口,说:这么好吃的苞谷,给欧阳老师留一个,让他尝尝咱们烤的苞谷。马得财对刘文道发起攻击:你是他的孝子贤孙,咱们烤的苞谷,凭啥给他吃!刘文道还击:你驴日的不知道报答好人,欧阳老师对咱们真是把心尽到了。你没看他听说好多同学不再读书,眼泪都流出来了!马得财说:我就不觉得他好，他哪一天不罚我站？好几次跑到我家，给我爸说我不好好读书，上课吃东西，让我爸揍我！常美仙说：老师吃饱了撑的，来回跑十多里路给你爸说，还不是为你好，你把好心当驴肝肺！马得财还想说啥，吴好学把啃光的苞谷芯子在他头上砸了一下，骂：你听着，以后再说欧阳老师的不是，我不把你的脑袋砸进脖子才怪！你驴日的不知道报恩，养不熟的白眼狼，看以后谁跟你交往！

马得财不敢言传了。

常美仙朝树林外看了一眼，说：快点吃，课间休息十分钟，快到上课的时间了。马得财说：我小学毕业就不读了，迟到就迟到了。说完，又恶心常美仙：美仙姐，你过年就要嫁人，肯定读不成书了，还在乎迟到不迟到。刘文道说：美仙姐说得对着哩，哪怕明天不读书，今天就不能迟到。

不知什么时候，欧阳道站在我们身边，冷笑，说：你们偷生产队的苞谷，还影响上课学习。我们木呆了，刚才说了他很多坏话，刚好被人家逮着，要是给校长汇报了，弄不好会让我们在全校大会上罚站。欧阳老师抬起手腕，看了手表，对马得财说：烤苞谷没收，马上去上课。下课到我办公室，把你们的苞谷拿回去！

中午放学后，我们几个排成一溜，朝欧阳道的办公室走去。走到办公室门口，都朝后缩，不肯第一个进去。吴好学给常美仙说：美仙姐，你是女的，你打头！常美仙朝后退了两步，说：我又没说老师的坏话，凭啥让我打头。谁说老师的坏话，谁打头！吴好学说：该死的娃娃尿朝天，不该死的跑得欢，是福跑不掉，是祸逃不了，今天这一难谁也躲不过。刘文道打头，刘文道学习好，老师喜欢学习好的学生。刘文道说：这也不是啥大事情，生产队的娃吃生产队的苞谷，跟儿子吃老爸的东西一样，犯不上原则，我打头！

说完，紧走几步站在欧阳道办公室门口，大声喊：报告！

我们挨个走进欧阳道的办公室，排队站好，摆出挨罚受批的架势。

欧阳老师正在写什么，桌上放着一沓子稿纸。我瞥了一眼，稿纸上写着《帽珥冢与夏侯婴研究》。这几个字我认识，不知道那个冢疙瘩下边埋的死人有啥值得研究？

我们来的时候，就做好了挨批的准备。谁知他根本没有批评，提起盛烤苞谷的书包，递给马得财，说：我尝了一个，烤得不错！马得财惊喜，问：你也喜欢吃烤苞谷？欧阳道说：好东西谁都喜欢吃。马得财说：只要你喜欢吃，我天天给你烤！欧阳道说：我尝过一个就行了。苞谷是集体的，偷生产队的苞谷，原则上还是不对，以后不要做这事情了。你们回去吧，早点回家吃午饭，下午不要迟到！说完，又给马得财和吴好学说：你们两个中午回家，给你爸说一下，我晚上找他们家访。

吴好学紧张了，说：我这一向表现得还可以吧，没有违反啥纪律，作业按时交，没有跟同学打架！欧阳道说：我没说你表现不好，这是正常家访，了解一下家长在你的学习问题上有什么困难，学校能解决的一定解决！

马得财搔着脖子不好意思地说：我上课吃东西，不注意听讲，已经改正了不少，就是实在忍不住了，才吃几个苞谷豆。你找到俺爸，多说我进步，少说我错误。要不，俺爸会揍我的。你不知道俺爸有多凶，逮住啥就朝俺身上开，暑假的时候差点把我的脑袋砸开瓢！

欧阳道在马得财头上摩挲着说：你放心，我不会给你爸说这些！

夜幕降临很大工夫了，欧阳道还在俺村走访学生家长，从这家出来进那家，做家长的工作，不要中断我们的学业。我和吴好学、刘文道、马得财、常美仙七八个同学，还有他造访过的家长，簇拥着他。人家是老师，一日之师终身之父，老人讲的这些道理，我们不敢造次。

夜，一丝一丝地朝深处滑去，更静谧，天地间没有一点声响，鸡上架了，猪卧槽了，头牯躺下了，连小伙子和新媳妇的那种事情也做过了，他们在一团糨糊般的慵倦中沉睡了。村子的深处，偶尔喧起一声婴娃的啼哭，很快就被母亲的乳房堵住嘴巴。突兀有声狗的吠叫，很快就终止，天地间又归于万籁无声。欧阳道仰头看了夜空，说：天很晚了，我耽误大家睡觉了！我们这才灵醒过来，知道夜已经很深了。

我们把欧阳道送到村子外边，他停住脚步给我们说：你们明天还要上学上工，赶快回家睡觉。刘文道他爸说：你跑这么远的路到俺村，还不是为了俺的娃娃好。我们咋能不送哩？俺要是把你送到半路就折回去，叫村人知道了，笑话死俺！马得财他爸也说：俺肯定要把你送到学校才转回去。你今天这些话，让俺跟得财他妈的脑子开了窍，俺过去都是老鼠眼，看不到两寸远。你说得太对了，咱这些农民人家，不上中专，不上大学，一辈子都不会有出息。我不管得财脑子够用不够用，肯不肯下功夫，俺当老人的把心尽到，他读到啥地步，俺供他到啥地步。吴好学他爸跟着说：我也不打算让好学养猪了，让他好好读书。不管他以后读到啥程度，俺都记着欧阳老师的恩德，跑这么远动员俺支持娃娃读书，要不是一心为俺娃好，咋肯付出这么多的辛苦。

我们走到冢疙瘩跟前，欧阳老师停下脚步，望着夜色中的冢疙瘩，很壮观，很气势。秋庄稼收割完了，麦子刚刚冒出地面一两寸高，视线很开阔，我们看到不远不近的公路上，有辆人拉的架子车，沉重的脚步，噗噗嗒嗒，一声串着一声。还有用力拉车时的吭哧声，蕴含着劳累和贫穷。我走过他们身边时，突然有了觉悟，如果不好好读书，考不上大学，结局必然和他们一样，背负着沉重的生活，过着贫困的日子，一步一步地走完自己的苦难人生。就在这时候，我下定了决心，拼命读书，考上大学，当工人、当干部，月月拿工资，有口粮，吃穿不愁，免费医疗，死了还领公家的丧葬费。一直到现在，我都记着那个深秋的夜晚，一个小学四年级学生立下的宏伟理想。

欧阳老师还站在那里，说：这是汉朝夏侯婴的墓冢。人们都没吭声，谁的墓冢与我们有啥关系，能让我们多分口粮，能让我们多分钱？啥都不能，还占俺村二十亩好地，要是把这个墓冢平了，腾出二十亩好地，能多打多少粮食。但是，他们都没有说话，这是礼性。

刘文道说话了，问欧阳道：你说俺帽珥冢疙瘩下边埋的是汉朝的夏侯婴，有啥证据？他咬透铁锨的毛病犯了，他只要认准一个理，弄不通绝不肯罢休。欧阳道说：我读大学的老师史学翰是我国著名的历史学家，专门研究古长安历史，著述丰厚，曾经写过一篇论文《夏侯婴与帽珥冢》，论证了帽珥冢就是夏侯婴的坟墓。刘文道问：你说的这个史学翰，现在啥地方？欧阳道说：还在陕西师范大学，我放暑假的时候去看过他，请教帽珥冢和夏侯婴的问题。刘文道说：我咋着能找到他？欧阳道说：很好找，他不上课的时候，都在家做学问，你到学校一问史学翰教授，都知道。

星期天。天黑很大工夫了。我吃过夜饭，做完作业，拿起小说《说唐》，坐在煤油灯下看。突然，有人拍大门，我喊：谁？大门外边传来刘文道他爸的声音：黑脸在不？我说：啥事？说着就跑去开大门，刘文道他爸问我：你知道文道干啥去了？我说：不知道。刘文道他爸说：天刚蒙蒙亮，他揣着两个生红薯就出门了，到现在还没回来，也没说到啥地方去。我说：要不咱们到学校，问问欧阳老师，看他知道文道到啥地方了？

我们跑到学校，欧阳道趴在桌上写东西，我看了一眼，又是《夏侯婴与帽珥冢研究》。刘文道他爸急火火地说：文道一天都没回家，到现在还没有人影！欧阳道说：今天是星期天，学校不上课，他不在学校！刘文道他爸说：他是学生，不到学校能到啥地方？欧阳道琢磨了两三分钟，把脑袋一拍，说：我估计他到陕西师范大学去了！这几天，文道一直问我夏侯婴和帽珥冢的学问，我没研究过夏侯婴，也没研究过帽珥冢，回答不出他提的问题，就给他说陕西师范大学有个历史学家叫史学翰……

陕西师范大学在西安南郊的吴家坟，刘文道他爸说：咱这到吴家坟四十里路，来回八十里，他咋能跑回来？欧阳老师说：咱顺着朝陕西师范大学去的路找他，估计能找到他。

初冬季节，月光下能看到刚刚落下的白霜，透溢出逼人的冷冽。马路上很少行人，也很少马车和自行车。西北风刮着，发出呼呼的声，寒冷入骨。路两边的树上，飘下几片枯叶。附近的村庄，被光秃秃的树林遮掩，静得没有声息。我们朝陕西师范大学的方向走去，没走多大工夫，身上就发热，有了热汗。我们解开棉袄的扣子，敞开怀，冷风直接吹到肚皮上。家里没钱，冬天穿的都是光板子棉袄。刘文道他爸走上几十步就喊叫一声：文道，你驴日的在啥地方？声音在寂静入骨的深夜，传得很远。我们一边走一边喊，一路向南，过了余家寨，过了马蹄寨，过了大明宫，快到黄河毛巾厂的时候，听见路边的人行道上，传来刘文道软软的声音：我在这哩！

我们跑到他跟前，他背着书包，抱着一个大红薯在啃，啃得叽咛叽咛响。刘文道他爸冲过去，对着他就是一脚，骂：你驴日的跑到啥地方去了，害得多少人不得安宁。刘文道急忙爬起来，他爸又踢出一脚，刘文道一闪，没踢上，还把他爸闪了个屁股蹲。刘文道急忙放下红薯，把他爸扶起来，说：我到陕西师范大学去了。

欧阳道走到刘文道跟前，问：找到史学翰教授没？刘文道说：找到了，要是找不到，我今黑就不回来，啥时候找到啥时候回来。史老师还给我两本书。他说着从书包里掏出书，我们借着月光能看见书皮上的字，一本是《陕西名冢研究》，一本是《古钱币研究》。

三

学校门口来了一个卖羊杂碎的回民，挑着两个筐，一个筐里装着墩板、刀、秤、白麻纸，另一个筐里装着羊肝、羊肚、羊肠、羊心、羊舌头、羊耳朵、羊蹄筋、羊尾巴，五香的。人没走到跟前，就闻到膻膻的香气，刺激得嘴里的涎水像冒出的泉水。我们十几个学生围着羊杂碎，眼睛得比牛眼都大，看，眼窝里能伸出爪子，抓起羊杂碎朝嘴里塞。这时候，我才领会了老师教的成语，聚精会神、屏息凝神。啥是聚精会神？啥是屏息凝神？一个一年只能吃上一次肉的农村少年，遇到诱人涎水直流的羊杂碎，可以不掏钱地看，不掏钱地闻，那种神态绝对符合聚精会神、屏息凝神的词义。

我馋得实在受不了，从书包里掏出一枚乾隆通宝，送到回民跟前，说：我拿铜钱买你的羊杂碎？回民说：铜钱是过去的钱，不是现在的钱，不能用。我太想吃羊杂碎了，又从书包里掏出一枚半两，说：俺老师说了，这是秦朝的钱，稀罕得很哩！回民冷笑，说：你这是秦朝的钱，拿去买秦朝的东西。我这是现在的羊杂碎，就得用现在的钱买，你想拿秦朝的钱日弄我现在的羊杂碎，没门！我对书包里的半两、乾隆通宝，彻底失望了。

马得财蹲在盛羊杂碎的筐子跟前，嘴角的涎水流到胸前都顾不上擦，嘴唇还一下一下地吧咂，那馋样，人看了可怜。

吴好学从裤兜里掏出一分钱，送到回民跟前，说：我买一分钱的羊杂碎。回民说：一分钱不卖！吴好学说：为啥不卖，一分钱也是钱！回民说：一分钱是钱不错，就是钱太小，没办法卖给你。我最少卖五分钱的，再少就没办法称！

刘文道也从裤兜里掏出一分钱，给吴好学说：咱们把钱凑在一起，看能不能凑够五分钱。我们在场的同学就凑，凑了三分钱。我们拿着三分钱，缠着回民要买羊杂碎。谁知这个回民也是个咬透铁锨，无论我们怎么缠他，就是坚持不卖。

马得财馋得受不了了，趁我们给回民说好话的工夫，手从我们的腿缝伸过去，抓起一块羊肚子，塞到嘴里，走到一边咀嚼，咽进肚子，又回到筐子跟前，故技重演。偷到第四次的时候，被回民一把抓住他的贼手，骂：我就说我的杂碎还没卖就少了那么多，原来是你驴日的偷吃了。拿一毛钱来，不拿钱就把你拉到老师跟前。

马得财哪来的一毛钱，他要是有一毛钱，就不会偷吃。他像老地主挨批斗样地低着头，啥话都不说，最后还是被人家拉到欧阳道跟前。欧阳道啥话都没说，问回民：他吃了你多少羊杂碎？回民说：起码吃了一毛钱的。欧阳道从口袋取出一毛钱，交到他手里，说：我给这个学生说了，遇到你来卖羊杂碎，就吃，吃过我付钱。甭说一毛钱，就是一块钱，我都给！

回民愣住了，马得财愣住了，我们这些同学都愣住了。欧阳道啥时候给马得财说过这话？马得财比老母猪都能吃，能一口气吃一块钱的羊杂碎。回民拿着钱走去了，临走时拍了下马得财的脑袋，说：下回吃的时候，提前给我说一声，我称好了你再吃，吃多少都行，有老师替你掏钱，怕啥！

回民离开后，我们才灵性过来，原来是欧阳道护马得财哩。要是不护他，用不了两节课，全校都知道他偷了人家的羊杂碎，用不了两天，四周村堡的人都会知道，马得财就会背上一辈子贼名，以后娶媳妇都难畅。

马得财站在欧阳道跟前，头低得更低，眼泪都差点流出来。他心里难受，过去就他背后骂欧阳道，骂得很厉害。欧阳道走到他跟前，抚摸着他的头发，说：上课去吧，没事了，一毛钱的事情哪值得哭！马得财哇地哭出声了，边哭边说：我对不起你，背后经常骂你，还给你起了个老骚驴的绰号。我以后再在背后骂你，我就不是人。他说最后一句话的时候，两脚并拢，使劲蹦了一下。

下午上政治课，欧阳道讲了孔子路过盗泉不饮的典故，讲完让我们讨论感想，还特别强调，心里怎么想的就怎么说，不要说假话。吴好学举手发言：孔子遇泉不喝，就是他不渴，要是渴了，肯定会喝。俺村的庚子老汉都说了，谁跟受活都没仇！刘文道举手发言：这个典故不一定是真的，历史的真实必须有资料来证实。孔子路过盗泉不饮，谁看到了，最初记载在什么地方，怎么证明它是真实的，不能证明真实的典故，我们都可以怀疑它的真实性。

刘文道是小学四年级的学生，怎么能说出这么深刻的话？欧阳道问：你这些观点，从哪里得到的？刘文道说：我那天到陕西师范大学，找到史学翰教授，他给我说的。我当时听得很糊涂，这些日子天天琢磨，终于琢磨明白了。欧阳道说：你是研究历史的材料，一定要好好读书，不要把自己浪费了！

这话我们就不明白了，不好好读书，咋是把自己浪费了？

下课铃响了，欧阳道没有让我们下课，问我们：你们特别想吃羊杂碎？

我们回答：想吃，想吃死了，做梦都想吃！欧阳道说：想吃没钱买？我们回答：要是有钱，老母猪绝对不会偷人家的羊杂碎！欧阳道说：同学们说错了，马得财没有偷人家的羊杂碎，是我让他先吃后付钱！

我们就笑，马得财又不是姑娘娃，偷了汉子坏了名声嫁不出去！偷嘴吃在俺农村太普遍了，谁没有偷过生产队的苞谷红苕洋柿子？我们就喊叫：老母猪又不是姑娘娃，还要啥名声，他又没有偷野汉，还怕坏了名声找不到婆家！马得财对我们喊：你才是姑娘偷野汉，你才害怕找不到婆家！

欧阳道说：我有个办法让你们吃羊杂碎，我用现钱收你们的古币。一枚刀币三块钱，一枚半两五毛钱，一枚乾隆通宝五分钱。

我们不相信铜钱能值那么多钱，世上还有这么好的事情？真是闭着眼窝走路，被啥绊了个跟头，睁开眼窝一看，竟是个金元宝，问：你说的可是真的？欧阳道说：我是老师，老师还能哄学生？哪些同学愿意出售自己的古钱币，下午就到我办公室，一手交古币一手交现钱，当面点清，我还要造册登记！

中午放学回家，我把古钱币清理了。下午上学的时候，拿了三枚刀币、十枚半两、一百枚乾隆通宝，走进欧阳道的办公室，换了十九块钱。欧阳道拿出笔记本，在上边写上：施忠学，刀币三枚、半两币十枚、乾隆通宝币一百枚。

快放寒假的时候，常美仙给我们说：你们陪我一块找欧阳老师。吴好学正在擦半两上的脏污，头都不抬地说：你自己去找就行了，还要我们陪你！刘文道站起来，走到常美仙跟前，说：美仙姐，贼狐子不去，我们几个陪你去。

马得财走到吴好学跟前，在他屁股上踢了一下，说：美仙姐从来就没求过咱，就求咱这件事情，你驴日的都不去，良心叫狗吃了！我也走到他跟前，说：贼狐子，你这人不行，咱美仙姐的事情你都不帮忙，以后会帮谁的忙？吴好学把半两朝口袋一放，忽地站起来，趔趔地说：哪个驴日的说不陪美仙姐了，我说这阵正忙着哩，把半两擦干净了就陪咱美仙姐！

我们几个簇拥着常美仙朝欧阳道办公室走去，欧阳道见我们走进来，问：有事？常美仙说：俺爸俺妈说了，不要俺再读书了，人家那边催着俺过门！欧阳道没有说话，常美仙读到小学毕业，都二十岁了。按她的成绩肯定能考上中学，中学毕业都二十三岁了，要是再读下去，大学毕业都三十岁了，三十岁的女人不嫁人，都成了老茄子。欧阳道老师说：你最好读到初中毕业，以后国家搞工业化建设，肯定要招收有文化的青年，你有初中毕业的优势，就能到工厂去，到城市去，比在农村强多了。你回家跟老人商量一下，再决定退学的事情！

过了两天，中午快放学的时候，常美仙的婆家来了十多个人，冲到教室，把欧阳道揪到外边，一个磕绊把他撂倒，拳打脚踢，一边打一边喊：你个老骚驴，没安好心，挑拨俺媳妇不过门，驴日的想咋啦！

我们见欧阳道挨了打，都冲过去和他们对打。我们十四五岁，还有几个十六七岁，正是能打架的岁数。于是，男学生和男人打，女学生和婆娘打，别的班的学生也跑来支援我们。吴好学一边和他们打，一边喊叫：百花村的同学，快回家把家长叫来，说有人跑到学校打老师咧！

不到十分钟，学生和百花村的人把余家寨的人包围起来。

校长来了，公安也来了，听了双方的诉说，最后判定，余家寨的人闯入学校殴打老师，破坏教学秩序，挑头者拘留，态度不好判刑坐牢，胁从者罚工分，凑钱给欧阳道老师治病疗伤。派出所所长宣布完，一个年轻公安从裤腰上抽出麻绳，走到打人的那个男人跟前，把胳膊朝后一扭，就要给他上绳子。

欧阳道头上叫人家打了个血窟窿，百花村的老汉用火镰点燃硝纸，又用硝纸点燃棉花套子，把烧的黑灰捂在上边，止血。眼窝被打肿了，发青，脸上被挖了几条血道，门牙还被打掉了一颗，嘴里冒着血沫子。他走到派出所所长跟前，说：我有个想法，不知道该说不该说？派出所所长的娃就在百花村小学读书，他娃要考中学，还指望欧阳道下功夫教导，很巴结地说：你是受害者，你说得合理合法就听你的！欧阳道说：我提个条件，如果他们答应了，就把他们放了，我也不要他们给我治病疗伤。他们不答应，就按你们的决定判！派出所所长给手下的公安摆了下手，说：先不要给他上绳子，听欧阳老师的！欧阳道说：常美仙是我们学校的学生，成绩非常好，考上初中不成一点问题。我的条件就是他们同意常美仙上初中，你们把他们放了！现在的初中毕业生还不多，她要是读到初中毕业，就是国家的人才，对她的前途非常好，于国家于个人都是好事情！

常美仙小学毕业都二十岁了，再上三年初中，都二十三岁了。农村姑娘哪能二十三岁不嫁人？人家二十三岁的媳妇，娃都能打酱油了。女方不过门，耽误自己生娃不说，也耽误男方家抱孙子。人家娶的媳妇十八岁过门，十九岁生娃娃。当爹的不到四十岁，儿子就接上力了。常美仙二十三岁还在读书，要是二十四岁再过门，二十五六岁生娃娃，比人家的女人晚生六七年，娃比人家的娃小六七岁，男人老了衰了，娃还接不上力，日子咋过？常美仙的男人家觉得他提的条件没道理。但是，欧阳道是受害者，他不让派出所放他们，他们就得关监狱。

谈判开始，操场上摆好了阵势，像戏里演的三堂会审。正中间摆了两张桌子,坐着派出所所长、公安、百花村的书记,右边桌子坐着校长、教导主任、欧阳道,左边桌子坐着常美仙没过门的男人家,中间空地上站在打人凶手。

阵势摆好,开始审判,派出所所长指着欧阳道,问:你就是这条件?欧阳道说:就是这条件!派出所所长把脸转向常美仙没过门的男人家,问:人家学校摆出自己的条件了,你们接受不接受?接受了我们放人,不接受我们抓人!

余家寨的人不说话了,这是个左不得右不得的问题,同意这个条件就意味着自家媳妇三四年后才能过门。现在是新社会,提倡自由恋爱,孔雀东南飞,谁都不知道最后落在哪家的树枝上。二十多岁的大姑娘在学校读书,万一和别人恋爱上了,自家就是竹篮打水白忙活。就是孔雀还落到自己家的树枝上,也耽误了生娃的好时机。种庄稼讲究季节,生娃娃也讲究季节,过了生娃的岁数再生出的娃娃,就是老汉娃,精气不足,身子骨不行,就像给地里播下瘪种子,长出的苗也是病秧子,结不出好穗。不同意人家的条件,明摆着要关监狱……

派出所所长又催:我候你们三分钟,再不表态,我视为不同意,马上给罪犯上绳子,逮走!说完,给手下的公安使了个眼色,公安提着绳子朝打人凶手走去。打人凶手就是常美仙没过门的男人,还有几个本家弟兄。他们看着一步一步朝自己逼近的公安,要是绳子朝自己身上一绑,后果不用说就知道了,急忙吼喊:爸呀,咱不要这个媳妇,也不能去坐监狱呀!

常美仙的未来公公黑丧着脸,心里不甘又没有办法,猛地把桌子一拍,大吼:家门不幸,遇到妖精女人,我认啦!派出所所长问:你们同意学校方的要求啦?常美仙的公公说:同意啦!派出所所长给手下的公安摆了下手,说：他们同意学校的条件了，不用给他们上绳子了……

几个月后，我们参加了升学考试。吴好学、马得财、我，都考上了西安市第十一中学。常美仙的考试成绩是西安市应届考生第四名，刘文道是第六名，我是第八名。这次升学考试，百花村小学的升学率最高，达到了百分之八十七，有的学校连百分之三十都不到。大红榜就贴在校门旁边的墙上。校长、教导主任、欧阳道，从贴上红榜开始，就站在旁边，满脸红光。

马得财也考上了中学，这是他两年前想都不敢想的事情。那次欧阳道到他家做了家访后，他才把功夫用在读书上。吴好学也想不到自己能考上中学，两年前他爸还打算他小学毕业了，给他买几个猪娃，让他养猪。马得财就给吴好学开玩笑，贼狐子，你考上初中了，你爸抱回来的猪娃谁养？吴好学说：你是老母猪，你不养你娃谁养？我让俺爸把猪娃抱到你家炕上，你给它们喂奶，搂着它们睡觉！刘文道凑过来，也给马得财开玩笑，说：老母猪没有奶，猪娃子没啥咬，小心咬掉你的牛牛，以后娶媳妇生不出娃娃！

马得财和吴好学正在斗嘴，他两人的老爸走过来，对着他们的屁股踢了一脚，骂：驴日的就知道斗嘴，老师把你们教得考上了初中，就不知道请老师到家里吃饭？吴好学反抗，说：俺都是中学生了，还动不动就踢俺？他爸又踢了他一脚，指着他的鼻子训斥：你考上初中就把世事倒过来了，你驴日的要是考上了高中，还能反过来让我把你叫爸？

马得财的屁股上也挨了一脚，他蹦到一边，抗议：你没说请老师到咱家吃饭，我咋敢随便把老师朝家里请？我要是把老师请到家里了，家里没做饭，我让老师吃啥？他爸又朝他屁股上踢了一脚，说：你就没把老师朝家里请，咋知道家里没给老师做饭？咱家养了三只老母鸡，随便杀一只都够老师吃。马得财嘟囔：就杀一只鸡，连我一个人都不够吃，还说请老师吃！他爸吼起来：你是猪，一只老母鸡都不够吃？马得财惊奇，说：老爸，你也知道我的绰号？

四

冬天的庄稼地没活，只要给地里铺一层土粪，就不用管了。村里的老人都说，老社会的庄稼人到了冬天，都囚在炕上喝茶谝闲。从盘古开天辟地谝到民国解放，从天上的星辰日月讲到地上的江河湖泊，从南边的广东广西讲到北边的新疆内蒙古。有钱的人家，还能热上二两烧酒，就着一碟花生米，一碟猪耳朵，享受口舌之福。有了人民公社，一年四季都闲不下来，冬季还要平整土地。人民公社的领导规划了宏伟蓝图，要用三五年的时间，把全公社的土地平整一遍，全部整成一马平川的水浇地。

星期天，我们也跑来平整土地，挣工分。我们负责挖土，装车。吴好学、马得财挖土，我和刘文道装车，把吴好学、马得财挖的土装到车上。装满一车，又过来一辆空车，继续装，整整两个多小时都没有歇气。我们觉得胳膊肿胀了，腰疼了，腿也沉重了，浑身都不舒服。刘文道就嘟囔：驴日的还不让人歇气，想把人挣死呀！他说这话的时候，刚好被他爸听见，因势利导说：你这才尝到当农民的苦处了，要是考不上大学，一辈子都得干这活，当一辈子牛马！一直到今天，我都认为这是我一生最有效益的励志教育。

突然，吴好学一镢头挖下去，塌下的土块里，露出一个陶器罐罐。这些陶器，我们从小都见过不少，挖土，修水渠时，都能挖出这些东西。吴好学像往常一样，举起镢头就要砸，刘文道急忙喊：不要砸！吴好学问：留这东西有啥用？刘文道自从迷上历史后，就对这些东西有了兴趣，跑过去推开吴好学，抱起陶器罐罐，抠去上边的脏土，说：这肯定是古代的东西，文物，不能破坏！吴好学说：咱关中埋了多少这东西，数都数不清。你觉得它是宝贝，就把它抱回去。

刘文道抱着陶器罐罐，走到队长庚子爷跟前，说：伯，我请假！庚子爷问：请假干啥？刘文道说：我把这个罐罐抱给百花村小学的欧阳老师看看，是哪个朝代的东西，宝贝不宝贝？庚子爷看了一眼陶器罐罐说：那一年咱村建砖瓦窑，挖出了一大堆这东西，全砸了！你想让老师看，就抱去让他看，今天不给你记工分。

我见庚子爷批了刘文道假，赶忙跑过去，说：我也请假，跟文道一块去看欧阳老师！马得财、吴好学见庚子爷批了我的假，都跑过来请假，庚子爷不高兴了，说：你们还蹬鼻子上脸了，我准了两个人的假了，你们都来请假，地还平整不平整！我今天批准你们请假，一个月之内都不能再请假了！

欧阳道在学校，刘文道把陶器罐罐放在桌子上，说：我们今天平整土地，挖出了这个罐罐，你鉴定一下，有没有文物价值？欧阳道用毛巾把上边的脏土擦了，看了，说：这是个白土陶，大约四千年的历史。四千多年前是夏统治的奴隶制国家，这是我国历史上第一个朝代。这一时期的制陶业开始发展。陶瓷品种分为灰陶、白陶、印纹陶、红陶、原始陶等。三千多年前的夏商时期发现了高岭土，制作出白陶。白陶使用的原材料为瓷土，质地细密，烧成温度也比其他陶器品高，艺术价值不在青铜器之下。

马得财惊诧了，问：这些罐罐瓶瓶真是宝贝？欧阳道说：还不是一般的宝贝，可以称为国宝！吴好学说：我们经常在地里挖出这些东西，大人都说这些东西在土里埋得时间长了，阴气太重，不能拿回家，都砸了。欧阳道说：可惜呀，咋能把这么宝贝的东西砸了？虽说咱陕西地下埋了很多宝贝，但损坏一件少一件，只能减少不会增多。欧阳道说完，又说：这个白陶先留在我这里，你们把它送到我这里，也付出了劳动，我给你们二十块钱。以后再挖出这些东西，都给我送来，我付钱收购。

刘文道说：我们咋能收你的钱哩，这又不是掏钱买的，没花费俺啥力气。再说，学生收老师的钱，也不合礼性。吴好学说：俺再没钱，也不能收你的钱。要是收了你的钱，传出去会让同学骂死。马得财说：要是收了你的钱，俺爸知道了，会把俺的腿打断！

欧阳道说：你们拿了钱，就替我做宣传，以后旁人挖出这些东西，就让他们给我送来，我照样付钱给他们。无利不起三更夜，没有好处人家凭啥跑那么远把宝贝送到我这里？我们只好接过钱，觉得很难堪。欧阳道说：我跟你们一块到平整土地的现场，看看还挖出啥宝贝没有。刘文道说：这阵各个生产队都在平整土地，说不定都能挖出这些东西，光俺村不砸，别的村照砸，才能保住多少？欧阳道说：咱们要一个村一个村地宣传，让所有平整土地的人都不要砸这些宝贝，给咱们送过来。

我们跑到平整土地现场，刘文道找到队长，说：庚子爷，俺欧阳老师找你。庚子队长听说欧阳道找他，小跑到欧阳道跟前，恭敬地说：你有啥事情，让学生带个话就行了，何必亲自跑一趟？欧阳道说：这不是一般的事情，实在太重大了，我必须亲自给你说！就把地里挖出的都是文物说了，庚子队长听完就笑，说：我还以为是啥不得了的事情，原来就是这事情。过去挖出这东西，都砸了。我现在给他们下个命令，以后再挖出这些东西，不能砸，给你留着！

欧阳道说：我也不让大家白给我送去，我付钱，最多的可以付二十块钱，特别有价值的东西，付得更多，我不亏大家。庚子队长说：地里挖出的东西，要啥钱哩！欧阳道说：必须给钱，有了钱，大家就有积极性，少砸坏一件宝贝，不知价值多少钱。庚子队长说：欧阳老师实在要付钱，对俺村的人来说也是好事情，我现在就给他们布置！说完，从口袋里掏出哨子，撅着屁股狠吹了一声，扯着嗓子撵狼似的喊：驴日的都过来开会！

社员早就累得受不了了，听见哨子响，扔下工具就朝庚子队长跟前走来，就地一坐，趁机歇气。庚子队长扯着喉咙说：咱们过去在地里挖出那么多瓶瓶罐罐，都砸了，铜做的东西都送给拾破烂的卖了废铜烂铁。今天，欧阳老师来了，他说咱们过去砸的都是宝贝，价值大得很。以后，谁再挖出这些东西，统统给欧阳老师送去。人家也不让你白送，给钱哩。我给你们说，谁以后再砸这些东西，我扣你驴日的一个月工分！现在，欢迎欧阳老师讲话！

庚子队长带头鼓掌，社员们跟着鼓掌，七零八落，不成气势，农村没有鼓掌的习惯。庚子队长经常到公社开会，知道鼓掌是对领导的尊敬，扯着喉咙喊：驴日的跑了马了，少力气没精神，使劲拍，拍不响不算数。我喊一二三，一齐拍！说完，又喊：一二三，拍！社员们就使劲拍，手掌上都拍出一团灰尘，掌声比刚才响多了。庚子队长还不满意，还想让大家再拍。欧阳道说：有心意就行了。庚子队长又扯着喉咙喊：驴日的都把耳朵扯长听，欧阳老师给你们说付钱的事情，你没用心听，到时候甭说给的钱少！

欧阳道这才说开，从我们给他送去的那个白陶说起，说它的稀罕，金贵得不是用钱衡量。又说咱陕西地界，地下埋的都是宝贝，都是老祖宗的东西……他讲起来就没完没了，社员都高兴，不管听懂没听懂，以后能不能挖出那些东西，现在却能歇下了，不干活，工分照拿，傻子才不愿意听欧阳道的啰唆。

庚子队长着急了，欧阳道讲了十五六分钟，还没有进入给钱的主题，又不好意思催，脸上却有了着急的表情，就在欧阳道身边转圈，像老驴拉磨，转一圈又一圈。欧阳老师又讲了五六分钟，还没有进入主题，庚子队长耐不住了，走到欧阳道跟前，小声说，后晌公社要来人检查，咱的进度本来就慢，又耽误了这么大工夫……

欧阳道急忙刹住话头，说：你看我这人，讲课上瘾了，讲起来就没完没了。我这就直接讲咋着给钱……

一个社员问：你哪来那么多钱，甭拿嘴糊弄我们？欧阳道还没解释，庚子队长一蹦跳到这个社员跟前，指着他的鼻子吼骂：你驴日的胡说啥哩，人家欧阳老师是那种人吗？你再敢胡说，我拿屁耳子扇你驴日的！

再没人敢说啥了，实际上也没人想说啥，欧阳道的为人全村人都知道。欧阳道讲完，庚子队长还想给人家骚情，他孙子在百花村小学读书，就走到欧阳道身边，说：俺孙子就在你们班上，不知道他学习用功不用功？欧阳道问：你孙子叫啥名字？庚子队长说：吴志学。欧阳道说：这娃学习很用功，学习成绩也很好，在班上能排前三名。庚子队长问：他这成绩能不能考上初中？欧阳道说：只要坚持下去，肯定能考上。你们村子的吴好学、马得财，上到四年级时成绩还一塌糊涂，在班上是倒数第几名。后来用了功夫，考初中时成绩都上去了。说完，又感慨地说：帽珥家呀，地杰人灵，有文化底蕴，你们村的学生成绩都好。常美仙考上了西安市第四名，刘文道第六名，施忠学第八名。

庚子队长说：我就不信俺帽珥家的娃都灵性，旁的村子的娃都不灵性。娃是一样的娃，都是两条腿一个尻门子，谁不比谁强多少，说到底是你教得好。按理说俺给你送去土里埋的东西，要是收了你的钱，叫四乡八里的乡党骂哩！欧阳道说：要是有乡党说啥，我给他们解释，关键是不能破坏那些宝贝！

庚子队长突然想起什么，说：陕西地界的土里都埋着你说的宝贝，咱帽珥冢才平整多大一块土地，光咱帽珥冢的人不砸宝贝，别的地方的人还在砸，咋办？欧阳老师愣住了，说：这还真是个问题，你说咋办？庚子队长说：咱要通知陕西所有的乡党都把挖出来的东西送到你那里。俺们在外村都有亲戚，外村的亲戚也有亲戚，亲戚套着亲戚。这种亲戚套亲戚，差不多能把全陕西省都套上。我今天让俺村的人提前收工，都去走亲戚，再让亲戚通知他们的亲戚。说完，又对我们几个说：你们几个现在就收工，我给你们按一天的工分记。你们陪老师到你们亲戚家里……

五六天以后，关中平原上的庄稼人，都知道西安北郊百花村小学有个叫欧阳道的老师，收从地里挖的东西，给的价钱还不低。随之，有人抱着用破布烂报纸包的古董，找欧阳老师换钱。没过几个月，欧阳老师的床下边放满古董，连学校库房里都堆满这些古董。他闲下的时候，就钻进宿舍，反锁上门，把这些古董抱到桌子上，用刷子刷，毛巾擦，放大镜看，看了就对着书琢磨。

我和刘文道晚上去欧阳老师宿舍。欧阳老师正在擦拭一个铜鼎，三条腿，一个人都抱不动，欧阳老师说：这是夏朝以前的鼎，非常稀少，十分珍贵。我们围着这个鼎欣赏，还在上边抚摸。刘文道这些年一直自学历史，经常到史学翰教授那里借书，请教问题。他把鼎看了一遍，说：我觉得这个鼎是黄帝时期的，那个年代的铸造业还不发达，铸的鼎相对粗糙简陋，精致的鼎只有周朝以后才能铸造出来。欧阳道说：你的见解很对，我怎么没注意到这个问题？我上次去看望史教授，他非常欣赏你，说你以后考大学，就报考陕西师大历史系。你要是读博，他只要还活着，肯定带你！

我对历史没有兴趣，我爱好文学，经常写点散文诗歌，给《西安晚报》《陕西日报》投稿，还登出了几篇。

欧阳道和刘文道讨论铜鼎，我插不上嘴，待在一边不说话。他们讨论完毕，欧阳道说：我房子放的全是这些东西，还有人朝我这送，我想找个地方把这些东西存起来，一定保密不能让人知道。刘文道说：就存我家。欧阳道问：你家就两间厦子房，没地方存。刘文道说：存我家红苕窖里，俺家的红苕窖大得很。要是再存不下，我把红苕窖朝大里挖，有多少都能存下。

欧阳老师说：这事宜早不宜晚，咱就在今天后半夜把东西运到你家，连夜下到红苕窖里。我明天要到宝鸡的同学那里借钱，我的存款用完了，以后需用的钱更多。刘文道说：我现在就和黑脸回去，把架子车拉来。欧阳老师说：你要跟你爸你妈商量好，这些东西不是存放一年两年，可能存放十年二十年甚至更长时间。刘文道说：这个你放心，你到俺家多少次了，俺爸俺妈的为人你不是不知道。就是存放一辈子，都不会少一件东西！

这天后半夜，我们拉着架子车，车上装着欧阳道收的古董，朝着帽珥冢村子走去。月黑风高，一片静寂，旷野里的生灵都钻窝猫冬了，庄稼汉子都睡死过去。附近的村庄里，传来狗们不急不慢的吠叫。欧阳道架着车辕，我和刘文道走在车帮两边，帮着推车。车轮滚滚，行进在土路上，咯咯噔噔，磕磕绊绊。我们把架子车拉到刘文道家的院子，刘文道他爸他妈一直候着我们，我们一到，他们就提着马灯，照着红苕窖口。

欧阳道小声说：我先下去看看里面的地方，咋摆？刘文道说：你不熟悉俺家红苕窖的踩窝，一脚踏不到踩窝上，就会掉下去！欧阳道说，我不下去，你们又不知道怎么摆？刘文道说：我先下，你跟着我下，我用马灯给你照踏窝。刘文道朝下挪一步，把马灯举起来，照着踏窝小声给欧阳道说：你朝下挪一步。欧阳道就朝下挪一步。他们就这样一步一步地朝下挪，五六分钟后下到筒底，拐进窖里。

我们趴在井口，看到他们从这个窖钻出来，又钻进另一个窖，欧阳道又惊诧地说：这个窖比那个窖还大！刘文道说：这个窖是俺爷在世的时候挖的，这些年生产队分的红苕不多，一直空着。欧阳道说：就把古董放在这个窖里。刘文道从窖里钻出来，举起马灯对着井口晃了几下，小声喊：朝下放东西，一次不要多放，小心碰坏了！

我们就把古董朝筐子里放，把瓶瓶罐罐放完了，还有青铜类的东西，鼎、鬲、甗、角、斝、爵、觚，光这些东西都放了十多筐。最后放的是古钱币，有刀币、靖康通宝、靖康元宝、永昌通宝、顺天通宝、泉体通宝、半两、道光通宝、康熙通宝，装了三四筐。吴好学一边放筐子，一边感叹：欧阳老师收这些东西，花了多少钱？

刘文道他爸说：要这些东西有啥用处，吃不能吃，喝不能喝。你们老师那么灵性的人，咋干这么傻的事情？马得财说：俺老师绝对不傻，人家要是傻，能上大学？咱没有人家的眼光远大，人家心里想的啥，咱弄不明白！刘文道他爸立即改嘴，说：人家有学问的人讲的话做的事情，咱这些大老粗听不懂弄不明白，咱们听学问人的话没错！

欧阳道和刘文道从窖里爬出来的时候，隔壁人家的鸡开始叫了。我们把欧阳老师护送到学校，欧阳老师洗了脸，换了一身干净衣裳，给我们说：我现在朝火车站去。我说：我们陪你一块到火车站！刘文道、马得财也说：我们一块送你到火车站。

第二天，欧阳道从宝鸡回来，我和刘文道、马得财、常美仙跑到火车站，他刚从出站口闪出来，马得财就吼叫起来：欧阳老师，我们接你来了！他这么一喊，很多人都看我们，刘文道挂不住脸了，拽了下他的袖子，说：公众场所大声喧哗，不文明。马得财把刘文道上下看了，说：哎呀呀，我咋没看到还有个文明人在这站着，你这么文明，拉屎还用胡基蛋擦尻子？不信你脱下裤子，让俺几个检查一下，尻门子肯定还夹着碎土颗颗！吴好学踢了他一下，说：家娃进城不懂规矩。这里是西安火车站，不是帽珥冢，甭把人丢到这里！

　　欧阳道走出来了，我们几个涌过去，簇拥着他朝回走。欧阳道问：你们咋知道我坐这趟车回来？吴好学说：我们吃过早饭就来了，只要从宝鸡开过来的车，我们都守在出站口，总有一趟能接上你。欧阳道再看我们的时候，眼窝里有了水，但他什么都没说，走到常美仙跟前，问：你咋也来啦？常美仙说：我咋不能来，他们是你的学生，我也是你的学生，他们能来，我也能来！

　　刘文道问：借到钱了？欧阳道说：我有五六个同学在宝鸡，他们都说我做的是正经事，再难也要支持我，东拼西凑给我借了四百块。

五

　　时光如梭，初中马上就要毕业了。学校下通知，公家要在全市应届年满十八周岁的中学生中招收三百名基层干部，充实到市委市政府机关。我和吴好学、马得财、刘文道的年龄不够，常美仙二十三岁，符合条件。

成绩一公布，她竟考出全市第一名的成绩。一个星期后，她拿到了市委机关的招干通知书。晌午，我正在复习数学，有人敲门，我头都没抬，说：谁？我妈还小声嘟囔：真没眼色，眼看就要考高中了，还来打扰人家！门外人回答：我，美仙！我妈立即变了脸色，再说的话就充满亲切。俺妈不识字，但喜欢学习好的学生，大着声音回答：美仙呀，快进来，外头热得啥样的！

我知道常美仙找我有事，我妈还在啰唆，我说：你少说两句，美仙姐找我肯定有啥事情！常美仙说：我想让你陪着我到百花村小学，找欧阳老师，我当面给他道个谢。要不是他，我哪有今天。我说：这次毕业考试，刘文道、吴好学、马得财都考得不错，我把他们都叫上，一块去看欧阳老师。

我和马得财、刘文道、吴好学、常美仙，走进欧阳道的房间。他正在吃午饭，一个搪瓷碗里盛着几个小红苕，另一个小碗里盛着酱油、醋、辣子，拌成的佐料。他拿着红苕，在佐料里蘸一下，吃一口。就是我们农村的午饭，也没这么简单，起码有碗面条。常美仙带着哭音说：欧阳老师，你吃这东西怎么能行？欧阳道说：红苕是个好东西，含有大量的糖分、淀粉、维生素ABC，常吃红苕，可以顶饥，还能长寿！

我们不再说话，他收那些古董，借了那么多钱，肯定要还账。一个月就那点工资，又没有旁门左道的收入，只有勒住自己的喉咙节省。

我和刘文道、吴好学、马得财都考上了高中。冬里，部队来我们村子招兵，马得财报名，体检、政审合格。二十天后，我和刘文道、吴好学，还有常美仙、欧阳道，一齐把马得财送到小寨的新兵集中点。

部队就是大方，大肉烩菜、白米饭、白面蒸馍，随便吃，不要粮票不要钱。马得财端了一盆大肉烩菜,吴好学端了一盆大米饭,刘文道端了一摞子碗,我拿了一把筷子。欧阳道说:人家没让咱们吃,抓住咋办?马得财说:我刚才问接兵的排长了,这些肉菜就是给新兵和家属吃的,随便吃,没犯部队的规矩!

常美仙负责盛饭,她把盛好的第一碗饭端给欧阳道,说:你这些日子都没吃过像样的东西,部队的饭食讲究营养,你好好保养一下!

刘文道给马得财说:部队就是好,大肉块子随便吃,不收钱不收粮票!吴好学说:得财这是老母猪逮住了好槽子,能过上几年海吃海喝的好日子!马得财就笑,说:我这个人天性好吃,遇到好吃的就没命地吃。部队三寸长的大肉块子,我家成分那么好,凭啥不去吃?

欧阳道呼噜几口就把一碗大肉烩菜吃完了,常美仙要过他的碗,又给他盛了一碗。我们第一碗还没吃完,他已经吃完了两碗。常美仙看他的眼神里,充满了同情,还有我们这个年龄说不清的情愫。

吃过饭,我们跑到照相馆照相。欧阳道要马得财坐在中间,说咱们是欢送马得财当兵入伍,肯定要马得财坐在中间。马得财说啥也不干,说欧阳老师是长辈,老师如父,咋能让长辈坐在一边。还说要不是欧阳老师,哪来的高中学生马得财。别说我现在不能坐中间,就是我以后当了团长师长,哪怕当到司令员,只要欧阳老师在跟前,就不能坐在你上边,永远是你的学生。

最后还是欧阳道坐在中间,左边坐着马得财,右边坐着常美仙,我们几个就胡屎地坐了。照相的时候,我们看到常美仙把身子朝欧阳道身上靠,脑袋还朝欧阳道这边歪。

六

转眼间三年又过去了，我们读完了高中，一个月后高考。高考是个鬼门关，录取率不到百分之一，一个中学一届能考上五六名都是奇迹。我们帽珥冢这一级学生里，就剩下我和刘文道、吴好学三个人了。我们三个都充满信心，刘文道说他三个志愿全报陕西师范大学历史系。我喜欢文学，在《延河》上发了几篇散文，一个短篇小说。北京大学中文系是培养作家和文学理论家的地方，决心报考北京大学。吴好学说他喜欢挣钱，用一个钱变两个钱，用两个钱变四个钱，用四个钱变十六个钱，这样驴打滚地滚雪球，就报考经济学院。就在我们踌躇满志，志在必得的时候，上头发出通知，取消高考。我和刘文道、吴好学只好回到帽珥冢村，参加人民公社的生产劳动。我们十二年寒窗白读，像父辈一样四蹄扒地、脊背朝天，饥寒交迫地度着苦难人生。

清晨，庚子队长敲响老槐树上吊的半截铁棍，响声激荡，惊醒了还在熟睡的农人，帽珥冢村新的一天开始了。庄稼男女扛着农具，一步三晃地朝老槐树下走去，等待庚子队长分配活路。

分派活路时，庚子队长对我和刘文道、吴好学说：你们三个到饲养室起圈，今天起完，一人记十分工。我们三个扛着家具，走到饲养室，开始起圈。关中农村的牲口圈，入夜把牲口拉进来，喂一夜草料，喂一夜水，牲口一边吃一边拉，稀的稠的都有。牲口一拉，饲养员就用干土垫。到了天亮，牲口拉车犁地去了，圈里的屎尿粪土就得清理，出圈就是干这个。

我们三个本来可以考上大学的高中毕业生，怎么能想得开，怎么能下力气干活？我们有一锨没一锨地把牲口屎尿粪土朝窗户外边扔，谁也不说话。

我憋不住了，停下忙活，问：你俩谁干的那事情？

吴好学看了刘文道一眼，说：我没干，干那事情屁用处都没有，还会把自己搭进去，傻子才弄那事情！刘文道说：我干的，我知道尿用都没有，就咽不下这口气。我说：你出这口气能咋，你算个啥。刘文道说：你甭忘了我的绰号叫咬透铁锨，我这人只要认准一条路，头碰到南墙上，要么把墙碰倒，要么把头碰碎！

庚子队长站在门口给我们打招呼：出来，歇口气，这点圈招不住。要是换上旁人，我让他中午下工前起完。你们刚从学校回来，没干惯这么重的活，我推迟到后晌下工再起完。

我们从牲口圈里走出来，把铁锨放在地上，人坐在锨把上。庚子队长掏出旱烟锅子，装上旱烟末，又用火镰敲，用火纸点着旱烟末子，抽。抽完一锅，在地上磕去废灰，说：你们现在心里想的啥，我明白得很，我也替你们打抱不平，可有啥用处？换上那个字，你们就能上大学了？世事到了这了，谁都挡不住。甭说你们几个崽娃子，就是比你们大得多的人物，照样挡不住！你们是读了十几年书的人，我大字不识一个，但我知道韩信不得志的时候，钻人的裤裆；刘备不得志的时候，卖草鞋；明朝开国皇帝朱元璋，没起事的时候当过和尚。那些大人物谁没受过苦受过委屈？天下一批人哩，又不是你们几个，人家都能过，你们就不能过？我还是那句话，朝廷到啥时候都离不开读书人，没有读书人咋着治理天下？你们也不要觉得这辈子完了，说不定啥时候紫气东来。就怕好运气来的时候，你们没那本事，看着好运气成就了别人，自己还是两手空空！

庚子队长离开了，我们还在琢磨他的话，越琢磨越觉得他说得有道理。

快到中午时，我们觉得饲养室里一暗，有人进来，急抬头，欧阳道和常美仙来了。欧阳道说：咱们百花村小学，老师都是初中毕业生，学校给教育局打了报告，在应届高中毕业生中招几个代课老师。我推荐了你们三个，教育局也批准了，明天就到学校报到。常美仙在市教育局工作，负责中小学教育，她就拿着批文。我也给你们说老实话，我推荐你们不是主要的，主要是常美仙分管这个工作，她竭力向领导推荐你们，领导才批准招收你们！

我们真是感觉到山重水复疑无路，柳暗花明又一村！

我给欧阳道和常美仙说：欧阳老师，美仙姐，今个到我家吃饭，我让俺妈杀只鸡。你们给我们办了这么大的好事情，说啥也得在我家吃顿饭。常美仙说：我回到咱村了，不回去看俺爸俺妈，到你家吃饭，叫俺爸俺妈咋想？我觉得她说得有道理，不再坚持让她到俺家吃饭，说：你回家吃饭，欧阳老师到俺家吃饭？常美仙说：俺爸俺妈都说好了，欧阳老师到俺家吃饭，俺妈杀了一只鸡，攒了好多鸡蛋，伺候着欧阳老师来吃饭哩！

欧阳老师跟着常美仙朝她家走去，我望着他们的背影，脑子突然一灵性，农村讲究丈母娘的鸡蛋是给女婿攒的，故意问：美仙姐今年多大了？刘文道说：二十六岁了。吴好学说：这个年龄要是搁在农村，就不好嫁人了。在工作单位，年龄再大一点都没啥。我又问：欧阳老师多大了？刘文道说：我那天看了他的选民证，今年四十一岁。吴好学说：欧阳老师比咱美仙姐大十五岁。我说：我问欧阳老师的岁数，你咋跟美仙姐朝一块扯？吴好学说：我还不知道你这话啥意思，你不就是想说欧阳老师和美仙姐能成一对？你是咸吃萝卜淡操心，人家早就好上了，说不定过年就办事。我说：我真不知道他们好上了，我只知道前几年余家寨找美仙姐退婚，美仙姐把彩礼都给人家退了。刘文道说：欧阳老师和美仙姐，真是很好的一对，珠联璧合，琴瑟和鸣。他们又经历了那么多苦难和考验，世上很少有他们这样的爱情！我说：

欧阳老师大美仙姐十五岁,不知道美仙姐她爸她妈愿意不?吴好学说:我说你是瓷锤,脑子不灵性,你非说你比野狐子还聪明。美仙姐他爸他妈要是不愿意,能给欧阳老师杀鸡攒鸡蛋?

　　入夜有一阵子了,鸡上架了,猪卧下了,牲口进圈了,村子又归入死样的寂静。我还在煤油灯下看书,我在读《三国志·蜀志·诸葛亮传》里的《后出师表》,读到"臣鞠躬尽瘁,死而后已"时,胸中竟涌出剧烈感慨,冲击得眼眶里有了热泪。合卷后,我又陷入深深的思索。国人习惯以成败论英雄,诸葛亮七出祁山都没有成功,蜀国最后还被灭了,他绝对是失败者,但后人给他建庙塑金身,就是他的人品给后人树了楷模。

七

　　日月轮回,阴阳交替,月全月缺,河东河西,文武之道,一张一弛,自然界如此,社会亦如此。我们头上落的不可能永远是苍蝇,降临的也不可能永远是霉运,总有时来运转的时候。我们当了十年以农代教的老师,国家突然宣布恢复高考。幸好,我们这十年没有离开书,对学问不生疏。高考结果,如愿以偿,我考上了北京大学中文系,刘文道考上了陕西师范大学历史系,吴好学考上了南京大学经济系。我拿到入学通知书的时候,突然想起欧洲的一句名言:机会从来不会光顾没有准备的人!

　　这时,国家的经济好转了,比我们上小学时强多了。一个村考上了三个名牌大学,在俺村的历史上,百花村小学的历史上,前无古人。这么好的事情,比娶新媳妇都喜庆,说啥都要庆祝。刘文道他爸杀了一头猪,俺爸扛来两口袋麦子面，买了一百斤散酒。吴好学他爸牵了两只羊。全村放假一天，免费喝酒吃肉，就差没放烟火庆祝。

欧阳道和常美仙带着他们七岁的孩子也来了。

四年之后，刘文道考上了陕西师范大学的研究生。史学翰已经退休，学校返聘他继续教书，只带研究生博士生。我分配到陕西省艺术研究所从事文学创作。吴好学分配到陕西省经济发展厅，两年后辞职下海，自己创办公司。我们三个都娶了媳妇，生了孩子，过上了城里人的日子，实现了少年时的理想。我经常去百花村小学看望欧阳道老师，他当了校长，人却老下了，走路时腰都弯了。他和常美仙走在一块，都是常美仙搀着他，很像女儿搀着父亲。

一天，帽珥冢村来了一个收购古董的贩子，一个村人拿出一个白陶。贩子一见两眼就放光，捧在手里反复看。村人说：不用看，绝对是真的，平整土地的时候挖的。贩子问：你要多少钱？村人伸出一个指头，又伸出五个指头。贩子脸上有了喜色，说：十五万，行，我现在就给你交定金，明天把钱送来！村人对这个东西到底值多少钱，心里没底，见说出十五万贩子还那么高兴，估计还能卖更大的价钱，就摇头，又伸出一个指头，再伸出五个指头，贩子说：你要一百五十万，太高了，你让点价，我就买了！村人摇头，贩子还价。村人还摇头，贩子还还价，讨价还价到最后，一百三十万成交。

村子闹开了，一个土里埋的罐罐竟然值一百三十万。真是马无夜草不肥，人无横财不发。欧阳道当年收了那么多这样的东西，要是拿出来卖钱，几个亿都挡不住。刘文道家要是昧了良心，硬说这些东西是自家的，欧阳道能有啥办法？村人就拐弯抹角地问刘文道他爸：欧阳道的那些宝贝，是不是还在你家藏着？刘文道他爸说：你听谁胡说哩，人家的东西咋能放到我家，又不是三核桃俩枣，值多少个亿，人家能放心？

星期天，刘文道带着媳妇娃回家，经过村街时，有人挡住他问这事情，他和他爸说的一样：那是人胡说哩，我小时候帮着欧阳老师收购这些东西没错，还帮着他把这些东西装上架子车，拉到火车站。具体运到啥地方，欧阳老师没说，我也没问。

于是，村子里就传出闲话，刘文道一家把人家欧阳道的宝贝昧了，卖了几个亿。

常美仙他爸绰号叫老财迷，女婿的东西就是女儿的，女儿的东西就是老爸老妈的。这么值钱的东西，咋能让刘文道一家独吞，哪怕分给自家一半也行，就是不给一半，给三分之一也差不多，总不能一件不给？于是，就去找刘文道他爸，开始还好好说，死磨硬缠。刘文道他爸一口咬定，那些东西早被你家女婿拉走了，他拉到啥地方我咋能知道？常美仙她爸见刘文道他爸软硬不吃，水泼不进，耐不住性子变了脸，站在刘文道家大门外边，一蹦老高地吼叫：老驴日的你也太贪心啦，俺女婿那么多宝贝，全被你贪了，你拿那么多钱给你买棺材！骂得凶了，刘文道他爸干脆关了大门，由着他的性子骂。农村最看不起昧良心的人，人支持常美仙他爸骂，背后也跟着骂。

刘文道家路断人稀，他们在前边走，人家在后边吐唾沫。人家正在谝闲传，他家的人走过去，人家立即停住说话，他们还没凑到跟前，人家就走开。甚至有人把狗屎甩到他家的大门上，没有人骂给他家甩狗屎的人，都拍巴掌说甩得好，多甩几次，谁让他昧人家那么多钱财！

刘文道再带老婆娃回村，人们老远看见，就转身回家，没有一个人给他们打招呼。回数多了，刘文道也看出了一些端倪，除了清明、端午、八月十五、过年回来，平常就不回来。刘文道家人就在全村人的唾弃中、白眼中、咒骂中，过着被乡党抛弃的日子。

日子一天一地过，一年过去了，两年过去了，十年过去了，二十五年过去了。市委副书记常美仙都快退休了，刘文道成了陕西师范大学历史学院的院长，带上了博士生。马得财当上了军长，驻守在沿海一带。吴好学是一家规模很大的房地产公司的董事长，手里有几百个亿的资产。

那几年，我由吴好学资助在澳洲居住，写部长篇小说。一天，我正在写作，手机响铃，我看了来电显示，吴好学打来的，说：下个周一上午九点整，你到百花村小学来，我已经把机票给你买好了。我说：我正在写部长篇小说，走不开！吴好学说：你来也得来，不来也得来，必须来。马得财也专程过来，刘文道也来，咱美仙姐和欧阳老师都来！我说：到底啥事情，这么兴师动众？吴好学说：我和欧阳老师筹建的帽珥冢历史博物馆，下周一举行开馆仪式。

帽珥冢历史博物馆的建筑非常宏伟，占地二十多亩，正面和两侧都是展厅，三层。走进大门，就是一面黄花梨木的题字：鸣谢 本馆所有展品，全为陕西乡党无偿捐助……

我在捐助人名单里，发现有我的名字，名下写着：齐国刀币20枚，秦国半两钱币51枚，清朝年间乾隆通宝110枚……都是当年欧阳道付钱买的。

刘文道他爸也来了，欧阳道握着他的手，说：你为这些宝贝受了那么多年委屈……

马得财走到他跟前，啪地行了个军礼，说：伯，你也真是的，早早给乡党们说了，何必背这么多年的黑锅？

刘文道他爸说：我要是早早给乡党说了，这些东西早就进了贼娃子的腰包，不知道流落到啥地方了，还能在咱的地面上展出？

进门的几个展柜里,陈列着几十本专著:有史学翰的《帽珥冢墓穴风水选择研究》《夏侯婴与汉朝的建立》;有欧阳道的《帽珥冢出土文物研究》《先秦时期钱币演变》;有刘文道的《夏侯婴与刘邦》《秦统一货币的历史进程》;我的历史人物纪实小说《夏侯婴传》、长篇小说《帽珥冢》,还有史学翰的学生、刘文道的学生研究帽珥冢的专著。

我们站在书柜前边,少年时青年时的经历一幕一幕地浮现,逐渐地幻化出这部小说的腹稿。我问欧阳道老师,这部小说取什么名字好?欧阳道老师说:帽珥冢。于是,这部小说的名字就为《帽珥冢》。

原发《北京文学·精彩阅读》2018年第3期

耳　蜗

一

司马文博终于坐在耳科医生对面，医生问，考虑好了？回答说，考虑好了！医生再说，这个手术需要二十多万，您再认真考虑！医生说这话时很认真，像是给领导请示，还把你称呼成您，摆出医院不是为了赚钱，绝对是白求恩转世治病救人的模样。司马文博比医生还认真地说，我考虑了四五年，比当年选老婆考虑的时间都长！司马文博说的也是实话，他这个年龄绝对不是鲁莽的岁数，像杨振宁不可能跟梅西对脚，做出的决定都经过深思熟虑。

司马文博读博士的时候，腾跃扑跳十八般武器使尽论文都难通过，只能像老愚公样拼命。又刚刚结婚，红被翻浪、龙腾虎跃、夜夜笙歌、享受新婚之乐。三个月后，耳朵有了响声，严重时像B-52轰炸机把他的耳道当跑道，一架接一架在里面起飞；又像铁道兵把钢轨铺在他耳道里，一列一列火车呼啸而过；不严重时，耳道里像长了椿树，知了在树枝上高歌社会主义好，时而独唱时而合唱，还搞公母声二重唱；又像小溪流水淌过耳道，旱季时潺潺低吟，如同青年男女互诉情思；洪季时轰隆作响，像钱塘江潮灌进耳朵。无论是轰炸机起飞，火车通过，还是知了高歌，小溪低吟，噪声像是忠于职守的先进生产者，夜以继日地坚守岗位，不肯中断分秒，造成的后果是听力下降。迎面碰见熟人，人家问，司马老师，你现在干啥？他会听成你问先彩她爸，我没看到——先彩是司马文博楼上的一位女老师——诸如此类的笑话时常发生。医生说这是神经性耳鸣耳聋，精神越紧张鸣得越厉害，精神放松噪声就解除武装。于是，遇到领导谈话，组织考察，传达调资方案，必须调动全部精力倾听，耳朵偏偏不争气。反之，同事朋友闲得蛋痛，跑到茶坊扯闲淡，耳力就聪慧，人称贼聋子。听力不好，答非所问，人就显得痴钝愚笨。聪明人不会把自己的短处到处显露，就像孔雀开屏，总是面对观众。司马文博好赖是个教授，智商远远超过孔雀，深知自己的生理缺陷，拒绝和人用耳朵交流，比如聚餐、喝茶、聊天，除了上课就把自己关在家里，看书，写论文，写小说。几十年下来，在文学界、学界也能算上个说大不小的人物。

医生声音老大地说，我们准备给你安装的耳蜗是德国产品。

他说，德国人天性认真，全世界的精密机床仪器，就德国制造得最好。

医生以为他没听清，耳科医生只要上班，接触的都是司马文博类的病人，习惯你东拉他西扯，你劐猫他阉鸡，更大声音说，我说的是耳蜗，不是机床仪器。

他觉得医生的语言理解能力太差，毕竟不是学中文的，纠正说我是打个比方，机床仪器是放大若干倍的耳蜗，耳蜗是大幅缩小的机床仪器。

医生笑着问，您做什么工作？

司马文博答，教书。

医生说你要是不去教书，上台演小品说相声，准能逗得观众哈哈大笑。

司马文博说，当年就是为了能教上书，拼命写论文，把耳朵写坏了。

医生摇头，叹息，好像为眼前这个病人当年误入歧途惋惜，说咱们瞎扯了半天，该说正经事情。现在科学高度发达，德国人造的耳蜗不但可以恢复正常听力，还能像手机、电视机样调整音量大小。我们可以根据您的要求，把音量调好再植入大脑。这个非常关键，调得小了听不清楚，白花了二十多万。我一个月拿人家六千多点，杂七杂八一扣，拿到手刚刚五千，还了房贷车贷，香烟都得控制着抽，要想把存折上的数字扩张到二十万，不知需要多少个春夏秋冬的轮回。你们教书的拿钱多，可能不在乎这点支出。

司马文博就笑，说，我要是装了你的耳蜗，你就能拿不少回扣，聊补无米之炊。

医生就笑，脸上像盛开了牡丹花，说，现在这社会就是这样，咱不想拿人家的回扣，人家硬朝裤兜里塞，有礼不打上门客。话说过来也拿不到多少回扣，总共百分之三，管理是重要的生产要素，利益分配时领导要占大头，下来还有科室主任、主刀医师，人家把肉吃了，我们最多啃点骨头，骨头上还没有多少肉。

司马文博对医生拿回扣不感兴趣，操心耳蜗装进自己脑壳的后果，问音量调大了有啥后果。

医生说调得大了，不想听的声音拼命朝你耳朵里钻，你挡也挡不住，惹你心烦，等于您还在耳鸣。

司马文博琢磨，要是把听力调得和正常人一样，自己能听见，别人同样能听见，别人听不见，自己同样听不见。别人没花二十万，自己花了二十万，到头来和他们一样，多吃亏，多划不来，谁也不是傻子去干划不来的事情。要是别人听不见的声音，自己可以听见；别人不知道的事情，自己可以知道。兵法上都讲，知彼知己，百战不殆。我知己知彼，耳聪眼亮，他们瞎子摸象，聋子听歌，自己处理问题就有前瞻性、针对性，问，耳蜗的音量可以调多大？

医生说，十多倍！

司马文博琢磨了抽根纸烟工夫，说，我想把音量调高十倍。

医生愣了，安装耳蜗的人都要求把音量调大，他非常理解。聋了几十年的人，花了那么多钱，音量不提高，怎么对得起二十多万？就像濒临饿死的人，猛然见到美食，必然饕餮无比。他读过杰克·伦敦的《热爱生命》，小说里那个淘金者就有这样的经历。但要求把音量提高十倍的病人，稀罕得像星球人还没有出现，又给司马文博解释，正常人可以在二十米听到窃窃私语，在三十米听到正常说话，在一百米听到大声呼喊。如果把耳蜗的音量提高十倍，可以在两百米听到窃窃私语，在三百米听到正常说话，在一千米听到大声呼喊。别人听不见壁虎爬行的声，你可以听见；别人听不见蟑螂吃食的声，你可以听见；别人听不见树木生长的声，你可以听见；别人听不见茅草拔节的声，你可以听见。很多正常人听不到的声音，都会朝您耳朵里钻，您一定要考虑周全。如果您实在要把耳蜗的音量调高十倍，我们免费给你赠送两个耳塞，就像在洪水泛滥的河道上安道闸门。你不想听乱七八糟的声音时，把耳塞戴上，可以把所有的声音屏蔽。

司马文博说，我考虑成熟了，我非常想听到这个世界到底隐藏着多少人们难以知晓的东西！

二

司马文博利用暑假，跑到北京安装了耳蜗，回来后仍然装成和过去一样耳聋，混混沌沌，呆呆傻傻，有点像背着老婆偷跑到北京会了一次情人。

他和往常一样，十一点就把自己撂到床上。到了这个年龄，养生必然提为必修课。太平盛世，外不打仗，内不骚乱，子孝妻贤，鸡肉猪肉不限量地吃，隔三岔五还能做个足部按摩，存折上的数字月月见涨，多好的日子，日后退休了，多活一年多拿一年退休金，要是活到一百岁，比那些活到六十岁就进八宝山的部长都划来，傻子才不想长寿。但是，安装了耳蜗，平时根本听不见的声音，音量老大地响。橱柜里传来老鼠的声音，清晰，响亮。

人的一生都在和老鼠的博弈中度过，家里出现老鼠，咬坏家具，偷吃食物，传染疾病，影响睡眠，绝不能听之任之，姑息养奸，明天一定买些灭鼠灵、粘鼠贴，彻底消灭。司马文博又闭上眼睛，试图使自己进入睡眠。还没有平静十分钟，又听到对面楼里传来一男一女的声音。自己住的楼和对面的楼，相距六十米，高出正常人十倍的听力，可以在三百米内听到人的正常说话。他在好奇心的驱动下，从床上爬起来，站在窗户跟前，朝发出声音的那个窗户望去，那是文学院院长常道仁的家。

这个家里传来如下的对话。常院长，我来拜访您！

常道仁说，你人来就行了，还带这么多东西，显得怪生分的！

女的说，前几天有个毕业的学生来看我，送来了韩国的太极参。您为学院的工作，呕心沥血，损伤身体，一定要好好补养。您这么多年一直关照我，您身体好了，就能继续关照我，也是我的福分。

常道仁说，现在上头拼命反腐败，咱不敢说十字路口摔一跤，绝对的端南正北，也不会有太大的偏差。

女的说，这怎么能算腐败，同事之间，互相关心，互相爱护，老人家都讲我们来自五湖四海，提倡这种精神。

常道仁说，你把东西拿来了，我要是坚决不收，也不近情理。上头一再强调，领导干部要密切联系群众，我是领导，你是群众，要是不密切就违背上头的精神。

女的说，我十分愿意和您密切，有个想法向您汇报，不知道符合不符合组织原则？

常道仁说，怎么不符合，太符合了，我代表一级组织，你有想法给组织汇报，组织能解决的一定解决，就是解决不了，也给你说个一二三四五，不会空喊上山打老虎。

女的问，咱们学院马上要选优秀教师了？

常道仁说，明天就开总支会讨论推荐名单。

女的说，有件事情我不好意思说。

常道仁说，在我面前有什么不好意思说的事情？

女的说，也是，我们谁是谁，跟一家人样，还有什么不好意思。我这几年兢兢业业，无私奉献，觉得当选优秀教师比任何人都合适，绝对无愧！

常道仁说，合适不合适，无愧不无愧，要群众说了算。

女的说，群众也要根据您的推荐才能举手，您不推荐就没有被举手的机会。您推荐我了，他们只能给我举手！

这时候，司马文博才听出，这个女老师是邢秀玉，属于非常渴望进步人士。

常道仁没有说话，邢秀玉也没有说话。司马文博能想象出来，他们互相看着对方，观察对方的表情，推测对方的心思。

常道仁说话了。这么晚了，你跑到我这，你先生不会生气？

邢秀玉说，他出差了，半个月后才能回来。

常道仁说，怎么这么巧，我爱人昨天下午出差，也是半个月后才回来。

司马文博听出邢秀玉声音里的雌性激素暴涨。她说，我昨天就知道嫂子出差了，怕您一个人在家寂寞，过来陪陪您！

常道仁说，忙起来就不觉寂寞了。

邢秀玉声音里的雌性激素更浓烈了，说，您寂寞的时候给我打个电话，我过来陪您。我一个人在家，也寂寞，我过来了，你不寂寞了，我也不寂寞了，现在讲究双赢，这就是双赢，有双赢的条件凭啥不双赢！

常道仁说，你说的是真心话？

邢秀玉说，当然是真心话，我什么时候给你说过假话！

常道仁说，你说得很对，我们有双赢的条件，凭什么不双赢，不双赢就是浪费，贪污和浪费是极大的犯罪！

司马文博看不到他们的动作，但能猜测出他们的身体合二为一了。随之，传来男女接吻的声，被放大十倍传到司马文博耳道，比山猪啃苞谷的声音都响。

几分钟后，响起男人的嗨哧声、喘气声，同时喧起女人的呻吟声、尖叫声。几分钟后，嗨哧声、喘气声、呻吟声、尖叫声停止，传来常道仁懊丧的声，老了，不行了。年轻的时候，很行，却没人让哥搞。年龄大了，妹让搞了，却搞不动了，人生这么不公道！

邢秀玉说，哥，您真不差，比我那死人强多了，他上来数不了三下就溃退，一二三就埋单，你还英勇了五六分钟。停了一会儿，邢秀玉说，我刚才说的事情,您一定要认真办!

常道仁说,哥这人谈不上高风亮节,就是讲信誉,守信用,说话兑现,不放空炮。

邢秀玉说,妹妹早就看上哥了,见哥一本正经,不敢向哥表示。

常道仁说,那都是装样子给领导和群众看的,现在的领导有几个外边没人,就是没被发现。就像下水道,不敢揭开盖子,揭开了就臭气熏天。

邢秀玉说,听说符勇志老师课讲得很好,人缘也不错,要是让群众投票,我绝对拼不过他。

常道仁说,我说能把你推上去,就肯定能把你推上去。群众算什么,什么都算不上,必须根据领导的意图投票。领导没那个意图,他给鬼投票!什么是牢牢掌握大方向,这就是牢牢掌握大方向……

突然,从常道仁家隔壁,传来一阵讲课的声,这是从符勇志家传出的。符勇志是文学院的老师,讲授中国古典诗词。符勇志每次授课前,都要预先讲授一遍。司马文博把目光转向符勇志家的窗口,窗户关严,拉着窗帘,透过薄纱遮蔽的灯光,能隐约看见里面的人影轮廓。

符勇志站在窗前,对着窗外的星空,对着流动的夜气,对着已经关闭了许多灯光的家属楼,干咳,清嗓,一本正经地朗着声音讲开。同学们好,今天我们学习的是岳飞的《满江红》。古代诗词是高中的课程,我今天讲这篇诗词,就是把中国古代爱国将领的诗词归类,进行研究,有辛弃疾的《菩萨蛮·书江西造口壁》,文天祥的《过零丁洋》《正气歌》等,我们从这些诗词中,寻找普遍性的东西……我先把《满江红》朗读一遍:

怒发冲冠,凭栏处、潇潇雨歇。抬望眼、仰天长啸,壮怀激烈。三十功名尘与土,八千里路云和月。莫等闲、白了少年头,空悲切。

靖康耻,犹未雪。臣子恨,何时灭。驾长车,踏破贺兰山缺。壮志饥餐胡虏肉,笑谈渴饮匈奴血。待从头、收拾旧山河,朝天阙。

司马文博被充满激情的朗读吸引了,更认真地倾听他的讲解,这是一首气壮山河、传诵千古的名篇。表现了作者大无畏的英雄气概,洋溢着爱国主义激情。在我国古代诗歌中,没有一首像这篇诗词那样有这么深远的社会影响,也从来没有像这首诗词那样具有激奋人心,鼓舞人们上阵杀敌的力量。

绍兴六年(1136年)岳飞率军从襄阳出发北上,陆续收复了洛阳附近的一些州县,前锋直逼北宋故都汴京,大有一举收复中原,直捣金国的老巢黄龙府之势。但此时的宋高宗一心议和,命岳飞立即班师,岳飞痛感坐失良机,收复失地、洗雪靖康之耻的志向难以实现,在百感交集中写下了这首气壮山河的《满江红》词……

符勇志讲得太好了,吸引得司马文博站在窗前,屏息凝神地听。司马文博觉得符勇志不是讲课,是发自内心地宣泄,是激情四溢地演讲。司马文博感觉此时此刻的符勇志,完全忘却了世界的一切,夜空不存在了,楼房不存在了,花园不存在了,操场不存在了,他生存的这个世界全部不存在了,思维中只有岳飞和他的抗金战场。司马文博觉得符勇志把中国古典诗词的艺术美,把岳飞所处的时代,岳飞的抱负、理想、奋斗、挣扎、绝望,淋漓尽致地讲述出来,使听众的灵魂受到极大的震撼,精神受到沉重的击打,情操得到彻底的洗涤。他心池中突然涌腾出一股冲天激浪,渴望像岳飞那样,策马挥刀，高声呐喊，率领将士冲向敌阵，所向披靡，攻无不克，为国家为民族建立功勋。

突然，充满激情的演讲声中，传来一个妇人的声音，勇志，孩子都毕业这么多年了，还是物业公司的临时工，你也不想想办法？

演讲遽然中断，沉默，随之是叹息。

妇人说，听说学校有个规定，评上三次以上的优秀教师，子女可以享受特殊照顾。你都评上两次了，再评上一次，孩子就能特殊照顾了。

符勇志说，我也是这个想法，要评上优秀就得比别人干得更好。我每次上课前，都预讲一遍，把内容、思想讲授到最好，把情感积攒到最饱满，把技巧练习到最成熟。我把工作干到那程度了，他们不评咱评谁？

随之，又是女人的叹息，又是窃窃的话语，你下这么大的功夫讲课，评教授有没有用处？

符勇志说，用处不大，职称评审，需要专著、科研项目、核心期刊发表论文，这是硬件少一样都不行。

妇人说你下那么大力气讲课，评职称又用不上，不是白下功夫？我看学校很多老师，都快上课了，才夹着书包朝教学楼走，很多学生不选他们的课，他们照样评教授。

又是一声叹息，又是一阵沉默。

司马文博能想象出符勇志的尴尬，隔了很大工夫，符勇志才说，人家是人家，咱们是咱们，咱们做事要讲良心。咱们拿人家一份薪水，就要给人家好好教书。一个学生一年连学费、生活费、回家的路费，差不多两万多元。咱们不好好教，怎么对得起学生和家长？

司马文博听着符勇志夫妇的对话，看着那扇被薄纱遮蔽的窗户，里面透出柔和的灯光，胸腔中腾出的敬意泉水样朝出冒。多好的老师，就是评不上教授！要是老师都把精力放在评职称上，不在教学上下功夫，学校会成什么样子？

三

学校召开教职员工大会，报告厅里坐满教师。司马文博坐在最后一排，眼前是一个个男女老师的后脑勺。有黑发茂盛，也有白发稀疏；有长发披肩，也有秃顶光亮；有波浪滚滚，也有板寸短发；有充盈美学课题，也有审丑作品。邢秀玉坐在他前边，一头秀发乌黑油亮，显然做过高级保养，瀑布样从头顶直泻肩膀，身上散发出法国香水的气味。法国香水不像国产香水那样，闻一下呛得打三个喷嚏，比氨水都刺激。人家的香水，不浓烈，好像能闻到，又好像闻不到，但充盈韧性，一丝一缕地朝你鼻孔里钻，不仅是香水的气味，还有年轻女人的体味，被香水中和成诱人的浮想，在思维中翩翩起舞。他又想起她在常道仁家里的淫荡，说不定用的就是这种香水。他的听力超过常人十倍，嗅觉仍和常人一样，站在自家窗户前闻不到她在常道仁家洒的什么香水。她刚刚评上优秀教师，又得到上司的宠爱，春风得意，不知是有意还是无意地穿着艳红色的上衣。

司马文博胸臆中又翻涌出鄙视、恶心、愤怨、无奈的情愫。评选优秀教师那天，他早早到了会场，打算给符勇志投上一票。无论从工作角度，还是从同情心的角度，不给符勇志投票，天理不容。谁知，邢秀玉是唯一的候选人。

那天夜里，当上优秀教师的邢秀玉，又钻进常道仁家里。司马文博又听到邢秀玉报恩的呻吟和淫叫。他们进行报答和接受报答的时候，符勇志家里突然传出书本摔在地上的声音，老子不卖命了！

邢秀玉转过身子，化妆得很精致的脸对着他问，司马教授，昨天开会的时候，我看你到了会场，怎么投票的时候没见您人啦？

司马文博装成没听清楚，痴痴呆呆地看着她，嘿嘿，傻笑，表示礼貌。

邢秀玉旁边的一位老师说，司马教授耳朵不好，说话听不到，白问。

司马文博还是装成没听明白的样子，笑了一下，继续表示礼貌。

邢秀玉说，我怎么忘了，司马教授的耳朵不好，给他说等于白说！

今天会议议程有两项，一项是廉洁模范宣讲先进经验，第一个发言的是常道仁。声音经过扩音器的放大，又被耳蜗放大十倍，传输到司马文博的大脑里，如霹雳电闪，震耳欲聋。他听着常道仁大言不惭的报告，想着他头天夜里在邢秀玉身上的享受、承诺，脑海里突然冒出滑稽两个字。像听到了大便蹿稀的声，胸臆中涌出恶心，中午吃的蒜汁拌茄子差点吐出来。就把耳塞塞进耳朵，耳朵清静了，心里才清净。

校党委书记宣布，学校党委拟推荐五位副校长候选人，向省委组织部上报，进行考察。随之，宣布了五位接受考察的人员名单，常道仁就是其中一员。

夜间十一点，学校家属院的一半窗户熄了灯光。要是过去，司马文博会觉得万籁无声，整个地球都圆寂过去。安装了耳蜗，别说是十一点钟，就是子夜，耳朵都没有清净过。过去听不到这些声音，觉得这个世界尽管还有肮脏，有黑暗，有阴谋，有奸诈，有交易，有权术，但更多的是干净、光明、正大、真爱、同情、廉洁。安装了耳蜗，听到了隐藏在人们背后的东西，就觉得这个世界更多的是黑暗、阴谋、奸诈、交易、权术、腐败、邪恶。

他站在窗前,看着对面楼房里的灯光,那是常道仁家的窗户。从那扇窗户里,又传来一男一女的对话。

男的说,我给你的承诺兑现了吧!

女的说,我给你的承诺也在兑现!

男的说,我是讲信用的人!

女的说,哥帮了妹妹,妹妹会用一辈子的时间回报哥哥。

男的说,这次哥被推荐为副校长候选人,咱们交往一定要小心。哥在过去的位置上,没有竞争对手,你好我好大家都好。现在还有另外四位候选人和我竞争,竞争就是把别人整下去,自己顶上来。不把别人整下去,就会被别人整下去,自己也顶不上来。这和战争一样,只有把敌人消灭了,才能保存自己。

女的说,妹妹明天就给省委组织部、省纪委写举报信,举报他们贪污受贿、公款吃喝,还搞女学生。

男的说,举报信要实事求是,有事实有根据,不能乱说捏造,这样才能产生效果。

女的说,现在的领导,随便抓一个,不用调查就有一大堆问题。就像下水道盖子,只要打开就能闻到骚臭味。举报信的事情,哥放一百个心。我找了几个关系好的老师,对他们进行调查。远洋学院的仇院长,他们学院去年进了两个研究生,每个收人家十万元贿赂。当时求职的博士生有二十多个,他一个都没要,就要那两个研究生。生命科学学院的董院长,和女学生长期通奸,学生毕业后留在他们学院当辅导员,现在又和老婆闹离婚。外语学院的刘院长,当年的研究生论文、以后的副教授教授论文,全是抄袭,这些都是实打实的证据，明摆在桌面上，谁都不敢包庇，也包庇不住。现在讲究不能带病提拔，他们带病了，谁提拔谁兜着！

男的说，咱们收集人家材料，人家也在收集咱们的材料。咱们举报人家，人家也举报咱们。就像拳击一样，咱们出手打对方，也要防备对方出手打咱们。这段日子，咱们尽量少见面，万一被他们发现蛛丝马迹……

女的说，哥放心，妹妹绝不会让哥犯错误。妹妹指望哥提拔了，也能得到好处。哥成了奔驰的骏马，妹妹揪着哥的尾巴，也能一日千里地奔驰。

四

学校给省委组织部考察组腾了一间办公室，就在司马文博办公室隔壁。司马文博只要没有课，就钻进自己的办公室。隔壁办公室的响动，清晰地进入他的耳道。他知道自己知晓这些内幕没有丝毫意义，五个候选人，没谁跟自己贴近，也没人跟自己仇雠，谁当副校长自己都是教书匠。但是，他还是愿意探听内幕消息，猎奇是人的天性。

他刚坐下，隔壁的声音就涌过来。

刘处，今天又收到五十四封举报信，加上前几天收的，一共收到两百多封举报信。

被称为刘处的说，这种现象很普遍，组织不提拔谁，谁一辈子都不会被举报。组织提拔谁，谁就成了众矢之的，举报信就铺天盖地。

成员说这些举报信的内容，有时间有地点有内容，落着举报人的姓名和电话。

刘处说，你不说我也知道，无非就是贪污受贿、男领导搞女下属、公款吃喝、男老师搞女学生、女老师搞男学生、走关系进人。这种事情很普遍，哪个大学都有，要是认真查，一多半领导经不起查。

成员说，这么多举报信怎么办，咱们就五个人，没有精力查清这些事情。不查吧，要是带病提拔，我们就要承担责任。

对话停止，两三分钟后，刘处说我们把这些情况向上边反映，要是有人搭了天桥，我们在这里考察是拉屎攥拳头白出力气，我们把考察结果交上去就完成任务。

咚咚，有人敲隔壁办公室的门。门响，请进！砰，关门。请坐！我来举报副校长候选人违法乱纪的事情。

考察组成员说，按规定我们要登记举报人的姓名职务类。

举报人说，我走进这间房子前，就做好了被打击报复的准备，豁出一身剐，也要把贪官拉下马。要是把贪官污吏提拔上去，就会遭害教育事业！

考察组成员说，你放心，我们有严格的保密规定，你的身份、举报内容，除了房子里的人，绝对不会被别人知道。这是党纪国法，谁违反了，轻则受处分，重则判刑，谁也不敢拿自己的政治生命开玩笑。

举报人说，说实在话，朝这间办公室走的时候，多少有点牛虻走向刑场的悲壮感！

考察组成员说，咱不谈流氓，谈举报，言归正传，开始吧，姓名？

举报人回答，邢秀玉。

考察组成员再问，举报内容。

邢秀玉说，我举报远洋学院的仇院长，去年他们学院进了两个研究生，他每个收人家十万元的贿赂。当时投递求职信的博士生，全校有两百多个，符合他们专业的就有二十多个,他一个都没要,就要那两个研究生……还有生命科学学院的董院长,和女学生长期通奸,那个女学生叫陈洁……还有外语学院的刘院长,当年的研究生论文、以后的副教授论文、教授论文,大部分属于抄袭。

……

司马文博听见脚步声,开门声,再见声,关门声。

考察组成员说,这个邢老师反映的情况,有时间、有地点、有事实,还是实名举报,应该属实。

刘处说,把这些情况整理出来,上报。

咚咚,又有人敲门。

来人说,我来举报副校长候选人违反党纪国法的事情。

考察组成员问,你的举报对象和内容?

来人说,我举报文学院院长常道仁乱搞男女关系,他同时和四五个女老师有暧昧关系,最近和邢秀玉来往十分密切,很多人发现邢秀玉经常在常道仁家过夜。

考察组成员问,你有证据?

来人说,这是两个人的私密活动,不可能跑到操场上公开操练。孤男寡女,一待就是一夜,不是胡搞是什么,除非他们生理上有疾病!

考察组成员说,我们需要事实,我们把他们定性为乱搞男女关系,人家拿出医院证明,阳痿,我们就不好交代。

来人说,阳痿就不能乱搞男女关系了?还可以拥抱、亲吻、抚摸,甚至更深入地交往。有本书上写,越是有性障碍的人,性欲越强烈,过去的太监比正常人的花样都繁多!

考察组成员说，打住，我们是对候选人进行考察，不进行性学交流。你反映的这件事情，我们只能作为调查的线索。

来人说，我还有举报的内容，海洋勘探学院的傅院长……

整整一下午，这个走了，那个来了，考察组接待了八九个举报者，送走最后一个举报者。

一个成员说，你们注意到没有，所有的举报者都是举报四个候选人，显然是有组织的活动。

另一个成员，那个叫邢秀玉的只举报了三个候选人！

司马文博有了狐疑，邢秀玉为什么没举报海洋勘探学院的傅院长？

五

校团委搞了个名曰"竞争"的攀高比赛。宣传海报上写道，剧烈的社会竞争，摆在我们每一个青年人面前，难以回避。只有勇敢地迎接挑战，以最优秀的成绩战胜竞争者，才能获得成功。挑战吧，勇敢的年轻人，让我们像无所畏惧的海燕那样，在乌云和大海之间，像黑色的闪电，高傲地飞翔，做一名时代英雄，为祖国奉献自己的才华。

司马文博看了海报，心里说把高尔基的《海燕》都扯上了。

富有煽情意味的海报前的操场上，搭了一个十多米高的横梁，上面吊着一个软梯，软梯下边铺着垫子。比赛规定，参赛的三十多名选手，可以同时朝软梯上攀爬，谁第一个触摸到横梁，就是胜利者。比赛时，可以把上边的选手朝下拽，把下边的选手朝下蹬，把对面的选手朝下捅。三十多个选手，站在软梯下边，摩拳擦掌。裁判是校团委的书记，宣读比赛规定，比赛时只准用手拽、拉，用脚蹬对手的肩部，用掌推对面的选手。不允许使用拳头，如果使用拳头，裁定为犯规，取消比赛资格。第一名奖金两千元，第二名奖金一千元，第三名奖金五百元。

司马文博好奇，停下脚步，观看。

团委书记看见司马文博，丢下选手，朝他走来问，司马教授，您也来啦？现在社会竞争太激烈了，我们不能把学生当作花朵栽培在温室里，要通过一切手段，让他们了解竞争的残酷性，在学校期间就学会竞争。

司马文博装成耳聋的样子，傻傻地看着他，含糊地回答，嗷、嗷！

团委书记这才明白过来，小声自言自语，我怎么忘了，司马教授耳朵不好，说着就转过身子说：比赛马上就开始了，我还要担任裁判！说完，跑到选手前边，举起红旗，大声喊：预备——开始！随之，吹了一声哨子，哨音尖锐、犀利，在操场上空划过。

三十多名选手拥挤着跑到软梯下边，抓住软梯就朝上爬。立即，被后边的人拦腰抱住，摔在垫子上。这个选手趁机抓住软梯，手攀，脚爬，朝上挣扎。又被后边的选手抱住，又摔倒在垫子上，把对手摔倒的选手又趁机抓住软梯。拼斗了十多分钟，才有几个选手抓住软梯，朝上攀爬。第一个抓住软梯的选手，刚刚离开地面四米多高，就被下边的选手拽住脚腕朝下拉。上边的选手两手抓着软梯，不让自己被拽下去，还要蹬下边的选手。下边的选手一只手拽着上边选手的脚，一只手抓着软梯，防止自己被蹬下去。自己的脚又被下边的选手抓住，他企图把上边选手拽下来的同时，还要防备上边的选手把自己蹬下去，下边的选手把自己拽下去，还要提防对面的选手把自己推下去。精力体力分散在上边、下边、对面，力不从心。

十多分钟了,攀爬在软梯上的人都没办法前进,都没办法把对方干下去,累得大口喘气,浑身冒汗,体力一点一点消耗,下降。爬在第二名位置的选手,明显出体力衰竭的样子,挣扎了一阵,终于找到对付上边选手的办法,嘟囔:你不让我爬上去,我也不让你爬上去,咱们同归于尽!声音很小,但司马文博听见了。这个选手嘟囔完,用抓软梯的那只手抓住上边选手的另一只脚,整个身子悬空,吊在上边选手下边,上边选手的双脚被拽住,还得腾出一只手推对面的选手,只有一只手抓着软梯,也显出体力衰竭。

所有攀爬在软梯上的选手,上不去,下不来,要把对手拽下来,蹬下去,推下去,还要防备对手把自己拽下去,蹬下去,推下去,每一个方向都有敌手,放松了任何一个方向的进攻和防御,就会让别人成功。别人成功,意味着自己失败。就是自己失败了,也不能让别人成功。

更为可怕的是还有更多的选手连软梯都抓不上,又不愿意看到别人成功,自己失败,都涌在软梯下边,把最下边的选手朝下拉。

比赛形成了这样的局势,最下边的选手最多,消耗的体力最小,但成功的概率最小,甚至为零。最上边的选手人数最少,消耗体力最大,被拽、蹬、推下来的可能性最大,但成功的希望最大。

爬在最上边的选手,双脚被第二名选手拽住,第二名选手的双脚被第三名选手拽住,第三名选手的双脚被第四名选手拽住,形成了人体链条。最上边选手支持不住了,双手一松,坠落下来。坠落时,又塌在第二名选手身上,第二名选手塌在第三名选手身上,像空中的多米诺骨牌,全部坠落下来。

刚才还守在软梯下边,跃跃欲试,无处下手的选手,呐喊一声,拥挤到软梯跟前,抓住软梯就朝上爬,又重复前驱者的挣扎历程。

司马文博看着他们朝上攀爬的挣扎、心计、互斗、失败，突然产生出强烈的感慨，这哪是比赛，简直是把选手塞进绞肉机里，让他们互相算计、争斗、仇雠。在这种比赛规制中，能产生胜利者？即使产生了胜利者，也是遍体鳞伤，体力消竭。组织者竟把如此残酷的阴谋、争斗、厮杀，命名为竞争。如果社会的竞争真是这个样子，该是多么残酷，多么恐怖，多么绝望，人们能在这种竞争中能得到爱情、善良、友爱、互助？要是人们都感觉和狼生活在一起，则是多么可怕的事情，能产生多少幸福指数？

突然，司马文博看到常道仁、邢秀玉和文学院的领导站在他背后，出于礼貌，他朝他们走近几步，点头致意。

常道仁朝他走来，老远就伸出胳膊，摆出和他握手的架势说，司马教授，最近发表什么大作了？候选人到了这个时候，亲和力泛滥。

司马文博又装成听力不好，故意打岔，什么锅，我家一直用的高压锅，飞利浦牌，性能还不错！

常道仁拍了下他的肩膀，充满关切地说，司马教授，你应该到医院看看耳朵，你才五十出头，日子还长着哩。你要是早二十几年把耳朵看好，凭你的学养、人品、能力，恐怕校长都当上了。

司马文博还是装成没听清楚，傻笑了一下，什么都没说，陪着他们站了几分钟，又转过身子看比赛。

常道仁、邢秀玉几人看到他们学院的几个学生正在攀爬，同样被上边蹬，下边拽，对面推。他们还要把上边的人拽下来，把下边的人蹬下去，把对面的人推下去。邢秀玉像是发现新大陆样，给常道仁说，常院长，咱们学院的学生也参加比赛了。

常道仁说，看看咱们的学生能不能拿冠军，谁要是拿到冠军，咱们学院再奖励一千元。

邢秀玉说，我现在就给学生传达您的指示！说完，跑到软梯跟前，大声宣布，文学院的同学听着，常院长刚才说了，谁要是拿到冠军，除了比赛组织者发的奖金，学院再奖励一千元。

选手们攀爬得更有力气了，搏斗空前激烈。又过了十分钟，裁判吹响哨子，喊，休息十五分钟！

选手们倒在垫子上，像死去一样，有几个嘴角还冒出白沫，像喝了百草枯农药。

常道仁给随行的人说，照这样比下去，永远不会有人爬上去，必须发挥团队精神，才能获得胜利。

邢秀玉问，常院长，您有什么高见？

常道仁警惕地朝周围看了，说咱们说话的声音一定要小，不能让对手听见，要是对手听见了，也采用咱们的办法，咱们等于给他们出了主意。

邢秀玉学着他的样子朝四周张望了，说这里除了司马教授，没有别的人！

常道仁瞥了司马文博一眼说，司马教授耳聋，给他大声说话，他都听不清楚，咱们小声说话，他更听不清楚！说完，给邢秀玉说，你去把咱们学院的选手叫过来，我亲自给他们布置战术。

选手们围着常道仁坐好，常道仁说，你们现在各自为战，会被人家各个击破，必须组成团队。咱们是团队，他们是个人，团队的力量绝对超过个人的力量，我的话你们听明白没有？

选手们疑惑地看他，不明白攀爬软梯和团队有什么关系。

邢秀玉立即明白过来，给选手们说，常院长的意思是咱们学院的选手结成联盟，互相保护。咱们一共六名选手，一齐从两边朝上攀爬，上边的掩护下边的，下边的掩护上边的，对面的相互掩护。

一个选手说，这办法是好，但冠军、亚军、第三名都只有一个人。奖金他们拿了，旁的人白出力气，用团队的力量让个别人获利？

邢秀玉说，我们拿到名次，得的奖金大家均分。

终于，文学院拿到了冠军、亚军、第三名。

突然，司马文博听到邢秀玉给常道仁说，我看了这个比赛，突然萌生出很大的感悟，咱们到那边去，我说给你听！

司马文博看到邢秀玉和常道仁走到一边，邢秀玉说，你竞选副校长和这个竞赛很相似。咱们单打独斗根本不行，弄不好和他们同归于尽。我琢磨出一个非常好的办法，让圈子的人都来帮我们。我们也不让他们白帮，给他们许诺一些利益。欧洲有句名言，没有永久的朋友，也没有永久的敌人，只有永久的利益。你当上了副校长，副院长就能坐上院长的位子，办公室主任就能坐上副院长的位子，秘书就能坐上办公室主任的位子。大家都有好处了，才会出力气帮你。说完又说，咱们那天说过了，要想上位还得给上头送，副厅这个级别，潜规则得四五十万，你拿不出这么多，让他们帮你朝出拿。

常道仁说，这事情我不好出面，要是有人举报，查出来更糟糕。

邢秀玉说，不用你出面，我来做这事情。你能拿出多少，剩下的按级别高低，让他们朝出拿！

常道仁说我全部存款加起来有三十万。

邢秀玉说剩下的二十万让他们出！

六点钟一到，司马文博就来到他们聚会的凤源春酒店，在秦都包厢旁边的大厅，找了个靠窗户的位置坐下，点了两样菜，一碗扯面，一瓶啤酒。酒菜还没上来，就看到邢秀玉和陈副院长、办公室马主任、秘书小李，一前一后走进包厢。

司马文博听到陈副院长说，我刚才看到靠窗口的那个人，背影像司马文博。

邢秀玉说，就是司马文博也没关系，同事间吃个饭有啥不正常。他耳朵聋，大声给他说话都听不清，没事！

陈副院长说，司马教授的学养不错，人也有本事，就是耳朵把他害了。要不，把校长都当上了。

邢秀玉说，现在的官场，不仅要靠能力，还要投靠权力。草民百姓家庭出身的人，想干上去跟狗熊搬梯子登月球一样。

司马文博听见马主任坏笑着说，邢老师，用不了两年你就能当上副院长！

邢秀玉说，马主任开玩笑了，咱一没权力的老爹，二没当富婆的老母，上头没人拉，下头没钱垫，咱是狐狸望着架子上的葡萄，馋得流哈喇子，就是吃不到嘴。

马主任说，你刚才都说了，除了钱和权，色也能开路。

邢秀玉说，本小姐可是纯正的良家妇女，不敢说是大家闺秀，起码也是小家碧玉。

马主任嘿嘿冷笑着说，欧洲有句名言，市场上吆喝得最厉害的人，往往是最希望把货物推销出去的人！

邢秀玉愣了一下说，咱们不开玩笑了，点菜。马主任，你常年搞接待，有经验，你点。

马主任说，我搞接待点菜和现在点菜的性质不一样，接待点菜公家报销，花多少都不心痛。今天是你私人掏腰包，既要把面子顾住，又不能花得太多。

邢秀玉说，你敞开点，不要替我节省。在座的都是领导，能给我这么大的面子，说什么也不能节省！

马主任说，邢老师这么相信我，我就当仁不让了，替邢老师出点力气……炝拌腐竹、川北凉粉、炒花生、凉拌猪耳朵，四个凉菜；青椒土豆丝、虎皮青椒、鱼香肉丝、宫保鸡丁，四个热菜，加起来八个菜，行啦！

邢秀玉咋呼，你替我节省，也不能这么抠唆，不知道的人还以为咱俩有啥关系哩，再加两个菜！

马主任说，我巴不得有人说咱俩有啥关系，就是我大声宣布我跟你有啥关系，也没人相信。

菜边吃边上，酒边喝边倒，菜吃过一半，酒喝过三道，司马文博听见陈副院长问邢秀玉，邢老师，咱们先把事情商量了，要不把酒喝高了，就商量不成了。

邢秀玉问，陈副院长，你现在是副处？

陈副院长说，你是拿着明白装糊涂，二级学院的副院长，不是副处难道是副部、副国？

邢秀玉说，副处再升一级就是正处。

陈副院长说，你以为升官像喝酒这么容易，打个电话，时间地点一定，就喝上了。升官这事情，个人使不上劲，像女人尿尿，蹦起来都尿不到三尺高，把天撞个窟窿都不行，多少人在副处这个级别上干到退休。

邢秀玉说，常院长要是提成副校长了，院长这位子就腾出来，你不用蹦就在院长的位置上尿尿了。

陈副院长说，我盼着常院长提成副校长，我要是有提校长的权力，早就把常院长提成副校长了。

马主任说，你要是有提拔副校长的权力，就不会盼着常院长当副校长了！

邢秀玉说，闲话少说，说正经事情。咱们要齐心协力帮常院长上位，他上去了，位子就腾出来，副院长升正院长，主任升副院长，秘书升主任，大家都有好处。

陈副院长说，咱巴不得常院长上位，就是没这个权力，拉屎攥拳头，有力气使不上。

马主任说，陈院长又胡说哩，大家都在吃肉，你说拉屎，还让大家吃不吃？

陈副院长说，咱们都是农村出来的，哪来那么多讲究，别说说个屎字，就是拉到包厢里，我照吃不误！

马主任说，陈院长越说越来了，把这些话打住，看邢老师有啥办法让常院长上位？邢老师能把咱们约来，肚子里已经装着百万雄兵，咱们都听邢老师的。

邢秀玉说，下午团委组织的竞争比赛，你们从中悟出什么东西没？

马主任说，我们还真没过多思考，你说这里面有什么门道？

邢秀玉说，现在最流行的就是团队精神，啥是团队精神，常院长指导咱们学院的选手，包揽前三名的经验就是团队精神。咱们在常院长的事情上，也要形成团队，九牛拉坡，同心协力，利益共享。咱们联手把对方干下去，等于把常院长推上去。

陈副院长问，怎么才能把对方干下去？

邢秀玉说，加大举报的力度，举报就像打炮，要有充足的炮弹，没有炮弹只能放空炮，没有杀伤力。咱们一人调查一个候选人，查出上纲上线的问题，通报给大家，咱们都去举报，上头相信的成分就会增大。黄泥巴掉到他们的裤裆里，是屎（事）也是屎（事），不是屎（事）也是屎（事）。

马主任问，要是调查不出问题怎么办？

邢秀玉说，现在没有问题的领导比国宝大熊猫都稀少，只要我们认真查，绝对可以查出问题。

陈副院长说，我确实掌握了别的候选人一些问题，还没来得及举报。

邢秀玉说，你把这些问题给大家说了，都去举报！

司马文博听到他们又进行分工，谁查谁，被查的人可能哪些方面存在问题。分工完毕，邢秀玉又说，事情还没完，现在的人要上位，就得给上头送，男的送钱，女的送色。职位跟农贸市场的猪肉一样，有了钱才能拿回去。咱们常院长要上位，也绕不过这个坎子，他的存款不够，咱们帮着凑些。

没有人说话了，过了五六分钟，邢秀玉说话了，别光顾着吃了，表态呀！

马主任说，刚才说的调查、举报，我们绝对抛头颅洒热血毫不次于革命先烈。现在让大家真金白银掏现货，不是小事情。就拿我来说，一个月就那点工资，没有人权财权就没有暗门子收入，紧省慢省存了那点钱，孩子马上要考大学……

司马文博听到邢秀玉不屑地说，得，得，你就是老鼠眼光看不出一寸远。现在是商品社会，干啥都得投资，不投资哪有回报？你现在没有人权财权，当上了副院长，主管一个方面的工作，就有暗门子收入了。

司马文博听到陈副院长的话，我跟常院长搭班子三年了，关系很不错，我拿五万，就算对常院长的支持！

邢秀玉说，马主任，陈院长都拿五万了，你再考虑考虑。

马主任说，我家的钱都是夫人掌管，她把钱看得比眼珠子都金贵。泥里掉一分钱的钢镚，她撅着屁股抠半天，回家洗洗还要放到钱包里。我平时花三块钱都得她批准，一下子让她拿出几万块钱，比剜她的心尖都疼……我回去好好做她的工作，争取拿出三万。

邢秀玉说，三万就三万，凑一点离成功就近一点。说完，又问秘书，李秘书，该你表态了。

李秘书说，咱是小秘书，权力对于咱这个级别的人来说，跟银幕上的明星一样，看得见摸不着，隐性收入还潜伏在理想阶段。但这是常院长的大事，我不能不管，我出两万。

声音中断了，司马文博估计这几个人都看邢秀玉，司马文博估计她觉得这是最高上限了，再让他们挤，也挤不出太多的油水。就像牙膏，管子里没货了，挤有什么用？果真听到邢秀玉说，听人说这个级别需要五十万，常院长自己掏三十万，你们凑了十万，还差十万，我去借，说啥也不能因为钱让常院长上不了位。

六

入夜很久了，月亮好，月光就好，校园里有了银色的柔光，清晰了天地万物。有了光，就有了影，影和光时刻相随，行走的人披着月光，地面随着影的黑暗。司马文博站在窗户前,俯瞰着楼下的花园。月光涂满花园,也涂在囚在花园里的人身上,几对学生躲在花丛里,不管不顾地享受着青春的激荡。花园不大,对与对相隔不到几米,视而不见,互不干扰。他突然想起自己上大学时,学校规定学生期间不许谈情说爱,一经发现坚决除名。现在学校好像没有这个规定,上个月报纸公布了一个案例,一对男女大学生在课堂上拥抱接吻,影响别的同学听课,被学校除名。学生把学校告上法庭,法庭判学校败诉。学校对这类事就一只眼睁一只眼闭,你肚子里繁衍了激情的后代了,生下来学校不会替你养,也养不起,堕胎受苦的是你自己,关学校的蛋事!

第二天,司马文博刚进办公楼,看见一个女生挺着大肚子,哭哭啼啼,如丧考妣,左边站父,右边站母,父亲说你必须说出孩子是谁的,咱不能白白让他占这么大的便宜。母亲说他要是不给咱们赔偿,咱们就告他强奸,把他送进监狱。

学校保安走过来,审贼似的把他们从头看到脚,问什么事情,在这里哭闹?

女生母亲说,俺女儿在你们学校读书,你们学校把俺女儿的肚子搞大了。

保安不以为然地说,哪一年都有女学生的肚子长胖了,你们想要外孙了,把女儿领回去生下来。不想要外孙了,找个医院打掉,比上卫生间排个大便都方便,有啥闹的?

女生父亲指着保安的鼻子吼,你说得容易,孩子生下来谁养,打胎的费用谁出,营养费谁掏?俺把女儿养这么大了,他随便一下就搞到手了?

保安说,谁拉的屎谁收拾,谁把你女儿的肚子搞大谁负责,你找学校有啥用处,学校又没有搞大你女儿的肚子。

女生母亲就朝保安跟前冲,保安赶忙后退,说你甭找我的事情,我只是维护这里的秩序,我说的话对你们好。这事情找学校没用,学校没有堕胎这笔开支,花的钱没地方报销。书记校长绝对不会掏自己腰包给你们孩子打胎,要是掏了腰包,就是清鼻涕流到裤裆里,不是他们的事也成了他们的事了。老百姓会说,不是你把人家的肚子搞大,你们凭啥给人家掏钱打胎?我说的是不是这个理?你们最好让女儿把孩子他爸的名字说出来,学校进行调查,属实了,让孩子他爸承担一部分责任。实在不行,也可以做亲子鉴定。就是孩子他爸出现了,学校也不能强迫,只能说服教育。为啥哩?学校没有号召男学生给女学生种孩子,你女儿和人家造孩子,也没给学校打报告,学校也没有批复同意。学校没有批复的事情,与学校没有五毛钱的关系。

这个保安五十多岁,在这个岗位干了二十多年,啥事情没经过?没费多大口舌,就把女学生和她的父母说得哑口无言。

女生的父亲不甘心地说,难道我们就白白让人家搞大肚子?

保安说,你们最好找她学院的领导,找学校不是办法,学校管两万多学生,这种事很普遍,普遍得像荒地里长草一样,顾不过来。说完,给他们指示了这个女生学院的方向,说了院长的名字,才把他们从他的管辖范围请出去,自言自语说你们享受的时候,学校不能干涉,说你们是成年人了,干涉了是侵犯你们的人权。搞大了肚子,却跑来找学校,天下哪有这个道理!

司马文博看着女学生领着她的父母,朝远洋学院院长的办公室走去。远洋学院院长的办公室就在他办公室上边,垂直距离不到五六米。不大工夫,就听见头顶响起仇登科院长说话的声音,有啥话好好说,不要激动。拿着,先喝点水,润润嗓子,心平气和慢慢说,天大的事情都好解决,只要人没出问题,别的都是小事情!

女生的父亲气哄哄地说,你们学校把俺女子的肚子搞大了,这个损失不能让俺独自承担。

仇登科院长问,这个同学,你叫什么名字,哪个班级的?

女生只是哭,啥话都不说。

司马文博能想象出仇登科院长把两手一摊,他们相处了二十多年,知道仇登科无奈的时候习惯做这个动作,又说,你们不说,我怎么替你们解决?

女生这才有一句没一句地说出事情的原委,无非是肚子大了,要求学校解决。

仇登科问女生的父亲,老先生你多大岁数了?

回答五十整,属蛇的。

仇说,到了这个岁数,图啥哩,不就是图个身体好,退休了多领几年退休费。我春节的时候收了个段子,好好活,慢慢拖,一年还有一万多。像我这级别,何止一万,一个月起码拿七八千。

女生的父亲又愤愤不平地说,狗日的不公道,俺农民一分钱都没有,俺农民是后娘养的,你们公家人是亲娘养的。

仇说,咱们现在不是讨论谁是亲娘养的谁是后娘养的,是解决这孩子的亲爹是谁的问题,解决就要调查,我们这么大岁数了,怎么去调查这事情?

女生的父亲说,你的意思是不管了?

仇说,我说的意思是我们这个年龄的人,不适合调查这类问题。你们去找辅导员,辅导员比你孩子大不了四五岁,年龄相当,同代人容易沟通。我先给辅导员打个电话,要求他必须处理好,处理得让你们满意,怎么样?

女学生一家三口都没说话,没说话就表示赞同。随之,传来电话拨号的声音，而后又有了仇登科的声音，小王呀，咱们学院有个同学，私生活方面出了点问题，我让他们去找你，你一定认真解决，让他们满意！咔嚓，放下电话的声，又有了仇登科的声音，你们都听见了，我给辅导员交代了这事情，他必须认真处理！随之，传来开门的声、关门的声、自言自语的声，你搞肚子的时候享受幸福，肚子大了到处告状，裤裆把脸蒙上了！

司马文博又听见电话的拨号声，仇登科院长说，小王呀，他们找你去了，你一定把这事情压在你那里，不能让他们再朝上找。我这么忙，哪有工夫处理这事情，更不能让他们找学校领导。

辅导员说，仇院长放心，我有办法对付他们。

小王的办公室在司马文博办公室上边两层，垂直距离为十一二米。

司马文博突然对这事有了兴趣，想知道小王用什么高招处理这事情。

砰，敲门声，进来，是小王的声音。又听见小王说，刚才仇院长打来电话，要求我一定处理好你们的事情，我一定认真处理，直到你们满意……我给你们泡茶。

女生的父亲说，我们是来处理问题的，不是喝茶的。

小王说，问题要处理，茶也要喝。我比这位同学大不了四五岁，你们是同学的长辈，也是我的长辈，做晚辈的见了长辈，不敬杯茶也太不礼貌了。

司马文博又听到小王的问话，这位同学，到底发生了什么事情？

女生没有说话，司马文博估摸女生不好意思说。

小王说，你不把事情的原委说出来，我怎么解决？

女生的父亲说，我女儿的肚子被你们学校搞大了，你们学校要负这个责任！

小王说，大伯你这话说得太宽泛了，学校是个单位，具体地说是一枚公章，还有校门口挂的招牌，这些东西怎么能把你女儿的肚子搞大？

女生的母亲说，你们学校的人把我女儿的肚子搞大了！

小王说，这个用词还比较恰当，但要具体，具体到是谁，只有找到事主才好处理。找不到事主，总不能把全校一万多男学生都处理了？

女生的母亲给女儿说，你给老师说呀，谁把你的肚子搞大的？

女生又哭泣，还是说不出谁是事主。

小王说，你不说出事主，我们真不好处理。我总不能挨个问那些男生，谁把你的肚子搞大了？恐怕没有一个人承认，谁到这时候都会躲起来不露面！

女生被逼问得没办法了才说，我也不知道谁把我的肚子搞大了。

小王苦笑着说，这种事，终生难忘，怎么能不知道？

女生又不言语了。

司马文博推测，这个女生可能同时和几个男生好，不知道怀的是谁的孩子。

小王说，大叔、阿姨，这事情真不好处理，她不知道谁是孩子的爸爸，我们怎么办？总不能指定谁是孩子的爸爸，也不能让全校的男生都去做亲子鉴定。就是做亲子鉴定，也要符合法律，不是咱们让谁做，人家就得做，谁愿意背这个黑锅？就算人家同意做，做一个亲子鉴定两千多元，一万多男生，就得两三千万，谁掏这笔钱？肯定要你们先垫起来，找到事主了，他和你女儿各占一半地掏，你女儿也得掏一两千万！法律规定男女平等，在任何事情上都得体现男女平等。说完，又说，大叔，阿姨，我有几句话，不知道该说不该说。

女生的父母说，说，没关系！

小王说,我比这位同学大不了四五岁,做她的哥哥也差不多。我站在哥哥的立场上,替妹妹着想。妹妹以后还要嫁人,要是把这事情闹得沸沸扬扬,风风雨雨,对妹妹的前途有什么好处?谁愿意找怀过孩子的女人当老婆?妹妹年轻,考虑问题不周全,做长辈的人生阅历丰富,要替女儿的未来考虑,不能因为这事毁了女儿的前途。

司马文博从心里敬佩小王的谈话技巧,威胁兼诱惑,虚伪加真实,让听的人感动,信服。什么是能力,这就是能力,连院长、校长都头痛的事情,推到人家那里,三下五除二就解决了。停顿,沉默,又喧起小王的声音,这位妹妹,我们是同龄人,没有代沟,爱情观是相通的,谁都希望对方是真正爱自己的人,负责任的人,不是玩弄自己的人,不是遇到问题只顾自己安危的人。要是把自己的一生交给伪君子,多么悲摧,多么凄苦,多么绝望。你出了这么大的事情,他躲在暗处不替你分担一点痛苦和责任,多卑鄙,多不要脸,多不负责任!其实呀,这是好事情,他让你看清了他的真面目,在错误的道路上紧急刹车。我们还年轻,不能守着一棵树吊死,东方不亮西方亮,黑了北方有南方。我们的人生道路上,多少高富帅在期待我们……

女生的父亲似乎觉醒了,说,他妈,我觉得小王老师说得有道理。

女生的母亲说,小王老师,你说俺女子的事该咋办?

小王说,咱们就不要追究是哪个男生了,也追究不出来。咱们把妹妹领到医院,把孩子整掉,等妹妹身体恢复了,再来上课。等到毕业,同学天南海北一走,过去的事情像屁样被风刮得一干二净,什么痕迹都留不下,对妹妹的前途没有丝毫的影响,再找男朋友时说从没谈过恋爱。这里最关键的是不能张扬……

司马文博从楼上传来的声音感觉到,女生一家要离开了。小王替他们打开门,他们给小王千恩万谢,小王给他们招手说,慢走,有什么事情再来找我!

小王回到办公室,关门,自言自语:傻逼,男朋友再多,谁把你肚子搞大了还能不知道,就凭这智商,以后进入社会,非把子宫刮透不可!

入夜好大工夫了,雨还没有停,不大,不小,还有风,也是不大不小。雨丝遮蔽了窗户,给玻璃上挂了窗帘,对面楼房里的灯光在雨幕中朦朦胧胧。这个时分,学校家属院已经静谧下来。下雨天气,楼房里的窗户都关上了,电视机的声音受到禁闭,除了雨打树叶的声,常人再听不到别的声音,享受着雨夜的祥和、安静。

司马文博在看书。装了耳蜗以后,知道了过去想都想不到的事情。人呀,怎么都是这样,人前表现得多么庄重文明,背后干的竟是乌七八糟的事情。就像捂着盖子的下水道,表面上干净清洁,一旦揭开了盖子,满目都是蛆虫、粪便、污水、垃圾。他还觉得,自己听到的事情,别人根本不知道,就像生活在捂着盖子的下水道上边,不知道自己的脚下多么肮脏,还以为这个世界处处都是洁净、明媚。现在的自己却像生活在下水道里面,被世界上最肮脏的东西淹没,难以忍受。他突然觉得,花了那么多钱安装了耳蜗,带来的不是增大听力的幸福、便捷,更多的是烦恼、恶心、愤怒、无可奈何,甚至绝望。

这阵,他正在读《菜根谭》。许多被风声、雨声遮蔽的声,还是被他听到了:雨滴落在地面的声,对面楼里朗读英语的声。风声,雨声,读书声,天地间呈现出古代读书人的理想世界。眼睛一阵模糊,脑袋蒙昏,看书的时间长了,该休息一会儿。他放下书本,走到窗户跟前,视线透过雨做的窗帘,漫无意识地朝着对面楼房瞅视。

风声、雨声、读书声中,又传来符勇志备课的授课声。同学们,我今天讲的范文是诸葛亮的《前出师表》和《后出师表》,对于绝大多数国人来说,诸葛亮可以称得上家喻户晓、人人皆知的人物。他的道德、智慧,成为中华民族的楷模,他的前后《出师表》,在古典诗词中占有非常重要的地位……

司马文博又听到符勇志太太埋怨的声,你前些日子都说了,再不下这么大的功夫讲课了,怎么又讲上了!

符勇志说,我除了课讲得好,再没别的强项。如果说我还能得到学生的尊敬,也就凭这个强项。要是不下力气把课讲好,就没有一点可以在人前站直脊梁的资本。我知道学校对我不公道,世上不公道的事情多了。孩子的事情,我再去找书记校长,豁出去这张老脸了。

司马文博又听到符勇志老伴愤怨无奈的话,你呀,真是狗改不了吃屎。现在有几个老师还下力气讲课,都在谋划职称,升官发财。只有你这个榆木疙瘩,还在拼命讲课。你看看身边的老师,谁不是见了当官的老远就把腰哈下来,谁见了你哈腰,只有你见了人家哈腰,从来都是咱们尊敬人家,没见过人家尊敬过咱。人家当官的孩子,大学还没毕业,工作都安排好了。咱的孩子,毕业多少年了,还没见到工作的影子。

符勇志沉默了四五分钟才说,都是我没本事,让孩子跟着受委屈。但课还要讲,讲不好学生就不听,要是学生都不听你的课,多丢人!

符勇志老婆说,人家汪教授,一门心思搞科研,每年拿那么多科研经费,家里买油买盐买擦屁股的卫生纸都开发票报销。你连一分钱的科研经费都没有,就那点干巴巴的工资……

司马文博心里又替符勇志鸣不平,符勇志和他是同龄人,自己十多年前都是教授了，他才评上副教授四年，每次评审时，都是论文的数量不够。现在评职称，论文是硬件，硬件不够，谁都不敢提交专家讨论。像食谱上写的烤全羊，必须是羊，哪怕是个羊羔都行，你给火堆上架上一只猪，再肥都不行。那些评上教授的老师，有几篇论文不是抄袭和拼凑的，在网上扒拉一篇论文，把文字修改一下，花钱买个版面，就是科研成果。专著更奇葩，没有互联网的年代，把相关资料复印上一大堆，写个提纲，把资料按提纲粘到大白纸上，花钱打印出来，就成了自己的专著。有了互联网，连复印费、打印费都不用掏，在网上扒拉些相关资料，复制，粘贴，鼠标一点，邮件瞬间发出去，就是专著。一本专著，除了书名、提纲是自己写的，其余全是别人的。出书要掏钱，印得越多，掏钱就越多，谁也不愿把自己的钱给人家花，就尽量少印。教育学院的一个副教授，专著只印了三十本，刚够评职称用，印得多谁看？大学里绝对不能忽视职称，职称上不来，所有的待遇都上不来。就像要繁衍后代，就得找对象结婚，没有结婚对象，跟老母猪去繁衍后代？职称就是要繁衍后代的老婆老公。现在大学老师的追求，第一做官，第二职称，第三科研，还有第四、第五、第六，教书连最后都排不上。符勇志却把连最后都排不上的排到第一，放着顺风帆不张，偏要逆水行舟，充当拉船的纤夫，你不受苦谁受苦，你不出力谁出力，难怪人都说你傻X。话说过来，学校就是教书的，书教不好，学生学不到东西，不是误人子弟是什么？符勇志确实没做错什么，就是上头制定的政策不合理，导向不对头，把符勇志这类认真教书的老师亏了。符勇志承受着这么大的不公，还认真地备课、教书，真是难得！

家属院的水泥路上，不时传来人的脚步声，还有雨滴落在伞面上的声。司马文博看到雨丝在路灯、窗户的灯光里，不正不斜地落下，在路面的积水里溅起无数的玑珠，泛响起无数的声。路灯下走过一个人，这人就是邢秀玉，匆匆地朝着对面楼房走去。

不到四五分钟，常道仁家里传来两个人对话的声音，常道仁说，宝贝，想死你啦！

邢秀玉说，我也想你！

司马文博思维中勾勒出这样的画面，两个人见面就拥抱，互诉相思之情的情景。随之，他又听到叭哧叭哧亲吻声，大脑里又泛出自己少年时在农村听到猪啃苞谷的声。

邢秀玉停止亲吻，说我下午侦察到远洋学院仇登科的事情了。

司马文博感觉到常道仁的眼睛一亮，放出光彩，像是手电筒的灯泡通上电流，说仇登科的什么事情，我听省委组织部的朋友说，目前我最大的竞争对手就是仇登科。那几个人身上都查出原则性问题，上位的可能性微乎其微。也查出仇登科一些问题，都不是原则问题，群众也没有对他有太大的抵触。

邢秀玉说，今天他们学院发生了一件事情，咱们要是操作得当，绝对能把他搞下去。就把下午那个女学生父母找仇登科的事情说了。

常道仁刚刚鼓起的希望，像是充气的皮球被攮了一锥子，哧的一下全泄了。这些都是司马文博感觉到的，这是心理活动，别说超过常人十倍的听力听不到，超过常人一百倍的听力都听不到。司马文博又听到常道仁说，这种事情太普遍了，学校没有规定大学生不能谈恋爱，谈恋爱就容易搞大肚子，请假处理后回来照样上课，跟上个卫生间样随便。

邢秀玉说，男学生搞女学生，女学生让男学生搞，只要双方自由，不闹到公安部门，学校不会管。要是院长把学生的肚子搞大了，就是自由也不行，开除不了也得撤职，绝对不能提拔重用。

常道仁说，人家女学生没有举报她的肚子是仇登科搞大的，当事人不说，咱们说管啥用，人家要是反问咱们，仇登科搞女学生时，你们观看了，咱们怎么说？

邢秀玉说，你真是书呆子，这种事怎么能正面举报，要像解放军冲锋一样，要迂回进攻。我思考了一下午想出了办法，发动咱们圈子的人散风，说仇登科把女学生的肚子搞大了，把话传到仇登科老婆耳朵里。这个女人成天担心仇登科进步了，女老师女学生投桃送李，不希望仇登科再进步。现在官场流行当官的"两不"主义，工资基本不动，老婆基本不用。官当得越大，老婆用得越少。弄不好新员工上位，老职工下岗，不如让老公当个普通教授，没有女老师投桃送李，没有女学生暗送秋波，安安生生过一辈子。这女人还是个醋坛子，正在更年期，要是传到她耳朵，她肯定要闹。

过了一分多钟，司马文博估计常道仁在思考，终于听到常道仁长叹口气说，咱们这么做，也太不地道了！

邢秀玉说，我也觉得不地道，但不这样做不行，谁让他是咱们的竞争对手。这就像战场上拼刺刀，你不刺死对方，对方就刺死你，谁也不会给谁讲地道。

常道仁说，你已经这么想了，我还能说什么。如果咱们上位了，好好对待仇院长，把咱们的愧疚补过来。

司马文博听见邢秀玉笑了，还听见她说，常院长心善，好人，你要是上位了，怎么弥补是你的事情，我们只负责把你推上去。

常道仁说，我不但要弥补这次没上位的那几个人，更要报答你们这些为我出力气出钱的人。就是我上位了，身边要是没有一帮子人，也是光杆司令，干不成大事！我要是上位了，就调你到校机关，先当一段时间科长，然后提副处长，在我退休之前把你安排到处长位置上，也算我对你的报答。

随之，司马文博听到他们脱衣服的声，卫生间莲蓬头哗哗的洒水声，邢秀玉温柔的说话声，我给你搓背，以后只要嫂子出差，我就过来！

常道仁说，咱们的关系，一定要保密，我们收集人家的材料，人家也收集咱们的材料，绝不能因为这事把大事耽误了。

邢秀玉说，你放心，咱俩的事绝对保密，打死都不给人说。当事人不承认，别人再说也不管用。

第三天上午，司马文博在办公室备课，他下午要讲授吴敬梓《儒林外史》。他把中国一千三百年的科举制度梳理成一个版块，进行分析，形成学术理论。思维刚进入范进中举的场面，突然听见仇登科办公室响起一个女人的哭喊，仇登科，王八蛋干的好事情……随之，传来茶杯摔在地上的破碎声，书本摔在地上的噗嗒声，仇登科气急败坏的吼叫声，这里是办公室，有天大的事情咱们回家说，不能在办公室闹！

仇登科老婆还在吼叫，我就要在办公室闹，让全世界的人都看清你的丑恶面目，乱搞女学生，还把人家的肚子搞大了。王八蛋给我说你阳痿，那东西不行，我给你买男宝，炖王八，虫草几十块钱一根，我大把大把买来给你吃。我把你补起来了，你却用到女学生身上，老娘连残渣余孽都享受不上……

司马文博知道这个女人脑子差窍，不知道说的话有啥轻重，赶忙跑去劝架。办公楼的人都出来了，和仇登科关系近的劝阻他老婆，关系一般的看热闹，竞争对手心里窃笑，脸上还装成万分同情状。

邢秀玉跑来了，扶起仇登科老婆，说仇院长是副校长的候选人，你这么一闹，把仇院长的前途都闹掉了。

仇登科老婆又哭喊起来，他现在才是个正处，就把人家女学生的肚子搞大了，要是当了副厅，恐怕全校女学生肚子都要被他搞大……

仇登科老婆在仇登科办公室闹过，气还没消，又跑到书记办公室闹，从书记办公室出来，跑到校长办公室闹，上午四个小时，闹了三个半小时。

下午四点，司马文博讲完课，又朝办公室走去，上午的闹剧还在脑子里浮现。回到办公室，说不定还能看到闹剧的后续。

四点钟的太阳真好，时节到了中秋与深秋之间，天气凉爽得让人周身充满生机，精力充沛得吱吱朝出冒，脚步轻盈，走路像要飞起来。人们在几十米内的说话声，清晰地传入他的耳朵。几个老师又在议论上午的闹剧，一个说真没想到仇院长是这种人，平时装得多正经！一个说，说不定仇院长遭了人的暗算，学校推荐了五个候选人，谁都想上，在这个关键时刻，谁都想把对方干下去！一个说，他要是没做那事情，他老婆会这么大张旗鼓地闹，傻子都知道她男人正处在人生的关键时刻！

司马文博朝他们眺望了一下，有个老师说，司马教授在跟前，不要让他听见咱们说的话。万一传出去变了味，得罪仇院长。有个人朝司马文博瞅了一下说，他耳朵不行，这么远的距离，正常人都听不见，他更听不见。

司马文博笑了下，朝办公楼走去，与自己没有关系，说啥都行，懒得听。走进办公室，打开热水器，等了十几分钟，矿泉水桶里的水开了，给茶杯里捏了茶叶，泡上，等茶水凉下了，喝。上课费体力，费嗓子，口渴，下课后必须补充水分。

楼上楼下，左邻右舍，又传来说话的叽喳声、放屁的咚咚声、喝水的吱吱声、走路的脚步声、清理嗓子的咳嗽声，这些常人听不见或者刚刚能听见的声音，被放大十倍以后，轰轰烈烈地开进他的耳道。

突然，他听到考察组办公室传来说话的声音，上午仇登科的老婆到办公楼闹事，还找了书记、校长，反映仇登科把女学生的肚子搞大了。

另一个声音说，她提供证据没有？

这个人回答，没有，如果仇登科没有这些事情，他老婆绝对不会这么闹。他老婆又不是傻子，关键时刻把男人朝粪坑里推！

另一个声音说，下午上班的时候，有个老师送来个优盘，让咱们看。我忙着整理材料，没看，不知道里面是什么东西，现在就看。

司马文博听见考察组办公室传来优盘的内容，就是上午那场闹剧的视频。到了六点多钟，视频还没放完。

领导说，到下班时间了，也不用再看了，就是那些内容。咱们研究一下，怎么处理这件事情，拿出意见上报。

一个声音说，男女这事只有当事人最清楚，外人很难查清。这段时间，咱们连续接到多人反映，如果一个人说他有问题，可能说他的这个人有问题，要是很多人说他有问题，他可能就有问题，起码是群众基础不好，我的意见是取消他的候选人资格。

另一个人说，我同意老丑的意见，取消仇登科的候选人资格。

又一个人表态，我也同意老候的意见，取消仇登科的候选人资格。

司马文博又听见领导人说，大家都同意取消仇登科的候选人资格，咱们就以考察组的名义，给上头打报告。

七

入夜时分是家属院一天中最热闹的时候，白天老师上课，机关坐班，学生上学，老人做饭，连刚会走路的娃娃都要上幼儿园，每个人都有事情做。到了这个时候，上课的老师下课了，坐班的老师下班了，上学的少年放学了，幼儿园、托儿所的娃娃被家长接回来了。吃过晚饭，大人要锻炼，娃娃要玩耍。院子的平地上，架起了音箱，一会儿是《最炫民族风》，一会儿是《小苹果》，还有《大高原》和司马文博叫不上名字的旋律。随着音响，那些走近更年期正处更年期的女老师，翩翩起舞，回忆着少女时代；男老师围着花园跑步、散步，司马文博能听到嘡嘡的脚步声，还有少年的玩耍，互相追逐，喊叫。有几个在溜旱冰，窄长的冰鞋在路面上滚动，好几次差点撞到大人身上。

司马文博吃过晚饭，也走出楼房，加入期望延年益寿的锻炼大军。他不跑步，慢慢行走，放松精神，趋向平和。他认为，养生必须符合大自然的规律，保持心态平静，不要大喜，不要暴怒，欲望不可太高。他散步时，什么问题都不思考，围着花园走圈。老师们见面不说话，招下手点个头就算表示了礼貌。上头推荐副校长候选人后，像是从天降下一方巨石砸在湖面上，人们的心态就没有过去那么平静了。尽管只推荐了五个人，五个人都有自己的圈子，圈子套着圈子，笼罩了整个学校。现代人几乎都有圈子，好处都要给圈子里的人，圈子外的人只能望洋兴叹，像搞不上明星的观众，望着明星的照片流哈喇子。要想得到好处，就得钻圈，在圈子里获取利益。都在一个学校共事，谁和谁是一个圈，谁是哪个领导的人，都心知肚明。这个时期的老师再见面，都觉得尴尬，面和心不和，招手点头的动作却比过去大了许多，掩盖心里的小九九。

司马文博走到最靠边的那栋楼房下边，突然听到海洋勘探学院傅才义和邢秀玉说话的声音，心里一惊，这个女人怎么和傅才义勾搭上了？就停下脚步，听他们对话。

邢秀玉兴奋地说，我听组织部的朋友讲，考察小组把仇登科刷下来了。

傅才义说，还有三个对手。

邢秀玉说，组织部的朋友还说了，那两个人的排名都在后边，比较有竞争力的还是常道仁，必须把常道仁也拉下来！

傅才义说，你肯定想出办法了？

邢秀玉说，我早就琢磨好了，就像下棋，早就把马给他卧上槽了，他就是神仙，也逃不出我这一招……傅院长，我要是把你推上位了，你答应我的条件……

傅才义说，我说过的话绝对兑现，不就是二十万加一个副处。

邢秀玉说，这下我就放心了，只要把常道仁拉下来，五个人就剩下你一个了，你不上位谁上位？

傅才义说，千万不敢麻痹大意，关公大意失荆州，咱们比关公差远了！

邢秀玉说，我办事你放心，我不敢自比诸葛亮，比朱元璋手下的刘伯温还差不多。有我在，你就放心地等着当大明王朝的开国皇帝！

雾霾涌进了司马文博的脑袋，也钻进了他的五脏六腑，迷惑酿的糨糊，顺着窟窿眼眼朝出冒。这个女人到底要干什么？帮常道仁，又帮傅才义，反过来又坑常道仁？终于，思维的阳光越来越亮堂，一丝一丝地驱散了雾霾，洗荡了糨糊，得出结论，傅才义给她的回报高，谁都知道三比两多，一比两少。

司马文博突然觉得周身一阵发冷，脊梁杆子发麻，汗毛如针样竖立起来。

这种女人太可怕了！

三天后，中午一点二十分左右，老师们正在午睡。司马文博吃过午饭，喝了一杯普洱，准备上床，突然听见对面楼房里传来常道仁和一个陌生人的对话，他走到窗户跟前，听。

常道仁问，您是……

陌生人说，我是应聘到你们学院的浙江大学的博士生，叫苟晟。

常道仁说，学校人事处让你到我们学院试讲，没有说你分配到我们学院。

苟晟说，学校人事处给我说了，如果你们学院对我的试讲满意，就留在你们学院，我非常希望在您手下发展！

常道仁没有回答，司马文博感觉他在吊苟晟的胃口。他知道现在的潜规则，这个叫苟晟的博士生不搬来几块砖头垫在脚下，恐怕攀不上这个坎。何况，现在正在需要用钱的节骨眼上。

苟晟又说，常院长，规矩我都懂，我绝对不会让您白帮忙。

常道仁说，我也给你说实话，我们学院确实还有一个指标，人事处介绍了八个博士来试讲，还有很多领导打来电话，要照顾这个照顾那个，一个照顾不到就会得罪人，而且得罪的都是上头人，人家直接掌握着我的命运！

苟晟说，常院长说的这个我都理解，这是十万块钱，您先拿上，我调来之后，再给您送十万！

常道仁说，这个千万使不得，上头一直在抓腐败，我当了五六年院长，不敢说是两袖清风，起码是一尘不染，怎么能接受这么多的馈送？

苟晟说，这事情只有你知我知，你我都不说出去，还有谁能知？谁都不知道的事情，等于没有发生。

常道仁不说话了，司马文博猜想，这个姓苟的博士生正从挎包里朝出掏钱，一沓一沓地摆在常道仁面前。

常道仁说话了，小苟呀，你坚决要送，我要是坚决不接，就冷了你的心，这回我就接下了，下次不能再这样啦。我好赖还是党员、党总支书记，怎么能做这事情？我明天就安排你试讲，试讲过后就来上课，别的不用考虑了。

随之，司马文博听见开门的声音，随着关门的声音，司马文博脑子里立即浮现出邢秀玉和傅才义，自言自语说常道仁栽了！

一星期后，司马文博从办公楼卫生间出来，看到学校纪委书记领着四五个穿检察服装的人，朝常道仁办公室走去。他好奇，远远地跟着他们，看着他们走到常道仁办公室，蜂拥进去。学校纪委书记对常道仁说，常老师，省检察院的同志找你！

省检察院的人走到常道仁跟前说，请你跟我们走一趟！

司马文博听到扑通一声，像是人摔倒的声音。检察院的领导给手下的人说，把他扶起来，带走！

司马文博看到两个年轻的反贪人员，拖着软瘫的常道仁，朝电梯口走去。整个办公楼的人都跑出来，看着常道仁像电视里准备处决的犯人，身子软得像烂泥。司马文博想，常道仁到这时候可能还不知道谁给他下的这个套。就是旁人给他说这个套是邢秀玉下的，打死他都不会相信，这个和他密谋了多少次诡计，上了多少次床，说了多少句恩爱，表了多少次忠心，他绝对相信的心腹女人，会给自己下手？

邢秀玉、傅才义也混在看热闹的人中间。傅才义微闭眼睛，满脸肃穆，不知道在思考什么。邢秀玉看着常道仁被拖进电梯后，惊惊诧诧地说，常院长做了什么事，被他们带走？

没有人回答，所有人的面部都严肃得像刷了固体胶。司马文博看了她一眼，什么话都没说，脑海里浮出一句老得不能再老的哲语：毒不过妇人心！继而又想，常道仁要是不贪，邢秀玉就是有再毒再诡的心计，又能如何？不在河边走，河里的洪水再厉害，还能湿了鞋子？

司马文博又看了傅才义一眼，又想起团委举办的那个名曰"竞争"的比赛，心里有了担忧，他不知什么时候也会毁在邢秀玉手里。

第二天上午，司马文博没有课，也不想到办公室去，就坐在家的书房里，泡了一杯龙井，也没品出味道，拿起一本闲书《藏獒的生成》。

司马文博突发萌想，要是狗有了人的智慧，会不会单打独斗地拼命？他想起了常道仁、邢秀玉、仇登科、傅才义，突然萌发出就藏獒生成的过程写篇散文，思考了十多分钟，敲击键盘，电脑屏幕上显示出如下的文字：

……小狗满月了，在母狗充足奶汁的哺育下，兄妹五个挤卧在母亲的怀抱里，肥嘟嘟显示着迷人的憨态。睡醒之后，互相亲舔，追逐，滚爬，相扑，享受着兄妹之间的亲情。满月那天，主人牵走了它们的母亲，终止了给它们喂食。半天之后，它们觉得肚子饿了，朝着狗窝外头张望，盼望母亲回来给它们喂奶。母亲没有出现，一天之后，它们的肚子更饿了，更急切地盼望母亲回来，母亲还是杳无踪影。两天之后，它们感觉身上没有力气了，骨头和肌肉都在发软，脑袋发昏了，更急切地盼望母亲归来喂它们。但是，母亲还是没有一丝音信。

到了第三天，身体最庞大强健的老大，看着最后降临到人间的弟弟，龇出了还不太坚硬的犬牙。最小的弟弟突然醒悟了，主人故意牵走母亲，让忍受不了饥饿又想活命的兄弟姊妹互相残杀，用兄弟姊妹的血肉饲养自己的生命，能活到最后的那个兄弟或者姐妹，就是身价百万的獒。

五个兄弟姊妹中，最小的弟弟最没有战斗力，最容易被兄弟姐妹吃掉。它躲在角落，蜷缩着身子，实在不愿成为兄弟姊妹的血肉之食，思考拯救自己的办法。突然，它琢磨出了对付兄弟姊妹的办法，自己体力不行，必须动用智力，要联络兄弟姊妹，把它们分化，一个一个咬死。它挣扎着爬到老二老三老四跟前说，二哥，三姐，四哥，主人把咱们关在这里，不给喂食，就是想要咱们互相撕咬，吃食兄弟姊妹的血肉。咱兄妹五个，大哥的体魄最强健，谁也不是它的对手，它会把咱们一个一个咬死，咱们必须团结起来把它咬死，才能活命。

它们没等老大向他们发起攻击，一拥而上。老大再强壮，也不是四个兄弟姊妹的对手。它们和老大撕咬拼命的时候，老五装成恐惧的样子，躲在一边，保存体力。撕食老大血肉的时候，它又冲在最前边，喝了最多的血，吃了最多的肉。

两天以后，老五又给老三老四说：大哥不在了，现在二哥最强大，它随时都可以把咱们咬死。咱们必须团结起来，把它咬死，不能让它把咱们咬死。

于是，三姐四兄弟在它的蛊惑下，又扑向二哥，团结一致地把二哥咬死。老五还是像上次战斗一样，它们拼命厮杀的时候装成恐惧的样子，颤抖地躲在角落，保存体力。吃食老二死尸的时候，它冲在最前边，肉吃得最多，血喝得最多。

又过了两天，它们肚子里又发出饥饿的咕噜声。老五又悄悄爬到老四兄弟跟前，小声说现在就剩下咱们三个了，三姐的身体最强壮，力气最大，咱俩都不是它的对手。咱俩必须联起手对付它，才能保全我们的生命。

老四是个没多少心智的家伙,听老五这么一说,马上向三姐扑去,和三姐撕咬在一块。三姐是母狗,四哥是公狗,尽管比三姐晚出生半个时辰,但性别的差异,使它的体力和三姐相差无几。老五还是像往常一样躲在一边,它非常清楚,这是一次最关键的战斗,必须彻底消耗它们的体力,自己才可以咬死最后的胜利者。它们厮杀了半个时辰,四哥终于把三姐咬死了,但它也躺在三姐的尸体旁边,爬起来的力气都没有了,只能看着五弟扑向自己,咬断自己的喉管。

第三天,主人打开房门,端来半盆子羊肉和骨头,放在最小的那只狗跟前,认为它就是最凶猛的那只狗了,把它当獒崽养起来。

文章写完,司马文博看了一遍,修改了几处,笑了一声,连他自己都不知道是什么性质的笑,干笑、苦笑、欢笑、讥笑、无可奈何的笑、心满意足的笑?

十一点五十分,快下第四节课了。司马文博满胸满腔都是困惑、迷茫,情绪萎靡地走在教学楼下边,耳边又传来符勇志的声音,今天的课就讲到这里,我感谢同学们选修了我的课,感谢同学们认真地听我讲课……下课啦!

司马文博听到学生起立的声音,听到教室里爆发出雷鸣般的掌声,这些掌声追随着符勇志,响了很长时间,直到符勇志走出很远很远。他心中突然涌出一股强烈的感慨,老师要是当到这个份上,还有什么不满足?

八

司马文博又坐在耳科医生的对面，诊室的墙壁雪白，医生的办公桌雪白，医生的褂子雪白。这个世界上，还有什么比雪白的色彩更能代表圣洁？

医生问，你为什么要求摘除脑壳里的耳蜗？

司马文博说，我觉得听力超过正常人十倍以后，得到的不是快乐，而是苦恼、愤怒、无奈、绝望，心情不如没恢复听力时的欢愉。

医生说，我当初就劝你不要把听力调到正常人的十倍，你听到了正常人听不到的声音，就知道了人最隐秘的部分。通常，人都是把最富有伪装、最虚假、最富丽堂皇的一面展示出来，显示自己人品的高洁。把最丑陋、最恶毒、最阴谋、最肮脏、最见不得人的一面隐藏起来，这才是正常的人。他们听到的都是别人愿意让他们听到的话，知道的都是别人愿意让他们知道的事。唯有你不正常，你听到了人们不愿意让你听到的声音，知道了别人不愿意让你知道的事情，探窃了别人的隐秘世界，又承受不了隐秘世界的肮脏……

医生还说，当初动手术之前，我给你说过这些后果，你坚决要求把听力扩大十倍。现在只有两种结果：一种是继续保持这种听力，你不想听的时候，把耳塞戴上；再就是摘除耳蜗，回到没装耳蜗前的状态，你考虑好再来！

司马文博走出医院，像走进了浓黑的雾霾，看不清周围的标志物，不知自己到底该朝哪里去，甚至觉得自己在雾霾中梦游，不知什么时候能醒过来，走出迷茫。

发表于《四川文学》2019年第3期

麻柳火车站的爱情

一

1980年。

麻柳火车站，隐身在大巴山的千山万仞之中，如大象皱皮里夹的一粒沙子。站台不过三十米，建在桥上，两头都是隧洞，一天中唯有一对慢车停靠。公家在这个车站养了二十多个工人，全是男性，要想看到女性，艰难程度不次于看美国麝香牛。唯一能看到的女人，就是慢车在这里停车三分钟，看人家在车窗露出的脸庞。休班的人早早就竖在站台上，充当义务站务员，心急火燎地期待。

通信工郁石根、值班员符皓志、扳道员吕尚荣早早就立在站台上，朝着慢车开来的方向瞅视。郁石根的表情最急，脖子伸得老长，符皓志就说他：刚办过闭塞，最少还得十多分钟。吕尚荣朝郁石根跟前走近两步，说：一会儿小心看到眼里拔不出来，夜里想着人家自力更生。郁石根就笑，啥话都没说。他知道自己嘴笨，吕尚荣用巴掌捂半个嘴，自己都说不过人家。

距离车站十五里有个麻柳镇，过活着三十多户原住民。把临街的房屋做成商铺，收购山货，卖五百杂货、烟酒吃食、煤油布匹，连祭奠亡人的火纸供香都齐全。到了逢五逢十的赶场日，有山民赶到镇上，卖了山货，买了盐巴煤油布料，再到食店要个单炒，打上二两烧酒，吃饱喝足，方才恋恋不舍地回到山里。公家在这里设了镇公所、粮站、邮政所、税务所、卫生所、银行，麻雀不大，五脏俱全。

这个时候，火车尾部的隧洞口，等待着一个女娃，二十一二年龄，麻柳镇邮电所的邮差，叫麻叶叶。每天都要走到麻柳火车站，接邮政车甩下的邮包，背回麻柳镇。一年三百六十五天，风雨不阻。

郁石根上中专前是陕西关中农村的生产队长。从公家只管让交公粮的贱民，摇身变成拿工资发劳保看病不掏钱的工人，觉得全地球的温暖都包裹在他周围，全中国的雨露都滋润他茁壮成长，天地间的幸福都向他招手。工资、劳保，公家啥都发，就是不发老婆，到了二十七八，裤裆里的东西超级成熟，不安顿憋得难受，心里燃烧的暗火，憋得脸上大疙瘩小包，夜里还从那地方溢出，糟蹋了多少子孙后代。爹妈催着传宗接代，在老鼠都没有母的麻柳火车站，总不能在石崖上钻个窟窿，让里面蹦出个大胖小子。精力无处宣泄，就开荒种菜。自己吃不了，让车站的人都吃。他又扩大经营，养鸡，十多只母鸡在一只公鸡的率领下，天天下蛋，郁石根就有吃不完的鸡蛋，攒上十天半个月，拿到麻柳镇上买，收入的钱就存入银行，存折隔不了几天就增加一组数字。

慢车开来了，光棍们跑到车窗跟前，看里面的女人，目光里蕴含着不加掩饰的欲望，心底翻腾的全是男女荤事，他们把这叫给眼睛会餐。隔着车窗看女人，上不犯国法，下不犯路规，为啥不看，看了白看，不看白不看，还要挑漂亮的看。车窗里的女人也看他们，心里有了困惑，在如此偏僻的深山小站，他们如何度过没有女人寂寞如入坟墓的岁月？郁石根从车头朝车尾走，一直走到列车中间，才遇到一个漂亮女人，停下脚步，欣赏，心里忿忿不平地嘟囔，这么漂亮的女人，好过了哪个驴日的！

列车到来的时候，车站的男人也看麻叶叶。麻叶叶是那种很受看的女娃，小小的个子，细细的身子，小鼻子小嘴，细眉细眼，完全可以用细小灵巧形容。她背着邮包经过站台时，遇到铁路员工就叫声"师傅"。铁路员工都想帮她背邮包，又找不到帮的理由，只能望着她走去的背影，心中同样翻腾出茫茫空虚，同样若有所失。

这天，邮政车甩下的邮包差不多有四十来斤，麻叶叶背上邮包，身子压成了虾米，挣扎了三十几步，额头上就冒出大滴汗珠。郁石根老远看见，心里又涌出替人家背邮包的念头，就朝麻叶叶跑去。刚跑了两步，又想，你替人家背邮包，想咋？又自我安慰，我没想咋，就是看她可怜，那么细弱的女娃，咋能背动那么重的邮包？你说你不想咋，谁相信，无利不起三更夜，你不想让人家当你的婆娘，凭啥替人家背邮包？他在一正一反的思想中，放慢了脚步，自己咋能放着安宁不安宁，惹一身腥臊气？刚要退回去，又见麻叶叶朝这边挣扎过来，身子摆动的幅度更大，额头上脸颊上的汗水更汹涌，心里的同情又成倍地翻腾，猛然冒出这样的说道，我肚里没冷病，凭啥不敢吃西瓜？

他像突然加了油门的手扶拖拉机，冲到麻叶叶跟前，愣愣地说：我替你背，这么重的邮包，你咋能背动！麻叶叶喘着粗气说：我能背动！郁石根说：你的汗都流成啥了，还说能背动。说完，硬是从人家肩上抢下邮包，啥话没说，朝肩上一甩，就朝麻柳镇的方向走去。

麻叶叶对着他的脊背喊：郁师傅，还有个邮包在候车室放着！

郁石根:要是重了都放在我肩上,我一块背上!

麻叶叶说:不重,那个邮包只有几斤重,我自己背!

这是一条勉强可以开汽车的土路,曲曲弯弯,坎坎坷坷,一年没有几辆汽车经过,偶尔有辆自行车通过,也是颠颠簸簸,歪歪趔趔。郁石根背着邮包,心里还在琢磨,我真的没有想挂人家当媳妇的阴谋,我只想帮帮人家。咱是草草窝里的癞蛤蟆,人家是空中飞的天鹅,癞蛤蟆想吃天鹅肉,想也是空想,何必自己给自己找不愉快!

麻叶叶跟在他后边,一路小跑都没办法和他肩并上肩,就对着他的背影喊:郁师傅,走慢点,人家紧跑慢跑都跟不上!郁石根就放慢脚步,等她跟上来,和她并着肩走,还是不说话。麻叶叶看了郁石根一眼,想说几句感谢的话,却不知道该说些什么,也就没有说话。两个人就这样肩并着肩,喘着气,流着汗,一步一步地朝前走。空旷的峡谷里,响着两个人的脚步,一个轻些,一个重些;还有两个人的喘气,还是一个轻些,一个重些。路边山崖的林樾里,传来不知什么鸟的啼鸣,一个声轻一个声重,一个声细一个声粗。

麻叶叶觉得寂寞难受,没话找话地说:郁师傅,你不爱说话?郁石根嗯了一声,还是没有说啥。麻叶叶又问:你真的不爱说话?郁石根问:说啥话?麻叶叶说:啥话都行,咱走到镇上要两个小时,都不说话,还不把人憋死了!郁石根说:我怕万一说得不对,惹你生气!麻叶叶说:要是天天生气,还不把人气死了。我听人说,爱生气的人容易得癌症,癌症是治不好的病!郁石根说:你说,你起个头,我跟着你说。

麻叶叶思谋了半晌,也没思谋出该说的话题,又说:郁师傅,我在车站等邮包的时候,看到你种了好多菜,养了好多鸡,还喂了一头大肥猪。你种的菜长得好，养的鸡长得好，喂的猪也长得好，你们铁路工人也会种菜养鸡喂猪？

郁石根说：我以前是农民，种菜喂猪是老本行。

麻叶叶：听说你还把鸡蛋拿到镇上卖？

郁石根：吃不完就买，增加收入。

麻叶叶问：郁师傅一个月多少工资？

郁石根：四十三块五。

麻叶叶：你们那么高的工资，还缺钱花？要是我们这点工资，咋过日子？

郁石根：你多少工资？

麻叶叶：我是临时工，还没有转正，一个月二十一块。

郁石根：我的家庭负担重，父母都是农民，有病得自己掏钱，过世还得自己买棺材。我是老大，都得管这些事情。

麻叶叶：郁师傅是老实人，家里穷就说穷，不像有些人，家里穷得啥样的，出来还吹嘘他爸是县委书记，他妈是妇联主任，他爷给朱德牵过马，他奶给八路军纳过鞋底子。

郁石根：充大有啥用处，谁也不会给他两毛钱。人还是实在点好，谁也不愿意跟不实在的人打交道。

麻叶叶：我就愿意跟实在的人交往！

他们说着走着，郁石根背着四十斤的邮包，远路没轻重，邮包逐渐增加重量，越来越重，压得肩膀越来越痛。郁石根想换个肩，又不想让麻叶叶知道自己背不动了，就坚持不换。但额头上脸颊上的汗珠充当了叛徒的角色，出卖了他的意志，越来越汹涌地流出来。

麻叶叶感觉郁石根累了，拼着意志在坚持，就走到他后边，把邮包朝上抬，试图减轻他肩上的重量。郁石根肩上的重量减轻了，脚步却不稳了，跟跄了几下，说：你一使劲我就走不稳，差点把我推倒。麻叶叶赶忙放下手，忧忧地说：那咋办呢，这么重的邮包，还有那么远的路，我又不能帮你！郁石根把邮包在肩上颠了一下，豪气万丈地说：这点邮包算个屁，我在农村的时候，两百斤的麦包，一扛就是一整天。再说，你也背着邮包，想帮也帮不上我。麻叶叶说：我这个邮包才几斤重，你不能老在一个肩上背，换个肩，让这个肩歇歇。

郁石根把邮包从右肩换到左肩，麻叶叶就从郁石根的左边跑到右边，还和郁石根肩并着肩。郁石根看了她肩上的邮包，又看她脸色通红，额头上有细汗流出，心里又有了不忍，又有了对邮电局的不满，说：你们单位也真是的，让一个女娃天天背这么重的东西。

麻叶叶说：俺这个邮政所就两个人，所长都快五十了，总不能让人家这么大岁数的人出来背邮包，我坐在所里悠闲。

郁石根：你说得对着哩，咱年轻，就该多干点。说完，又说：你们的上级也操蛋，咋不给你们邮政所派个男的，两个女的咋干工作？老人都说，母马不上阵，女人不打仗！

麻叶叶：郁师傅骂俺们是母马，你才是马，是公马，是骚公马。她说到这里，突然灵醒过来，郁石根说自己是母马，自己说郁石根是公马，母马公马刚好配成一对，想到这里，脸上一阵潮热，大红，郁石根看着路面，没有注意她脸色的变化。

路的前边现出一股山泉，麻叶叶说：郁师傅，前边有眼泉水，咱们过去洗把脸，歇口气再走。

一股泉水从山崖的石缝里流出,直直地坠下,在石崖下砸出一池清冽,一米多深。他们走到泉水跟前,放下邮包,郁石根顿时觉得卸下了千斤重担,精神和身体都轻松无比,由不得伸展双臂,长吁口气,蹲在泉水旁边,感觉清凉从泉水里荡出,涤荡了身上的溽热,周身上下都有了清爽。

麻叶叶蹲在郁石根旁边,捧起一掬泉水,侧着脸给郁石根说:你看这水多清亮,除了咱山里有这么好的水,大地方哪有这么清净的水。

郁石根也捧起一掬水,说:大地方就是有泉,也叫人弄脏了,随地吐痰、丢垃圾、扔烟屁股、再好的泉水也招不住他们折腾。

麻叶叶说:郁师傅的哲学学得好,看问题深到骨头里了。

郁石根笑,说:哲学个屁,我都不知道哲学的门朝哪边开。你咋知道哲学这么高深的名词,你一说差点把我吓个跟头!

麻叶叶:你甭看俺这个邮政所只有两个人,每周都要政治学习,上头还来检查。

郁石根说:你们的哲学都学的啥?

麻叶叶说:人的正确思想从哪里来?

郁石根:你说人的正确思想从哪里来?

麻叶叶说:我咋知道从哪里来,我连啥是正确思想都不知道,就知道啥是好人,啥是坏人,多给好人交往,少给坏人打交道!

郁石根说:你学了半天哲学,连哲学是啥的都不知道。你刚才说的那些,我十岁都知道,俺爷天天给我说这些道理。俺爷斗大的字不识一个,难道俺爷还给我教哲学?

麻叶叶又问郁石根:你们铁路上不学哲学?

郁石根:学他娘的脚后跟,山上的线路短路了,靠哲学有屁用,还得爬到山上，出力流汗把混线排除了，保证通信畅通，这才是硬道理，靠耍嘴皮子啥事都干不成。

麻叶叶说：郁师傅是实在人，这话给我说，啥事情都没有，千万不要给别人说，人家会把你打成反革命！

郁石根：我又不傻，咋能在外人跟前说这些话，这些话只能给自己人说。

郁石根捧起一掬水，捂到脸上，哇——在那千分之一秒的瞬间，一种凉冽、清爽、惬意无比的快感在脸上蔓延，顺着脸部神经，渗入全身细胞，这种快感又冲进大脑，从大脑散布到全身，给五脏六腑全身细胞带来舒泰。麻叶叶也捧了一掬水，也捂在脸上，同样享受到清爽凉冽，问郁石根：郁师傅，舒服不？郁石根：舒服！麻叶叶：舒服了就多洗一会儿。

他们连着捧了几掬水，洗了几道脸。麻叶叶说：郁师傅，这么好的水，你也擦擦身子，等身上彻底凉透了，再赶路。

郁石根说：没有毛巾，洗了拿啥擦？

麻叶叶说：我有手绢，拿我的手绢擦！

郁石根就脱去上衣，他个子不高，但从小就干农活，练出了浑身的疙瘩肉，一块一块，像生铁锭子，焕发着油亮的明光。麻叶叶从来没有见过男人这么健壮的身体，雄气逼人，心里就有了麻乱，慌慌地跳起来，脸又红红了。

郁石根捧起泉水，一下一下朝身上撩，冰冰凉凉的泉水撩在身上，刺激得连着打了几个哆嗦。麻叶叶问：郁师傅，冷？郁石根：不冷，凉水猛地一激，身上就打哆嗦。郁石根一捧一捧地朝身上撩，撩了一阵，就搓，搓下一条一条的黑泥。

麻叶叶问：郁师傅多日子没洗澡了？

郁石根：男人都是这样，身上的脏东西多，再洗都洗不干净！

郁石根把胸前洗干净了，背后却没办法洗。麻叶叶想给他搓，又觉得自己一个姑娘，咋能给一个不熟悉的男人搓背，就是熟悉的男人，也不能随便给人家搓。拐回头一想，又觉得人家替自己背这么重的东西，走这么远的山路，不替人家搓下背，也说不过去，良心总不能让狗吃了。

她思来想去的工夫，郁石根已经穿上衬衣，站起身子，说：人是越歇越想歇，咱们还是紧着赶路，这么远的路，少走一步都不行！

麻叶叶猛然灵醒过来，掏出手绢，说：你还没把身子擦干，就把衣裳穿上了！

郁石根说：这么大的太阳，用不了多大工夫就晒干了。

他们又把邮包背在肩上，一步一步朝麻柳镇走。麻叶叶琢磨了一会儿，问：郁师傅，你媳妇也在铁路上工作？

郁石根苦笑，说：媳妇还在丈母娘家寄养着哩。

麻叶叶不解其意，问：是不是已经订婚了，就等着办事情！

郁石根说：订狗屁上的婚，俺车站全是男的，没有女的，咱跟谁订婚，总不能跟老母猪订婚？

麻叶叶就笑，笑得咯咯的，很轻松。

二

麻叶叶接的第一趟车是十一点半，第二趟车是下午三点多。她吃过早饭就得朝火车站赶，中午没地方吃饭，下午把邮包背回镇上再吃饭。

郁石根替她背了一次邮包，就有了第二次，第三次，四五次以后，两人就不再生疏。郁石根觉得自己天经地义该替麻叶叶背邮包，麻叶叶也觉得郁石根天经地义该替自己背邮包。再到后来，车站上的人都觉得郁石根该替麻叶叶背邮包，他不替人家背邮包，谁替人家背邮包。郁石根第六次替麻叶叶背邮包的时候，突然想起麻叶叶中午饭没有着落，要饿一天肚子。要是让麻叶叶在自己这里吃饭，多好！就有了给麻叶叶做饭的念头，又不知道麻叶叶喜欢吃啥。琢磨了一天，终于琢磨出名堂，麻叶叶是四川人，常年吃米饭，没吃过陕西人做的面食，就给她做麻食子。麻食子要好吃，关键是臊子，要五花肉做的肉丁，再有红萝卜、白萝卜、土豆做的丁丁，加上腐竹、木耳、黄花，要多好吃有多好吃。这些东西只有麻柳镇上有，郁石根是急性人，想到了就要做到。

第二天才五点钟，他养的公鸡还没有叫鸣，车站上空还一派夜色，他听见马蹄表的响铃，急忙从床上爬起来，洗脸，刷牙，和面。麻食子还有个讲究，就是要提前把面和上，醒的时间越长，面越筋道，吃起来越有嚼头。他把面和好，用湿毛巾盖了，又看了马蹄表，五点四十。从这里到镇上，差不多需要两个小时，再把猪肉、腐竹、木耳、黄花这些菜料买好，也过了八点多钟，刚好和麻叶叶一块到车站来。

他走出房门，对着刚刚出现朝暾的夜空，展展地伸长胳膊，长长吸了口气，觉得身上窝了一夜的腐气全部排出了，身里身外都滋生了无限的活力。自从替麻叶叶背了邮包，他就觉得生活充满阳光，胸膛里盛的全是欢愉，由不得唱起《我们的生活充满阳光》。

刚好符皓志从值班室出来尿尿，声音老大地叫：郁师傅——郁石根就答应：哎——你睡醒啦！符皓志就骂：你驴日的就不会说句好话，干俺这一行,谁敢上班睡觉,火车碰头了算谁的,呸呸,一大早就说不吉利的话!

郁石根赶忙说:我知道值班员上班不能睡觉,就是一大早见面,总该问个啥。

符皓志说:啥不能问,偏偏问睡觉。幸亏领导不在跟前,要是领导听见了,以为俺天天上班睡觉,奖金丢了都不知道咋丢的!

郁石根说:我以后绝对不问你们睡觉没,就问吃了没,喝了没?

符皓志:你脑子被门缝夹了,天还没亮,问吃问喝。这时候吃屎都给人给你拉,喝尿都没人给了洒。

郁石根:值班时间不能问睡觉,这个道理我明白,咋还不能问吃问喝,要是连这都不能问,问啥?

符皓志:我说你的脑子被门缝夹了,你还说你从小到大,门缝都没夹过你的脑袋。不问这就没啥问了?你看人家外国人,早上见面问早安,晚上见面问晚安,多文明,多文化,多有教养。就咱中国人,见面问的都是吃了没喝了没,好像祖祖辈辈都饿着肚子,饿死鬼托生的!

郁石根如醍醐灌顶,大彻大悟,说:早上见面问早安,晚上见面问晚安,中午见面问啥,问中午安,半晌午见面问半晌午安?

符皓志就笑:你这不是给我打蹩嘛,哪有你这种问候?人都说你脑子笨,没想到你还会联想。说完,又问:天还没亮,你起来干啥?

郁石根说:我要赶到镇上,买肉买腐竹木耳。

符皓志:买这些东西干啥,是不是领导下来了?

郁石根:我想给麻叶叶做饭,她中午没地方吃饭。

符皓志:你跟人家的事情进展到啥程度了?

郁石根:啥事情进展到啥程度?

符皓志：你驴日的到了关键时候就装糊涂，搞对象的事情呀，你跟女娃能有啥事情！

郁石根：你咋胡说哩，我啥时候跟人家搞对象了，人家是啥人，咱是啥人，咱配得上跟人家谈对象？

符皓志：你真没跟人家谈对象？

郁石根：真没谈对象，我连人家的手都没拉过！

符皓志迷惑了：你不想跟人家谈对象，那你图啥呢？

郁石根：我啥也不图，就是觉得人家一个女娃娃，背那么重的东西，走那么远的路，可怜兮兮的，咱能帮人家凭啥不帮！

符皓志满肚子狐疑地嘟囔：雷锋都死了这么多年，要是托生，恐怕和你的岁数相当，难道你真是雷锋转世了！

郁石根买齐菜料，刚刚八点十分，估计麻叶叶该动身到车站了，就跑到镇子外边，坐在石头上等。这个时候，镇子里开始做早饭了，家家的房屋上飘逸出淡白色的炊烟。镇子的石板街道上，稀疏着人影，繁忙着狗的行踪，忙活着吃饲料的猪。镇民们养的鸡也下架了，滑翔机似的从房檐下的木棍上飞翔下来，咯咯嗒嗒地叫，为自己成功地降落高傲。立即，有妇人端着瓷碗，"咕咕"地叫着，走到鸡跟前，把瓷碗里的苞谷撒完，又缩回木板房里。郁石根看着这猪这狗这鸡这人，突然有了感悟：有一间屋，不漏雨不透风就行，再有个知热知冷会做饭能生娃娃的婆娘，养上一只黄狗，一头肥猪，十多只母鸡，再生上几个娃娃，多滋润的日子。人活一辈子图啥呢，不就是图这些东西？

他在胡思乱想的时候，从镇子的石板街道上走过来一个人影，瘦瘦的，小小的，肩上还背着邮包。他急忙迎上去，老远就叫：叶叶！麻叶叶抬头一看，大惊，跑到他跟前，问：你怎么到镇上来了？

郁石根看见麻叶叶朝他跑来，觉得那是亲情、温馨、希望，朝他的怀抱里扑来，一种剧烈的幸福感从心池滋生，蔓延全身，灵肉都觉得安逸，说：我咋不能到镇上来？

麻叶叶说：我不是说你不能到镇上来，我问你怎么在这个时候到镇上来。现在才八点多点，从车站到镇上要走两个小时，你那么早就起床，有啥急事？

郁石根说：你每天到车站接邮包，中午吃不上饭，长期这样身体就受不了。我昨晚琢磨了，以后你就在我那里吃午饭，又不知道你喜欢吃啥，就想给你做俺陕西的麻食子。麻食子要好吃，就得好臊子，我早早跑来把这些东西买齐，中午做给你吃。

麻叶叶这才注意到郁石根手里提了一吊猪肉、一包木耳、一包腐竹、一包黄花、一把粉丝。眼前这个男人为了自己，起那么早的床，跑那么远的路，花那么多的钱，受那么多的累，世上真有这么好的男人，还真叫自己遇上了，一阵冲动激涌上来，颤着声音叫：石根哥！

郁石根猛然听到麻叶叶叫自己石根哥，这种叫法真亲近，真暖心，听起来真舒服，像麻叶叶的手在自己心窝窝里抚摸，他还不相信自己的耳朵，是不是听错了，就问：叶叶，你刚才叫我啥？

麻叶叶猛地觉得自己叫错嘴了，又觉得自己没有叫错嘴，说：刚才叫过了，你没听清就算了！

郁石根接过麻叶叶肩上的邮包，说：把邮包给我。

麻叶叶说：你拿着那么多东西，手都占着，咋能再拿邮包！

郁石根说：把东西放到邮包里，手就腾出来了！

郁石根帮着麻叶叶接过第一趟车甩下的邮包,就把邮包背到自己房间,等三个半小时后再接第二趟车的邮包。这个时候,郁石根已经把腐竹、木耳、黄花、粉丝都泡上了,把肉也切成丁丁了,还把白萝卜、红萝卜、土豆也切好了,几个小时前和好的面,也醒到了,万事俱备,只欠东风。

麻叶叶看着那么多的菜料,说:做麻食子要这么多东西?

郁石根说:俺平常做麻食子,也没有这么多东西。今天我第一次给你做饭,要是做得不好,哪行!说着,把面从盆里挖出来,放在案板上,揉,边揉边说:面一定要揉到,面揉的时间越长,吃起来越筋,麻食子就讲究吃个筋道!他把面揉到了,就用擀面杖擀成薄饼,又切成条条,再把条条切成丁丁,撒上干面布,取来早就洗干净的草帽,放在案板上,捏起一个面丁丁,在草帽上一搓,一个麻食子就搓好了。他一边搓一边给麻叶叶说:你知道俺陕西人为啥把麻食子叫麻食子,就是这面疙瘩在草帽上一搓,上边满是窝窝,像麻子的脸。

麻叶叶也捏起一个面疙瘩,搓,开始的几个,力道掌握得不好,不是搓扁了,就是没搓成圆桶状。郁石根拿起一个面丁丁,给她做示范,讲解:搓麻食子不能用力,用拇指的侧面,轻轻一推就可以了。麻叶叶就照着他的样子搓,又搓了四五个,就和郁石根搓的一样了,说:我会搓了,搓得跟你的一样!

郁石根说:你那么聪明,这东西又不复杂,还能学不会!

麻叶叶说:我才不聪明哩,人家考高中,一次都考上了,还有的考上重点中学,我考了两次都没有考上。邮电局这次招工,要是有高中毕业证书,就可以分到大地方,还是正式工。我没有高中毕业证书,只能分到山沟沟里,还是合同工。待遇也不一样,人家有奖金,我们没奖金,人家工资高,我们工资低，人家有劳保，我们没劳保。这也不能怪人家，谁让咱没考上高中。

郁石根接着说：俺铁路上也一样，人家大学毕业生，一出校门就是干部。俺这些中专生，铁道部规定按工人对待。我要是大学生，这阵也在机关，随便都是个技术员，混上几年就是工程师，说不定还能当上段长书记啥官职。

麻叶叶：你是党员？

郁石根：不是。

麻叶叶：不是党员就不能当书记，连干部都当不上。

郁石根：我现在不行，不等于以后也不行。话说过来，不是党员也照样拿工资拿奖金，铁路上入党也难畅，光工作干得好还不行，还得给领导送鸡蛋送老母鸡，送得人家感动了，才让你入进去了。

麻叶叶：俺们单位也一样，要入党就得巴结领导。要是把工作干不到人前头，光巴结领导也不管用。

郁石根：你一个女娃娃家，每天跑几十里山路，背那么重的东西，谁敢说工作干得不好。我一个人驻在麻柳车站，二十四小时都百倍警惕，不管啥时候出了故障，就得立即排除。深更半夜打着手电上山排混线，稍不小心就会掉到沟里，咱拿着性命干工作，谁能说个啥。还有咱过的啥日子，三百六十五天都得囚在车站，跟坐监狱有啥两样，吃粮吃盐都得到镇上买，几年看不上一场电影。

麻叶叶：咱拿人家的工资就得给人家好好干活。话说过来，我要是考上了高中，招工就分到大地方，咋能认识你，咱们就不能在一块搓麻食子吃。

郁石根：你说得对着哩，我要是不分到人家都不愿来的麻柳站，也不可能认识你。你要是高中毕业生，分到大地方上班，就是到麻柳车站，也是到这里旅游，见了俺这些臭工人，鼻窟窿都会对着天。

麻叶叶：才不会哩，谁都愿意跟好人交往。

他们就这样说着做着，一个多小时后，麻食子煮好了，臊子熬好了，郁石根又把臊子和麻食子混在一块煮，给麻叶叶说：把臊子和麻食子混在一块再煮，臊子的味道就入到麻食子里了，吃起来更香。

麻叶叶：石根哥做啥饭我都喜欢吃。

郁石根：你以后天天都在我这吃午饭，我还会做扯面、拉面、手擀面、凉皮、油饼、锅盔、蒸馍、油渣子。

麻食子煮好了，郁石根把最大的碗盛得满满的，端到麻叶叶跟前。麻叶叶叫：你要撑死我呀，我连这碗的一半都吃不了。你吃这碗，我用小碗盛。

郁石根就两个碗，都是大的，郁石根说：过去就我一个人吃饭，买小碗没用处。你过来吃饭了，就得买个小碗，你也端不动这么大的碗。

郁石根又用另一个大碗，盛了一半，端到麻叶叶跟前，说：这碗盛的少，你能端动，吃完了再给你盛。

麻叶叶：这一碗绝对够吃了，我又不是猪，哪能吃那么多！

郁石根看麻叶叶吃了一口，问：咋样？

麻叶叶：香！

郁石根：你觉得好吃，我以后经常做。只要山上不混线，我有的是闲工夫做饭。

吃过饭，麻叶叶把饭碗筷子放到锅里，端起就朝门外走去，二三十步远的地方，有个山泉。郁石根追过去，说：咋能让你洗碗！

麻叶叶：咋不能让我洗碗，你做饭费了力气，我就得洗碗。

麻叶叶端着饭锅走到山泉跟前,蹲下身子,洗。郁石根站在她身后,看她俯下的上身,撅起的屁股,细细的腰肢,俏俏的肩膀。麻叶叶看起来瘦,身上的肉一点都不少,尤其屁股,浑圆,饱满,像熟透的苹果,充满诱惑,他想在上边抚摸,想把这个肩膀、腰肢、屁股组成的美人,拥抱在怀里,箍,亲……

他没有这个胆量,心里还有自责,人家是啥人,自己是啥人?人家能这样跟自己交往,让自己替她被邮包,给她做饭,叫自己石根哥,自己也该知足了,要是再不知足,惹人家生气了,自己连这些都享受不上了,还得回到过去的日子。

三

转眼就到了冬里,麻叶叶吃过午饭,看了马蹄表,说:才十二点四十,离下趟车来还早。你的被子床单都脏成啥了,进门都能闻到一股酸臭味,趁这个工夫把它拆洗了。

郁石根嘿嘿地干笑,说:我这被子都盖了两年,没洗,脏得啥样,咋能让你洗!

麻叶叶说:咋不能让我洗,你都给我做饭吃,我就不能给你洗被子?她说着就揭开被子,拆被子上的缝线。

郁石根说:你把被子拆洗了,我夜里盖啥?

麻叶叶:我有两床被子,下午把邮包送到镇上,你回来的时候把被子带上。

麻叶叶把被面子被里子窝在盆子里，给里面倒了洗衣粉，又拿了一条肥皂，端着朝山泉走去。

正是三九季节，北风一阵一阵地刮，还带着啸音，扫荡着车站的纸屑，扫荡着山坡的枯叶。充当站台的水泥桥下边的小河，岸边都冻了冰凌，只剩下中间窄窄一溜的流水。麻叶叶蹲在山泉旁，手一伸进水盆，就打开哆嗦，冰冷从手上延伸到全身，脊梁杆子上都有了冰冽，脸都变了颜色。

郁石根急忙问：冷不？

麻叶叶：不冷。

郁石根：我看你的脸都变了颜色，河里都结了冰，咋能不冷？

麻叶叶说：俺从小就这样，惯了。

郁石根心里又生出同情，女娃们就是可怜，一辈子都在受罪，这么冷的天洗东西，谁能受了，就说：女娃娃一辈子不容易，做饭洗衣带孩子，还要上班做家务。

麻叶叶：石根哥心肠好，哪个女娃要是嫁给石根哥，就享了天大的福分。又问：石根哥，再过一个多月就过年了，你过年回老家不？

郁石根：铁路上越是过年越忙，到了过年时间，车上的人摞人，增加多少趟客车都不管用。

麻叶叶：你们干铁路的也可怜，独自一个离开老家，跑到深山野林里，要啥没啥，过的啥日子！

郁石根：山沟里再苦，也比当农民强。就拿我说吧，一个月四十三块五，比农民一年都挣得多。每个月四十五斤口粮，敞开肚子都吃不完。天天过年，月月分钱，农民想都不敢想的事情。我又开了这么多荒地，种了这么多的菜，养了那么多的鸡，还养了一只大肥猪，卖的鸡蛋猪肉又顶大半个人的工资。咱这些农民出身的人，还想图啥？

麻叶叶看了他一眼，问：这就满足了？

郁石根：一辈子能吃饱肚子，有零花钱，还有啥不满足的？

麻叶叶叹了口气，再没说啥。

郁石根不知道自己说错了啥话，急忙问：咋啦，我说得不对？

麻叶叶说：我没说你不对，石根哥是实在人，说的都是实在话！说完，再不说啥了，低着头使劲在被里子上用力气。

麻叶叶看到被里子上边一坨一坨的脏东西，硬硬的，像古时候兵士穿的铠甲，打一遍肥皂，再打一遍肥皂，洗上一遍，再洗上一遍，就是洗不干净，就问：这上边是啥东西，打了这么多道肥皂，洗了那么多遍，就是洗不掉！

郁石根的脸一下子变得通红，结巴了半晌，不知道说什么好。人家还是没谈过恋爱的小姑娘，咋能把那么恶心的东西说给人家？

麻叶叶见他不吭声，以为他没听见，又问：被子上到底是啥东西，咋洗都洗不干净？

郁石根脑子突然一灵醒，说：机械油。

麻叶叶：机械油是啥东西？

郁石根：电话机里有齿轮，为了防止齿轮磨坏，就要给上边擦油。就像当兵的步枪，擦枪要用枪油。

麻叶叶又问：齿轮油咋能擦到被子上？

郁石根说：上头组织技术练兵，规定要蒙着眼睛拆装电话机，我练习的时候把电话机放在被子里，就把齿轮油弄到上面了。

麻叶叶说：你以后再练兵，不要把电话机放在被子里了，把眼睛闭上就行了，把齿轮油弄到这上头，多难洗！

郁石根：我以后再不在被窝里练兵了！

第二天，麻叶叶比往常早来了一个小时，带来了缝被子的针线，把晒干的被面子被里子在床上铺好，一针一针地缝起来。郁石根帮不上忙，站在旁边看。麻叶叶一边缝一边说：你闻闻，被子上全是太阳味，多好闻。

郁石根走到床跟前，俯下身子闻，被子上那种酸臭的气味没有了，全是暖暖的太阳气息，就说：真好闻，还真是太阳的味道。你要不说，我真不知道太阳还有味道！

麻叶叶说：世上啥东西都有味道，关键是你认真闻没有，石头有石头的味道，水有水的味道，草有草的味道，花有花的味道。

麻叶叶缝着被子，郁石根看着麻叶叶缝被子，说着闲话，感觉跟小两口差不多。被子快缝完的时候，郁石根问：叶叶，我中午给咱做扯面，我现在就把面和上，先醒上两个小时，扯的时候面都很筋了。再炒几个鸡蛋，到菜地拔几棵菠菜，辣子用油泼上，绝对好吃。

麻叶叶说：我就喜欢吃你做的饭。郁石根说：只要你喜欢，我天天给你做，做一辈子！说完，猛地感觉自己说过火了，能给人家做一辈子饭，不是两口子是什么？急忙刹住话题，心里有了畏怯。麻叶叶怎么能不明白话里的意思，也觉得郁石根说的过头了，但没有怪罪他的意思，心里反而暖滋滋的，像鸡毛在里面扑索，就看郁石根，刚好和郁石根的目光对到一块，两个人都急忙闪开，两颗心都猛跳了一阵。

两个人把饭吃了，把锅碗洗了，离第二趟来还有两个半小时。这么长时间干啥，麻叶叶给郁石根说：离第二趟车来还早，咱们总得做点啥事情！

郁石根说：一会儿接了邮包，还要背到镇上，这阵把体力养好，赶路就不累了。

麻叶叶说：每次都是你背，我空着手跟着你走，咋能累？说完，问：你们车站全是男的？

郁石根说：连对象都没有，绝对纯净的光棍，他们成天喊叫要成立光棍委员会。

麻叶叶说：他们的被子跟你的被子差不多一样脏？

郁石根说：我在他们里面还算干净人，他们的被子从参加工作到现在，都没有洗过，白被头都成了黑颜色。

麻叶叶说：你给他们说一下，我趁这个工夫把他们的被子拆洗了，第二天再给他们缝好。快过年了，总不能过年还盖脏被子！

郁石根说：麻柳车站差不多有二十个人，都给他们拆洗被子，累死你了。天又这么冷，你在冰水里洗被子，用不了两天就会把手冻烂。

麻叶叶说：洗床被子就能把人累死，我又不是玻璃吹的。你到麻柳镇看看，哪个女人冬天不洗被子？你这就去找他们，过年都能盖上干净被子。

郁石根还在忧郁，麻叶叶又催：快点呀，再磨蹭，邮包来了就拆洗不完了。

郁石根说：我是心疼你太劳累，还怕你受冷。你实在要洗，我就去给他们说。

郁石根跑到值班室，正好是符皓志值班，就说：符师傅，麻叶叶要给你们拆洗被子！

符皓志一愣，没搞明白郁石根说的什么意思，追问：你说啥？

郁石根说：麻叶叶要给咱们车站的人把被子拆洗一遍，你今天值班，晚上不用盖被子，正好让她给你拆洗了。

符皓志还是不相信地问：人家凭啥要给我们洗被子？

郁石根：人家看咱们可怜，被子脏成那样了，还没人拆洗！

符皓志：我的被子脏得连我自己都觉得恶心，咋能让人家洗。再说，你看天冷成啥了，在冰水里洗被子，谁能受了？你给她说说，她的好心咱领了，哪天山上的妇女到车站了，掏点钱让人家拆洗。

郁石根：麻叶叶都说了，一定要帮咱们洗被子。你要是不让她洗，她会不高兴的！

郁石根好说歹说，总算把符皓志的被子抱出来了。

车站上的人听说麻叶叶要给他们洗被子，这阵正在给符皓志拆洗被子，休班的都从房里跑出来，钻进值班室，问符皓志，得到证实后，又跑到山泉跟前，果然看到麻叶叶俯着身子洗得正欢，两手冻得通红，感觉还肿了，心里就有了同情，人家嫩得跟葱样的女娃，冻成这个样子，咱的良心就狗吃了。

扳道员吕尚荣冲到郁石根跟前，吼：郁石根，你驴日的脑子叫驴踢了！

郁石根不知道吕尚荣为啥骂他，问：我咋把你惹下了？

吕尚荣：你睁开狗眼看看这是啥天气，水滴到地上就成了冰珠子，谁的手能伸进水里头，让人家给咱洗被子！

麻叶叶擦了一下额上的头发，看着吕尚荣说：这与郁师傅没关系，我逼着他把符师傅的被子要过来的。我赶年前把大家的被子全拆洗了，过年都能盖上干净被子。

吕尚荣再没说啥，又跑到值班室，指着符皓志数落：符师傅，就是旧社会的地主剥削贫下中农，也达不到你这个程度。这么冷的天，让人家给你洗被子！

符皓志说：我也觉得不能让人家给咱洗被子，人家非要洗，郁石根逼着我把被子抱给人家！

吕尚荣说：咱伙食团有口大锅，咱把水烧上，让人家用热水洗。再在候车室点上木炭火，让人家暖和起来。

吕尚荣把盛着被里子的盆子端到候车室，又搬来小板凳，放在盆子跟前。麻叶叶在小板凳上坐下，手又伸进盆子里，捞起被里子，洗。吕尚荣走过来，说：麻师傅，先别洗，水太冰了，俺把伙食团的大锅都烧上水了，再过二十分钟，水都烧热了，用热水洗就不受冷了。

麻叶叶没有停止动作，说：吕师傅，你可不敢把我叫师傅，我比你们小好多岁哩，参加工作也晚。说完，又说：俺习惯了，哪一年冬天不洗衣服，要是都用热水洗，得多少烧火柴，浪费。

木炭火堆很大，麻叶叶占不了多大地方，几个候车的山民看着火堆，脸上有了想烤火的神气，吕尚荣对他们吼：还痴在这干啥，烤火呀，刚才还喊叫一张火车票要你们三块多钱，这么冷的天不给你们烤火，铁路占了你们的便宜。我马上就给铁道部部长打电话，铁道部部长说，人民没有火烤是在受苦受难，我们必须解决。要不是铁道部部长下指示，你们到鸡巴上烤火！

山民忽地围上来，把胳膊伸得老长，烤火，也给吕尚荣开玩笑：你再给铁道部部长打个电话，说俺这些山里的人民群众感谢他老人家，以后娶个媳妇一胎生三个娃娃，腿坷垃里全长着把把。

吕尚荣：铁道部部长六十多了，还娶啥鸡巴媳妇，要是真娶个十八九的新媳妇，恐怕一胎生不出三个娃娃，都累死到新媳妇的肚子上了。

有个年龄大点的山民说：小伙子，你知道人家部长吃的啥喝的啥？人家吃人参喝鹿茸，吃灵芝喝蜂王浆，隔三岔五吃条驴鞭，一年还能吃上几根鹿鞭，那上头的力气比小伙子都厉害，别说娶一个新媳妇，十个八个都不在乎。你看现在犯错误的领导，哪一个不是有好多个野婆娘？

吕尚荣见这个山民说话幽默，长年困在这个巴掌大的车站，一天说不了三句话，想听句幽默语言，比听列宁的演讲都艰难，就继续逗他说话：俺是小工人一个，荒山上的一棵草，铁道部部长的事情听都没听说过。你也是普通百姓，也是荒山上的一棵草，不一定比我这棵草长得壮实，你咋知道人家铁道部部长吃人参喝鹿茸，吃灵芝喝蜂王浆，隔三岔五吃条驴鞭，那上头的力气比小伙子都厉害？

山民说：老人家都说了，没有调查就没有发言权，我说这话都是有事实根据的。我大儿子是西安一家饭店的总领导，饭店为了巴结更大的领导，专门派采购员到全国各地采购驴鞭，弄到后在冰柜里冻起来。去年我去西安看大儿子，大儿子把我领到冰柜跟前，驴鞭上还挂着牌牌，上边写着：曹书记的、刘局长的、王主任的、辛委员长（女）男人的，级别够不上的领导，休想在上边挂牌子。

候车的山民都围过来，休班的员工也跑来，听他们胡吹乱谝，热闹非凡。又过了十多分钟，郁石根提着一大桶热水走过来，老远就喊：开水来啦，把路翘开，烫伤了白烫，铁路不管！他把热水桶放到麻叶叶跟前，抓起水面上的木瓢，把热水朝盆子里掺。麻叶叶说：掺一瓢就行了，不要浪费，多少柴才能烧这些水。

符皓志跑过来，说：你放心用，不要考虑烧火柴的问题。俺们休班的时候，跑到山上用不了多大工夫就抱回来很多柴火。

麻柳火车站开通以来，车站上还没有这么热闹过，二十几个人围着一堆木炭火，说着，笑着。吕尚荣给郁石根说：郁师傅，你给咱吼一阵秦腔。

郁石根也来了精神，想唱，又担心麻叶叶不让唱，就看麻叶叶。麻叶叶说：吕师傅让你唱，你就唱。郁石根把裤带勒了一下，干咳了几声，把嗓子清理了，问吕尚荣：想听啥？

吕尚荣说：我们也不知道你会唱啥。

郁石根说：只要是秦腔，我都会唱。俺当生产队长的时候，村里死了人，孝子们夜里守灵，就请我去唱秦腔，点啥我唱啥，没有不会唱的！

吕尚荣又开玩笑：郁师傅是娃娃的鸡鸡，越逗越硬。你给咱唱《北海牧羊》里汉苏武那一段。

郁石根说：行，就唱《北海牧羊》，说完，放声唱开：

> 为国家来讲和免受灾害，谁料想北番主巧计安排。
> 他命那卖国贼把我款待，他要我投降北国与他当奴才。
> 我岂肯背叛祖国贪图荣华自安泰，骂得那卖国贼子一个一个头难抬。
> 不投降他将我囚至北海，强逼我牧羊郊外来。
> ……

毕竟年轻，底气十足，音量恢宏，粗粝，在候车室里喧起，飘逸在大巴山的山巅万仞、千壑万谷之间，震撼了天地六合，一曲吼完，余音还在雄莽的山地回荡。麻叶叶听得入了痴迷，忘记了手里正洗的被里子，看着郁石根，目光都痴痴了。

四

郁石根买了辆自行车,运到麻柳火车站的时候,麻叶叶才知道,问:石根哥,你买自行车干啥?

郁石根说:我早就思谋了,从火车站到麻柳镇,十五里路,走路得两小时,要是骑自行车,最多四十分钟就到,咱能节省力气为啥不节省?

麻叶叶看着郁石根,心里又涌出一股热浪,说:买一辆自行车得好多钱呢?

郁石根说:也就是一百八十多块钱,我托人买的时候,特别给他们交代,要买加重的,咱这是山路,还要驮邮包,轻便的招不住。

麻叶叶说:我还不会骑自行车。

郁石根说:我把车座降低了,你现在就学!当下就拿来扳手、改刀,把车座调整低了,把自行车推到站台上,让麻叶叶骑。

麻叶叶心里紧张,全身发抖,两手死死地抓着车把,身子梆硬地竖在车上,车子朝东边倒,她也朝东边倒,车子朝西边倒,她也朝西边倒,车子不能正常行进,不到五分钟,就累得满头大汗,说:石根哥,算了吧,我就不是骑自行车的材料。

郁石根双手抓着车后架,车朝左边倒,他朝右边拉,车朝右边倒,他朝左边扶,心里极度紧张,怕摔了麻叶叶,也累得满头大汗,说:不学一辈子都不会。骑自行车没有啥诀窍,就是多骑,骑的回数多了,就掌握平衡了,车子就不会倒了。

站台就三十多米,不到一分钟就骑到头了,麻叶叶就从自行车上下来,把车子掉个头,再上去骑。半个小时后,竟能不用郁石根扶自行车,歪歪扭扭地从这头骑到那头。麻叶叶就高兴,说:我到底学会骑自行车了!

郁石根说:现在还不能说你会骑自行车了,真正会骑自行车,就得上路,啥时候骑得像走路一样平稳了,才能说会骑自行车了。

麻叶叶歇气的时候,郁石根就骑上去,直行、转弯、掉头,还能把车子定在原地不动。车站上的人都跑到站台上,看郁石根教麻叶叶骑自行车,看得兴起,也接过车把,即兴表演。他们都是大地方来的,有的技术比郁石根还老练。这个骑过,那个骑,车站二十多个人都骑,就耽误了麻叶叶学车的时间。郁石根抢过车把,说:你们都会骑车了,再骑有啥意思。人家叶叶还不会骑,学会了要驮邮包,这是工作,不是玩耍!

车站员工才明白过来,人家麻叶叶是为了工作学骑车,正在表演的吕尚荣把车把交给郁石根,半开玩笑半认真地说:郁师傅,你驴日的用心把车扶好,小心摔了人家。

符皓志也开玩笑地说:小吕你操哪门子心,人家的人,人家能不心痛,轮得上你心痛!

麻叶叶再骑车的时候,二十几个铁路员工都竖在站台的边沿,防止自行车掉下去,站台离钢轨一米多高,下边是石渣、水泥道枕、钢轨,摔到哪一样上都不得了。

车站离土路有一百多米,要翻过几股铁路。郁石根、麻叶叶接过最后一趟车的邮包,郁石根给麻叶叶说:你先在站台上等着,我把自行车扛过铁路,再拐回来背邮包。

麻叶叶说:邮包也不重,我能背动,省得你再来回跑。

立即,符皓志和几个铁路员工跑过来,抢过邮包,说:叶叶你不用背,以后接了邮包,俺们把邮包背过铁路。于是,郁石根扛着自行车,符皓志背着邮包，剩下的几个没东西可背，就空着手朝铁路对面走，也算表示了对麻叶叶的报答。到了土路上，符皓志和铁路员工把邮包放在自行车后架上，用绳子绑好，对麻叶叶说：我们就送到这了，你们慢慢骑，一定注意安全。

麻叶叶觉得心里的感动，像泉水样咕噜咕噜朝出冒，一个劲地说：谢谢大哥，谢谢大哥！

符皓志说：应该是我们谢谢你，那么冷的天，替我们洗被子，把手都冻得肿那么高。你以后有啥难处，就给俺们说，俺麻柳车站除了郁师傅，还有二十几个伙计，不论哪一个都会给你帮忙！

他们看着郁石根把麻叶叶扶到车子上，麻叶叶蹬开了自行车，自行车还是东倒一下西歪一下，土路不宽，一边靠崖，一边靠沟，深处几十米，沟下水雾迷荡，深不见底，飘逸着死亡的气息，摔下去绝对粉身碎骨。麻叶叶望一眼沟底，心底腾出剧烈的恐惧，车把就乱晃，车子歪趔得更厉害。郁石根望了下沟底，心底也腾升出恐惧，还有责任，关系着两个人的生命，要是麻叶叶出了三长两短，自己绝对会跟着坠下沟底，扶车子的胳膊特别用上力气，比平时背邮包消耗的力气都多。

麻叶叶累得大口喘气，感觉骨头都被恐惧抽去了，身子软成一摊，说：石根哥，咱们歇一会儿！

郁石根说：你说歇一会儿就歇一会儿。说着就扶住自行车，让麻叶叶下了车子，把自行车支好，身子挨着身子坐在路边的石头上。

郁石根感觉麻叶叶的肩膀挨着自己的肩膀，诱惑着一种欲望，想把她抱在怀里，让她和自己融合在一起。麻叶叶也感觉郁石根的肩膀挨着自己的肩膀，也诱惑着一种欲望，想让石根哥把自己抱在怀里。但是，他们谁都没有动作，谁都没有说话，就这样静静地坐着，歇息身子。

麻叶叶问：石根哥，你哪有那么多钱买自行车？

郁石根说：我一个月有四十三块五的工资，自己种的菜，养的鸡下的蛋，还能拿到镇上卖，洗衣粉肥皂都是公家发，除了牙膏、盐巴，基本上不花钱。

麻叶叶说：你也不能太节省了，人活一辈子，总得享受一些福分。

郁石根说：成年囚在这巴掌大的车站上，就是想花也没地方花，还不如把钱存起来。

麻叶叶：我看你连一套好衣裳都没有，镇上有家服装店，我给他们说说，再进衣服的时候，给你进套高档西服，穿上好衣服人也显得精神！

郁石根：在这山沟沟里，穿那么好给谁看，还浪费钱。

麻叶叶：照你这么说，要是在这里干一辈子，就一辈子不穿好衣裳了！我不管你咋说，非给你买套好西服不可，非让人看看，石根哥也是一表人才！

郁石根心里又腾升一股感激，感激里还蕴含着浓浓的亲情。

快到镇子的时候，麻叶叶基本会骑了，郁石根故意丢开抓自行车后架的手，车轮照样朝前滚动。他只敢丢开半分钟，又抓住车的后架，生怕麻叶叶摔倒。到了镇子的街道，就骑不成了，街道是石板砌的，石板和石板之间有缝隙。麻叶叶就推着自行车走，这是麻柳镇上出现的第一辆自行车，镇街两边的人们，都看。

麻叶叶是镇上最漂亮的女娃，还是邮政所的职工，月月有工资，自带粮票，多少小伙子打着她的主意。她在前边走，小伙子的目光追着屁股射，射出的全是烈火，比喷火枪都猛烈。最让他们气愤的是麻柳镇的人尖子，竟跟铁路上的郁石根谈上了恋爱。那是个啥鸡巴人物，麻柳镇最不行的小伙子都比他强十万八千倍。于是，他们就说：好白菜叫猪啃了。还有的嘟囔，不就是看上人家那份工资了，这女娃眼皮浅，四十三块五就把她的眼睛晃花了。

这些风言风语传到麻叶叶耳朵，她也不在乎，我挣的钱不多，也够我花了，才不是图人家的工资多。你们不知道人家对我有多好，走路怕我崴了脚，晴天怕我晒太阳，冬天怕我冻手脚，吃饭怕我烫了嘴，喝水怕我呛了嗓，恨不得把我捧在心窝里暖着，宠着，放着这样的男人不嫁，找你们那些花花肠子，才是天下最大的傻瓜！

他们把邮包送到邮政所，邮政所的所长秦大姐已经把饭做好了。秦大姐的男人和孩子都在大地方，她一个人在这里工作，和麻叶叶搭伙。秦大姐看到麻叶叶推着自行车进来，后架上驮着邮包，惊奇，急忙迎过来，顾不上取邮包，问：叶叶，哪来的自行车？

麻叶叶：郁师傅买的，今天才托运过来。

秦大姐又问郁石根：你在车站上班，用不上自行车，花那么多钱买自行车，多浪费。

郁石根把车后架上的邮包取下，掂到柜台里面，说：叶叶每天都要到车站取邮包，来回三十多里路。有了自行车，就节省很多时间，还力气。

秦大姐看郁石根，目光里全是赞赏，说：按理说，为了取邮包买自行车，属于工作，应该由公家掏钱买。郁师傅为了俺的工作，花那么多钱买自行车，真不知道该怎么说好。

郁石根：大姐千万不要这么说，我是不忍心叶叶天天走那么远的路，有时候一个邮包几十斤重，她一个弱女娃，咋能背动？谁看了都心痛，有了自行车，叶叶不再受苦受累，多好！

郁石根和麻叶叶洗过手，和秦大姐一块围着饭桌吃饭，郁石根说：以后我在你们这吃饭，伙食费也算我一份，大姐就那点工资，还要养家糊口。

秦大姐说：你帮我们干了那么多活，那么重的邮包，那么远的路，我跟叶叶两个女流，咋着都干不了！

麻叶叶说：秦大姐，你说的是另一码，哪一码的账哪一码算。取邮包是我的工作，郁师傅给我帮忙，他的伙食费就该算在我头上，说啥也不能让你多掏！我中午不在所里吃饭，晚上郁师傅在所里吃，刚好补了我中午那一餐，咱们还是按过去的办法算，伙食费均摊。

秦大姐说：叶叶是实在人，我过去一直操心叶叶太实在，怕被哪个王八蛋骗了。郁师傅在这了，我就放心了！

郁石根再傻，还能听不出人家话里的意思，脸上一红，装着没听明白，啥话都没说。

麻叶叶就不能装傻，说：秦大姐又胡说哩，八字还没一撇，跟那事沾不上边哩！

五

立夏了，到了这个节气，天就热起来。麻柳车站的人吃过晚饭，就端着大茶缸，泡上一缸子酽茶，再拿块塑料布，朝站台上一铺，一屁股礅到地上，喝着酽茶，谝着闲话，歇息身子。每人身边还放着一根垒球棒，去年曾发生野猪冲到另外一个车站，咬伤值班员的一条腿，上头就给每人配发一根垒球棒防身。

天气不热不冷，山风不大不小，在他们身上拂过，工作一天的疲惫在山风的吹拂下，消匿了，生机在酽茶的滋养下，茂盛起来。这个时候，郁石根也从麻柳镇回来了，把鸡和猪检查过了，又把菜地看了，也给大茶缸里捂了一把绿茶，倒了开水，把塑料布朝地上一铺，坐在上边，歇息。端起大茶缸，喝了几口酽茶，觉得茶水在三丈六尺长的肠肠肚肚里游荡，呲出几声闷屁，疲惫随着闷屁排出，身上又有了气力。把身子一倒，躺在塑料布上，琢磨这一天发生的事情，越琢磨越觉得叶叶跟自己有那意思，两个人中间就隔了一层窗户纸，轻轻一捅就破。

月亮还没有出来，月光从山的空隙里溢漫过来，山地就如了白昼。山林、峡谷、河道、山巅、桥梁、隧洞、站台、小径，在月光里显得朦胧，神秘，似乎能看清晰，又似乎看不清晰。月亮出来了，刚才还朦胧的山地增加了许多亮色，人的视线清晰了。月光覆盖的山地里，弥漫着似雾似气似纱似水的东西，视线如了白天，比白天更温柔。突然，墨色的山坡上传来男人的歌唱，时断时续，能闻其声，不辨其意。人们的目光一齐投向歌起的地方，看见有个皂色的身影行走在山路上。立即，山坡上又传来女人的歌唱，也是只闻其声，不辨其意，站台上的人们立即来了精神，朝女子歌唱的地方眺望。看见一个白色的身影，面对皂色，越来越近。站台上的人们看到，一皂一白、一高一矮的两个人影，近了，挨到一块的时候，歌声停了，黑白相拥，合二为一，一半是皂，一半是白，久久不动。

有点文学细胞的符皓志，朗诵似的说：在月光明媚的初夜，行走在万籁无声的山地，吟唱着爱情的歌曲，朝着心爱的人走去，紧紧地拥抱在一起，宣泄着青春的激情！

吕尚荣看着山径上拥抱的男女，咽了口唾沫，冲着符皓志说：人家在享受，你给唱赞歌，人家给你多少劳务费？

符皓志说：爱情是世界上最美好、最纯洁、最幸福、最值得歌颂的东西，谁不向往，谁不渴望？要是把爱情和金钱联系在一起，就是对爱情的亵渎和侮辱！

吕尚荣：我才不相信什么狗屁爱情，要是没有钱，再差的女子都不会跟你。人家跟你图啥，不就是图个能挣钱的男人，让她过日子。嫁汉嫁汉，穿衣吃饭，你没有钱给人家买衣，没有钱给人家买米，人家凭啥嫁你。你说的爱情，全是书本上写的东西，现实中根本不是那回事情。你别以为读了几本普希金的诗，跑到哪个女娃跟前，给人家念上几遍，人家就会成为你的婆娘？做梦去吧，铁道部部长的女子，荒在家里都不会嫁给麻柳车站的值班员，人家盯的是国防部长、外交部部长的儿子，最不行也是哪个省委书记的儿子。

符皓志不说话了，自古以来的婚姻，谁不讲究门当户对？诗里的爱情，只是理想。真正的爱情还是建立在物质基础上，两个人有了爱情，就要结婚过日子，生娃奶孩子，粮食要掏钱，衣服要掏钱，奶粉要掏钱，没有钱日子就要过烂包，还谈狗屁爱情。就像眼前这对男女，吃过夜饭，想浪漫了，跑到山坡上，你唱一句，我唱一句，你抱我，我抱你，享受爱情。要是结婚了，哪有工夫跑到半山浪漫，要做饭，要缝衣，要孝敬老人，要给孩子喂奶，洗尿布，忙活第二天的庄稼活路，思谋收成，盘算日子，这些都是实实在在的东西，少一样都不行。

突然，他们看到，竖着的身影倒下了，皂的身影压在白的身影上边，不用推测就知道他们在干啥事情。吕尚荣满是嫉妒地嘟囔：驴日的搞上了！

符皓志也嘟囔，山里的爱情纯洁，单纯，两个人唱上一阵山歌，对上了心思，女的就让男的搞了。不像咱铁路上的女子，谈了一年两年，电影票钱都花了一河滩,手都不让摸一下。

吕尚荣说:人家是不见兔子不撒鹰,你把东西没买齐全,礼钱没送够,毛都不让你挨一根。女娃就这个时候值钱,要是让你把手摸了,再让你搞上了,屁钱都不值了!

符皓志叹了口气,再没说话。没过半分钟,吕尚荣又说:我喊一二三,咱们一起吼,冲呀,把狗日的赶跑,他们享受了,把难受全给了咱们。

吕尚荣的提议立即得到人们的响应,只有郁石根嘟囔:吕师傅,你这是弄啥哩,人家谈恋爱,碍着你的啥事了,骑驴又没压你的腰杆疼,你发哪门子神经?

吕尚荣说:不是我发神经,是我不舒服。你驴日的有了麻叶叶,饱汉不知道饥汉的可怜。你不喊我们喊,等人家弄完了再喊,屁用处都没有了!说完,站起身子,对着山坡上的男女,鼓足力气喊:一、二、三——

随着他的口令,站台上的人都站起身子,拼尽全力吼喊:冲呀——杀呀——抓破鞋呀——

伏在地上的男女猛地听见站台上的喊杀声,急忙腾起,狼狈逃窜,一个向山上,一个朝山下,很快就消失在山路拐弯的地方。

站台上又归于平静,他们又躺到塑料布上。吕尚荣走到郁石根跟前,端起郁石根的大茶缸,喝了几口,说:郁师傅,从哪弄来这么好的茶叶?

郁石根说:叶叶给的,那天叶叶看到一个山里人卖茶叶,她还没有见过这么好的茶叶,就买下了,昨天才拿过来。你驴日的是狗鼻子,我刚揭开茶缸盖子,你就跑过来了。

吕尚荣又喝了几口,说:难怪这么好喝,原来是姑娘送的。郁师傅好福分,喝上了这么好的茶!

郁石根说：叶叶买了一斤，你要是觉得好喝，就拿去二两，我一个人也喝不了那么多！

吕尚荣说：你天天夜里把茶泡好，我喝就行了。

郁石根说：我们天天黑了在这里谝闲，我端来的茶你随便喝！

吕尚荣又喝，郁石根接过茶缸，见里面的水快没了，就端着茶缸朝值班室走去。那里有电炉，烧着开水。吕尚荣喝了郁石根的茶，又听郁石根说要送给自己茶叶，就有了感动。郁石根打水回来，他凑到郁石根跟前，问：郁师傅，你跟那个小邮政员认识了多长时间？

郁石根说：一年多了。

吕尚荣：进展到啥程度？

郁石根：啥进展都没有？

吕尚荣：不可能吧，孤男寡女，干柴烈火，阴阳相碰，难道碰不出一点火花？

郁石根：真的没有啥进展。

吕尚荣对爱情的认知跟符皓志一样，爱情就是你想抱人家，人家也想让你抱，不抱不亲算狗屁爱情，就问：没抱过人家？

郁石根：没有。

吕尚荣：没亲过人家？

郁石根：没有。

吕尚荣：你不想？

郁石根觉得吕尚荣不像捉弄自己，才说：咋不想，是不敢，咱不知道人家心里咋想的！

吕尚荣很夸大地长叹口气，说：我说你笨，你非说你比狐狸都精。我估计你上学考试,除了劳动课,别的课从来没有超过六十分。人家一个黄花大姑娘,天天跟你在一块,中午和你一块吃饭,晚上和你一块溜达,图啥哩,就图你摸人家,抱人家,亲人家,结婚了再睡人家。你跟个石头一样,那么不懂风情,就是石头,揣在怀里时间长了,也暖出温度。人家总不能先去摸你,抱你,亲你?你呀,跟咱符师傅一样,走向另一个极端。符师傅光会精神上的,成天念那些狗屁诗,找不来实施对象,净搞空对空导弹。你呀,有了实践机会,却不知道咋着实践。你要和符师傅多交流,把符师傅的《欧洲爱情诗选》《普希金爱情诗选》,抄到笔记本上,房子里只有你和麻叶叶的时候,或者你把麻叶叶哄到山上的树林里,给她屁子下边铺个手帕,你挨着她坐下,给她念普希金的爱情诗,念欧洲的爱情诗,把她的大脑念迷糊了,骨头念软了,血浆念沸腾了,软软地朝你身上靠了,你就趁机摸她的手,摸到她胸部的时候,你就把事情办成了。

符皓志说:你好像谈了几十个恋爱,有这么丰富的经验,咋到这时候还是光棍一条!

吕尚荣说:你不要以成败论英雄!我当年下乡的时候,挎包里装的爱情诗比你的多得多,你不就那两本,再翻也翻不出新意。我那时候有十多本,吃过晚饭,我约上看中的女知青,两个人坐在麦垛上,夜风微微地吹着我们,月亮看着我们,星星看着我们,云彩祝福我们。我们呼吸着刚刚收获的麦香,沐浴在皎洁的月光里,享受着清新的空气,我坐在心上人旁边,给她朗诵莎士比亚的《在我身上你或许看见秋天》,给她歌唱《莫斯科郊外的晚上》,我念着唱着,她就倒在我的怀里。下乡的日子,多么艰苦,多么贫穷。白天,我们干着牛马干的活,吃的不饥不饱的饭食,只有到了夜晚,有了爱情的滋养,饥饿、劳累、前途、统统都消失了,心中只有相爱的人,只有弥荡着爱情气息的夜晚。

再没人说话了，谁没有下过乡，谁没有经历过知青岁月，谁没有经历过苦难岁月的爱情？吕尚荣的话点燃了他们对爱情的思念，站台上就陷入没有一丝声音的空寂。过了很大工夫，符皓志才问吕尚荣：你谈的那个对象呢？

吕尚荣：分手了，人家分到了大城市，我分到了这里，差距太大了，咋过日子？分手那天，她抱着我哭了一夜，说她实在不想和我分手。咱分到这鸡巴小站上，是咱的命不好，要是咱娶了人家，人家就要跟着咱到这里，以后有了孩子，到哪里上幼儿园，到哪里上学？咱不能为了自己快活，害了人家！

符皓志端起大茶缸，走到吕尚荣跟前，说：喝茶，我这茶没有郁师傅的茶好，也是清明前采的，市面上也不多。

吕尚荣喝茶的时候，符皓志又说：尚荣，你是个男人！

吕尚荣喝过茶，过了很久，猛地唱起来：

　　……
　　曾记得我们一起锄苞谷，
　　麦垛上面我拥抱过你；
　　咱们俩坐过的石头换了旁人，
　　亲爱的小妹你在哪里？
　　到如今我一人囚在山里，
　　脑海里浮现着你的倩影。
　　亲爱的小妹你还好吗？

苍凉、痛苦、无奈的歌声,从一个大龄光棍的胸腔里迸出,回荡在大巴山的崇山峻岭之间,击打着有同样经历人的情感。他们在歌声的感召下,回忆着逝去的青春,回忆着逝去的爱情,回忆着那些幸福又痛苦的过去,心里涌出凄凉,悲伤的情感,这些情感刺激着他们想哭,想呐喊,想反抗。他们什么动作都没有,默默地擦去眼泪,看着月亮一丝一丝地偏移,看着星星一下一下地闪烁,看着浮云不动声色地移动。过了很大工夫,符皓志给郁石根说:郁师傅,叶叶是个好女子,咱要好好给人家谈,不要辜负了人家。你把叶叶娶下了,也给咱车站的人争光了,咱不能都打光棍呀!

吕尚荣接着说:郁师傅,你必须把麻叶叶拿下来,这么好的女子千万不能让别人娶走!

六

郁石根帮着麻叶叶接过第一趟车的邮包,天就阴下来,阴得很重,像是把大巴山的山巅、石崖、陡壁、树林,都变成了阴霾,堆积到天上。这些东西太重,天幕上挂不住,随时都要掉下来。郁石根给走在身边的麻叶叶说:看样子要下暴雨了。

麻叶叶看了下天,说:是要下暴雨了。

郁石根:要是雨太大了,就没办法把邮包送到镇上。

麻叶叶:就是下刀子也得把邮包送回去,这是规定,违反了就是事故。

他们刚走进房子,雨就下起来了,一开始就很猛很烈,还刮起狂风,狂风裹挟着暴雨,狠狠地朝山地上摔。不到半个小时,站台下边的小河就暴涨起来，涓涓溪流变成了满河道的黄骠马，拥挤着朝下游奔去。洪水催动着石头在河道里滚动，发出巨大的轰隆声。附近的山上，飞溅出很多瀑布，悬挂着雪色，坠到河里，河水更有气势。

郁石根和麻叶叶站在房檐下，望着眼前的暴风雨，感觉天在塌，地在摇，桥梁在晃动，世界在疯狂。郁石根给麻叶叶说：我到这里三四年了，还没有见过这么大的雨，像要把天下塌。

麻叶叶：要是一直下，邮包咋送回去？

郁石根说：这么大的雨，说不定路上都有塌方了。

麻叶叶：制度规定邮包必须当天送到！

电话响铃，郁石根跑过去，接听，电务段调度室打来的，这是直接管他的部门，调度员问：你现在什么位置？郁石根觉得对方问的是废话，我都接了电话还问我在什么地方，就说：我在电话机跟前。调度员：段长指示，从现在起，全段所有人员立即到值班室待命，距离电话机不能超过十米，随时准备抗洪抢险！

郁石根放下电话，又有了焦急，自己不能离开值班室，邮包咋办？但愿下趟车来的时候，雨停了，风息了，段长的命令解除了，自己就能帮叶叶把邮包送到镇上。

他们像往常一样，两个人把饭做好，吃了，把锅碗洗了，郁石根又跑到房檐下边，把鸡看了，把猪看了，把菜地看了。鸡都安宁，猪都安全，菜地没被淹，郁石根就放下心了，对麻叶叶说：咱回房子，房檐潲雨！

第二趟车快来了，雨还是那么大，风还是那么大，山地还是那么疯狂，郁石根给麻叶叶说：这么大的雨，你就不要去了，我把邮包接下来就行了。

麻叶叶说：你不是邮政所的人，人家不会给你，这是规定，谁都不敢违犯。

他拿起雨衣，要给麻叶叶穿，麻叶叶说：我穿了雨衣，你穿啥？

郁石根说：我是男人，男人不怕雨淋。女人是豆腐做的，雨淋了就生病。他逼着麻叶叶把雨衣穿上。麻叶叶穿上他的雨衣，上衣到了膝盖跟前，裤腿盖过脚面，就笑，说：太大了，一条裤腿都能把我装进去。

郁石根替她把上衣拉展，说：这样才好，包得严严的，淋不上一点雨。

慢车来了，郁石根搀着麻叶叶，朝邮政车跑去。麻叶叶穿的雨衣太大，跑得踉跄。郁石根的胳膊就用上力气，说：慢点，不要摔倒，咱没接下邮包，值班员就不摇绿旗，火车就不能开。

郁石根背着邮包扶着麻叶叶，跑到值班室的时候，郁石根衣服都湿透了，脚下的流水湿了一大片屋地。值班室里除了值班员，还有充当义务站务员的车站员工，雨太大了，车窗都关着，风雨遮蔽了玻璃，看不清楚里面的女人，盼望了二十四小时，盼来了难得的三分钟，还被风雨捣乱了，心里堵得难受，看见郁石根背着邮包，搀着麻叶叶跑进来，急忙让开地方，说：雨这么大还去接邮包？

符皓志拿来一条干毛巾，递给郁石根：快擦擦，身上都湿透了，小心感冒！郁石根接过毛巾，在头上擦。刚提拔成助理值班员的吕尚荣急忙站起，把椅子搬到麻叶叶跟前，说：叶叶坐，站着怪累的！

麻叶叶又把椅子搬过去，说：吕师傅坐，你们上那么长时间班，站着咋受得了。又说：上次洗过被子，差不多有半年了，又该拆洗。雨停了后，我挨个给大家拆洗。

符皓志说：再不能劳累你了，俺车站二十多个人，你洗一遍就是二十多床，谁都受不了！

麻叶叶说：二十多床又不是一天洗完，一天洗两床，不觉得累！现在是夏天，水又不冰，洗起来容易！

吕尚荣问：这么大的雨，你跟郁师傅还要送邮包？

麻叶叶说：要送，当天的邮包必须当天送到，这是规定。

符皓志问郁石根：你们电务段没有通知暴雨天气不能离开车站？

郁石根说：通知了，还说不能离开电话机十米远！

吕尚荣说：这么大的雨，还真不能离开，万一塌方了，电线杆刮倒了，通信中断了，要是不在岗，就是大事情。

符皓志问：郁师傅，你不能离开岗位，邮包咋办？

麻叶叶说：我一个人也能送回去，过去还不都是我一个人送？

符皓志：过去我们不认识，现在我们认识了，你还给我们洗过被子，我们不能看着你有难处不管！说完，对吕尚荣说：咱俩一会儿下班了，帮着叶叶把邮包送回去！吕尚荣说：没问题，下班就出发。

郁石根见他们要帮麻叶叶送邮包，心里就有了坦然，说：谢谢符师傅，谢谢吕师傅，明天我请你们吃扯面，炒上十个鸡蛋，美美地吃一顿。

吕尚荣：人家给我们洗过被子，这阵遇到难处了，我们不帮，还是人不是？要是为这吃你的炒鸡蛋，就太不仗义了！

下班了，郁石根跑回房子，推出自行车，把邮包放在自行车后架上，又把他们送到铁路跟前，看着符皓志扛起自行车，上了土路。麻叶叶给他说：你赶快回去，把湿衣服换了，小心感冒。

郁石根回到房子，换了身干净衣服，坐在电话机旁值班，却操心着麻叶叶，要是塌方了，水漫上路面了，他们怎么办？他在火烧火燎的焦虑中，苦熬苦受地过了两个小时。突然，听见外边有人的脚步声，急忙朝门口走去，看见符皓志、吕尚荣、麻叶叶推着自行车，自行车后架上还放着邮包，急忙问：咋没送去？

符皓志说：我们走出去不到三四里路，就遇到塌方了。吕师傅还爬到塌方上头看了，足足有两百多米，石头泥浆还有大树，根本趟不过去。

郁石根说：先进屋，把身上的水擦了。我现在就烧水，泡上茶，把身上的寒气去了！

他们走进房子，郁石根把邮包拿进房间，就张罗着烧水泡茶。麻叶叶脱去雨衣，以主人的身份，拿来毛巾，递给他们，又拿来大茶缸，把茶叶捂进去，说：我多放些茶叶，茶去寒气！不大工夫，锅里的水就烧开了，麻叶叶拿起木瓢，给茶缸里加水。郁石根就一个大茶缸，没有杯子，麻叶叶就把茶缸里的茶液倒到碗里，端到符皓志跟前，说：符师傅，喝茶。又给另一个碗里倒了，端到吕尚荣跟前，说：吕师傅，喝茶！倒了两碗茶水，大缸子就空了，她又给茶缸里加水，又给一个碗里倒了，端给郁石根，说：你也喝点！

符皓志喝了几口，放下茶碗，麻叶叶说：符师傅多喝些，一般人喝不上这么好的茶！符皓志说：茶是好茶，就是不能多喝，不喝茶都睡不着觉，喝了茶更睡不着觉了！

麻叶叶说：我晚上喝再多的茶，倒下就睡着。我跟秦大姐住一间房子，她还没脱衣裳，我都睡着了，第二天不叫就醒不过来。秦大姐说我是猪托生的，就知道睡觉。俺妈说过，睡不着是心事太多，想的事情多了，就睡不着！

吕尚荣说：这个车站上的人差不多都睡不着！

麻叶叶问：有啥心事闹得睡不着？

符皓志说：我说了叶叶也甭笑话我们，这个车站的人，大的都过了三十，小的也二十七八了，都没有老婆，想谈对象找不到下家，夜里咋能睡着觉？

麻叶叶突然明白过来，说：我有好多姐妹，都到了找对象的年龄。符师傅吕师傅的条件这么好，铁路工人，高工资，品行好，长得又帅气。俺那些姐妹要是嫁给你们，享了天大的福分。我明天就给她们写信，她们要是愿意，就带她们过来相亲。

吕尚荣赶忙说：我代表俺麻柳火车站光棍委员会向你表示最高的敬意，你以后的邮包，除了郁师傅，我们也帮着送！

麻叶叶又看了一眼窗外，风还是那么大，雨还是那么大，山地还在疯狂，忧忧地说：我们今天不把邮包送到镇上，就违犯了规定。

符皓志说：这咋办呢，那么大的塌方过不去，又不是我们偷懒。

麻叶叶说：上头才不管这些，人家只拿制度说话，违犯了就处罚，根本不调查为什么违反制度。

郁石根没有说话，琢磨对付制度的办法，思维像棍子样在脑子里搅，搅着搅着就搅出一丝亮光，问麻叶叶：你们这个邮电所归哪个邮电局管？

麻叶叶说：归万源县邮电局管！

郁石根：要是我们把这里塌方的情况给邮电局汇报了，就不算违犯规定了？

麻叶叶：如果是那样，肯定不算违犯规定。

郁石根说：我们电务段的总机和万源县邮电局的总机联在一块，我让电话员把咱的电话和万源邮电局的总机接上，叶叶把这里的情况直接给邮电局领导汇报……

吕尚荣说：你让电话员接地方总机，人家就给你接，你又不是段长！

郁石根说：我说她们会接就肯定会接。说完，就拿起电话，说：我是麻柳车站的通信工郁石根，哪位值班？电话里回答：我是侯雨清，什么事？郁石根：侯师傅，我正要找你。我今天买了100个鸡蛋，挺大的个，五分钱一个，不知道你要不要？电话员惊喜地说：要，要，我家的鸡蛋几天前就吃完了……郁石根：你现在帮我做件事情，把我这个电话转到地方总机，让他们接到邮电局值班室。电话员：你放下电话，我接通了通知你！郁石根就放下电话，符皓志看着郁石根，开玩笑：郁师傅的糖衣炮弹还真管用，把自己的蛋卖了，还把事情办了，一点亏都不吃！郁石根说：谁说我没吃亏，我的蛋带到万源，一毛钱一个还抢手。一个蛋亏五分钱，一百个蛋就是五块钱！

电话再次响铃，郁石根急忙拿起，电话员：郁师傅，县邮电局值班室出来了，请讲话！郁石根赶忙把电话交给麻叶叶，说：你们的领导出来了，你快给他们说！

麻叶叶挂在心上的事情放下了，脸上的笑容就自然了，又给大茶缸里添了开水，又端着大茶缸给符皓志和吕尚荣的碗里倒茶，说：我都答应给你们介绍对象了，你们心里就没挂念了，喝再多的茶也不会睡不着觉了！

符皓志说：你给我们说的事情，还是天上的馅饼，能不能掉到嘴里还不一定，啥时候掉到嘴里了，才能说吃到了馅饼，才能睡个安稳觉了。

吕尚荣说：到那时候你才睡不着觉呢，肯定会整夜折腾！

麻叶叶没听出吕尚荣话里的流氓成分，还以为符皓志不相信她，就说：符师傅，我第一个就给你介绍对象，一个不行再找一个，凭符师傅的条件，第一个绝对就成！

吕尚荣说：还有我哩，真是会哭的娃娃多吃奶，符师傅这么一诉苦，第一个对象就到他怀里了。俺老实，耐心等待党分配，党就把俺忘了。以后咱也学符师傅哭穷,党就注意咱了!

麻叶叶被逗笑了,说:少不了你的对象,要是同时介绍好几个,人家搭伙来车站相亲。

吕尚荣说:到时候统一举行婚礼,把候车室打扫了,就在候车室里举行!

符皓志:八字还没一撇,就想到结婚了。

吕尚荣:年龄不饶人,找到了就办事,早办事早心静,拖上几年再生的孩子就是老汉娃,少精髓没力气,脑子还不够用。结婚晚了,害得咱享受不上,也害了下一代!叶叶要是把俺的老大难解决了,你跟郁师傅结婚的时候,我给你们买一套景德镇的茶盅,俺们再到你这喝茶,用茶盅品,说不定品出很多文化!

他们又喝了一阵茶,谝了一阵闲话,符皓志给吕尚荣使眼色,说:郁师傅跟叶叶还有事情要忙,咱们早早回去睡觉,明天还要上班!

吕尚荣就话里有话地给郁石根说:符师傅说得对着哩,要是生娃就早点生,年龄不饶人,岁数再大一点,生出的就是老汉娃,少精髓没力气,脑子还不够用。郁师傅一会儿把房门关好,今夜风太大,小心风把门吹开。

郁石根麻叶叶送走他们,给麻叶叶说:我把房门划上了?

麻叶叶说:吕师傅刚才都说了,今夜风太大,要咱们把门划好,小心风把门刮开,雨灌进来。

郁石根把房门划上了,回到床前,看着麻叶叶,说:你今天淋了雨,我再烧点热水,你洗个热水澡,去去寒气。

麻叶叶说:你也洗,你也淋了雨,也得去去寒气。

锅里的水烧开了,郁石根跑到山泉跟前,接了凉水,和锅里的热水兑在一起,对麻叶叶说:你先洗,我到值班室去,你洗完我再过来。

麻叶叶犹豫了一下,脸上一阵滚烫,细着声音说:你就不用出去了,我洗过后你接着洗!是夜,郁石根没有出去,一切瓜熟蒂落,水到渠成。

七

五个月后,第一趟慢车快过来了,郁石根早早就竖在站台上,没有像往常那样跑到慢车的尾部,帮麻叶叶接邮包。他头天接到电话,电务段的代理团委书记陈道成要到麻柳车站,具体干什么,没说。

郁石根看见陈道成从车门走出来,急忙跑过去,接过人家手里的篮子,朝他值班室兼宿舍走去,一边走一边说:听说你要下来,我一大早就把面和好了,一会儿给你做扯面,再炒上几个鸡蛋,绝对好吃。

陈道成走进郁石根的房间,见里面的东西放置有序,干干净净,没有一丝灰尘,走遍全襄渝铁路,没有一个单身汉的宿舍这么干净。他还在狐疑,郁石根端起茶壶,给里面捏了茶叶,说:这是叶叶专门给我买的茶叶,大巴山最好的茶叶,一般人都难喝上。

陈道成问:叶叶是谁?

郁石根:麻柳镇邮政所的职工。

他给茶壶里倒了开水,泡了一会儿,拿过一个茶盅,给里面倒满,双手端到人家跟前。陈道成接过,看了茶壶茶盅,说:景德镇的瓷器,一般人使不上这么好的茶具!

郁石根说:这是车站的吕尚荣送我的,他一个同学在景德镇工作,托他买的。

他们正说着，麻叶叶背着邮包进来了，见屋子里有了生人，细着声音打招呼：来了！

郁石根给她介绍：这是俺电务段的团委书记陈道成。他介绍陈道成时，故意把团委书记前边的两个字去掉。又给陈道成介绍麻叶叶：她就是我刚才给你说的麻叶叶。

陈道成很注意地看了麻叶叶，问：你们是什么关系？

郁石根不好意思地说：还算恋爱关系。

陈道成和郁石根聊了几句闲话，就说开正题：听说你种了好多菜，养了好多鸡，还喂了一头猪。

郁石根说：我种了菜就不要到镇上买菜，养了鸡就不买鸡蛋，过年把猪杀了，熏成腊肉，一年都不用买肉，节省了开支，也有利于工作。说完，把陈道成领到菜地跟前，让他看长势良好的蔬菜，看肥肥的猪，看圆圆的鸡。陈道成看着鸡，突然腾出想吃鸡肉的馋瘾，又不好直说，就拐着弯弯说：听说吃虫子的鸡肉特别好吃。郁石根没听出他话里的意思，说：我没有吃过自己养的鸡。陈道成：鸡老了，不下蛋了，你还给它们养老送终？郁石根：它们不下蛋了，我也不吃它们，卖了。陈道成：别人买去，还不是杀了吃！郁石根：我有时候也琢磨，人咋那么狠毒，鸡给咱下了那么多的蛋，老的不能下蛋了，咱就把它们卖了，让人家杀……

陈道成绕了很大的圈，费了那么多唾沫，不知道是郁石根没听出来，还是舍不得正在下蛋的鸡，就是没吐口杀鸡给他吃。接着，郁石根麻叶叶就张罗给陈道成做饭，炒鸡蛋的时候，麻叶叶问郁石根：炒几个鸡蛋？

郁石根说：炒六个，陈书记吃三个，你吃两个，我吃一个！

麻叶叶：那就干脆炒七个，陈书记吃三个，我跟你一人吃两个！

郁石根：炒七个就七个，咱也不在乎多一个蛋少一个蛋！

陈道成肚子里的馋虫还在蠕动。铁路上讲究党政工团，他尽管排在最后，也算一个部门的领导。他不管下到哪个站，只要是电务段的员工，哪一个敢不杀鸡买酒，就是到了麻柳车站，这个姓郁的只给自己炒几个鸡蛋，不知道是他不懂事理，还是舍不得一只老母鸡？琢磨了一会儿，又话里有话地诱导郁石根：咱们段前天放了场电影，名字叫《逆风千里》，有个俘虏的国民党军官馋极了，给押送他的解放军战士说，我想吃只鸡。你说国民党腐化不腐化，当了俘虏还想吃鸡，肯定鸡非常好吃。

郁石根还是没听出人家话里的意思，说：俺关中农村讲究，新女婿第一次到丈母娘家，丈母娘必须杀只老母鸡给新女婿吃，肯定鸡肉最好吃。

到底，郁石根没有杀鸡。

陈道成走后，麻叶叶突然灵醒过来，给郁石根说：你们那个团委书记是不是想让咱们给他吃鸡？

郁石根说：我也觉得他想吃鸡。

麻叶叶：咱就杀只鸡给他吃，免得他以后报复咱，舍财消灾！

郁石根：咱这些鸡正是下蛋的时候，一天一个蛋，一个蛋一毛钱，一个月三十个蛋，一个鸡一年下的蛋就顶你两个月的工资，凭啥给他吃？他下来了，杀鸡给他吃，书记下来了，也杀鸡给他吃，段长下来了，再杀鸡给他吃，还有副书记、副段长、工会主席、办公室主任、技术室主任、人事室主任，大大小小的领导几十个，有多少鸡给他们吃！

麻叶叶说：你说的也对，那么多领导，下来都要吃鸡，咱有多少鸡给他们吃？

两个月后，凌晨两点，一列货车在麻柳车站临时停车，从车尾的守车里跳下七八个人，在陈道成的带领下，像日本鬼子偷袭八路军根据地，悄无声息地包围了郁石根的房子。陈道成蹲在离房子二十多米的地方，小声动员：这是青年突击队的第一次行动，只许成功，不许失败，一会儿我踢开门，你们一齐冲进去，把他们控制住，先押到站台上进行批斗，等到十一点慢车到来，再押到段上，在全段进行批判。

陈道成还是代理团委书记，想早点把代理去掉，就得干出成绩。上次到麻柳车站，看到麻叶叶腰身变粗，行动缓慢，像怀了娃娃的样子。郁石根说他们是恋爱关系，恋爱就能把肚子搞大？电务段的员工甚至整个襄渝铁路的员工，大部分是当年的下乡知青，年龄大的超过三十岁，小的也有二十七八，个个都像热锅上的蛤蟆，胡蹦乱跳，见了女人两眼贼亮，连着出了几起强奸犯罪活动，直接影响铁路的形象。自己要是在这方面做出成绩，还愁代理两个字不能早点去掉？

陈道成看突击队员们都准备好了，猛地站起，对着房门踹了一脚。几个突击队员冲进房子，打开随身带的工作灯，把房里照得比白天还亮。

郁石根、麻叶叶被押出房子，郁石根光着上身，麻叶叶穿着小背心。七八盏工作灯照着他们。陈道成拿出早准备好的纸牌，挂在他们脖子上。麻叶叶的牌子上写着：女流氓大破鞋。他们还拿出破鞋，挂在麻叶叶的脖子上。郁石根脖子上挂的纸牌上写着：男流氓，资产阶级腐败分子。

郁石根一蹦老高地骂：陈道成，我日你八辈子先人。你驴日的有本事冲老子来，把叶叶放了。麻叶叶被两个突击队员反扭着胳膊，披散着头发只是哭。闹腾的声音惊动了车站上的人，符皓志冲出来，吼问：你们这是弄啥，随便跑来抓人，他们犯了啥法？

陈道成理直气壮地说：他们非婚同居，流氓破鞋，资产阶级腐朽思想泛滥……

正在睡觉的吕尚荣也跑过来，对着陈道成捅了一拳，骂：日你妈，竟跑到俺麻柳车站抓人！骂声还没落，就被两个突击队员摁倒在地上。陈道成在他身上踢了一脚：你也想上批斗会了，竟敢对抗无产阶级专政，把他绑了！

郁石根还是一蹦老高地吼：陈道成，你把叶叶放了，要杀要剐冲我来！

陈道成说：我们好不容易抓个反面典型，咋能随随便便就放了！捉贼捉赃，捉奸捉双，我们把你们从被窝里抓起来，看你还有啥说的！

吕尚荣被压在地上，还是不停嘴地骂：陈道成，你狗日的听着，你就别让我起来，我起来非杀了你不可！

突然，麻叶叶挣脱突击队员的双手，朝着站台边跑去，对着桥下的深渊，纵身一跳，一道肉色的弧线划过深夜的漆黑，万籁无声的大巴山里传来一声绝望的吼喊：石根哥——

郁石根愣了，随之就清醒，他的叶叶带着还没有出生的孩子，永远地离开他了。他大吼一声，拼力一扭，挣脱突击队员，冲到桥边，也纵身一跳，身体也在黑色的夜色中划过一道弧线，万籁无声的大巴山里，又回荡起一声撕心裂肺的吼叫：叶叶——

吕尚荣举起垒球棒，对着陈道成的腰砸去。

麻柳车站的山坡上，修了一座水泥坟墓，里面埋着郁石根、麻叶叶，还有他们没有出生的孩子。麻柳车站的人到桥下收殓他们的尸体时，孩子从麻叶叶的肚子里摔出，血肉模糊，已经成形了。

尾 声

电务段调度室给调查组提供了电话记录,麻柳火车站驻站通信工郁石根先后六次打来电话,请求派人顶替岗位,本人要到民政局领取结婚证……

麻柳邮政所也给调查组提供了电话记录:邮政所长秦莲花六次给县邮电局调度室打电话,麻叶叶要到民政局领结婚证,请求派人顶岗……

调查组没有对这起事件做出结论,这些年,没有结论的调查太多了,毫不稀奇。

陈道成的腰受了重伤,只能侧着身子走路,像螃蟹。

调查组在麻柳火车站驻了一个多星期,都没有调查出谁把他的腰砸伤了。但团委书记前边的代理,提前去掉了。宣布命令那天,他老婆给他生了个女儿,他们才结婚五个月。

原发《黄河》2018年第5期